C. K. McDONNELL
Bunny McGarry glänzt durch Abwesenheit

C. K. McDONNELL

BUNNY McGARRY GLÄNZT DURCH ABWESENHEIT

EIN DUBLIN-KRIMI

Übersetzung aus dem Englischen von
André Mumot

eichborn

Eichborn Verlag

Titel der englischen Originalausgabe:
»The Day That Never Comes«

Für die Originalausgabe:
Copyright © 2017 by McFori Ink, Manchester, UK

Für die deutschsprachige Ausgabe:
Copyright © 2024 by
Bastei Lübbe AG, Schanzenstraße 6–20, 51063 Köln

Vervielfältigungen dieses Werkes für das
Text- und Data-Mining bleiben vorbehalten.

Textredaktion: Sabine Biskup, Mainz
Umschlaggestaltung: Massimo Peter-Bille
Einband-/Umschlagmotiv: © Eric Isselee/shutterstock,
Katsiaryna Kashtalyan/shutterstock, Sanches11/shutterstock,
Save nature and wildlife/shutterstock, Viktorija Reuta/shutterstock
Satz: hanseatenSatz-bremen, Bremen
Gesetzt aus der Adobe Garamond Pro
Druck und Verarbeitung: GGP Media GmbH, Pößneck

Printed in Germany
ISBN 978-3-8479-0177-8

5   4   3   2   1

Sie finden uns im Internet unter eichborn.de

PROLOG

Detective Wilson atmete tief ein und versuchte, sich zusammenzureißen. Noch bevor sein Gehirn überhaupt angefangen hatte, den Gestank zu verarbeiten, setzte sein Magen bereits die körperliche Reaktion in Gang, und keine noch so angestrengte Selbstbeherrschung konnte den Geist zurück in die Flasche bringen. Ob er wollte oder nicht: In Kürze würde sein großes irisches Frühstück noch einmal das Licht dieser Welt erblicken. Er wandte sich ab und führte die rechte Hand an die Lippen. Seine Zunge verkrampfte sich, und sein Mund füllte sich mit Speichel. Es stand also fest, *was* passieren würde. Die Frage war nur, *wo* es geschah. Wilson bemühte sich, mit entschlossenen und gleichmäßigen Schritten den Raum auf demselben Weg zu verlassen, auf dem er ihn betreten hatte – so als müsste er einen wichtigen Anruf annehmen.

Die Leiche – oder das, was von ihr übrig war – befand sich in dem offenen loungeartigen Wohnraum. Ein Hochglanzmagazin hatte das Haus vor einiger Zeit auf sechs Seiten vorgestellt – bevor der Eigentümer zu einer Schande für die Elite geworden war, die derartige Publikationen produzierte, konsumierte und mit Inhalten versorgte. Besonders viel Aufhebens hatte man um den dominanten Kamin aus Marmor gemacht. Unter geradezu obszönen Kosten war er in einer Villa in der Toskana abgebaut und im Ganzen hierher geliefert worden. Der Besitzer, selbst ein Immobilienmagnat, hatte gescherzt, es wäre günstiger gewesen, das ganze Haus nach Italien zu versetzen. Kein sonderlich guter

Scherz, aber der Mann war so reich gewesen, dass die Leute über jeden seiner Witze lachten. Nun saß er vor ebenjenem Kamin an einen Stuhl gefesselt, das Gesicht zu einer schauderhaften Totenmaske verzerrt. Fast hätte man meinen können, er würde lachen – hätten nicht alle weiteren Umstände diese Möglichkeit auf so entsetzliche Weise ausgeschlossen.

Die Titelschlagzeile in den Zeitungen von heute Morgen war zwanzig Busfahrern gewidmet, die gemeinsam im Lotto gewonnen hatten. Eine erbauliche Story. Die von morgen würde weniger erbaulich ausfallen.

Während Wilson mit so unauffälliger Hast wie möglich aus dem Raum floh, stieß er mit einem der hereinkommenden Nerds von der Spurensicherung zusammen und prallte gegen die Wand. Da er es nicht wagte zu sprechen, hob er zur halbherzigen Entschuldigung nur die linke Hand und eilte weiter. Nicht *im* Haus! Es durfte auf keinen Fall *im* Haus passieren. Er musste es an die frische Luft schaffen. Eine geschützte Ecke finden. Der Vorfall im Phoenix Park war jetzt acht Monate her, und seit immerhin drei Wochen hatte er den Spitznamen »Kotztüte« nicht mehr hören müssen. Er hatte wirklich gehofft, es wäre endlich Gras über die Sache gewachsen. Die nächsten dreißig Sekunden würden darüber entscheiden, ob es dabei blieb oder ob er sich für den Rest seiner Laufbahn bei der Garda mit dieser Bezeichnung herumschlagen musste.

Zu seiner Verteidigung: Er war nicht der Einzige, dem es schlecht ging. Auch die arme Putzfrau, die die Leiche entdeckt und den Notruf abgesetzt hatte, war völlig verstört gewesen und hatte kein zusammenhängendes Wort mehr herausgebracht. Von der Zentrale war augenblicklich ein Einsatzwagen losgeschickt und ein Rettungswagen angefordert worden. In dem Gestammel der Frau war nur das Wort »Szatan« herauszuhören, das sie unentwegt wiederholte. Später wurde eine Übersetzerin hinzugezogen, die sich ihren Notruf anhören musste, in der Hoffnung auf einen weiteren sachdienlichen Hinweis. Sie kam schließlich zu dem Ergebnis, dass es sich bei »Szatan« um das polnische Wort für »Satan« handelte.

Als er aus der Tür hastete, erkannte Wilson die vertraute Gestalt von Pathologin Doktor Denise Devane. Man hatte sie von einer weitaus banaleren »Nur Idioten nutzen Sicherheitsgurte«-Autopsie abgezogen. Seit über siebzehn Jahren war der Tod nun ihr Geschäft, und noch gestern hätte sie bestätigt, dass sie längst in der Lage war, ihn mit klinischem Abstand zu betrachten. Doch später, wenn sie allein in ihrem Büro die lange Liste der schwerwiegenden Verletzungen zusammenstellte, die man dem Opfer zugefügt hatte, würde sie die Jalousien zuziehen, sich auf den Besucherstuhl setzen und eine heimliche Träne vergießen angesichts der tief sitzenden Brutalität der Menschheit. Niemand hatte das verdient, nicht einmal er. Sie warf Wilson einen besorgten Blick zu, als er sich an ihr vorbeidrängte. Trotz ihrer notwendigen kühlen Abgeklärtheit erkannte sie ein Trauma bei den Lebenden ebenso wie bei den Toten.

Wilson entdeckte einen der unverkennbaren Spurensicherungs-Vans, der auf dem Rasen vor dem Haus parkte. Augenblicklich traf er eine Entscheidung. Dies war seine beste Chance, sich in dem ganzen Tumult zurückzuziehen. Auf direktem Weg eilte er auf den Van zu und ignorierte, dass Detective Sergeant Hickey ihm hinterherrief und versuchte, seine Aufmerksamkeit zu gewinnen. Wie ein Marathonläufer, der mit vorgeschobenem Oberkörper dem Zielband entgegendrängt, stürmte Wilson die letzten Meter voran, um noch in allerletzter Sekunde hinter den Van zu gelangen. Der Inhalt seines Magens sprühte hervor. Er hatte es geschafft.

Beinahe.

Detective Superintendent Susan Burns wusste wahrlich, wie man Eindruck machte. Sie war eine bemerkenswert attraktive Frau, die bereits mit zweiundvierzig Jahren ihre hohe Position erreicht hatte und über eine unbestreitbare Autorität verfügte. Dies, verbunden mit einer spektakulären Erfolgsgeschichte im Kampf gegen die Bandenkriminalität in Limerick, von der der Presse kein einziges Detail entgangen war, hatte sie zur Leiterin des National Bureau of Criminal Investigation aufsteigen lassen – eine Stellung, die sie seit genau anderthalb Tagen innehatte. Sie verfügte über jene durchdringend blauen Augen, die bei ihrem Gegenüber das entnervende Gefühl hervorriefen, dass sie einem tief ins Innerste sehen konnte, wahrscheinlich bis in die Seele. Sie war groß und hatte die schlanke Figur einer Ruderin. Frauen wie sie vermieden es oft, hohe Schuhe zu tragen, damit die Männer um sie herum sich nicht unwohl fühlten. Sie tat es trotzdem – aus genau diesem Grund. Außerdem hatte sie, so klischeehaft es auch sein mochte, ein Faible für Schuhe. Es war die einzige Schwäche, die sie sich in ihrem überaus kontrollierten Leben gestattete. Eine Tatsache, die besondere Relevanz hatte für den Detective, der nun endgültig bis ans Ende seines Lebens als »Kotztüte Wilson« bekannt sein würde. Vor zwei Tagen hatte sich Detective Superintendent Susan Burns mit einem Paar Louboutins belohnt, um ihre neue Position zu feiern. Und vor zwei Sekunden hatte sich Detective Wilson auf ebendiese Louboutins erbrochen.

Ihren Blick würde Wilson nie wieder vergessen. Und doch sollte es nicht die Erinnerung an diesen Augenblick sein, die ihn mitten in der Nacht schweißgebadet aufschrecken ließ. Nein, es würde ein anderes Gesicht sein, erstarrt in unvorstellbarer Agonie, dessen lidlose Augen auf die Wörter starrten, die über einem obszön teuren toskanischen Kamin an die Wand geschmiert worden waren. Später fanden die Ermittler heraus, dass man sie mit dem Blut des Opfers geschrieben hatte, sehr wahrscheinlich, während es dabei zusehen musste.

Die Worte waren simpel.

Dies ist der Tag, der niemals kommt.

KAPITEL EINS

DER MONTAG ZUVOR – 4. JULI 2016

Paul knallte die Bürotür zu, zumindest versuchte er es. Da sie
aber kaum noch in den Angeln hing, blieb sie im abgewetzten
Teppich stecken. Mühsam musste er sie an der Klinke anheben
und wieder in ihre Verankerung drücken. Als sie endlich einras-
tete, trat er noch einmal dagegen. Dies sorgte zwar für Schmerzen in seinem großen Zeh – für die befriedigende Wirkung eines ordentlichen Türknallens aber leider nicht.

Er war in mieser Stimmung. Ein katastrophaler Morgen lag
hinter ihm – und das nach einer furchtbaren Woche, die dem
schlimmsten Monat seines Lebens die Krone aufgesetzt hatte.
Vor acht Monaten hatten mehrere Personen versucht, ihn umzubringen, und so langsam beschlich ihn der Gedanke, dass er es
ihnen einfach hätte erlauben sollen.

Gerade kehrte er von einem Termin bei der PSA zurück, der
Private Security Authority, den man nur als erniedrigend bezeichnen konnte. Mr Bradshaw, das letzte menschliche Wesen,
das noch ohne jede Ironie eine Fliege trug, war ihm mit de-
monstrativer Herablassung begegnet. »Nur, dass ich das richtig
verstehe, Mr Mulchrone, Sie haben also die Absicht, eine Detektei mit Ihren beiden Partnern zu eröffnen, haben aber mit
einer Partnerin seit über einem Monat nicht mehr gesprochen
und können den Aufenthaltsort des anderen Partners nicht
angeben?« Paul hatte sich für die »Ehrlich währt am längsten«-
Strategie entschieden, in der Annahme, dass man ihm seine Of-
fenheit hoch anrechnen würde. Falsch gedacht. Er konnte sich

11

allerdings auch nicht mehr erinnern, wann er das letzte Mal bei irgendetwas richtiggelegen hatte.

Gestern Abend hatte er zum gefühlt tausendsten Mal versucht, Brigit anzurufen, aber ihr Telefon gab lediglich ein komisches Knackgeräusch von sich. Er war sich zu fünfundneunzig Prozent sicher, dass sie seine Nummer blockiert hatte. In den zweiundvierzig Tagen seit dem *Vorfall* hatte sie nicht mehr mit ihm gesprochen. Allerdings hatte sie ihn einige Male angeschrien, um zu verdeutlichen, dass es sich bei ihm um den niedrigsten Abschaum auf Gottes schöner Erde handelte. Dass Paul ihr dabei voll und ganz zustimmte, war nun ihre letzte Gemeinsamkeit. Dies und die Tatsache, dass sich ihre Namen auf dem Antragsformular befanden, das sie in ihren glücklicheren Tagen – den Tagen *vor* dem Vorfall – bei der PSA eingereicht hatten.

Bei Bunny lag der Fall noch einmal ganz anders. Paul hatte ihm im Laufe der letzten drei Tage fünfzehn Textnachrichten geschickt, ohne auch nur die geringste Reaktion zu erhalten. Dabei hatte er sich bei ihrer letzten Begegnung die größte Mühe gegeben, Bunny die Wichtigkeit dieses Termins einzuschärfen. In ihrem Trio war Detective Sergeant Bunny McGarry – inzwischen außer Dienst – der Einzige, der über die vorgeschriebenen fünf Jahre Berufserfahrung verfügte, die man vorweisen musste, wenn man sich für eine Lizenz als Privatdetektiv bewarb. Gut, er war vielleicht nicht das, was sich die meisten Leute unter einem vorbildlichen Garda Officer vorstellten. Und, ja, seine Vorgesetzten hatten gewiss ein Freudenfest veranstaltet, nachdem sie es endlich geschafft hatten, ihn in den vorzeitigen Ruhestand zu versetzen. Aber niemand konnte leugnen, dass Bunny McGarry ein Polizeibeamter gewesen war und, auf seine ganz eigene streitbare Weise, ein sehr effektiver.

Paul war sich vage bewusst, dass Bunny schwer mit dem Verlust seines Jobs zu kämpfen hatte, allerdings war er viel zu sehr damit beschäftigt, sich in seinem eigenen Elend zu suhlen, um sich auch noch mit dem von jemand anderem zu befassen. Ihre Beziehung war ohnehin nicht besonders gefühlsbetont. Sie hatten fünfzehn Jahre lang so gut wie gar nicht miteinander gesprochen. Geändert hatte sich das erst, als ihm Bunny vor acht Monaten bei der »Irgendwelche Leute versuchen Paul umzubringen«-Situation zu Hilfe gekommen war.

Alle Überreste von Dankbarkeit hatten sich bei Paul jedoch vollständig in Luft aufgelöst, als sich Bunny heute Morgen nicht hatte blicken lassen und er wie der letzte Idiot in seinem Beerdigungsanzug im Wartezimmer der Detektiv-Innung gesessen hatte.

Vor etwas mehr als zwei Monaten hatte Paul diesen Anzug ausgemottet, um ihn bei der Beerdigung von Brigits Granny in Leitrim zu tragen. Brigit hatte ihn dort als ihren festen Freund vorgestellt. Das hatte ihm gefallen. Er war noch nie ein fester Freund gewesen. In der Woche darauf verlor Paul endgültig das Wohnrecht im Haus seiner Großtante Fidelma und zog bei Brigit ein. Das Leben war schön gewesen. Heute Morgen, im Empfangsbereich der PSA, hatte er in der Innentasche seiner Anzugjacke ein Würstchen im Schlafrock gefunden. Er musste es vom Beerdigungsbüfett mitgenommen und für die Rückfahrt nach Dublin eingesteckt und dann gleich wieder vergessen haben. In einem Anfall von Sentimentalität, die alle Haltbarkeitsbedenken ignorierte, hatte er es gegessen und dann allein dort gesessen – mit gebrochenem Herzen und Krämpfen im Bauch.

All das waren Gründe dafür, dass er in besonders mieser Stimmung in das Büro von MCM Investigations zurückkehrte. Ihre Firma lag über dem Oriental Palace, einem chinesischen Restaurant, und was ihre Büroräume in Sachen Platz vermissen ließen, glichen sie durch ihre umfangreiche Schäbigkeit aus. Für ihn waren es »ihre« Büroräume, obwohl Bunny sie kaum jemals mit seiner Anwesenheit beehrte und Brigit sogar noch nie dort gewesen war. Immer wieder hatte Paul sich ausgemalt, was für ein Spaß es wäre, Brigit bei ihrem Einzug dort über die Schwelle zu tragen. Jedes Mal, wenn er nun die Tür öffnete, traf ihn dieser Gedanke wie ein Schlag ins Gesicht.

Seit Brigit ihn rausgeworfen hatte, übernachtete er hier. Irgendwo etwas zu mieten konnte er sich nicht leisten. Er war pleite. Dabei war diese Detektei Brigits geniale Idee gewesen, um all ihre Probleme zu lösen: nämlich, dass Paul keinen Job und Bunny keinen Antrieb hatte – und sie selbst keinerlei Sehnsucht, auch nur eine weitere Bettpfanne zu wechseln; die Krankenpflege hatte jeden Reiz für sie verloren. Davon abgesehen, wollte er gar keine eigene Wohnung finden. Auch wenn er es nicht verdient hatte, hoffte er noch immer – gegen jede logische Wahrscheinlichkeit –, dass Brigit ihn wieder bei sich aufnehmen würde.

Was jedoch nicht hieß, dass er allein war. Seit zwei Wochen hatte er Gesellschaft – Maggie. Als er nun ins Zimmer trat, saß sie auf seinem Stuhl hinter dem Schreibtisch und betrachtete ihn mit ihren unergründlichen braunen Augen. Die gesamte Einrichtung bestand aus drei mitten im Raum zusammengeschobenen Schreibtischen und drei dazu passenden Stühlen. Maggie hatte diesen Stuhl nur gewählt, weil sie genau wusste, dass es seiner war. Unentwegt versuchte sie, unter Beweis zu stellen, dass sie die Oberhand in ihrer Beziehung hatte. Wenn sie ausgingen, schleifte sie ihn kreuz und quer durch die Stadt und wollte grundsätzlich nie dorthin, wo er hinwollte. Andauernd warf sie ihm durchdringende Blicke zu. Und am allerwenigsten schätzte sie es, allein gelassen zu werden. Heute Morgen hatte sie beschlossen, dies sehr deutlich zu machen – auf die direkteste Art und Weise, die ihr zur Verfügung stand. Sie hatte mitten auf seinen Schreibtisch gekackt.

»Ach, verdammte Scheiße!«, sagte Paul.

Vor zwei Wochen war er mitten in der Nacht aufgewacht, nur um Bunny McGarry vor sich zu sehen. Er hatte sich direkt vor ihm aufgebaut und an Pauls Handy herumgefummelt. »Was zur Hölle machst du da?«

»Ich stelle deinen Wecker«, sagte Bunny. »Du musst früh aufstehen und mit dem Hund Gassi gehen.«

»Was – argh!«

Paul wandte den Kopf und schaute direkt in Maggies Gesicht, nur Zentimeter von seinem entfernt. Sie bedachte ihn mit der Hundeversion eines klassischen Türsteherblicks. »Was zur Hölle ist das?«

»Heiliges Hinterteil von Mutter Teresa, du bist doch jetzt Detektiv, Paulie. Vier Beine, wedelnder Schwanz – arbeite mit den sachdienlichen Hinweisen. Es ist ein *Hund*, ein Schäferhund, um genau zu sein.«

»Was tut er hier?«

»Er ist eine Sie. Ich habe sie für dich besorgt.«

»Aber … wie soll ich mich denn um einen Hund kümmern? Ich weiß nicht, ob es dir schon aufgefallen ist, aber ich schaffe es kaum, mich um mich selbst zu kümmern.«

»Ganz genau. Du hockst hier den ganzen Tag allein rum wie ein Eunuch bei einer Orgie. Das ist nicht gesund. Ein bisschen Gesellschaft wird dir guttun. Außerdem war sie jahrelang Polizeihündin. Damit wird sie ganz sicher ein Gewinn sein für die Detektei und den ganzen Kram.«

Paul hätte sofort misstrauisch sein sollen, als Bunny versuchte, sich zu rechtfertigen. Zusammen mit dem schielenden Auge, dem unvermeidlichen Schurwollmantel und der tiefen Überzeugung, dass sich alle Probleme im Leben dadurch lösen ließen, dass man der richtigen Arschgeige ein paar saftige Ohrfeigen verpasste, gehörte zu Bunny McGarrys charakteristischen Eigenschaften, dass er sich *niemals* rechtfertigte.

Paul streckte die Hand aus, um Maggie zu streicheln, was mit einem warnenden Knurren quittiert wurde.

»Ja, anfassen lässt sie sich nicht so gern.«

Darauf stieß Bunny einen nach Whiskey stinkenden Rülpser aus und ließ die beiden allein im Büro zurück. Paul starrte Maggie an. Maggie starrte Paul an. Seitdem war ihre Beziehung ein einziger endloser Machtkampf um die Frage, wer über mehr Willenskraft verfügte. Ein Kampf, der nun beendet war. Sie hatte den nuklearen Erstschlag gewählt.

»Okay, das war's! Das war's jetzt endgültig!« Paul zeigte mit ausgestrecktem Finger auf die provozierenden Exkremente, die in einem überraschend ordentlichen Haufen auf seinem Schreibtisch lagen. »Ich weiß: Das habe ich schon einmal gesagt, als du meine Socken gefressen hast, aber das – genau das hier – war es jetzt wirklich. Mir egal, was Bunny sagt, du fliegst hier raus, du irre, räudige ...«

Paul wurde von einem höflichen Klopfen unterbrochen. Er und Maggie starrten stumm die Bürotür an. Beide trauten ihren Ohren nicht. Paul ging rasch alle Möglichkeiten durch. Es konnte Mrs Wu sein, die Besitzerin des Oriental Palace im Erdgeschoss. Aber sie war nicht der Typ für höfliches Anklopfen. Sie war eher der Reinstürmen-rumschreien-und-wieder-rausstürmen-Typ. Theoretisch kam auch Bunny infrage, aber der hatte in seinem ganzen Leben noch niemals höflich an *irgendwas* geklopft. Brigit – konnte es Brigit sein? Pauls Herz raste bei diesem Gedanken, aber sofort meldete sich die Stimme der grausamen Realität und lachte ihn aus. Klar, die Frau, die du in einer Nacht volltrunkener Blödheit betrogen hast, klopft freundlich an deine Tür und erkundigt sich, ob du nicht zu ihr zurückkommen möchtest. Dabei ist sie sehr wahrscheinlich nackt, abgesehen von einer dekorativen Schleife um ihren Hals und einer Champagnerflasche in der Hand. *Idiot.*

All das ließ Paul vermuten, dass die abstruse Vorstellung, jemand habe an seine Bürotür geklopft, eine Sinnestäuschung gewesen sein musste. Dann klopfte es erneut. Diesmal gefolgt von einem: »Hallo?« Es war eine leise, hingehauchte Frauenstimme. Paul und Maggie schauten einander an. Dann die Tür. Dann das Geschenk, das sie auf seinem Schreibtisch hinterlassen hatte.

»Ähm, ganz kleinen Moment«, sagte er zu der geschlossenen Tür.

Maggie verschwand unter dem Tisch. Sie schien zu verstehen, dass sie durchaus zum Auszug gezwungen werden konnte, wenn Mrs Wu oder sonst jemand von ihrer Aktion erfuhr. Paul hegte den Verdacht, dass der Hund sehr viel klüger war als er. Doch das ließ ihn immer noch mit der Aufgabe zurück, sich um das Problem von Maggies stinkendem Protest zu kümmern. Die Beutel, die er benutzte, wenn er mit ihr Gassi ging, befanden sich in der Tasche seines Anoraks, und der hing am Treppenaufgang, auf der Seite der Tür, wo die hauchende Frauenstimme erklungen war.

Die Bescherung auf dem Tisch liegen zu lassen und so zu tun, als handelte es sich bloß um ein ausgefallenes Stück Bürodekoration, kam ihm nicht besonders praktikabel vor. Er sah nichts, womit er den Haufen abdecken konnte – also blieb ihm nur das Entsorgen übrig. Er huschte zum Fenster und öffnete es. Das alte Holz des Rahmens war verzogen und stieß einen kurzen Protestschrei aus, als er ihn mit Gewalt hochschob.

»Kann ich reinkommen?«, fragte die Stimme hinter der Tür.

»Eine Sekunde«, erwiderte Paul und sah sich im Raum nach etwas um – *irgendetwas* –, das er nutzen konnte, um den Kackhaufen von Punkt A zu einem Punkt B zu befördern, der sich nicht in diesem Büro befand. »Ich muss nur kurz ein Telefonat beenden.«

»Ja«, sagte die Stimme, »mit der Frau, die Ihre Socken gefressen hat.«

»Ähm … genau.« Pauls Blick fiel auf das einzige Buch im Raum. Es war eine Sammlung von Philip-Marlowe-Geschichten. Brigit hatte sie ihm geschenkt – quasi als Gebrauchsanweisung für das Privatdetektiv-Gewerbe. Doch auch wenn Paul es noch nicht zu Ende gelesen hatte, war er sich ziemlich sicher, dass Raymond Chandlers berühmter Detektiv niemals Hundekacke aus seinem Büro hatte entfernen müssen. Nein, Marlowe bekam es mit ganz anderen Situationen zu tun: Langbeinige Blondinen glitten zu seiner Tür herein und baten ihn, ihren Namen vom Verdacht des Mordes reinzuwaschen. Paul griff nach dem Buch und legte es sofort wieder zurück. Er konnte die Vorstellung nicht ertragen, es als Hundekacke-Schaufel zu benutzen. Stattdessen ging er zum Papierkorb und fischte das Herrenmagazin heraus, das er sich in einem schwachen Moment gekauft hatte. Mithilfe einer Speisekarte vom Oriental Palace gelang es ihm schließlich, den Haufen auf das Magazin zu schieben. Erleichtert stellte er fest, dass er in seiner Textur stabil genug war, um ihn im Ganzen zu bewegen. Offenkundig war Maggie ausreichend mit Ballaststoffen versorgt; wahrscheinlich, weil sie seine Socken gefressen hatte.

»Sind Sie immer noch am Telefon?«

»Jep«, sagte Paul, während er mit jener langsamen, überlegten Konzentration durch den Raum schritt, die man sonst nur bei Bombenentschärfern sah.

»Aber Sie sagen gar nichts mehr.«

»Ich höre zu. Sie hat mir einiges zu erklären.«

»Warum sie die Socken gefressen hat?«

»Ja, ich meine … das war natürlich nur eine Metapher.«

»Natürlich.«

Paul war beim offenen Fenster angekommen. Er blickte auf den kleinen Parkplatz hinter dem Oriental Palace hinab, wo die Lieferfahrer des Restaurants standen. Zwei von ihnen gönnten sich noch eine Kippe, bevor sie mit der Arbeit begannen. Seine Ladung dort zu entsorgen würde zwangsläufig Ärger nach sich ziehen.

»Dauert es noch länger?«

»Nein.«

Paul holte aus und verpasste dem Magazin seinen besten Vorhandschlag. Befriedigt sah er zu, wie der Hundehaufen davonsauste, über die Mauer und in die Gasse mit den Garagen dahinter.

»Welcher verdammte Vollidiot wirft hier mit Scheiße?«

Rasch duckte sich Paul zurück in den Raum und ließ Magazin und Speisekarte in den Papierkorb fallen. Sein Blick wanderte durch das Büro. Es sah beschissen aus, aber immerhin *war* es das nicht mehr.

»Eine Sekunde.«

Er eilte auf die Tür zu und öffnete sie mit Schwung. Das hätte er zumindest, wären da nicht diese schwachen Angeln gewesen. So öffnete sie sich in einem dreistufigen Prozess, wobei sie ihm mit der dritten Stufe direkt ins Gesicht knallte. Er rieb sich die Stirn und wagte einen Blick. Auf der anderen Seite der Tür stand wirklich eine langbeinige Blondine, und um ihre vollen roten Lippen spielte ein spöttisches Lächeln, halb amüsiert, halb irritiert.

»Vielen Dank, sehr gern komme ich rein«, sagte sie, während sie schon an ihm vorbei ins Büro trat.

Paul war ein durch und durch moderner Mann mit durch und durch moderner Sensibilität. Doch es war eben nur ein kleines Büro, und die Möglichkeiten, worauf er seinen Blick richten konnte, waren entsprechend begrenzt. Ob er wollte oder nicht, als sie an ihm vorbeiging, registrierte er einige sachdienliche Hinweise. Ihr rotes Kleid schmiegte sich eng an ihren Körper – auf eine Weise, die, wie man so schön sagte, *der Fantasie wenig*

Spielraum ließ. Paul war sich jedoch ziemlich sicher, dass es eigens so gestaltet war, um den Kopf eines jeden heterosexuellen Mannes wochenlang zu beschäftigen. Sofort ärgerte er sich über diesen aus der Zeit gefallenen Gedanken. Bei Lesben würde es natürlich denselben Effekt erzielen. Genau genommen könnte es einigen Frauen, die schon länger mit dem Gedanken gespielt hatten, eine Vollzeit-Mitgliedschaft in diesem Club anzutreten, den entscheidenden Anschub geben. Es war die Art Kleid, die die Lebensplanung eines Menschen komplett über den Haufen werfen konnte.

Paul versuchte, sich zusammenzureißen, während er sich damit abmühte, die Tür wieder zu schließen. »Bitte nehmen Sie doch Platz«, sagte er, während er die Tür mit der Schulter zur Aufgabe zwang. Als er sich umdrehte, stellte er fest, dass die Frau dies bereits getan hatte. Sie saß an dem Tisch, der seinem gegenüberstand, und strich ungeduldig nicht vorhandene Fussel von ihrem perfekt geformten Knie. Paul schaute sich nervös im Büro um.

»Bitte verzeihen Sie die Unordnung, unsere Putzhilfe ist verhindert.«

Sie schaute sich um. »Seit wie vielen Jahren?«

In Ermangelung einer Antwort lächelte Paul und setzte sich hinter seinen Schreibtisch. Er versuchte, das leise warnende Knurren zu ignorieren, das darunter hervordrang. Er hatte ganz vergessen, dass Maggie auch noch da war. Lässig lehnte er sich in seinem Stuhl zurück und bemühte sich, so viel Platz wie möglich zwischen sich und dem Bereich unter dem Tisch zu lassen.

»Also Miss …« Er machte eine Pause, die sie nicht füllte.

»Was kann ich für Sie tun?«

»Ich würde Sie gern engagieren.«

»Wirklich?« Sofort wurde Paul bewusst, dass er wohl nicht derartig schockiert klingen sollte. Um das Fortbestehen ihrer Detektei zu sichern, brauchten sie schließlich Klienten.

»Ja. Sie sind die Rapunzel-Leute, nicht wahr?«

In der Tat. Es war der Rapunzel-Fall gewesen, der Brigit, Bunny und Paul unerwartet als Team zusammengeführt hatte. Gelöst hatten sie ihn eigentlich eher nebenbei. Hauptsächlich hatte Paul versucht, am Leben zu bleiben.

»Ja, das sind wir.«

Sie beugte sich vor und senkte die Stimme. »Darf ich fragen, ob Ihr Partner seinen Boss wirklich aus dem Fenster geworfen hat?«

Paul lächelte nervös. »Die Presse hat ihrer Fantasie bei dieser Geschichte freien Lauf gelassen.« Das stimmte, allerdings nur zum Teil. Bunny hatte den zweithöchsten Polizeibeamten des Landes tatsächlich von einem Balkon geworfen. Zu Bunnys Verteidigung musste man aber sagen, dass der Mann korrupt gewesen war. Einer der vielen Gründe, warum die Gardaí alles darangesetzt hatten, dass Bunny andere Karriereoptionen für sich in Betracht zog. Er mochte durch seine Ermittlungen Resultate hervorgebracht haben, aber die Polizeigewerkschaften waren nicht sonderlich gut auf ihn zu sprechen.

»Ich sollte wohl darauf hinweisen, dass wir unsere Lizenz als Privatdetektive genau genommen noch nicht haben. Das heißt, wir können technisch gesehen eigentlich noch keine Fälle annehmen.«

Warum sagte er das? Bunnys unerklärliches Verschwinden brachte schließlich noch ein anderes Problem mit sich: Er war es, der das Geld für die Lizenz auftreiben sollte. Nun blieben Paul nur noch acht Tage, um die drei Riesen zu beschaffen, sonst würde die PSA ihren Lizenzantrag automatisch ablehnen, und MCM Investigations wäre offiziell am Ende, bevor die Detektei überhaupt an den Start gegangen war. Paul warf einen Blick über den Tisch. Ob dies eine verdeckte Überprüfung der PSA war? Er verwarf den Gedanken. Der Kaffee, der ihm dort angeboten worden war, hatte geschmeckt, als wäre er zweimal aufgebrüht worden. Die PSA hatte auf keinen Fall das Budget für ein derartiges Kleid.

Die Frau in Rot lehnte sich zurück und lächelte. »Über Fragen der Bürokratie mache ich mir keine Sorgen. Viele Dinge sind im bürokratischen Sinne illegal in diesem Land.« Erst später fiel Paul auf, dass sie keinen erkennbaren Akzent gehabt hatte. Sie sprach mit einer schnurrenden, gehauchten Stimme, die in der Natur überhaupt nicht vorkam. Sie hörte sich an, als hätte ein Team von brillanten weiblichen Wissenschaftlerinnen sie entwickelt, um sich die Tatsache zunutze zu machen, dass alle Männer Idioten sind.

»Wo sind eigentlich Ihre Partner?«

»Mr McGarry ist derzeit unabkömmlich.« Es fühlte sich komisch an, Bunny so zu bezeichnen. Von ihm sprach man immer nur als Bunny oder DS McGarry. Oder man bediente sich einer großen Auswahl von anderen, deutlich weniger freundlichen Spitznamen. Niemals jedoch stellte man das Wort »Mister« voran.

»Und ... Miss Conroy? So heißt sie doch?«

»Ich habe sie bei einem betrunkenen One-Night-Stand betrogen, der mein Leben ruiniert und unsere Beziehung beendet hat. Ihre Position in Zusammenhang mit der Detektei hängt derzeit völlig in der Luft.«

Stille senkte sich über den Raum. Paul war vage bewusst gewesen, dass er mit jemandem über diese Sache sprechen wollte. Wie sehr, wurde ihm erst klar, als es nun aus ihm herausplatzte – und das gegenüber einer völlig Fremden. Offenbar war sein Unterbewusstsein noch lange nicht fertig damit, ihn bestrafen zu wollen.

»Okay«, sagte sie, ohne mit der Wimper zu zucken. »Na dann, viel Glück damit. Vermutlich sollten Sie mich danach fragen, womit ich Sie beauftragen will.«

»Womit wollen Sie uns beauftragen?«

»Ich möchte, dass Sie für mich einen Mann namens Jerome Hartigan beschatten.«

Paul lachte. »Ist ja lustig! Genauso heißt auch der Bauunternehmer, der zu den Skylark Three gehört, die oben in High Court diesen riesigen Komplex hochgezogen haben.«

Sie erwiderte seinen Blick. Lachte aber nicht.

»Wollen Sie mich auf den Arm nehmen?«

Die Frau öffnete ihre Handtasche und ließ lässig ein Bündel Geldscheine auf den Tisch fallen. »Ich habe hier tausend Euro, die das Gegenteil beweisen.«

»Aber ...«

»Er hat eine Affäre.«

»Ah.« Endlich begriff Paul, was hier vor sich ging. »Und Sie sind die betrogene Frau?«

»Nein. Ich bin die Frau, mit der er seine Frau betrügt. Er hat die Affäre mit *mir*.«

Paul öffnete seinen Mund und schloss ihn wieder.

»Ungeachtet aktueller juristischer Vorgänge ist Jerome ein Mann von erheblichem Wohlstand. Ich habe sehr viel Zeit ... und, sagen wir, *Mühe* investiert, um meinen Teil davon zu erhalten. Jetzt steht dieser Plan auf der Kippe. Ich befürchte, dass er mich betrogen und wieder angefangen hat, mit seiner Frau zu schlafen.«

Diesmal ließ Paul den Mund offen stehen.

Sie hob das Philip-Marlowe-Buch auf, das vor ihr auf dem Tisch lag, und hielt es in die Höhe. »Wie Raymond Chandler nur allzu gut verstanden hat, Mr Mulchrone, heißt es in dieser Welt: fressen oder gefressen werden. Apropos. Es scheint in diesem Gespräch meine Rolle zu sein, die Fragen zu stellen. Ist das ein Hund zwischen Ihren Beinen oder ...?«

Paul senkte den Blick. Maggie war offenbar langweilig geworden, also hatte sie ihren Kopf in die Höhe gereckt. Paul schob sich ein Stück zurück, worauf sie leise unter dem Tisch hervorkam. Dann sprang sie auf den freien Stuhl und starrte seinen Gast seelenruhig an. Die Frau erwiderte Maggies Blick. Zum ersten Mal sah sie aus, als hätte sie die Situation nicht völlig unter Kontrolle.

»Beißt Ihr Hund?«

»Sie ist nicht mein Hund.«

»Wie beruhigend.«

»Also …«

»Ich möchte, dass Sie Jerome Hartigan eine Woche lang beschatten und mir sagen, ob er seine Frau oder irgendwelche anderen Frauen trifft.«

»Weil Sie eine Affäre mit ihm haben?«

»Ja.« Sie lächelte ihn freudlos an. »Nur zu, es steht Ihnen frei, mich zu verurteilen. Aber nur zu meiner Erinnerung: Wo ist noch mal Miss Conroy?«

»Touché.«

»Ich bin eine intelligente Frau, Mr Mulchrone, und ich weiß doch, wie es läuft. Statt meine Jugend mit einem Chemiestudium zu verplempern, habe ich mir lieber die Biologie zunutze gemacht. Diese Welt gehört den Männern. Ich spiele bloß die Karten aus, die man mir zugeteilt hat.« Sie breitete ihre Arme aus und präsentierte sich und ihr eindrucksvolles Outfit. »Ich will lediglich herausfinden, ob meine Gegnerin derzeit die bessere Hand hat.«

Sie stand auf und nahm das Geldbündel vom Tisch.

»Tausend Euro jetzt und viertausend Euro, wenn Sie irgendwelche Beweise finden.«

»Und wenn er gar keine Affäre hat?«

»Dann habe ich Ihnen tausend Euro für eine Woche Arbeit gezahlt, das ist doch nicht schlecht. Auf diese Weise weiß ich wenigstens, dass Sie Ihr Bestes tun.«

»Sie haben nicht viel Vertrauen in die Menschen, oder?«

»Nein, ich habe sie kennengelernt. Also, wollen Sie jetzt den Auftrag oder nicht?«

Paul atmete tief ein. Als hätte er eine Wahl. »Ja.«

»Gut. Wir treffen uns in einer Woche um acht Uhr abends wieder hier, und dann erstatten Sie mir Bericht. Und bitte legen Sie den Hund an die Leine.«

Sie warf ihm das Geld zu und wandte sich ab. Sie griff nach dem Knauf, trat gegen die Tür und öffnete sie in einer einzigen flüssigen Bewegung – auf eine Weise, die Paul den restlichen Abend lang zu wiederholen versuchte. Ohne Erfolg.

»Warten Sie!«, rief Paul. Sie schaute ihn über ihre Schulter hinweg an.

»Sie haben mir Ihren Namen gar nicht gesagt.«

Sie lächelte. »Nein. Nein, das habe ich nicht.«

KAPITEL ZWEI

»Ich meine ja bloß«, sagte Phil Nellis, »dass wir in keine Verfolgungsjagden hineingeraten dürfen.«

Paul atmete tief ein und zählte im Stillen bis fünf. Er versuchte, nicht genervt zu sein; schließlich tat Phil ihm einen Gefallen. Er hatte schon bis zehn gezählt, als sie losgefahren waren, was Phil jedoch nur viel zu viel Zeit verschaffte, etwas noch Nervtötenderes von sich zu geben.

Vier ... fünf. »Keine Sorge, Phil. Wie gesagt, wir werden in keine Verfolgungsjagd geraten. Wir beschatten lediglich jemanden. Das ist alles.«

»Ich habe Tante Lynn versichert, dass ich nur einen Ausflug aufs Land mache. Du weißt ja, wie sie sich mit ihrem Auto anstellt.«

Paul hegte den Verdacht, dass Tante Lynn es Phil sogar erlaubt hätte, mit dem Wagen in ein Schaufenster zu rasen, um den nächstbesten Juwelier auszurauben, wenn er damit nur für ein paar Stunden aus dem Haus war. Zurzeit kamen die beiden nicht besonders gut miteinander aus. Phil Nellis war Pauls ältester Freund, auch wenn das nicht allzu viel zu sagen hatte. Sie waren gemeinsam in Kinderheimen gewesen, bis Phil von Tante Lynn und ihrem lieben verstorbenen Gatten Paddy aufgenommen worden war. Eigentlich war er gar nicht wirklich ihr Neffe, sondern lediglich ein Cousin zweiten Grades, aber das hatte nur auf dem Papier Bedeutung. Dass Lynns »Neffe« inzwischen dreißig Jahre alt war und immer noch in ihrem Gästezimmer lebte, war dagegen handfeste Realität. Wie hieß es noch? Keine gute Tat bleibt je ungestraft.

Paul entdeckte einen Parkplatz. »Da ist einer!«

Phil verlangsamte den Wagen noch weiter – unter seinen derzeitigen Schnitt von zwanzig Stundenkilometern – und warf der Lücke einen skeptischen Blick zu. »Zu klein.«

Sie war groß genug, um ihnen reichlich Platz zu bieten, selbst wenn sie noch einen Wohnwagen im Schlepptau gehabt hätten, und das war nicht der Fall. Seit zwanzig Minuten fuhren sie nun schon am Phoenix Park auf und ab und nahmen Parkplätze in Augenschein, gegen die nicht das Geringste einzuwenden war. Verständlicherweise begann ein Wagen hinter ihnen zu hupen.

Paul hörte ein Knurren vom Rücksitz. Er drehte sich um und sah, dass Maggie ihren Kopf aus dem Fenster gesteckt hatte und den hupenden Typen hinter ihnen fixierte.

»Was ist mit dem verdammten Hund los?«, fragte Phil.

»Ihr geht's gut. Kümmere dich einfach darum, einen Parkplatz zu finden.«

»Ich verstehe gar nicht, warum du sie überhaupt mitgebracht hast.«

»Weil sie sehr deutlich gemacht hat, was sie davon hält, wenn man sie im Büro allein lässt«, sagte Paul.

»Also, wenn sie hier im Wagen irgendeinen Mist baut ...«

»Entspann dich«, sagte Paul. »Sie wird keinen Mist bauen.« Dabei konnte sich dies jederzeit als himmelschreiende Fehleinschätzung entpuppen. Maggie hatte während der gesamten Fahrt vom Büro hierher ihren Kopf aus dem Fenster gesteckt, was jedoch kein bisschen nach der üblichen »Hund liebt das Leben«-Freude aussah. Nein, sie starrte die anderen Verkehrsteilnehmer mit dem stählernen Blick an, den man für gewöhnlich von neuen Insassen in einem Hochsicherheitstrakt zugeworfen bekommt. Es war, als würde sie bloß auf den erstbesten Wahnsinnigen warten, der ihr einen Grund gab, sich auf ihn zu stürzen und ein für alle Mal ihre Dominanz unter Beweis zu stellen. Neben ihnen, an einer Ampel, hatte ein Fahrradfahrer deshalb beinahe seine Lycra-Shorts ruiniert.

Der Plan war eigentlich ganz einfach. Kaum hatte die »Klientin« gestern sein Büro verlassen, war Paul klargeworden, dass er nicht die geringste Ahnung hatte, wie man jemanden beschattete. Und, noch wichtiger: Er hatte auch keinen Schimmer, wie er denjenigen, den er beschatten sollte, überhaupt *finden* sollte. Dann aber wurde ihm bewusst, dass seine Zielperson, Jerome Hartigan, den ganzen Tag am Central Criminal Court verbringen würde. Die Zeitungen waren schließlich voll davon. Paul musste ihm also lediglich von dort aus folgen. Wie schwierig konnte das sein? Ziemlich – auf einem klapprigen Fahrrad. Also hatte er Phil gebeten, heute für ihn den Fahrer zu spielen – fünfzig Euro, keine weiteren Fragen. Dabei war Diskretion derzeit gar nicht so wichtig, er wollte sich lediglich die Tortur ersparen, Phils Fragen beantworten zu müssen.

Phil verfügte über eine eigentümlich gnadenlose logische Dümmlichkeit. Zum Beispiel wusste er genau, dass seine Tante Lynn es nicht leiden konnte, wenn er die Spiegel in ihrem Wagen verstellte. Seine Lösung für dieses Problem lautete, sich auf einen Fahrersitz zu quetschen, der für eine zarte, gerade mal einen Meter achtundfünfzig große Frau eingestellt war. Phil maß gute zwei Meter, und diese bestanden fast vollständig aus unpraktisch langen Gliedmaßen. Seine Knie befanden sich also zurzeit fast auf Brusthöhe, sodass er mit ihnen immer wieder versehentlich die Scheibenwischer aktivierte.

In diesem Moment blinkte ein Bus, der eine Ladung Schüler beim Dubliner Zoo abgesetzt hatte, um von seinem Parkplatz wieder auf die Straße auszuscheren. In diese Lücke schaffte es selbst Phil.

»Woah, woah, woah«, sagte der Barkeeper, als sie eintraten. »Hunde müssen draußen bleiben. Da hängt ein Schild.«

Paul blieb stehen und schaute auf Maggie hinab. »Auf dem Schild steht: *Blindenhunde sind willkommen.* Sie ist ein Blindenhund.«

»Ach ja? Und wer von euch beiden soll jetzt blind sein, bitte schön?«

»Keiner«, sagte Phil. »Aber auf dem Schild steht, Blindenhunde sind willkommen. Da steht nicht, dass sie eine blinde Person dabeihaben müssen.«

»Was?« Ein Blick wütender Verwirrung breitete sich auf dem rundlichen Gesicht des Barkeepers aus. »Aber ... aber ein Blindenhund ohne einen Blinden ist bloß ein Hund.«

»Ach, wirklich?«, fragte Phil. »Warum bringen Sie denn dann ein Schild an, auf dem steht, dass Blindenhunde willkommen sind, wenn nach Ihrer Definition ein Blindenhund nur dann ein Blindenhund ist, wenn er jemanden bei sich hat, der gar nicht dazu in der Lage ist, das Schild zu lesen? Dann sollte einfach nur *Hunde müssen draußen bleiben* draufstehen.«

Paul schaute Phil an. Ohne es zu wollen, war er beeindruckt. Der Barkeeper zeigte derweil die fassungslose Miene aller, die zum ersten Mal mit der Nellis-Logik konfrontiert wurden. »Zwei Pint Guinness und ein Pint Wasser bitte«, sagte Paul, bevor der Barmann sich ein Gegenargument überlegen konnte.

Paul bezahlte die Getränke und brachte sie zu einem Tisch am Fenster. Phil saß bereits dort und schaute nervös auf Maggie hinab. Sie hechelte ihm gut gelaunt entgegen. Man hätte meinen können, dass Maggie Phil mochte, was seltsam war. Schließlich, das wusste Paul nur allzu gut, konnte niemand Phil auf Anhieb leiden. Wer ihn mochte, musste schon einen ziemlich ausgefallenen Geschmack haben. Es war wie bei Sadomaso-Sex oder Jazz.

Von ihren Plätzen aus hatten sie einen hervorragenden Blick

auf den Vordereingang des Central Criminal Court, ein kurzes Stück entfernt vom Eingangstor zum Phoenix Park. Es war ein ziemlich neues Gebäude, das einer Backform ähnelte und nur aus glänzendem Metall und jeder Menge Glasscheiben bestand. Der wahr gewordene Traum eines jeden Fensterputzers.

»Ich dachte, du trinkst nicht mehr?«, fragte Phil.

»Tue ich auch nicht«, entgegnete Paul. Er hatte seit dem *Vorfall* keinen Tropfen Alkohol mehr angerührt – zum einen, weil er diesem eine Mitschuld an seinem Absturz gab, und zum anderen, weil es schlicht eine seiner Methoden war, mit denen er sich selbst bestrafte. »Aber wieso hast du dann ...« Phil sah entsetzt dabei zu, wie Paul sich umschaute und dann unauffällig eines der Biergläser unter den Tisch stellte. »Oh nein ...«

»Glaub mir, ihr ein Bier zu geben ist besser für alle Beteiligten.« Paul hatte das bei ihrem letzten Kneipenausflug feststellen müssen. Das ganze Drama hatte dazu geführt, dass er nun bei den vier Pubs, die dem Büro am nächsten lagen, Hausverbot hätte. Es hatte sich sehr schnell herumgesprochen.

Phil schüttelte den Kopf, während unter dem Tisch enthusiastische Schleckgeräusche ertönten. »Das kann unmöglich gesund sein«, sagte er.

»Du hättest sehen sollen, was los war, als ich ihr kein Pint gegeben habe«, sagte Paul. »*Das* war ungesund.« Paul hatte ursprünglich gehofft, dass Maggie Huutsch ähneln würde, dem Hund aus dem Tom-Hanks-Klassiker *Scott und Huutsch*. Doch langsam fand er sich damit ab, dass sie mehr mit Begbie aus *Trainspotting* gemeinsam hatte.

Phil nahm sein Glas und warf Paul einen vielsagenden Blick zu. »Also, wie läuft's mit Brigit?«

»Oh, fantastisch, danke der Nachfrage. Sie will nicht mit mir sprechen. Aber als sie das letzte Mal ans Telefon gegangen ist, war ihre Auswahl an Beleidigungen schon spürbar warmherziger.«

Phil nahm einen Schluck von seinem Pint und schüttelte traurig den Kopf. »Ahhh, der Pfad der jungen Liebe ist stets steinig und steil.«

Paul wusste genau, was jetzt kommen würde. Er wappnete sich.

»Ich habe schon mit Da Xin darüber gesprochen«, sagte Phil, »und sie meint, du solltest es mit einer großen romantischen Geste probieren.«

Vier ... fünf.

»Meint sie, ja?« Paul nahm seine gesamte Selbstbeherrschung zusammen, um nicht sarkastisch zu klingen. Da Xin war Phils imaginäre Freundin, derzeit imaginäre Verlobte. Sie hatten sich vor neun Monaten bei einem Onlinespiel »kennengelernt«, und eins hatte zum anderen geführt, zumindest sah Phil es so. Paul sah es anders. Seiner Meinung nach konnte gar nichts zu irgendwas führen, solange sie sich noch nie in ein und demselben Raum aufgehalten hatten. Sie waren nun seit beinahe zwei Monaten »verlobt«. Und der *Vorfall* hatte sich ausgerechnet an Phils Junggesellenabschied ereignet. Klar, normalerweise feierte man einen Junggesellenabschied erst, wenn es einen Termin für die Hochzeit gab, aber schließlich feierte man auch nur dann einen Junggesellenabschied, wenn hinter der Verlobten nicht so offensichtlich eine Online-Betrugsmasche steckte. An der »Feier« hatten dann auch nur sie beide teilgenommen. Es war die Idee von Phils Tante Lynn gewesen. Verständlicherweise war sie entsetzt, als Phils Leichtgläubigkeit eine kontinentübergreifende Dimension annahm. Paul sollte ihm das Ganze ausreden, doch der Abend war katastrophal verlaufen – und zwar in jeder Hinsicht.

»Ja«, sagte Phil. »Da Xin kennt sich in diesen Sachen echt gut aus.«

Phil funkelte ihn trotzig an, ein Blick, den Paul nur zu gut kannte. Als würde er Paul regelrecht herausfordern, ihre Existenz infrage zu stellen. Es war ein herzzerreißendes Schauspiel.

Die beiden hatten sich noch nicht mal per Videocall unterhalten, da die chinesische Regierung in der Region, in der Da Xin lebte, die Skype-App blockierte. Ihr Vater war ein politischer Dissident, und ihre gesamte Familie stand unter Hausarrest. Sie waren sehr wohlhabend, ihr Vermögen war jedoch eingefroren, weshalb Phil ihnen Flugtickets besorgen sollte. Kurz gesagt ähnelte der ganze Fall einer dieser Spam-E-Mails, bei denen man einem nigerianischen Prinzen helfen sollte, indem man ihm gestattete, Geld auf sein Konto einzuzahlen – nur in der romantischen Variante. Es war, als würde man einem quälend langsamen Auffahrunfall zusehen, und nichts konnte Phil dazu bringen, auf die Bremse zu treten. Paul entschied sich, nicht darauf einzugehen. Er konnte es wirklich nicht gebrauchen, dass Phil schon wieder wutentbrannt davonstürmte.

»Also«, sagte Phil nach einem weiteren Schluck, »wie kommt's, dass Bunny dir nicht bei dieser Sache hilft?«

»Ach, der versoffene Mistkerl ist wie vom Erdboden verschluckt. Geht seit Tagen nicht ans Telefon.«

»Meinst du, es geht ihm gut?«

»Natürlich geht's ihm gut. Wir reden hier von Bunny. Er liegt bloß sternhagelvoll in irgendeinem Graben und amüsiert sich. Und lässt mich die ganze verdammte Arbeit machen.« Paul war an dieses Verhalten längst gewöhnt. Im Laufe der letzten zwei Monate war Bunny immer wieder ohne jede Vorankündigung aufgekreuzt und dann wieder verschwunden. Als Paul ihn vor drei Wochen angerufen hatte, ließ ihn das ungewohnte Freizeichen vermuten, dass Bunny sich im Ausland befand – aber wo genau er gewesen war, wusste Paul immer noch nicht. Auf seine Nachfrage hatte Bunny lediglich erwidert, er hätte mal wieder seine Bräune aufgefrischt.

Paul schaute aus dem Fenster. »Da drüben ist ein ziemlicher Presseauflauf, was?« Er deutete auf den Treppenaufgang, der auf der anderen Straßenseite zum Gericht führte. Dort hockten mehrere Fotografen und zwei Kamerateams gelangweilt herum.

»Ja«, erwiderte Phil. »Wer ist denn nun eigentlich dieser Typ, den du beschatten sollst?«

Paul senkte die Stimme. »Einer von den Skylark Three.« Er hatte gehofft, nicht näher darauf eingehen zu müssen, aber wenn die Alternative darin bestand, ihr Liebesleben zu vergleichen, fiel die Wahl nicht schwer.

»Ist das eine Band?«, fragte Phil.

Paul hätte nicht überrascht sein sollen, dass Phil nicht auf dem Laufenden war, wenn es um die aktuelle Nachrichtenlage ging, aber er war es doch. Der Skylark-Prozess dominierte jede Titelseite und war tagein, tagaus die Hauptmeldung in allen Fernsehnachrichten. Er hatte es für unmöglich gehalten, nichts davon mitzubekommen.

Skylark war das größte Bauprojekt in der Geschichte des Landes. Eine alte Industrieruine, die ehemalige Gettigan-Druckerei samt Lagerhäusern, sollte komplett umgebaut werden. Paschal Maloney, Craig Blake und Jerome Hartigan, die drei prominentesten Stars im weitverzweigten Firmament der irischen Baulöwen, hatten sich dafür zusammengetan und waren als die drei Amigos lachend durch die Talkshows gezogen: »Ach was, Sie müssen uns nicht gleich als Dreamteam bezeichnen. Wir legen unsere persönlichen Rivalitäten beiseite und bemühen uns schlicht, für unser Land zu tun, was wir können.« Immobilienhaie als Rockstars.

Ein Hochhaus mit 524 exklusiven Zwei- und Drei-Zimmer-Apartments, perfekt für alle, die sich zum ersten Mal ein Eigenheim zulegen und eine Familie gründen wollten; dazu 186 weitere Einheiten für Menschen im Ruhestand inklusive Betreuungsangeboten; außerdem 88 Luxuswohnungen in den obersten Stockwerken; ganz zu schweigen von dem Multiplex-Kino, einem Supermarkt, Restaurants und vielem mehr. Es war das beispiellose Nonplusultra aller Wohnungsbauprojekte; das Juwel in der Krone des keltischen Tigers. Promis standen Schlange, um eine Anzahlung für die schickeren Apartments zu leisten, und es war sogar zu Prügeleien gekommen, zu *echten* Prügeleien, als die ersten noch nicht gebauten Wohnungen für das einfache Volk zum Verkauf freigegeben wurden.

Dann aber gab die Wirtschaft den Geist auf. Skylark stand vorerst gut da; die Menschen hatten im Vorfeld schließlich unfassbar viel Geld in das Projekt gesteckt – was sollte da noch schiefgehen? Die Investoren wurden beruhigt, Kredite bei den Banken neu ausgehandelt, und Politiker versicherten der Öffentlichkeit, dass alles »seine Ordnung« habe. Schließlich konnten die ersten glücklichen Käufer in den Skylark-I-Wohnturm ziehen – fanden jedoch ein Gebäude vor, das mehr als nur ein, zwei Schönheitsfehler aufwies. »Bloß ein paar Kinderkrankheiten«, wie ein Sprecher versicherte, da die drei Amigos zu diesem Zeitpunkt bereits ein wenig kamerascheu geworden waren. Jedoch bestünde kein Grund zur Sorge. In Disneyland hatte am Tag der Eröffnung schließlich auch nichts funktioniert! Und es gab noch eine weitere Gemeinsamkeit mit Disneyland: Auch beim Skylark-Projekt sollte eine Maus eine entscheidende Rolle spielen.

Der große Brand wurde nämlich auf Kabel zurückgeführt, die nicht ordnungsgemäß isoliert waren. Daher konnte besagte Maus sie auch problemlos durchnagen. Es war ein Wunder, dass niemand zu Tode kam – und ein reiner Zufall, dass direkt neben der Wohnung, in der das Feuer ausgebrochen war, eine Mitarbeiterin der Feuerwehr lebte. Sie schaffte es, die Situation so lange unter Kontrolle zu halten, bis das gesamte Gebäude evakuiert worden war.

Anfangs warf man den Bewohnern vor, sie hätten die Rauchmelder ausgeschaltet, doch kaum nahmen die Ermittler ihre Arbeit auf, zeigten sie sich schockiert von dem, was sie vorfanden. Weniger als die Hälfte der Rauchmelder im gesamten Komplex waren vorschriftsmäßig installiert worden. Den Bauunternehmern »freundlich gesonnene« Politiker hatten offenbar dafür gesorgt, dass die Arbeiten nicht überprüft werden mussten. Skylark 1 wurde daraufhin offiziell als nicht sicher eingestuft und alle Bewohner zum Auszug gezwungen. Im Parlament stellte man kritische Fragen. Inspektionen wurden durchgeführt, dann weitere Inspektionen, und erbitterte Auseinandersetzungen folgten.

Schließlich stellte sich heraus, dass die verwendete »State of the Art«-Dämmung in Schweden verboten worden war, und zwar aus guten Gründen. Dann, nach sechs Monaten, bemerkte jemand die Absenkung des Hochhauses. Man kam zu dem Schluss, dass es günstiger sein würde, das Gebäude neu zu bauen, als es in Ordnung zu bringen. Alle gaben einander gegenseitig die Schuld, aber die drei Amigos versicherten sämtlichen Parteien, sie würden nicht ruhen, bis alle das Traumhaus bekämen, das sie ihnen versprochen hatten.

Die Mitteilung wurde an einem Dienstagmorgen veröffentlicht, am Mittwochmittag meldeten sie bereits Insolvenz an – in England, wo die Gesetze weniger streng ausfielen. Aber zu diesem Zeitpunkt hatten die Politiker ihnen sowieso schon die Treue aufgekündigt. Währenddessen blieb ein großer Teil des riesigen Skylark-Komplexes halb gebaut und verlassen; ein bereits verfallendes Mahnmal ihrer Hybris. Das gigantische Werbeschild, das man von der Autobahn aus noch immer sehen konnte, war mit fetten Buchstaben übermalt worden: »Wer hier gekauft hat, ist am Arsch.«

Erstaunlicherweise hatte bis zu diesem Zeitpunkt niemand wirklich gegen das Gesetz verstoßen. Einige Baustandards waren nicht eingehalten worden, aber das sorgte nur für kleinere Watschen mittels entsprechender Geldstrafen. Erst als die Konkursverwalter sich der Sache annahmen, begann der wahre Spaß. Sie entdeckten das große schwarze Loch inmitten der Skylark-Buchhaltung; den meisten Berichten zufolge handelte es sich um 148 Millionen Euro. Die drei Amigos waren entsetzt, die Investoren waren entsetzt, die Banken waren entsetzt, die Regierung war entsetzt. Wenig hilfreich war, dass sich der Hauptbuchhalter des Projekts von einer Brücke stürzte, als er mit seinem Hund Gassi ging. Der Hund, hieß es, war entsetzt.

Die Menschen verlangten Antworten, aber die Politiker distanzierten sich von dem Bauprojekt, von dem sie plötzlich angeblich schon immer gewusst hätten, dass es auf eine unvermeidbare Katastrophe zusteuerte, und drängten darauf, dass jemand anders diese Antworten geben müsse. Die Staatsanwaltschaft ließ pflichtschuldig verlauten, dass sich die drei Amigos einem Strafverfahren wegen Betrugs stellen müssten. Endlich, sagte das irische Volk, würde jemand ausnahmsweise mal für das Leid büßen müssen, das er verursacht hatte.

Vier ... fünf. »Nein, Phil«, sagte Paul, »die Skylark Three sind keine Band. Liest du keine Zeitungen?«

»Doch.« Phil sah gekränkt aus. »Aber ich habe mich auf die Nachrichten aus der Xinjiang-Provinz konzentriert, für den Fall, dass es dort einen Regierungswechsel gibt, was bedeuten würde ...«

»Ah-ha«, sagte Paul und hörte schon nicht mehr zu. »Irgendwas stimmt da nicht.«

»Ja, die Unterdrückung der ...«

»Nicht *da*«, sagte Paul. »Da!« Er deutete nach draußen, wo die Fotografen und Kamerateams plötzlich in hektische Betriebsamkeit ausgebrochen waren. »Ich habe das recherchiert. Eigentlich sollte die Verhandlung bis heute Nachmittag um sechzehn Uhr dauern. Sie hat gerade erst vor fünf Minuten angefangen. Scheiße, hol den Wagen!«

Phil schaute ihn fassungslos an. »Aber ich habe mein Pint noch nicht ausgetrunken.«

»Los! Sofort!«

»Ist ja gut! Krieg dich wieder ein.«

Phil stieß seinen Stuhl um und stolperte auf dem Weg zur Tür gegen einen weiteren Tisch.

»Pass auf, wo du langläufst, du schlaksiges Stück Scheiße!«, rief der Barkeeper, dem man in nächster Zeit vermutlich keinen Preis für freundlichen Service verleihen würde. Paul schnappte sich Maggies Leine und steuerte ebenfalls die Tür an. Glücklicherweise hatte sie ihr Pint bereits ausgetrunken.

»Was ist denn los?«

Der Fotograf drängte Paul grob beiseite und ignorierte seine Frage. Uniformierte Polizisten bemühten sich mit Verspätung, eine Absperrung zu errichten, um die Menge in Schach zu halten. Immer mehr Journalisten und Fotografen tauchten auf. Ein Van des Fernsehsenders RTÉ war soeben vorgefahren und brachte eine ziemlich aufgeregt wirkende Reporterin zum Vorschein, die früher die Nachrichten auf Irisch moderiert hatte – wie hieß sie noch? Zusammen mit den Pressevertretern versammelten sich auch immer mehr Bürgerinnen und Bürger vor dem Gerichtsgebäude. Nichts zog in Dublin eine Menschenmenge so wirksam an wie eine Menschenmenge.

Zwei junge Typen in Anzügen zuckten nur mit den Schultern, als Paul ihnen dieselbe Frage stellte. »Keine Ahnung, Mann, muss aber was Krasses sein, oder?«

Paul schob sich weiter durch das Gewühl der Leute, die sich nach vorn drängelten, um besser sehen zu können, während

Maggie ihm geschickt auf den Fersen blieb. Sie drängten sich an den sensationslüsternen Passanten vorbei, die ihre Handys gezückt hatten – ohne zu wissen, was vor sich ging, aber in der Hoffnung, irgendwas filmen zu können, das sich später als Youtube-Hit entpuppen könnte.

Dann fand Paul unerwartet eine ruhigere Lücke mitten im Chaos und blieb stehen. Er wandte den Kopf und sah neben sich einen Mann, den er wiedererkannte. Dessie O'Connells Bild war vor Kurzem in allen Zeitungen gewesen. Er war sogar in Talkshows aufgetreten und hatte dort seine Geschichte erzählt. Von der Frau, die er geliebt hatte. Er war Mitte siebzig. Was sofort zwischen den Runzeln und Sorgenfalten in seinem wettergegerbten Gesicht hervorstach, war die Leuchtkraft seiner grünen Augen. Wie ein unerwarteter Farbfleck auf einer Schwarz-Weiß-Fotografie. In den Händen hielt er ein gerahmtes Bild seiner Frau, die der Welt aus glücklicheren Tagen entgegenlächelte.

Die beiden hatten all ihre Ersparnisse durch Skylark verloren, weil sie auf das Versprechen einer sicheren Zukunft in jenem State-of-the-Art-Ruhestandskomplex hereingefallen waren. Er litt unter Rheuma, zumindest glaubte Paul, sich daran zu erinnern. Ja, man erkannte es an der verkrampften Weise, mit der er den Bilderrahmen an seine Brust drückte. Seine Frau war an MS erkrankt. Und als es mit Skylark zu Ende gegangen war, war es auch mit ihr zu Ende gegangen.

Paul hatte im Fernsehen verfolgt, wie Dessie O'Connell ihren Abschiedsbrief vorgelesen hatte. Wie sehr es ihr leidtue, ihn zu verlassen, dass sie aber schreckliche Angst vor der Zukunft habe. Dass sie keine Bürde sein wolle. Dass das Geld womöglich reichen würde, wenn nur noch er da war. Er hatte beim Vorlesen leise geweint. Dann war er von der Moderatorin, beinahe flüsternd, gefragt worden, warum er jeden Tag vor dem Gericht stand und ihr Bild hochhielt. Um an sie zu erinnern, sagte er. Getroffen hatte Paul dabei vor allem, dass der Mann keinerlei Wut in sich zu tragen schien. Er wisse, dass nichts dabei herauskommen werde, sagte er. Es würde keine Gerechtigkeit geben. Er müsse nur jeden Tag an sie denken, und das sollten die Verantwortlichen auch tun. Als Paul seinem Blick begegnete, wünschte er, ihm würde der Name der Frau einfallen.

»Einen schönen Hund haben Sie da«, sagte der alte Mann, beugte sich hinab und streichelte Maggies Kopf. Dann richtete er sich wieder auf und verzog schmerzlich das Gesicht. »Der Prozess ist abgebrochen worden, wegen eines Verfahrensfehlers«, sagte er ausdruckslos. »Eine der netten Damen, die mir immer Tee und Sandwiches bringen, ist gerade rausgekommen und hat es mir erzählt.«

»Oh«, sagte Paul.

»Sie sollen mir eigentlich nichts bringen, tun es aber trotzdem. Sie sind immer sehr nett gewesen. Haben mich sogar einige Male heimlich reingeschleust und die Toilette benutzen lassen. Die Menschen sind auf ihre Weise durchaus anständig, die meisten jedenfalls.«

Paul nickte.

»Das werden sie nun wohl nicht mehr machen müssen. Jetzt, wo es vorbei ist.« Er schaute zu Boden, als käme ihm der Gedanke zum ersten Mal. Als wäre der Rest seines Lebens eine lange, leere Straße, und als wäre er schlicht zu müde, seinen Weg darauf fortzusetzen.

»Sie werden doch bestimmt ein neues Verfahren aufnehmen, oder?«, fragte Paul.

Dessie O'Connell stieß ein freudloses Lachen aus. »Ach, wozu sollte das gut sein? Offenbar wurde festgestellt, dass einer der Geschworenen mit irgendwem verwandt ist, der sein ganzes Geld durch Skylark verloren hat. Tja, dürfte schwierig werden, ein Dutzend Leute zu finden, die nicht irgendwen kennen, auf den das zutrifft.«

Er nickte zu dem Klappstuhl, dem kleinen Schirm und der Decke hinüber, die zeigten, wo er in den letzten zwei Monaten Stellung bezogen hatte – ein gutes Stück links vom Haupteingang, am Fuß der Treppe. »In den ersten zwei Wochen waren wir noch weit mehr«, sagte er. »Demonstranten, meine ich. Es gab eine nette Familie mit zwei Kindern und jede Menge anderer Leute, aber die sind alle nach und nach verschwunden. Ich nehme an, die meisten Menschen müssen einfach ihr Leben weiterleben.«

Jedes weitere Gespräch wurde von einem Sturm aus Kamerablitzen und gebrüllten Fragen verhindert. Zusammen mit zwei finster dreinblickenden Bodyguards waren Hartigan, Blake und Maloney oben auf dem Treppenabsatz aufgetaucht. Craig Blake trug einen feinen maßgeschneiderten Anzug in Anthrazit. Sein Gesicht war rund und kinnlos, und er hatte eine jener leicht nach oben gebogenen Nasen, die auf eine altehrwürdige Familie schließen ließen – und auf Inzucht. Seine Miene verriet Abscheu, als wäre all das bloß eine große Unannehmlichkeit, die ihn von Wichtigerem abhielt. Hartigan war etwa genauso alt wie Blake, verfügte aber über fein ziselierte Gesichtszüge und eine natürliche Anmut. Er trug die Kombination aus weißem Hemd und schwarzem Anzug, in der Paul ihn bislang auf jedem Foto gesehen hatte. Sein Haar war zurückgekämmt und leicht zerzaust. Die Geheimratsecken ließen auf einen Kampf gegen erblichen Haarausfall schließen, den er sich offenbar einiges kosten ließ – und den er gewann.

Im Gegensatz zu diesen beiden wirkte Maloney zerknittert und ungepflegt. Er steckte in einem Anzug, der ihm etwas zu groß zu sein schien, und sein rettungslos kahler Schädel reflektierte das Sonnenlicht. Kleine Augen spähten beunruhigt hinter der runden, randlosen Brille hervor, während er nervös die Finger verschränkte. Er erinnerte Paul an Penfold aus *Danger Mouse*, nur dass er jede liebenswürdige Knuddeligkeit vermissen ließ. Er sah aus wie der Typ, der sich lieber im Hintergrund hielt und die anderen Jungs anfeuerte, während sie dir das Geld fürs Mittagessen abknöpften.

Hartigan marschierte selbstbewusst die Stufen hinab und hob die Hände, um für Ruhe zu sorgen. Er wartete einige Sekunden, bis die Journalisten, die ihm Mikrofone und Digitalrecorder entgegenstreckten, ihr würdeloses Krakeelen einstellten.

»Danke, dass Sie gekommen sind. Meine Kollegen und ich sind äußerst erleichtert, dass dieser politisch motivierte Schauprozess endlich ein Ende gefunden hat. Wir möchten uns bei Richter Green dafür bedanken, dass er sichergestellt hat, dass der Gerechtigkeit tatsächlich Genüge getan wurde. Wie jeder andere sind auch wir bitterlich enttäuscht darüber, was aus dem Traum geworden ist, der einmal Skylark hieß. Wir werden nicht ruhen, bis Gerechtigkeit, wahre Gerechtigkeit, für alle Beteiligten erreicht wurde. Aber sich Sündenböcke zu suchen und diejenigen bestrafen zu wollen, die einer Wirtschaftskrise von nie dagewesenem Ausmaß zum Opfer gefallen sind, hilft niemandem. Dieses Land wurde von Menschen erbaut, die etwas gewagt haben, und diejenigen zu verurteilen, die dies auch heute noch tun, setzt ein gefährliches Beispiel für zukünftige Generationen. Seien Sie versichert, wir werden auch weiterhin alles daransetzen, dem, was sich hier abgespielt hat, auf den Grund zu gehen. Und wir werden alles tun, was in unserer Macht steht, um es wiedergutzumachen. Wie immer danken wir Ihnen für Ihre Unterstützung.«

Damit wandte sich Hartigan ab und marschierte die Stufen wieder hinauf, gefolgt von seiner Entourage. In ihrem Rücken erhob sich ein wildes Konzert aus Pfiffen, Buhrufen und wütend herausgebrüllten Fragen. Als die Glastüren hinter ihnen zuglitten, konnte Paul erkennen, dass Hartigan freundschaftlich den Arm um Maloneys Schulter legte. Blake, der sich gerade mit einigen Anwälten unterhielt, stieß ein bellendes Lachen aus.

Paul wandte sich zum Gehen. Er musste Phil und den Wagen finden, und zwar schnell. Während er davoneilte, warf er noch einen Blick zurück und stellte fest, dass Dessie O'Connell stumm im Gewühl stand und wortlos das Bild seiner toten Frau in die Höhe hielt. An ihren Namen konnte Paul sich noch immer nicht erinnern.

KAPITEL DREI

Brigit nahm einen tiefen Zug von ihrer Zigarette und betrachtete die Landschaft. Auf dem Gelände von Krankenhäusern gab es immer so schöne Bäume. Es hatte etwas sehr Tröstliches, dabei zuzusehen, wie sie sanft in der sommerlichen Brise schwankten.

Es war ja nicht so, als hätte sie die Pflege jemals wirklich gemocht. Das durfte sie nicht vergessen. Sie hatte sie allerdings auch nicht *nicht* gemocht. *Lass dich zur Krankenpflegerin ausbilden*, hatte man ihr gesagt, *dann bekommst du die ganze Welt zu sehen*. In der Ausbildung hatten sie einander gegenseitig mit einem anderen Spruch motiviert: *Jemanden, der ihnen den Arsch abwischt, brauchen die Leute immer*. Krankenpflegerinnen machten natürlich noch weitaus mehr, und bis zu einem gewissen Punkt hatte ihr der Beruf durchaus Freude bereitet. Den Patientinnen und Patienten dabei zu helfen, wieder gesund zu werden – oder sich zumindest besser zu fühlen mit dem Leben, das ihnen noch blieb: Das war nicht nichts. Nein, sie hasste den Job nicht, sie hatte nur immer das Gefühl gehabt, dass sie mit ihrem Leben noch etwas mehr anstellen wollte. Das würde sie nun auch müssen, schließlich stand sie kurz davor, im hohen Bogen rausgeschmissen zu werden.

Die Notausgangstür öffnete sich, und Dr. Luke Mullins trat heraus. Seine Habichtsnase und die schrillen Westen, für die er eine geschmacksbefreite Zuneigung hegte, ließen ihn älter wirken als seine vierzig Jahre. Außerdem war er etwa fünf Kilo zu schwer, um bequem in seine Anzüge zu passen – anscheinend kleidete er sich nicht für den Job, den er hatte, sondern für den

Körper, den er eines Tages zu erreichen hoffte. Seine unzugängliche Art machte ihn beim Pflegepersonal zu einem der weniger beliebten Ärzte. Brigit wiederum hatte nichts gegen ihn. Bei Dr. Mullins ging es immer nur um den Job, aber er behandelte alle gleich, war ebenso bereit, einem anderen Arzt den Marsch zu blasen wie einer Krankenschwester.

Dieser inoffizielle Raucherbereich – eigentlich nur eine schmale Nische zwischen zwei Gebäuden – war für gewöhnlich das exklusive Refugium der Pflegekräfte. Sie mieden die offiziell ausgewiesenen Bereiche, da Patienten und Besucher dazu neigten, eine heuchlerische Strenge an den Tag zu legen, wenn sie bemerkten, dass sie ihre Kippen Schulter an Schulter mit dem medizinischen Personal durchzogen.

Dr. Mullins schaute sich verlegen um, als hätte er vergessen, weshalb er hierhergekommen war.

»Keine Sorge«, sagte sie. »Sie sind mich in einer Minute los.« Sie hielt ihre halb aufgerauchte Zigarette in die Höhe. »Ich weiß, dass Sie sich nicht mit den Verurteilten verbrüdern dürfen.«

»Entspannen Sie sich«, erwiderte er. »Ich bin gar nicht hier. Außerdem rauche ich nicht.«

Brigit schaute ihn groß an, bis sie den Wink mit dem Zaunpfahl verstand. Sie öffnete das Päckchen, das sie in der Hand hielt, und streckte es ihm entgegen. Kurz überlegte sie, ihm keine anzubieten, aber das kam ihr dann doch zu kleinkariert vor. Schließlich war es nicht seine Schuld, dass sie in dieser Zwickmühle steckte.

Dr. Mullins nahm eine Zigarette und schloss die Hände um das Feuerzeug, das sie für ihn entzündete. Ungeschickt paffend brachte er die Zigarette in Gang. Brigit nahm an, dass er nur Gelegenheitsraucher war – bei einem Herzspezialisten vermutlich nicht das Schlechteste. Sie standen nebeneinander und schauten auf die Rasenfläche hinaus.

»Also«, sagte er. »Unglückliche Liebesgeschichte?«

Brigit warf ihm einen Seitenblick zu. »Nein, danke, ich hatte gerade erst eine.«

Dr. Mullins nickte. »Dachte ich mir.«

»Zwei, um genau zu sein, jetzt, da Sie es erwähnen. Aber wie kommen Sie darauf?«

»Hab mich bloß gefragt.«

Brigit betrachtete sein ausdrucksloses Gesicht und spürte, wie ihr Ärger wuchs. »Ach ja? Soll das der Versuch sein, sich das wahnsinnige Verhalten einer irrationalen Frau zu erklären?«

Dr. Mullins hob beschwichtigend die Hände. »Entspannen Sie sich, Schwester Conroy, ich komme in Frieden. Ich habe drei Stunden lang da drinnen gesessen und mir Ihre Lügen angehört. Ich war nur neugierig, das ist alles.«

»Tja.« Sie wandte sich ab und schnippte ihre beinahe aufgerauchte Zigarette Richtung Gully. »Nun wissen Sie's ja.«

»Und wenn Ihnen das ein Trost ist«, sagte er. »Es war wahnsinnig komisch.«

Erstaunt hielt Brigit inne. »Danke. Ich nehme nicht an, dass Sie das in Ihr Urteil miteinbeziehen können.«

»Nein. Leider müssen wir darüber befinden, ob Ihr Vorgehen ein schweres Fehlverhalten darstellt, und nicht, ob es wahnsinnig komisch war.«

»Mein typisches Pech«, sagte sie.

»Es war unglücklicherweise auch sehr dumm.«

Nun schaute Brigit ihn direkt an. »Ihr Ernst? Erst schnorren Sie sich eine Zigarette, und dann nennen Sie mich dumm?«

Mullins starrte weiterhin ungerührt in die Ferne. »Ja, das tue ich wohl«, sagte er. »Dr. Lynch ist ein Arschloch ersten Grades, und das wissen wir beide. Aber wir wissen auch, dass Sie eine gute Krankenpflegerin sind.«

»Es gibt viele gute Krankenpflegerinnen.«

»Nicht wirklich. Es gibt viele brauchbare, aber ich verwende die Bezeichnung *gut* nicht leichtfertig. Verstehen Sie mich nicht falsch, es gibt auch nicht viele gute Ärzte. Auch wenn es durchaus sein kann, dass Lynch der schlechteste von allen ist.«

»Ganz sicher der mit dem schlechtesten Benehmen«, fügte Brigit hinzu.

Dr. Lynch – oder Dr. Lustmolch, wie er üblicherweise genannt wurde – war genau das; ein lüsternes Stück Dreck mit einem Stethoskop um den Hals. Sollte er tatsächlich über heilende Hände verfügen, musste die Hälfte aller hiesigen Krankenschwestern inzwischen ziemlich unsterbliche Hintern haben. Natürlich war er vorsichtig, sehr vorsichtig. Als hätte er eigens ein Seminar besucht, wie man sich am Arbeitsplatz keiner sexuellen Belästigung schuldig machte – oder zumindest, wie man nicht dabei erwischt wurde.

Dr. Mullins zog umständlich an seiner Zigarette. »Das Problem ist folgendes: Seine Version der Ereignisse ist absoluter Schwachsinn. Ihre aber auch, und in diesem Fall ...«

»... glaubt man natürlich dem Arzt«, beendete sie den Satz.

Er nickte.

»*Man*«, sagte sie. »Das wären in diesem Fall Sie und die anderen beiden Ausschussmitglieder, die mein Schicksal in den Händen halten.«

»Ja. Der Disziplinarausschuss, den Sie gerade wiederholt angelogen haben.«

»Ich habe nicht ...«

»Ach, kommen Sie, Schwester Conroy. Sagen Sie da drinnen, was Sie wollen, aber tun wir bitte nicht so, als wären wir völlige Idioten, wenn wir unter uns sind.«

Dr. Mullins warf seine halb aufgerauchte Zigarette in den Gully und wandte sich ihr zu.

»Ich glaube, Folgendes ist passiert: Dr. Lynch hat sich – niveauvoll wie er nun mal ist – an eine der jüngeren Pflegerinnen herangemacht, mittels seiner unverwechselbaren Einschüchterungs-Flirttechnik.«

Bevor Brigit etwas sagen konnte, schnitt ihr Dr. Mullins mit einer Handbewegung das Wort ab. »Ja, ich glaube Ihre Version nicht, dass er etwas von *Ihnen* wollte, und zwar nicht, weil Sie nicht attraktiv wären – bla, bla, bla –, aber seien wir ganz offen: Sie sind nicht gerade das junge, naive, im Wald verirrte Rehlein, auf das es ein Jäger wie Lynch abgesehen hat, oder? Selbst ein Idiot wie er erkennt das sofort.«

Brigit zuckte mit den Schultern, blieb aber stumm.

»Also«, fuhr Dr. Mullins fort. »Unser alter Lustmolch macht seine schlüpfrigen Annäherungsversuche bei einer der jüngeren Schwestern, deren Namen Sie mir wahrscheinlich nicht mal unter Androhung der Todesstrafe verraten würden. Verständlicherweise bringt Sie das aus der Fassung. Natürlich hätten Sie es der Pflegedienstleitung melden können …«

»Weil sich das ja schon so oft bewährt hat«, warf Brigit ein.

»Haben Sie aber nicht«, fuhr er fort. »Weil die junge Kollegin vermutlich kein großes Fass aufmachen wollte und Sie, seien wir ehrlich, stinkwütend waren.«

»Wegen sexueller Belästigung am Arbeitsplatz?«

»Ja, und wegen des Lebens im Allgemeinen und wegen der Männer im Besonderen. Ich nehme an, Dr. Lustmolch konnte sein Glück kaum fassen. Da bekommt er also eine Nachricht von Schwester X, die ihm mitteilt, dass er sie im Untersuchungsraum drei treffen soll, den die Angestellten ihm zu Ehren, wenn ich mich nicht irre, bereits in *Lynch-Suite* umgetauft haben.« Dr. Mullins zeigte ein schmales Lächeln. »Lange Rede, kurzer Sinn: Er taucht da also auf, weil er ein notgeiler kleiner Kretin ist. Er ist sogar dumm genug, sich all seiner Kleidung zu entledigen. Entweder, weil er brav vorherigen Anweisungen folgt oder tatsächlich derartig dämlich ist.« Mullins ließ eine lange, erwartungsvolle Pause folgen. »Wirklich? Nicht mal diese kleine vergnügliche Info wollen Sie mir gönnen?«

Brigit blieb ungerührt.

»Wie auch immer, er ist also al fresco in flagrante. Dann kommen Sie reingerauscht und – wo haben Sie eigentlich die Handschellen hergehabt?«

»Die Gardaí bringen andauernd irgendwelche Verdächtigen in die Notaufnahme«, sagte Brigit. »Wir haben eine ganze Schublade voll mit den Dingern.«

»Verstehe. Gut zu wissen. Also wird Dr. Lustmolch zehn Stunden später gefunden, mit Handschellen an ein Bett gefesselt und mit Klebeband über dem Mund, nackt, abgesehen davon, dass ihm »Dieser Pimmel ist verheiratet« auf die Brust geschrieben wurde. Mit einem Pfeil, der direkt hinunterzeigt zu seinem, nun ja … Wie dicht bin ich an der Wahrheit?«

Brigit zuckte nur vage mit den Schultern. Sie hatte sich von einer recht eindrücklichen Szene aus diesem Schwedenkrimi mit dem Drachen-Tattoo-Mädchen inspirieren lassen. Leider hatte sie keinen Zugang zu einem echten Tätowiergerät gehabt.

»Sie können die Wahrheit nicht sagen«, fuhr Dr. Mullins fort, »weil Sie Ihre Kollegin schützen wollen. Also behauptet Lynch, dass Sie ihn ohne jeden Grund angegriffen hätten, während er sich gerade umgezogen hat, um *joggen* zu gehen – ich fasse es nicht, dass sich der fette kleine Mistkerl ausgerechnet *das* ausgedacht hat. Leider ist seine Version glaubwürdig genug, um damit durchzukommen. Insbesondere, wenn man bedenkt, dass die Familie Lynch auf eine lange und ruhmreiche Geschichte in der irischen Medizin zurückblickt, die sich über Generationen zurückverfolgen lässt.«

»Wenn seine Vorfahren auch nur in etwa so waren wie er«,

fügte Brigit hinzu, »haben sie wahrscheinlich mehr Menschenleben auf dem Gewissen als die Pest.«

»In der Tat. Dennoch hat er mächtige Freunde. Und zwei von ihnen sitzen in diesem Ausschuss.«

»Tja, das klingt doch mal fair«, sagte Brigit.

Dr. Mullins schob die Hände in seine Hosentaschen und lehnte sich zögerlich gegen die Wand. Er musterte Brigit eingehend. »Nein, das ist es wohl nicht. Aber ich habe den Eindruck, dass Ihnen das ziemlich egal ist, oder?«

Brigit lachte freudlos. »Schulen Sie jetzt um in Richtung Psychiatrie, Herr Doktor?«

»Da nicht mal mir die Krimis entgehen konnten, die Sie unentwegt mit sich rumschleppen, Schwester Conroy, gehe ich davon aus, dass Sie mit dem Umstand vertraut sind, dass manche Verbrecher sich freiwillig von der Polizei niederstrecken lassen?«

Brigit zuckte mit den Schultern. »Ich vermute, Sie meinen die Tatsache, dass sie sich erschießen lassen, um nicht Selbstmord begehen zu müssen.«

»Dieser Disziplinarausschuss da drin ist Ihr Polizist mit dem Finger am Abzug, nicht wahr?«

Brigit schaute auf ihre Füße und sagte nichts.

»Habe ich das richtig verstanden, dass Sie hier weggehen, um – ausgerechnet – eine Privatdetektei zu gründen?«

Brigit gefiel die Art nicht, wie er das sagte. Es klang wie bei ihren Brüdern. Als wäre das Ganze eine vollkommen dämliche Idee und sie nur ein lächerliches kleines Mädchen mit Flausen im Kopf.

»Ja, aber das ist nicht mehr aktuell, dank der bereits erwähnten unglücklichen Liebesgeschichte.«

»Ah, ich verstehe«, sagte Dr. Mullins. »Von wie schlimm sprechen wir hier?«

»Er hat mich auf einem Junggesellenabschied betrogen ...«

»Oh weh. Wie abgedroschen.«

»… und mir dann die Fotos davon per Handy zugeschickt.«

Sie redete nicht gern darüber, aber etwas in ihr wollte Mullins schockieren und ihm seine demonstrative Selbstgewissheit nehmen.

»Gott im Himmel«, sagte er. »Warum hat er das denn getan?«

»Der Teufel soll mich holen, wenn ich das wüsste. Alkohol trifft katholisches Schuldgefühl, würde ich vermuten. Vielleicht ist er aber auch einfach nur ein schrecklicher Mensch. Spielt das eine Rolle?«

»Vermutlich nicht. Waren Sie nicht sogar verlobt?«

»Nein, das war der Prinz davor, der mich ebenfalls betrogen hat.«

Brigit wandte sich ab, um sich eine weitere Zigarette anzuzünden. Wütend stellte sie fest, dass ihr Tränen in den Augen brannten. Nicht hier, nicht jetzt und nicht vor ihm!

Um ehrlich zu sein, tat der erste Vorfall gar nicht mehr so weh. Nicht, seit Duncan, der fragliche Prinz, versehentlich in den Besitz ihres Handys gelangt war – während »der hübschen kleinen Aufregung von letztem Jahr«, wie Bunny es so gern nannte. Es hatte dazu geführt, dass Duncan beinahe von der Kugel des Auftragsmörders getötet worden wäre, die eigentlich für Brigit bestimmt gewesen war, und dass sein so umtriebiger Schniedel von der Frau verletzt wurde, die ihn zu diesem Zeitpunkt gerade verwöhnt hatte. Wie hieß es doch gleich? Karma ist eine Bitch mit scharfen Zähnen.

»Nichts für ungut«, sagte sie, »aber alle Männer sind Arschlöcher.«

»Mich müssen Sie davon nicht überzeugen.«

Es war die Art, wie er das sagte, die sie stutzen ließ. Sie schaute ihn an und sah, dass ein verlegenes Lächeln über sein Gesicht huschte.

»Oh, tut mir leid, funktioniert Ihr Schwulen-Radar nicht richtig? Zugegeben, ich gehöre zu der bodenständigeren Sorte. Ich kann Ihnen Ihr Make-up nicht in Ordnung bringen, Ihnen die Wohnung nicht neu einrichten oder Ihnen Standardtänze beibringen. Ist nicht mein Bereich. Einen schönen Schwanz weiß ich aber durchaus zu schätzen.«

Vielleicht war es die Anspannung oder einfach die Überraschung; so oder so, Brigit musste derartig laut losprusten, dass sie unwillkürlich die Zigarette ausspuckte, die sie gerade angezündet hatte. Die Kippe zischte leise im Rinnstein, während Brigit weiter lachte.

Schließlich zog sie ein Taschentuch hervor und tupfte sich die Augenwinkel ab.

»Gott, das habe ich gebraucht.«

»Das höre ich zum ersten Mal von einer Frau.«

Sie dachte kurz darüber nach, ihm einen neckischen Schubs zu geben, schaute ihn aber nur an und entschied sich dagegen. Er war immer noch Dr. Mullins, und sein Gesicht kehrte zu seiner gewohnten steinernen Regungslosigkeit zurück.

»Wenn es Ihnen ein Trost ist«, sagte er, »*mein* letzter Prinz hat sich an dem Tag von mir getrennt, als unsere Bevölkerung dafür gestimmt hat, die Schwulenehe zu legalisieren.«

»Herrgott!«

»Ja. Wie's aussieht, hatte er fest auf eine homophobe Reformverweigerung gesetzt, um sich nicht langfristig binden zu müssen.«

»Wow.«

»Bilden Sie sich also nicht ein, ihr Heteros hättet ein Monopol auf verlogene Scheißkerle.« Mullins schaute auf seine Armbanduhr. »Ich habe allerdings das Gefühl, dass wir ein wenig vom Thema abgekommen sind – also davon, dass Sie Ihre berufliche Laufbahn auf den Müll werfen, bloß um sich stellvertretend an dem falschen Idioten zu rächen – auch wenn er es natürlich verdient hat. Und da Sie Ihre Kollegin nicht in die Sache hineinziehen wollen, haben Sie nicht mal überlegt, es einfach als Scherz abzutun, der schlicht übers Ziel hinausgeschossen ist.«

»Das soll eine Verteidigungsstrategie sein?«, fragte Brigit.

»Könnte es. Haben Sie mal was von der berühmten Anekdote mit den drei Medizinstudenten gehört? Die, die in der Partywoche zum Semesterende den Leichnam aus der Pathologie, an dem sie eigentlich arbeiten sollten, mit auf ihre Sauftour genommen haben? Sie haben ihn vollständig angezogen und ihn von einem Pub zum anderen geschleift.«

Brigit nickte. »Die Geschichte kennt ja jeder.«

»Meine Lieblingsversion ist die, bei der sie ihn in einen Pub im Stadtzentrum bringen, ihm ein Pint besorgen …«

»Und dann«, fuhr Brigit fort, »kommt eine Frau rein und schreit wie am Spieß. Weil sie plötzlich ihren toten Mann mit nem Bier in der Hand vor sich sieht.«

»Eigentlich waren es Neffe und Onkel, aber genau die Geschichte meine ich.«

»Mann und Frau sind besser«, sagte Brigit, »viel dramatischer.«

»In der Tat«, entgegnete Dr. Mullins. »Aber ist Ihnen je aufgefallen, dass die Anekdote nie damit endet, dass die Studenten von der Uni fliegen oder verhaftet werden? Die Medizin hat eine lange Tradition, aus dem Ruder gelaufene Streiche zu verzeihen.«

»Klar«, sagte Brigit. »Aber nur Streiche, die von Ärzten oder zukünftigen Ärzten begangen werden. Ist *Ihnen* nie aufgefallen, dass Krankenschwestern in solchen Anekdoten grundsätzlich nicht vorkommen?«

Dr. Mullins rieb sich nachdenklich das Kinn. »Wissen Sie was? Darüber habe ich tatsächlich nie nachgedacht. Haben Sie übrigens mal Dr. Lynchs leidgeprüfte Ehefrau kennengelernt?«

Verwirrt vom plötzlichen Themenwechsel warf Brigit Dr. Mullins einen misstrauischen Blick zu. »Nein, warum?«

»Sie war Brautjungfer auf der Hochzeit meiner Schwester. Nette Frau, wenn auch mit einem wahrhaft abstoßenden Männergeschmack. Etwas, das Sie beide gemeinsam haben, wenn ich's mir recht überlege. Sie hat zwei Kinder, und das dritte ist unterwegs.«

»Und einen gewaltigen Arsch als Ehemann hat sie auch.«

»Eine Situation, die sie nun endlich bereinigt. Es hat sich noch nicht rumgesprochen, aber sie hat gerade die Scheidung eingereicht. Diese schmutzige kleine Affäre hat das Fass endgültig zum Überlaufen gebracht.«

Brigit trat nervös von einem Fuß auf den anderen. »Na ja, ich meine ... das ist ...«

»Oh«, sagte Mullins, »niemand gibt Ihnen die Schuld. Die Sache ist nur folgende: Mrs Lynch könnte gut und gern darauf verzichten, dass ihre private Demütigung in aller Öffentlichkeit breitgetreten wird. Wie Sie sich vorstellen können, ist sie gerade nicht in der besten Verfassung. Wenn das noch weiter seine Kreise zieht, ist es unvermeidlich, dass auch die Presse davon Wind bekommt. Deswegen haben wir diese kleine Unterhaltung.«

Plötzlich kam sich Brigit dumm vor. Als hätte sie die ganze Zeit die falschen Dinge zur falschen Person gesagt. Das unbelehrbare Plappermaul war mal wieder mit ihr durchgegangen.

»Was Sie brauchen«, fuhr Dr. Mullins fort, »ist ein längerer Urlaub. Vielleicht neun Monate oder ein Jahr? Dann kommen Sie zurück und können immer noch in der Pflege weiterarbeiten, wenn Ihnen danach ist.«

»Und Lustmolch Lynch kann nach wie vor ...«

»Oh, darum wird man sich kümmern. Seien Sie unbesorgt. Auch wenn Sie es sich zweifellos wünschen, wird er nicht öffentlich an den Pranger gestellt, aber diese Welt ist eben nicht perfekt.«

Brigit schaute ihn skeptisch an. »Selbst wenn ich bereit wäre, eine Weile zu verschwinden, wie Sie vorschlagen, werden die anderen in Ihrem kleinen Exekutions-Ausschuss niemals damit einverstanden sein. Ich weiß nicht, ob Sie sich an die vergangenen drei Stunden erinnern, aber es ist nicht besonders gut gelaufen für mich.«

»Nein, das stimmt wohl. Aber ich werde dem Ausschuss sagen, dass uns nichts anderes übrig bleibt. Dass Sie einige sehr belastende und peinliche Informationen besitzen und dass wir zum Wohle aller einen Deal aushandeln mussten.«

»Und was für Informationen sollen das sein?«

Dr. Mullins antwortete nicht. Stattdessen senkte er den Blick und rückte seine Weste zurecht. Dann zog er die Notausgangstür ein Stück weit auf.

»Dr. Mullins?«, setzte Brigit nach.

»Sie, Schwester Conroy, wissen zufällig, dass einer der drei Medizinstudenten in jener lustigen kleinen Anekdote Lynch hieß.«

Sie schaute in Dr. Mullins regloses Gesicht. Er hätte einen höllisch guten Pokerspieler abgegeben. »Scheiß die Wand an.«

Mullins rümpfte missbilligend die Nase. »Was haben Sie doch für ein farbenfrohes Vokabular.«

»Moment«, sagte sie. »Wie sollte ich das jemals beweisen können?«

»Sie besitzen ein Foto«, sagte er und klopfte kurz auf die Tasche seines Sakkos.

Brigit streckte die Hand aus, aber Dr. Mullins lachte nur.

»Oh, nein. Ich werde es Ihnen nicht geben.«

»Warum nicht?«

»Schwester Conroy, Sie enttäuschen mich. Sind Sie hier nicht die Detektivin?«

Er zog die Tür auf und trat zurück ins Gebäude. Rasch folgte sie ihm und legte ihm die Hand auf den Arm, um ihn aufzuhalten.

»Sie waren auch dabei?«

Dr. Mullins zeigte erneut sein schmales kleines Lächeln. »Schwester Conroy, ich habe nicht die geringste Ahnung, wovon Sie sprechen.«

Damit drehte er sich auf dem Absatz um und marschierte eilig den Korridor hinab.

KAPITEL VIER

Gerry: Und wir haben einen Anrufer in der Leitung.

Anrufer 1: Ja, Gerry, ich finde, es ist wirklich eine Schande, dass diese verdamm…

Gerry: Tut mir leid, lieber Anrufer, wir mussten Sie gleich wieder rausnehmen. Bitte, Leute, ich weiß, dass Skylark ein emotionales Thema ist, aber achten Sie bitte auf Ihre Ausdrucksweise. Denken Sie daran: Sie sind live im Radio. Genau aus diesem Grund haben wir eine Sieben-Sekunden-Verzögerung eingebaut. Also, ich glaube, wir haben jetzt Sarah auf Leitung zwei.

Sarah: Hallo? Bin ich dran?

Gerry: Ja, Sarah, Sie sind live on air.

Sarah: Ich würde gern den neuen Song von Adele hören bitte.

Gerry: Ich fürchte, wir nehmen in dieser Sendung keine Musikwünsche entgegen. Wie ist denn Ihre Haltung zum Skylark-Fall?

Sarah: Skylark? Ach, dieser Haufen von …

Gerry: Und auch Sarah mussten wir runternehmen. Noch einmal – bitte – keine Kraftausdrücke! Dann geht's hier erstmal weiter mit Musik. Ah … im Ernst? Also schön, wie es der Zufall will, spielen wir jetzt den neuen Song von Adele.

Paul war gestern Abend um zehn von einer Sergeant Sinead Geraghty vom Polizeirevier in Howth angerufen worden, als er zum fünfzehnten Mal an diesem Tag mit Maggie Gassi ging. Sergeant Geraghty hatte ihm die Situation erklärt, und er hatte sich bereit erklärt, sich am nächsten Morgen mit ihr in Howth zu treffen. Phil erzählte er dies vorerst nicht. Er hätte Fragen gehabt. Phil hatte immer Fragen. Paul wusste selbst nicht, was er davon halten sollte, und hatte sich vorgenommen, bis zum nächsten Vormittag einfach gar nichts davon zu halten.

Ein paar Stunden zuvor hatten sie durch reines Glück mitbekommen, wie Hartigan von seinem Chauffeur an der Rückseite des Gerichtsgebäudes mit einem dunkelgrünen Rolls-Royce abgeholt worden war. Es sagte einiges aus über diesen Mann, dass er sich in einem derartigen Fahrzeug zu einem Prozess fahren ließ, in dem er wegen Unterschlagung und Betrug angeklagt war.

Das typische Dubliner Verkehrsaufkommen sorgte dafür, dass es selbst an einem Dienstag nicht schwierig war, den Rolls im Auge zu behalten. Sie waren ihm bis zu einem Bungalow in Seapoint gefolgt, draußen an der Küste, wo Hartigan ausstieg. Der Ausdruck Bungalow wurde dem Gebäude allerdings kaum gerecht. Es handelte sich um ein großes Anwesen, das sicher ein paar Millionen wert war. Hohe Büsche versperrten größtenteils die Sicht von der Straße, und hinterm Haus erstreckte sich eine üppige Rasenfläche, die fast bis zum Meer hinabreichte. Obwohl Paul nur wenige Kilometer entfernt aufgewachsen war, fühlte er sich hier völlig fehl am Platz. Wer aus seiner Gegend kam und sich in einem dieser Häuser wiederfand, machte es entweder sauber oder raubte es aus.

In der Einfahrt stand ein silberner Mercedes, und außer Hartigan schien niemand im Haus zu sein. Zumindest konnte Paul niemanden durch die Fenster sehen, während er möglichst unauffällig vorbeispazierte – nur den Mann selbst, der an einem aufwendig verzierten Kaminsims im vorderen Bereich des Wohnzimmers lehnte und sich das Telefon ans Ohr hielt. Nicht, dass Paul besonders lang hätte hineinschauen können. Er konnte schließlich nicht ewig so tun, als würde sein Hund einen

Haufen machen, jedenfalls nicht, ohne dass es so aussah, als ob zumindest mit einem von ihnen beiden etwas nicht stimmte.

Als Paul zum Wagen zurückkehrte, stellte er beunruhigt fest, dass Phil bereits die Initiative ergriffen hatte. Er hatte Jerome Hartigan gegoogelt und las auf seinem Handy nun alles, was er über ihn finden konnte. »Hier steht, dass seine fremde Ehefrau in einer weiteren riesigen Wohnung draußen in Dalkey lebt.«

»*Entfremdet*«, korrigierte ihn Paul im Stillen. Er hoffte stark, dass sie ihre Ehe wieder in den Griff bekamen; für ihn standen schließlich vier Riesen auf dem Spiel.

Sie standen auf dem Parkplatz eines Pubs, der sich Casey's nannte, hundert Meter entfernt von der Einfahrt zu der Sackgasse, in der sich Hartigans Haus befand. Anfangs hatten sie direkt gegenüber des Bungalows Stellung bezogen. Es war ihnen aber rasch aufgefallen, dass – im Gegensatz zu dem, was einen Filme glauben ließen – zwei Männer in einem parkenden Wagen äußerst auffällig wirkten. Zugegeben, auch der Schäferhund mit dem durchdringenden Starren trug seinen Teil dazu bei. Nachdem sie der zweite Nachbar finster angeschaut hatte, beschloss Paul, dass sie lieber den Ort wechseln sollten, bevor noch jemand die Gardaí alarmierte, aus Angst, der Wert der Grundstücke könne fallen.

In der Sackgasse standen lediglich sechs Häuser, es war also kein großes Kommen und Gehen zu verzeichnen. Jedes Mal, wenn ein neues Fahrzeug die Straße herabgefahren kam, hatten sie abwechselnd mit Maggie eine kleine Runde gedreht. Glücklicherweise war Hartigan die ganze Zeit zu Hause geblieben. Seinen einzigen Besuch hatte er um 19:30 Uhr von einem Lieferdienst erhalten, aber keinerlei Versuch unternommen, mit dem Fahrer Sex zu haben.

Danach beobachteten sie, wie er sich auf dem Sofa niederließ und sich im Fernsehen *Benjamin Button* ansah. Paul kannte den

Film, er fand ihn öde, aber nicht mal annähernd so öde, wie auf dem Parkplatz eines Pubs herumzuhocken. Phil vertrieb sich derweil die Zeit damit, all die Verschwörungstheorien über den 11. September zusammenzufassen, die er im Internet gefunden hatte. Paul ließ es stumm über sich ergehen und ging im Stillen verschiedene Möglichkeiten durch, wie er Phil umbringen könnte.

Um Mitternacht hatten sie genug und machten Feierabend. Falls Hartigan später irgendwelche ehebrecherischen oder eheerhaltenden Besuche empfangen oder unternehmen würde, kam er eben damit durch. Nun, dachte Paul, er war ja schon mit weitaus mehr durchgekommen.

Es war eine Gehaltserhöhung auf achtzig Euro pro Tag nötig, um Phil davon zu überzeugen, ihn am nächsten Morgen um halb acht abzuholen. Ihr Glück hielt an, und sie erreichten den Bungalow gerade noch rechtzeitig, um zu sehen, wie Hartigan seine Golfschläger in den Kofferraum des silbernen Mercedes verfrachtete. Dem selbst fahrenden Hartigan zu folgen war jedoch weitaus kniffliger als dem Rolls mit Chauffeur. Er war ein aggressiver Fahrer, der zu glauben schien, dass die morgendliche Rushhour sich in Luft auflösen würde, wenn er nur lange genug auf die Hupe drückte. Dank einer Kombination aus Glück und dem gut vernehmlichen Hupen schafften sie es dennoch, ihm bis zum Malahide Golfclub auf den Fersen zu bleiben.

Fünfzehn Minuten lang saßen sie auf dem Parkplatz des Clubs, lange genug, um festzustellen, dass Hartigan am ersten Tee auftauchte – zusammen mit einem Mann, den Paul als einen der Anwaltstypen wiedererkannte, mit denen er ihn am Tag zuvor auf den Stufen vor dem Gericht gesehen hatte. Beide kauten auf dicken Zigarren herum. Paul wusste nicht viel übers Golfspielen, nur dass es grundsätzlich lange dauerte, und das passte ihm hervorragend. Wenn Hartigan kein heimliches Schäferstündchen in einem Sandbunker geplant hatte, bedeutete dies, dass ihm ein paar Stunden blieben. Also sagte er Phil, dass sie etwas in Howth zu erledigen hatten.

Es war 9:45 Uhr, als sie zu seiner 9:30-Uhr-Verabredung dort ankamen. Der Verkehr war eine Katastrophe, aber sie hätten es geschafft, wenn Phil nicht darauf bestanden hätte, den Wagen für zwanzig Minuten anzuhalten, um Maggie ihr »Geschäftchen verrichten zu lassen«. Paul empfand dies als eine sehr unwürdige Ausdrucksweise für einen erwachsenen Mann, verkniff sich aber jeden Kommentar.

Sie erklommen die steile enge Straße, die zu Howth Head hinaufführte. Sergeant Geraghty befand sich bereits auf dem Parkplatz, als sie ankamen, und schien nicht allzu erfreut darüber, dass man sie warten ließ. Sie war eine kleine Frau mit strengem roten Stoppelhaarschnitt und ungewöhnlich muskulöser Statur. Paul nahm an, dass sie entweder fanatisch dem Kraftsport frönte oder großen Wert darauf legte, jederzeit jemanden zu Brei schlagen zu können.

»Heilige Scheiße«, sagte Paul, als sie auf den Parkplatz einbogen und er das Fahrzeug entdeckte, das hinter dem Garda-Wagen stand. »Ist das Bunnys Auto?«

»Jep.«

»1980er Porsche 928S«, sagten sie im Chor. Keiner von ihnen war ein besonderer Auto-Fanatiker. Aber alle Kids, die von Bunny McGarry im St Jude's Hurling Club trainiert worden waren, konnten Marke und Modell dieses Wagens im Schlaf aufsagen. Bunny hatte stets großes Vergnügen daran gehabt, mit ihm anzugeben, unter der kategorischen Bedingung, dass sie sich ihm nur auf einen Meter näherten. Es kursierte die Geschichte, dass es der Porsche eines Gangsters gewesen war, der bei einer Verfolgungsjagd mit den Gardaí einen Totalschaden erlitten hatte – bei einer Verfolgungsjagd, an der auch Bunny beteiligt gewesen war. Paul war sich nicht sicher, ob er die Geschichte glauben sollte oder nicht, schließlich neigte Bunny zu Übertreibungen. Einmal hatte er behauptet, er hätte die wahre Identität von Jack the Ripper gelüftet. Angeblich hatte er auch Scotland Yard angerufen, die verblödeten Engländer hätten ihm aber nicht zuhören wollen.

Was Paul durchaus glaubte, war, dass Bunny der Versicherungsgesellschaft den Wagen abgekauft hatte, die ihn sonst verschrottet hätte, um ihn liebevoll restaurieren zu lassen. Was bedeutete, dass er jeder Werkstatt in Dublin auf die Pelle gerückt war, bis irgendein Mechaniker es schließlich für ihn erledigte – zweifellos zu sehr Garda-freundlichen Konditionen.

Es war immer Bunnys großer Lebenstraum gewesen, einen Porsche zu besitzen. Paul hatte die Faszination nie nachvollziehen können. Es war ja bloß ein Auto. Zugegeben, mit seinem mattschwarzen Lack und den roten Ledersitzen ein sehr spezielles Auto. Die Bezeichnung »Porsche« klang dabei weitaus beeindruckender als das, was man in der Realität vor sich sah. Es handelte sich um keines der klassischen Modelle. Der Wagen erinnerte eher an einen jener Fußballer aus den Sechzigern mit langen Haaren und Koteletten, die sich in der Halbzeit ein Pint und eine Kippe gönnten. Zu seiner Zeit mochte er ganz okay gewesen sein, aber stellte man ihn neben seine schnittigen, athletischen Nachkommen, sah er furchtbar veraltet aus. Dennoch liebte Bunny das Ding. Und obwohl er selbst oft aussah, als hätte man ihn soeben aus der Gosse gezogen, war sein Wagen stets makellos sauber. Jeder wusste: Sollte seinem Fahrzeug irgendein Schaden zugefügt werden, oder, Gott behüte, sollte jemand so monumental verblödet sein, ihn zu stehlen, blühte einem etwas, das schlimmer war als der Tod – die hundertprozentige ungeteilte Aufmerksamkeit von Bunny McGarry.

Paul stieg aus und ging zu Sergeant Geraghty hinüber. Er

hätte es bevorzugt, wenn Phil ihm nicht gefolgt wäre, aber ihm fiel kein guter Grund ein, es ihm zu verbieten.

»Mr Mulchrone?«

»Ja. Sie müssen Sergeant Geraghty sein. Verzeihen Sie die Verspätung.«

Paul streckte seine Hand aus, und sie schüttelte sie.

»Ist schon in Ordnung«, sagte sie auf eine Weise, die deutlich machte, dass dies keineswegs der Fall war. Sie sprach mit einem harten nordirischen Akzent. »Können Sie bestätigen, dass es sich hierbei um den Wagen von Mr McGarry handelt?«

Paul nickte. »Wie lange steht er schon hier?«

»Samstagvormittag wurde er zum ersten Mal bemerkt. Normalerweise wäre er abgeschleppt worden, aber …« Sergeant Geraghty sah aus, als würde sie sich über irgendetwas ärgern.

»Aber?«, fragte Paul.

»Normalerweise wäre er abgeschleppt worden, aber offenbar hat dieses Fahrzeug aus irgendeinem Grund Sonderrechte.« Sergeant Geraghty schaffte es nicht, den angesäuerten Ausdruck auf ihrem Gesicht zu verbergen. »Den rührt kein Abschleppunternehmen an. Ich habe auch versucht, ihn beschlagnahmen zu lassen, aber auch das hat sich als unmöglich herausgestellt.«

»Ah, okay«, sagte Paul. »Bunny ist ein wenig eigen mit seinem Wagen.«

»Ich verstehe nicht, wie ein Mann sich außerhalb des Gesetzes bewegen kann.«

»Sind Sie schon lange in Dublin im Dienst?«, fragte Paul so unschuldig wie möglich. Ihre Miene verriet deutlich, dass sie die Frage nicht zu schätzen wusste.

»Ich wurde vor sechs Monaten von Donegal hierher versetzt.«

»Ah, okay«, sagte Paul erneut. »Na ja, ich bin mir sicher, Bunny hatte einen guten Grund, den Wagen hier stehen zu lassen.«

»Ja«, sagte Sergeant Geraghty und holte Notizblock und Stift hervor. »Wann genau haben Sie Mr McGarry das letzte Mal gesehen?«

»Letzten Dienstag.«

»Und haben Sie seitdem mit ihm gesprochen?«

»Nein«, sagte Paul, »ich habe versucht, ihn zu erreichen, aber er ist nie ans Telefon gegangen.«

»Verstehe. Hat er sich in letzter Zeit irgendwie seltsam verhalten?«, fragte Sergeant Geraghty. Paul bemerkte, wie sie Phils Kichern mit einem strafenden Blick quittierte.

»Für seine Verhältnisse eigentlich nicht, nein.«

»Würden Sie sagen, dass er zu Gefühlsausbrüchen neigt?«

Diesmal musste Phil laut lachen.

»Halt die Klappe, Phil!«, sagte Paul.

»'Tschuldigung«, sagte Phil. »Aber der war einfach zu gut. Neigt Bunny zu Gefühlsausbrüchen? Das muss ich Tante Lynn erzählen.«

»Dies ist eine ernste Angelegenheit«, sagte Sergeant Geraghty. »Wir müssen feststellen, ob Mr McGarry sich womöglich …«

»Was?«, fragte Phil, der von subtilen Anspielungen ungefähr so viel verstand wie ein Seelöwe von Astrophysik.

Sergeant Geraghty senkte die Stimme. »Ob er sich womöglich … etwas angetan hat. Wir hängen das nicht gern an die große Glocke, aber leider gibt es da oben an der Klippe eine beliebte Stelle für Menschen, die sich das Leben nehmen wollen.«

»Was?« Jetzt war die gute Laune gänzlich aus Phils Stimme verflogen. »Selbstmord? Sind Sie verrückt? Bunny?«

»Wer sind Sie überhaupt?«, fragte Sergeant Geraghty deutlich ungehalten.

Paul drehte sich um und machte eine beschwichtigende Geste. »Lass mich das klären, Phil.«

»Ja, Paul, sag ihr, dass das Schwachsinn ist. Nichts für ungut, Officer, aber das ist es. Schwachsinn.«

»Tut mir leid, Sergeant«, sagte Paul. »Er wird jetzt die Klappe halten. Das ist alles ein großes Missverständnis. Ich bin mir sicher, Bunny ist bloß für ein paar Tage irgendwohin gefahren ...« *Um sich tagelang volllaufen zu lassen*, fügte er in Gedanken hinzu. »Aber ich gehe fest davon aus, dass er in Kürze wieder auftauchen wird. Es gibt keinen Grund zur Panik.«

»Nun«, erwiderte sie, »ich hoffe, Sie haben recht. Soweit ich weiß, sind Sie für die Zwischenzeit bei der Versicherung als derjenige gemeldet, der sich um das Fahrzeug im Zweifelsfall zu kümmern hat?«

»Guter Gott, nein«, sagte Paul.

Sergeant Geraghty blätterte eine Seite ihres Notizblocks um. »Sie sind doch Paul Mulchrone, oder nicht?«

Paul nickte.

»Nun, dann stehen Sie in den Versicherungspapieren als Ansprechperson für dieses Fahrzeug.«

Paul und Phil tauschten einen schockierten Blick. Ihres Wissens hatte Bunny es bislang lediglich zwei Personen gestattet, in dem Wagen auch nur zu sitzen. Die Vorstellung, dass er Paul erlauben würde, ihn zu *fahren*, war jenseits des Vorstellbaren.

»Oh«, sagte Paul, »okay, na dann ... Ich bin mir sicher, Bunny wird bald kommen und ihn selber abholen.«

»Ich fürchte, wir müssen ihn jetzt gleich entfernen. Er kann hier nicht länger stehen bleiben.«

»Das weiß ich zu schätzen«, sagte Paul, »aber ich habe keinen Schlüssel oder ...«

Er verstummte, als sie den Autoschlüssel in die Höhe hielt. »Entschuldigen Sie, habe ich das nicht erwähnt? Als das Fahrzeug gefunden wurde, war es nicht abgeschlossen, und der Schlüssel steckte.«

Paul schaute den Schlüssel an, dann den Wagen und dann, ohne es zu wollen, zu dem Pfad hinüber, der zu den Klippen führte.

»Also«, fuhr Sergeant Geraghty fort, »war Mr McGarry schon einmal für längere Zeit verschwunden?«

KAPITEL FÜNF

FREITAG, 4. FEBRUAR 2000

Tara Flynn schaute auf, als wild an der Tür des Pubs gerüttelt wurde. Nachdem sie sich heute Morgen den Zeh am Nachttisch gestoßen hatte, schien es mit diesem Tag konsequent bergab zu gehen. Was nun kam, konnte sich aber gut als der Tiefpunkt herausstellen. Gestern hatte sie ihre Putzkraft in den Mutterschaftsurlaub geschickt. Da Ralinka allerdings grundsätzlich in bar bezahlt wurde – zwinker, zwinker –, hatte sie der Frau zwei Hunderter in die Hand drücken müssen, um sie davon abzuhalten, weiterhin zur Arbeit zu kommen.

Tara war die stellvertretende Bar-Managerin des O'Hagan's, was ziemlich beeindruckend klang, bis man erfuhr, dass es nur zwei weitere Beschäftigte gab, die ebenfalls stellvertretende Bar-Manager waren. Im O'Hagan's waren alle gleich, abgesehen davon, dass Dickie *erster* stellvertretender Bar-Manager war und Ricardo *oberster* stellvertretender Bar-Manager. Niemandem war klar, wer von beiden damit eigentlich die Verantwortung trug. Mrs Fionnuala O'Hagan, die Witwe des namensgebenden Martin O'Hagan, war ein Genie in Sachen Mitarbeiterführung. Sie ging davon aus, dass ihre Beschäftigten sich für sie die Beine ausreißen würden, wenn sie ihnen nur einen entsprechenden Titel verlieh. Tara schaute auf den Wischmopp hinab, den sie eine Stunde lang enthusiastisch durch den Laden geschwungen hatte – sah so aus, als hätte die verrückte alte Krähe mit ihrem System tatsächlich Erfolg.

Tara arbeitete selbst erst seit zwei Monaten hier, nachdem sie auf spektakuläre Weise ihren Abschluss in Soziologie in den Sand gesetzt hatte. Sie war gar nicht befugt, Ralinka in den Mutterschaftsurlaub zu entlassen, aber sie hätte es nicht mit ihrem Gewissen vereinbaren können, länger dabei zuzusehen, wie eine hochschwangere Frau hier den Fußboden schrubbte. Sie sah förmlich vor sich, wie bei dem armen Mädchen die Fruchtblase platzte und sie alles noch selbst aufwischte, bevor sie sich höflich in den Bus zum Krankenhaus setzte. Damit war Tara nun, neben allem anderen, auch noch die unbezahlte Putzkraft. Für sie spielte das keine Rolle, sie arbeitete schließlich nur übergangsweise hier, bis sie genug Geld zusammenhatte, um nach Australien auszuwandern.

Nun wurde noch wilder an der Tür gerüttelt. Offenbar ging dem Wüterich auf der anderen Seite langsam die Geduld aus.

»Kleinen Moment.« Tara nahm ihre Schürze ab, schob den Eimer in die Ecke und lehnte den Mopp daneben. Sie wusste, wer da draußen stand. Sie hatte sie selbst angerufen. Was aber nicht bedeutete, dass sie sich nicht vor ihrer Ankunft fürchtete. Als sie auf die Tür zuging, konnte sie die unheilvolle Silhouette durch die Milchglasscheibe sehen. Ein Meter fünfzig sengende Wut, eingehüllt in einen erschreckend pinkfarbenen Mantel.

»Warum zur Hölle dauert das so lange?«, rief die Stimme auf der anderen Seite.

»Kleinen Moment«, wiederholte Tara und löste den Riegel.

Sie hatte die Tür noch nicht vollständig geöffnet, als sich Mavis Chambers auch schon hereindrängte. Sie war Ende sechzig und in Rente, nachdem sie den Großteil ihres Lebens auf der Moore Street einen Fischstand geführt und darüber hinaus zehn Kinder geboren und drei Ehemänner unter die Erde gebracht hatte. Es war kein Mord darunter gewesen, zumindest soweit Tara wusste, aber sie nahm an, dass der ein oder andere ihrer Gatten den Tod am Ende sicher mit Freuden begrüßt hatte. Mavis war ohne Zweifel die beängstigendste Person, der Tara jemals begegnet war. Zudem trug sie derartig viel Parfüm, dass einem die Augen tränten, eine Angewohnheit, die vermutlich noch aus der Zeit stammte, als sie sechs Tage die Woche von Fisch umgeben gewesen war.

Mavis sog die komplette zweite Hälfte ihrer Zigarette ein und schnarrte durch die daraus resultierende Rauchwolke: »Wo steckt er?«

»Okay, immer mit der Ruhe. Er schläft seinen Rausch aus. Er war in einem ziemlich schlimmen Zustand.«

Das war eine extreme Untertreibung. Als man ihn gefunden hatte, deutete alles darauf hin, dass er mehrere Tage lang betrunken um die Häuser gezogen war. Ein paar der Jungs hatten ihn unten am Hafen ausfindig gemacht, wo er, besoffen wie tausend Mann, vorbeifahrende Schiffe angepöbelt hatte. Er war ziemlich weggetreten, hatte es aber immer noch geschafft, Dickies Bemühungen mit einem heftigen blauen Auge zu belohnen. Sie brachten ihn hierher, schließlich hatten sie die Wahl zwischen ihrem Lagerraum und einer Ausnüchterungszelle, was bei einem Polizeibeamten doch etwas peinlich gewesen wäre. Nicht, dass sich Bunny darüber hätte Sorgen machen müssen. Die Gardaí wären der reinste Kindergarten gewesen im Vergleich zu Mavis. Sie hatte seit über einer Woche nach ihm gesucht.

Zwei Jungen, die Gesichter mit Schokolade verschmiert, folgten ihrer Großmutter durch die Tür und setzten ihr Fangenspiel fort, ohne groß auf ihre Umgebung zu achten.

»Vorsicht, Jungs«, sagte Tara. »Der Boden ist nass.« *Wir sind mitten im Stadtzentrum*, dachte sie, *wie haben die es nur geschafft, ihre Schuhe derartig mit Schlamm zu verdrecken?*

»Jungs! Benehmt euch«, rief Mavis, worauf sie keine erkennbare Reaktion erhielt. »Die Kleinen von meiner Joanna«, erklärte sie Tara. »Sie hat gerade einen Gerichtstermin.«

»Okay.«

»Apropos, wo ist die fette Platzverschwendung von einem Kerl?«

»Ich bringe Sie zu ihm. Es ist bloß … offensichtlich geht's ihm nicht besonders. Seien Sie behutsam.«

»Behutsam? Klar, ich will nur mit ihm reden.«

Tara führte ihren Gast nach hinten zum Lagerraum.

»Fasst das nicht an, Jungs!«, blaffte Mavis, obgleich keins ihr Enkelkinder in Sichtweite war. Tara reckte den Hals, konnte sie aber nirgends entdecken.

Als sie die Tür des Lagerraums öffnete, schlug ihr der Gestank wie eine Welle entgegen; Desinfektionsmittel kombiniert mit Alkohol, Körpergeruch und anderem, worüber sie lieber nicht nachdenken wollte. Tara hielt sich die Nase zu und schaltete mit der freien Hand das Licht ein. Zwischen kaputten Möbeln und Lagerregalen lag Bunny McGarry unbequem ausgestreckt auf einer gepolsterten Sitzbank, die als Bett nicht viel hermachte. Sein Schurwollmantel, den sie ihm übergeworfen hatten, war auf den Boden getreten worden. Er trug ein zerknittertes, fleckiges Hemd, eine Socke und eine Unterhose, die ihre Aufgabe, seine Scham zu bedecken, nur bedingt erfüllte. Als ihn das harsche Licht der nackten Glühbirne traf, stieß er ein Stöhnen aus und riss sich den Arm über die Augen.

»Heiliger Herrgott!«, rief Mavis mit sichtbarem Abscheu aus.

»Bunny?«, sagte Tara leise.

Er gab ein unzusammenhängendes Murmeln von sich.

»Bunny?«, wiederholte sie mit strengerer Stimme.

Er drehte sich auf die Seite und furzte.

Tara seufzte und trat einige Schritte vor. »Bunny, komm schon, raus aus den Federn.«

Tara war nicht aufgefallen, dass Mavis hinter ihr kurz verschwunden war, bis sie mit dem Wischeimer wieder auftauchte.

Mit Schwung kippte sie dessen Inhalt über Bunnys ausgestreckte Gestalt.

»VERSCHISSENE MUTTER GOTTES!«

Bunny war jetzt wach, wenn man es denn so nennen konnte. Die Hände hatte er gegen den Kopf gepresst, während er aufrecht und mit zugekniffenen Augen dasaß.

»Was zum … wo zum … wer zum … argh, Herrgott.«

»Wag es nicht, vor mir zu fluchen, du Scheißkerl aus Cork!«

Mavis näherte sich ihm mit einer Geschwindigkeit, die man bei einer Frau ihres Alters nicht erwartet hätte, und begann, mit ihrer Handtasche auf seinen Schädel einzuschlagen.

»Mavis! *Behutsam!*« Tara schaffte es, Mavis zurückzuziehen, nachdem sie drei weitere harte Treffer gelandet hatte.

»Behutsam? Ich bringe das besoffene Arschloch um, warte nur ab!«

Bunny legte sich eine Hand vor den Mund, dann öffnete er langsam die Augen und schaute sich benommen um.

»Bin ich … Ist das die Hölle?«

»*Hölle*, sagt er! Hölle. Du wirst dir verdammt noch mal wünschen, dass du in der Hölle wärst, wenn ich mit dir fertig bin. Eine Schande bist du!«

»Du bist im O'Hagan's, Bunny.«

»Was mache ich denn hier, verdammte Scheiße?«

»Was er hier macht, fragt er!«

Tara verstärkte ihren Griff, als Mavis neuerlich versuchte, sich auf ihn zu werfen.

»Mavis! Ihn zu schlagen hilft auch nichts.«

»Dem Arschloch hilft schon lange nichts mehr.«

»Ich glaube, ich muss kotzen.«

Tara trat den Eimer, den Mavis vor ihr hatte fallen lassen, in seine Richtung. »Nicht auf den Boden, bitte.« Sie hatte mit dem Putzen schon mehr als genug zu tun.

Bunny hob den Eimer vorsichtig auf, umklammerte ihn und hielt ihn sich vor den Bauch.

»Du erbärmliches Geschöpf. Schau ihn sich einer an!«

»Was geht dich das überhaupt an?«, schnappte Bunny.

»Soll ich dir sagen, was mich das angeht?«, entgegnete Mavis. »Erinnerst du dich zufällig an St. Jude's, das Hurling-Team, das du ins Leben gerufen hast? Wobei ich mir die Finger wundgearbeitet habe, um dir zu helfen? Die ganzen Trikots, die ich gewaschen, die Spenden, die ich eingesammelt habe ...«

Bunny nickte. »Klar erinnere ich mich ...«

»Tja, das hat sich wohl erledigt, was? Das war einmal, verdammte Scheiße! Die verschissenen Immobilienheinis mit ihren Dreckswohnungen. Du solltest verhindern, dass der Stadtrat den Platz verkauft, oder? Du solltest das in Ordnung bringen!«

»Werd ich. Die Abstimmung ist erst am Donnerstag.«

Selbst wenn Tara ihren Griff nicht bereits gelockert hätte, bezweifelte sie, dass sie Mavis hätte zurückhalten können. Sie stürmte voran und begann aufs Neue, Schläge auf Bunnys Kopf niederhageln zu lassen.

»Was zum?!«

»Es ist Freitag, du dämlicher, besoffener Bastard. FREITAG!«

Tara umklammerte Mavis' Oberkörper und hielt ihre Arme fest, worauf die Rentnerin versuchte, Bunny stattdessen Tritte zu versetzen.

Er schaute mit großen Augen und einem verletzten, verwirrten Blick zu den beiden auf, wobei sein schielendes linkes Auge die sichtbare Bestürzung noch unterstrich. »Ich weiß nicht ... Wie kann ... Ich bring das in Ordnung.«

Tara spürte, wie sich Mavis in ihren Armen wieder entspannte. Ihre Wut verwandelte sich in Verzweiflung. »Und wie willst du das anstellen? Wir haben gestern Abend auf dich gewartet. Haben immer noch geglaubt, du würdest auftauchen. Dass du es klären würdest. Wie konntest du …«

Ihre Stimme verlor sich.

Bunny starrte zu Boden.

»Es … tut mir leid.« Sein Flüstern schien sich direkt an den Betonboden zu richten.

»Ich hätte das niemals für möglich gehalten …«, sagte Mavis. »Nach allem, was wir hinter uns haben. All diese Jungs, was sollen die denn jetzt machen? Du hast sie dazu gebracht, an dich zu glauben, und dann … Grausam ist das.«

Tara ließ Mavis los, und die Frau begann, ihre Kleidung glattzustreichen.

»Ich werde …«, sagte Bunny.

»Du wirst was?«, fragte Mavis.

Tara hatte noch nie einen derart erbarmungswürdigen Mann gesehen. Um die Wahrheit zu sagen, kannte sie Bunny noch nicht allzu lange, aber in den zwei Monaten, die sie nun im O'Hagan's arbeitete, hatte er gewissermaßen zum Inventar gehört. Überlebensgroß, schwer, unverschämt, ungeschliffen – und doch gesegnet mit einem wilden, augenzwinkernden Charme. Davon war nun nichts mehr übrig. Er sah wahrhaft hoffnungslos aus, während er vor sich ins Nichts starrte.

Als Mavis wieder das Wort ergriff, war es nur noch ein Flüstern. »Bei dieser Abstimmung war niemand auf unserer Seite. Selbst diejenigen, die es versprochen hatten, die … Sie haben uns alle verarscht.«

»Sie könnten sich doch einen Anwalt nehmen«, schlug Tara vor.

»Was soll das bringen?«, fragte Mavis. »Die haben zwanzig Anwälte, und wir können uns nicht mal einen leisten.«

»Mit wie vielen Stimmen Abstand haben Sie denn verloren?«, fragte Tara.

»Haben wir nicht.«

Bunny schaute zu ihnen auf, die Augen feucht vor Hoffnung.

Mavis warf einen Blick in ihre Handtasche und tat so, als würde sie die beiden Augenpaare, die sie nun fixierten, nicht bemerken. »Wie es der Zufall wollte, ist im Rathaus der Feueralarm losgegangen, bevor die Abstimmung abgeschlossen werden konnte. Das Gebäude musste evakuiert werden.«

»Du hast den Feueralarm ausgelöst?«

»Nein«, entgegnete Mavis. »Es hat tatsächlich gebrannt. Übrigens …« Sie schaute Bunny eindringlich an, bevor sie fortfuhr. »… wenn diese ganze Sache vorbei ist, wird jemand dem kleinen Darren, dem Sohn von unserer Janet, mal gehörig die Leviten lesen und ihm erklären müssen, dass man nicht mit Streichhölzern spielt. Er hat in der Hinsicht wohl – wie sagt man – uneindeutige Signale bekommen.«

»Ach Mavis«, sagte Bunny. »Ich könnte dich küssen.« Er versuchte, sich aufzurappeln.

»Bleib mir gefälligst vom Leibe, verdammte Scheiße, mit deinem Gossenmaul, Bunny McGarry. Ich habe lediglich das Unvermeidliche hinausgezögert. Jeder einzelne von diesen Schweinehunden hat gegen uns gestimmt, und das werden sie auch am Montag tun, wenn die Abstimmung wiederholt wird, da bin ich sicher.«

»Ich kümmere mich darum.«

Tara hörte ein Krachen draußen in der Bar.

»Jungs!«, brüllte Mavis. Tara und Bunny zuckten zusammen, wenn auch aus unterschiedlichen Gründen. »Du hast drei Tage, Bunny. Unser Herrgott hat es geschafft, in dieser Zeit von den Toten aufzuerstehen; sorg gefälligst für ein Wunder, sonst gehst du, Gott steh mir bei, den umgekehrten Weg.«

Bunny strahlte die beiden mit einem verstörenden Grinsen an.

»Kein Problem. Tara, mein Schatz, könntest du mir meine Hose bringen, bitte?«

»Ähm …«, sagte Tara. »Du hattest keine an, als du hier ankamst, Bunny.«

»Schön. Könntest du mir dann die Hose von jemand anderem bringen, bitte?«

KAPITEL SECHS

Zwei Packungen Eis: Chunky Monkey und Cookie Dough – check.
Zwei Flaschen Wein: einmal rot, einmal rosé – check.
Zwei backsteingroße Tafeln Schokolade – check.
Ein Karton Donuts – check.
Eine Flasche Wodka, alberne Geschmacksrichtung optional – check.
Handy zur Vermeidung von betrunkenen Anrufen in Schrank einschließen – check.
Jogginghose – check.
Saw-Doctors-T-Shirt, zwei Nummern zu groß – check.
Sechs Folgen Don't Tell The Bride *aufnehmen – check.*
Ein Curry beim Lieferdienst bestellen, unfassbar scharf – check.

Gott, sie liebte es, Listen zu schreiben! Bei einer ordentlichen Selbstmitleidsparty, dachte Brigit, kam es vor allem auf die richtige Planung an. Man konnte sein Leben nicht vor die Wand fahren und dann das komplette Leidensprogramm improvisieren! Man musste die einzelnen Schritte vorher gut durchdenken. Ja, sie hatte keinen Job mehr, keinen Mann, keine Zukunft – aber sie wusste sehr genau, wie man sich kompetent gehen ließ. Darauf war sie stolz.

Unmittelbar nach dem Disziplinarausschuss hatte sie diese Liste erstellt. Na ja, genau genommen hatte sie sich erst noch bei einigen der Mädels verabschiedet, hocherfreut, als hätte sie im Lotto gewonnen, anschließend Dr. Lustmolchs BMW auf dem Parkplatz mit ihrem Zündschlüssel zerkratzt und auf der Busfahrt nach Hause ein bisschen geheult. Aber gleich danach hatte sie die Liste geschrieben. Nun, da sie sie betrachtete, vier Stunden später, war sie immer noch wahnsinnig stolz darauf. Eine verdammt gute Liste.

Alles verlief genau nach Plan. Sie hatte die Flasche Rotwein, eine der beiden Eispackungen und sämtliche Donuts verdrückt, abgesehen von dem einen, den sie auf den Fernseher geworfen hatte, während *Don't Tell The Bride* lief. Überhaupt hatte sie ziemlich viel gebrüllt, denn diese Reality-Serie war jetzt genau das Richtige für sie. Männern dabei zuzusehen, wie sie ihre Hochzeit planten, dabei alle Wünsche ihrer zukünftigen Frauen ignorierten und ihrer Verehelichung stattdessen ein Formel-1-/Zombie-/ oder Reggae-Motto gaben, war eine fantastische Erinnerung daran, was für eine Sauerstoffverschwendung sie darstellten. Gut, es hatte eine kleine Irritation gegeben, als ihr nicht aufgefallen war, dass sie versehentlich umgeschaltet hatte. Eine ganze Weile rief sie immer wieder »Verlass den Scheißkerl!«, bevor sie begriff, dass sie bei einer Dokumentation über Gefängnisreformen gelandet war. Ein etwas eigentümliches Motto für eine Hochzeit, das musste sie zugeben, aber sie hatte schon schlimmere gesehen.

Brigit musste aufstoßen, was sie praktischerweise daran erinnerte, dass sie irgendwann auch die Schokoladenbacksteine gegessen hatte. Die Flasche Rosé war ebenfalls halb geleert. Sie war sehr betrunken und amüsierte sich prächtig, während sie auf ein hochkalorisches Koma zusteuerte. Phase zwei – bei der sie sich unweigerlich übergeben würde, gefolgt von der Lieferung ihres indischen Essens – wurde mit perfektem Timing eingeleitet. Der Anfängerfehler in dieser Situation war es, zuerst das indische Essen zu sich zu nehmen und anschließend den »Tod durch Schokolade«-Teil des Abends anzugehen.

»Nein, nein, nein«, sagte sie laut und begriff erst mit Verspätung, dass niemand hier war. Der Typ im Fernsehen hatte den Brautjungfern gerade mitgeteilt, dass sie sich ihre Kleider selbst kaufen müssten, schließlich hätte er schon eine gottverdammte Paintball-Anlage gemietet.

»Arschloch!«, brüllte sie.

Das war das Conroy-System: Man aß das Curry nach der betrunkenen Fressattacke (Phase eins), weil Eis einen halbwegs vernünftigen Nachgeschmack hinterließ, während ein Tandoori ein saures Brennen nach sich zog, das einem die ganze schöne Betrunkenheit zunichtemachen konnte. Das war der Vorteil, wenn man wiederholt von Leuten verarscht wurde, denen man vertraut hatte: Man lernte, wie man im post-apokalyptischen Nachspiel die Oberhand behielt.

Es klingelte an der Tür. Das indische Essen kam zu früh oder zu spät oder … Die Uhr war gerade keine große Hilfe mehr.

Brigit zog sich mühsam auf die Füße. Okay – bisschen zu früh – aber in Ordnung. Sie würde das Essen entgegennehmen, dem netten Mann sein Geld geben und dann der Kloschüssel einige ausgiebige Umarmungen schenken. Nachdem sie aufgestanden war, merkte sie, dass es höchste Zeit war.

Okay, gut. Auch das hatte sie in ihre Planung mit einbezogen, betrunkenes Genie, das sie war. Die dreißig Euro lagen bereits neben der Tür. Das Essen kostete deutlich weniger, aber sie schloss ein großzügiges Trinkgeld mit ein, da sie dem verängstigten Lieferfahrer in ihrem Zustand garantiert einige anzügliche Bemerkungen um die Ohren hauen würde. Aber heute würde sie nicht seinen Akzent nachmachen! Das war beim letzten Mal wirklich ein Tiefpunkt gewesen. Okay, gut. Sie würde das schaffen. Sie rückte ihre Brüste ein wenig zurecht, dann kam ihr etwas komisch vor. Ein kurzes Entsetzen befiel sie, als sie etwas spürte, das sich wie ein Knoten anfühlte. Dann stellte sie jedoch mit großer Freude fest, dass es sich bloß um ein Stück Schokolade handelte, das irgendwie in ihren BH geraten war. Sie steckte es sich in den Mund und machte sich bereit.

Wieder klingelte es an der Tür.

»Ich komme, du Arschloch!« Okay, immer mit der Ruhe. Der Lieferfahrer hatte nichts falsch gemacht. Also, wenn es sich bei ihm um einen Mann handelte, hatte er das ganz sicher … Aber nicht ihr gegenüber.

Sie bewegte sich mit höherer Geschwindigkeit vorwärts als beabsichtigt, und stürzte kurz in den Kleiderständer. Sie richtete sich wieder auf, griff nach dem Geld und öffnete die Tür.

Draußen im Treppenhaus stand Paul.

»Großer Gott!«, schrie sie. Dann schleuderte sie ihm die Scheine entgegen und knallte die Tür wieder zu.

Auf der frühmorgendlichen Busfahrt zu ihrem Arbeitsplatz, den sie nicht mehr hatte, war sie immer wieder bis ins kleinste exquisite Detail durchgegangen, wie es ablaufen würde, wenn sie dem betrügerischen Drecksack das nächste Mal begegnete. Sie wäre:

1. acht Kilo leichter;
2. überaus beeindruckend und
3. Arm in Arm mit einem lächerlich muskulösen, aber äußerst sensiblen Kerl. An einem besonders schwachen Morgen hatte sie sich sogar die Bilder des Leinster Rugby-Teams angeschaut und ihre Auswahl auf drei Kandidaten eingegrenzt.

In keinem dieser Szenarien hatte sie den Namen des Herrn leichtfertig in den Mund genommen, Paul Geld entgegengeschleudert und die Tür zugeknallt. Sie war fest entschlossen gewesen, an diesem Abend Klasse zu bewahren, zumindest in Anwesenheit anderer Leute, weswegen sie auch den Punkt »männlichen Stripper bestellen« vernünftigerweise von ihrer Liste gestrichen hatte.

Nun riskierte sie einen Blick in den Spiegel neben der Tür und schaute rasch wieder zu Boden. Es war genauso schlimm, wie sie befürchtet hatte. Unwillkürlich begann sie, eine neue Liste zu erstellen: Rotweinmund – check; selbstverständlich Eis im Gesicht – check; Donut-Puderzucker und Schokoflecken auf dem T-Shirt – check; Haare eine Katastrophe – check; und … oh Gott, sie hasste Listen wirklich so sehr!

Brigit begann, langsam ihre Stirn gegen die Tür zu schlagen.

Moment – vielleicht hatte sie sich Pauls Anwesenheit ja nur eingebildet? Dass Betrunkene halluzinierten, war schließlich keine Seltenheit.

»Brigit, geht's dir gut?«, fragte eine vertraute Stimme hinter der Tür.

Oh, verfickte Fick-Scheiße …

»Ja«, sagte Brigit mit allem Selbstvertrauen, das sie nicht empfand. »Mir geht's gut, und ich brauch dich nicht, du … du … Pisser! Also verpiss dich!«

»Ich kann nicht weg«, sagte Paul durch die Tür.

Brigit schaute sich um. Oh Gott, sie hatte doch nicht …

Nein. Das war eindeutig ihre Wohnung. Eine entsetzliche Sekunde lang hatte sie befürchtet, sie wäre zu ihm gegangen. Das wäre wirklich erbärmlich gewesen.

»Du und … dein Pisser … könnt euch verpissen … du Pisser.« *Komm schon*, dachte Brigit, *da fallen dir doch bessere Beleidigungen ein. Reiß dich mal zusammen, Mädchen!*

»Bunny ist verschwunden«, sagte Paul.

»Was?«

»Niemand kann ihn finden.«

»Spielt er Verstecken?«

»Er ist vom Erdboden verschwunden.«

»Und?«, fragte Brigit und dachte im Stillen: *Warum gehst du ihn dann nicht suchen, Paul? Ach ja, weil du nicht die geringste Ahnung hast und ein beschissener Detektiv bist.* Oh, warum hatte sie das nicht laut gesagt? Das hätte gesessen!

»Also«, sagte Paul, »ich weiß einfach nicht, wie ich ihn finden soll. Ich bin einfach ein beschissener Detektiv.«

Verdammt!

»Ich brauche deine Hilfe«, fuhr er fort. »Hör zu, machst du die Tür auf, damit wir darüber sprechen können?«

»Nein!« Nachdrücklich stampfte Brigit mit dem Fuß auf. »Ich öffne diese Tür niemals wieder für dich, und auch sonst nichts, du … Pisser!« Ganz im Ernst – sie kannte Hunderte Beleidigungen. Sie hatte drei ältere Brüder. »Ich und meine Freunde feiern hier gerade eine Party, und später kommt noch ein Mann, der liefert indisches Essen und … und mit dem werde ich Sex haben!«

»Okay«, sagte Paul. »Der Lieferfahrer ist übrigens schon da mit deinem Essen. Er steht hier neben mir.«

»Schön, gut. Sag ihm, ich bin gleich bei ihm.«

»Ähm … Er ist schon wieder weg.«

»Den meinte ich nicht!«, sagte Brigit. »Es kommt noch ein anderer Typ. Er spielt Rugby für Leinster.«

»Und der liefert auch indisches Essen?«

»Halt die Klappe!«, sagte Brigit. »Halt verdammt noch mal die Klappe! Du kannst mir nicht das Herz brechen und dann hier vorbeikommen und mich blöd dastehen lassen. Ich fühle mich schon blöd genug, wenn du nicht da bist, du … du … oh zum … Was ist ein anderes Wort für Pisser?«

»Arschloch?«, bot Paul an.

»Danke«, sagte Brigit. »Arschloch!«

»Ich weiß das alles, Brigit, und es tut mir leid, wirklich, mehr als ich je sagen könnte … Aber Bunny ist verschwunden, und ich habe keine Ahnung, wie ich ihn finden soll. Den Gardaí ist das egal, und ich habe Angst, okay? Ich habe nicht den geringsten Schimmer, was ich tun soll. Du bist viel schlauer als ich, und du kennst dich mit diesen Sachen aus.«

»Da hast du verdammt recht«, sagte sie und schlug mit der

Faust gegen die Tür. »Ich bin eine … eine … verdammt gute Detektivin – vermutlich. Vielleicht. Hatte ja nie Gelegenheit, das unter Beweis zu stellen. Aber ich wäre eine gute Detektivin *gewesen*!«

»Dann bitte«, sagte Paul, »hilf mir, Bunny zu finden.«

»Nein!«, erwiderte sie. So betrunken sie auch war, sie hörte genau, wie bockig sie klang. »Ich helfe dir bei gar nichts. *Ich* werde Bunny finden. Und du kannst … deine blöde Klappe halten, verdammt!«

Brigit nickte der geschlossenen Tür zu. Okay, sie hatte einen etwas holprigen Start hingelegt, aber jetzt war sie wieder auf der Höhe. »Ich kümmere mich darum. Allein.«

»Okay«, sagte Paul.

»Dich …«, sagte Brigit, »dich brauche ich für absolut gar nichts! Nichts! Aber schreib mal diese Sachen auf … du weißt schon, und schieb den Zettel durch den Briefschlitz. Details und so weiter.«

»Du hast keinen Briefschlitz.«

»Willst du jetzt frech werden?!«

»Nein, Brigit. Tut mir leid, Brigit.«

»Schreib's auf, ich kümmere mich morgen darum.«

»Okay.«

»Und jetzt verpiss dich, du … du …«

»Arschloch?«

»Ja! Genau!«

»Okay.«

Brigit lauschte stumm dem Rascheln im Treppenhaus. Dann sah sie, wie ein gefalteter DIN-A4-Bogen unter der Tür durchgeschoben wurde. Anschließend wartete sie noch ein paar Minuten, während Paul draußen im Korridor stand. Endlich hörte sie, wie er die Treppe hinunterstieg und schließlich die Haustür hinter sich schloss.

Und dann ging sie aufs Klo, um sich zu übergeben.

KAPITEL SIEBEN

»Hey, du gottverdammte Schlafmütze!«

Paul erwachte von dem unangenehmen Gefühl eines Hurling-Schlägers, der ihm in die Rippen gestoßen wurde. Flackernd öffneten sich seine Lider und erhaschten einen kurzen Blick auf einen perfekten azurblauen Himmel, bevor sich Bunny McGarrys rundes Gesicht davorschob und alles andere verdeckte. Selbst für seine Verhältnisse machte Bunny einen äußerst aufgebrachten Eindruck.

»Bunny, bist du's?«

»Ist ja nicht zu fassen – die Kombinationsfähigkeiten unseres Meisterdetektivs kennen wirklich keine Grenzen. Ja, du klemmschwuler Warmduscher, Daddy ist zu Hause. Aber kannst du mir mal verraten, was dieser Mist hier zu bedeuten hat?«

Bunny trat zurück, und Paul schaute sich um. Er befand sich an einem Strand, und um ihn breitete sich ein herrlicher Sommertag aus. Er lag auf einem jener altmodischen Liegestühle, bei denen nur ein Stück Stoff an einem schlichten Holzrahmen baumelt und der Lende keinerlei Unterstützung gewährt. Bunny McGarry stand vor ihm und hielt einen Hurling-Schläger in der Hand, was keine große Überraschung war. Deutlich überraschender war die Tatsache, dass er ein hautenges rotes Kleid trug. Es stand ihm nicht besonders. Das Kleidungsstück war darauf ausgelegt, sich eng an den Körper zu schmiegen. In Bunnys Fall schien es sich jedoch eher an ihn zu klammern, als ginge es um Leben und Tod. Sein vorstehender Bierbauch zeichnete sich wenig schmeichelhaft ab, und es schien nur ein herzhaftes Niesen nötig, um das gesamte Outfit in bester Hulk-Manier in Fetzen zu reißen. Außerdem biss sich das Rot des Stoffes mit der Röte in seinem Gesicht. Jeder, der jemals im U-12-Hurling-Team von St. Jude's mitspielen durfte, hatte lernen müssen, wie die einzelnen Töne auf der Bunny-Gesichtsfarbenskala einzuordnen waren – eine überlebenswichtige Fähigkeit. Das derzeitige Burgunderrot auf seinen Wangen ließ nur eine Schlussfolgerung zu: Renn, solange du noch kannst!

»Ähm«, sagte Paul, »ich glaube, das ist ein Traum.«

Bunny warf fassungslos die Hände in die Luft. »Natürlich ist das ein Traum, du Radler trinkende Napfsülze! Oder willst du ernsthaft unterstellen, ich würde so was freiwillig anziehen?«

»Das ist ...«

Paul warf einen Blick zur Seite. Seine geheimnisvolle namenlose Klientin – die Frau, die er auf keinen Fall *Lady in Red* nennen wollte – saß links von ihm, nippte an einem Cocktail und zeigte wenig Interesse an dem, was um sie herum vor sich ging. Sie trug das gleiche Outfit wie Bunny. *Der Teufel im roten Kleid* – diese Formulierung geisterte in Pauls Kopf herum wie ein Ohrwurm, an den er sich nur bruchstückhaft erinnern konnte.

»Verstehe«, sagte Paul. »Ich verarbeite hier bloß meine Erinnerungen an diese Frau.«

»Na toll«, erwiderte Bunny. »Ich bin im ewigen Eis verschollen, und du hast nichts Besseres zu tun, als darüber nachzudenken, wie du eine billige Möchtegern-Kim-Basinger flachlegen kannst.«

Paul wollte aufstehen, stellte aber fest, dass es nicht möglich war.

»Nein, so ist es nicht ... Ich muss ...«

»Ach, hör schön auf mit der Heulerei. Immerhin hast du dafür gesorgt, dass mich jetzt jemand sucht, der seinen Ellbogen vom eigenen Hintern unterscheiden kann.«

Paul warf einen weiteren Blick nach links. Jetzt saß Brigit neben seiner Klientin, auf einem identischen Liegestuhl und im identischen Kleid. Sofort verspürte er einen eiskalten Stich aus Scham und Reue. Sie sah sowieso sehr gut aus, aber er fragte sich, ob sein Unterbewusstsein nicht doch ein wenig Photoshop zur Anwendung brachte, um seinen wohlverdienten Schmerz zu steigern. Brigit warf der anderen Frau einen abfälligen Seitenblick zu, bevor sie sich wieder auf das Telefon in ihrer Hand konzentrierte. Paul musste das Display nicht sehen, um zu wissen, was sie sich anschaute. Sie ging wieder *die Fotos* durch. Nach jedem Weiterwischen schoss sie ihm einen Blick reinen Hasses zu, und jeder einzelne fühlte sich an wie ein Faustschlag gegen seinen Solarplexus.

Bunny zeigte mit dem Hurling-Schläger auf Brigit. »Immer vorausgesetzt, dass sie bereit ist, ihre Wut auf dich und deinen untreuen Pimmel vorübergehend auf Eis zu legen.«

»Brigit«, sagte Paul. »Es tut mir so leid. Ich weiß nicht, wie … Ich kann mich einfach nicht erinnern. Ich habe nicht …«

»Ach, Herrgott noch mal«, rief Bunny. »*Ich* bin hier derjenige, der verschwunden ist, aber von dir höre ich immer bloß: *Ich, ich, ich, heul, heul, heul* – schaff dir mal Eier an, ja?«

»Na schön«, sagte Paul. »Was willst du von mir, Bunny?«

Bunny senkte seine Stimme. »Ich möchte, dass du dich für mich auf eine spirituelle Reise begibst, alle materiellen Schranken hinter dir lässt und eins wirst mit dem Universum. Dann nämlich wirst du deinen geistigen Führer finden, ein Seelentier, das dir den Weg zur Erleuchtung weist.«

»Wirklich?«

Bunny stieß ein bellendes Gelächter aus. »Na klar – bekanntlich stehe ich ja total auf diesen Toter-Mann-in-der Wanne-Jim-Morrison-Eso-Quatsch. Du musst nur eins tun: den Kopf aus deinem verdammten Arsch ziehen und endlich in die Gänge kommen!«

Das klang schon mehr nach ihm. »Aber ich hab keine Ahnung, wie ich dich finden soll.«

»Was du nicht sagst! Deshalb brauchst du ja auch unsere liebe Miss Leitrim. Sie hinzuzuziehen war das einzig Gute, was du bislang zustande gebracht hast. Lass sie das regeln. Sie wird dich erst dazuholen, wenn sie dazu bereit ist; das hat sie ja unmissverständlich auf den Punkt gebracht.«

»Und was mache ich in der Zwischenzeit?«

»Deinen gottverdammten Job. Du hast eine Klientin. Und du musst dringend die Kohle auftreiben, um die Detektei zu eröffnen. Letzteres ist ja ein zentraler Punkt in deinem schauderhaften Plan, die Frau wiederzugewinnen, die du liebst, und ausnahmsweise mal irgendwas in deinem Leben auf die Reihe zu kriegen. Was habe ich dir immer gesagt, damals, beim Hurling-Training?«

»Was der Schiedsrichter nicht sieht, ist auch nicht passiert?«

»Nein.«

»Schlag zu und hoff das Beste?«

»Nein!«

Paul schaute zu Bunny auf, der schmollend zu ihm herabblickte, die Lippen auf vertraute Weise bedrohlich zusammengepresst, als müsse er seine ganze Selbstbeherrschung aufbringen, um die nächste, unvermeidbare Flutwelle von Kraftausdrücken zurückzuhalten. Es war jedoch fest eingebrannt in Pauls Psyche, dass man lieber die Klappe hielt, wenn man Bunnys Frage zwei Mal falsch beantwortet hatte. Aller guten Dinge waren bei ihm niemals drei.

Bunny sprach langsam und überlegt. »In einem Team gibt es kein Ich.«

»Ganz im Ernst, das habe ich dich niemals sagen hören.«

Paul zuckte zusammen und riss die Arme vor den Körper, als Bunny mit dem Schläger ausholte.

»Das hier ist *dein* Traum, du dämliche Arschgeige. Du weißt genauso gut wie ich, dass es bloß dein Unterbewusstsein ist, das gerade versucht, diese ganze Scheiße zu sortieren. Also hör gefälligst auf, hier rumzuzicken. Lass doch mal hören: Wie läuft's denn bisher so mit dem Detektiv-Spielen?«

»Schrecklich«, sagte Paul. Es hatte schließlich keinen Sinn, sich selbst zu belügen.

Nach der Fahrt nach Howth am Mittwochvormittag war Paul zum Malahide Club zurückgekehrt, um darauf zu warten, dass Hartigan seine Golfrunde beendete. Nun stand ihm Bunnys Porsche zur Verfügung, was aus offenkundigen Gründen beunruhigend war, aus anderen, ebenso offenkundigen Gründen aber auch sehr praktisch. So hatte er Phil die Erlaubnis geben können, seiner Tante ihren Wagen zurückzubringen. Sie wollte nämlich zum Friseur. Auch mit solchen Widrigkeiten musste sich Philip Marlowe nur selten herumschlagen.

Paul hatte sich auf dem Fahrersitz tief zusammengekauert und zugesehen, wie Hartigan auf dem 18. Grün seinem Gegner die Hand schüttelte, bevor er sich ins Clubhaus verabschiedete. Aus der Körpersprache schloss er, dass Hartigan gewonnen hatte. Was allerdings auch daran liegen konnte, dass Hartigan grundsätzlich die Haltung eines Mannes an den Tag legte, der gar nicht verlieren *konnte*. Da er ein Minimum von fünfzehn Minuten für eine Dusche anrechnete, ging Paul davon aus, dass genug Zeit blieb, um mit Maggie auf dem Parkplatz eine Runde zu drehen. Es machte ihn schon nervös genug, einen Hund in Bunnys Wagen zu lassen; die Vorstellung, dass sie ihn benutzen würde, um ihr Geschäft darin zu verrichten, war zu entsetzlich, um auch nur darüber nachzudenken.

Sie blieben kurz stehen und beobachteten, wie zwei Golfer am 10. Loch ihre Schläge ausführten. Man musste Paul zugutehalten, dass er bereits begriff, wie wenig ratsam das gewesen war, als der Spieler mit dem Eisen ausholte. Maggie raste augenblicklich hinter dem Golfball her, und Paul ließ die Leine los. Hätte er es nicht getan, wäre ihm der gesamte Arm aus dem Gelenk gerissen worden. Er setzte zur Verfolgung an, aber jedes Mal, wenn er glaubte, sie fast erwischt zu haben, absolvierte irgendein anderer Golfer einen Schlag, und schon schoss Maggie neuerlich davon wie eine sabbernde Missile-Rakete. Ein Typ beging den Fehler, ihr seinen Schläger entgegenzuschleudern. Anschließend sah er sich gezwungen, auf einen Baum zu klettern, um keine bleibende Erinnerung daran davonzutragen, warum das eine schlechte Idee gewesen war. Eine ältere Dame traf die klügere Entscheidung, Paul die Schuld zu geben. Über die Entfernung von zwei Löchern jagte sie in einem Golfcart hinter ihm her, und es gelang ihm erst, sie abzuhängen, als sie beim 14. Loch in einem Sandbunker stecken blieb. Als er Maggie endlich eingefangen und zum Wagen zurückgebracht hatte, war er völlig erschöpft und derangiert und hatte sich mehrere blaue Flecke zugezogen. Außerdem war ihm etwas Entscheidendes abhandengekommen: Hartigans silberner Benz war verschwunden.

Da ihm keine andere Möglichkeit blieb, fuhr Paul zu Hartigans Haus zurück. Dort fehlte jede Spur von ihm. Paul hielt wieder auf dem Parkplatz des Casey's und brütete frustriert vor sich hin, während Maggie glückselig auf dem Rücksitz schnarchte. Er hustete einige Male, um sie zu wecken, aber es nutzte nichts. Er überlegte, ob er sie anstupsen sollte, besann sich aber eines Besseren.

Sehr viel später tauchte Hartigan auf – nach vier Stunden, die sich geradezu perfekt zur Durchführung eines Ehebruchs geeignet hätten. Grimmig rechnete Paul sich aus, wie oft Hartigan in dieser Spanne hätte Sex haben können. Vorausgesetzt, dass der Mann über nahezu übermenschliche Erholungskräfte und ein stark begrenztes Interesse an Vorspiel verfügte, kam Paul auf sechs Mal. Kurzerhand rief er Phil an und bat ihn, die Beschattung zu übernehmen. Dann tat er das einzig Vernünftige, um die Bunny-Situation anzugehen. Er fuhr zu Brigit und bat sie um Hilfe.

In seiner Abwesenheit verließ Hartigan das Haus ein weiteres Mal. Phil fuhr ihm bis nach Castleknock nach. Er rief Paul »mitten in der heißen Verfolgungsphase« an. Da er aber grundsätzlich mindestens zehn Stundenkilometer unter der Geschwindigkeitsbegrenzung blieb, konnte es sich höchstens um eine lauwarme Verfolgungsphase handeln. Sie schafften es, sich an einem Pub namens Myos zu treffen – ziemlich genau zu dem Zeitpunkt, als Phil dämmerte, dass Hartigan nicht der Einzige war, der in Dublin einen silbernen Benz fuhr. In diesem saß nämlich eine Frau mittleren Alters. Ihre gewaltige Achtzigerjahre-Dauerwelle türmte sich hoch genug, um jemandem den gesamten Film zu ruinieren, der im Kino noch zwei Reihen hinter ihr saß. Es folgte ein lauter und offenherziger Meinungsaustausch, in dessen Verlauf Phil von Paul gefeuert wurde, während Maggie ganz in der Nähe eine Topfpflanze besprang – aus Gründen, über die man nicht nachdenken wollte. Kurz gesagt war der Mittwoch alles andere als ein Erfolg gewesen.

»Also«, fasste Bunny zusammen. »Du hast keinen Schimmer, was du tust.«

»So weit korrekt.«

»Hol erstmal die Nellis-Arschgeige zurück an Bord.«

»Aber er ist vollkommen unfähig …«, protestierte Paul.

»Das bist du auch! Aber eins muss man ihm lassen: Der schlaksige Idiot würde sich für dich jederzeit in die Schusslinie werfen.«

»Und was dann?«

»Finde es raus«, erwiderte Bunny. »Das ist hier keiner von diesen Quatsch-Träumen, in denen dir irgendwer die Antworten auf all deine Lebensfragen gibt. Du warst schon immer eine dumme kleine Pissnelke, aber hast du mittlerweile auch noch deine Eier verloren?«

»Also, nein, ich …«

»Wenn mich meine Erinnerung nicht täuscht, hattest du eine vielversprechende Zukunft als Krimineller in Aussicht, bevor du in eine andere Richtung abgebogen bist. Vielleicht hast du einfach den falschen Denkansatz? Übrigens, mal ganz nebenbei – wenn dieser Hund in meinen Wagen kackt, sorg ich dafür, dass du deines Lebens nie wieder froh wirst.«

Paul senkte den Blick. Er überlegte, wie er das Unaussprechliche, das er die ganze Zeit vermieden hatte, in Worte fassen sollte.

»Bunny, bist du …« Er ließ den Satz in der Luft hängen.

»Woher zum Teufel soll ich das wissen? Mich gibt's bloß in deinem Kopf, schon vergessen? Aber schauen wir uns doch mal die Fakten an: Ich bin verschwunden, seit Tagen hat mich niemand gesehen, und mein geliebter Wagen wurde draußen an der Küste gefunden, an einer Stelle, wo Hinz und Kunz den Harakiri-Abflug machen. Außerdem war ich in letzter Zeit ziemlich mies drauf. Nicht, dass du dir die Mühe gemacht hättest, das zu bemerken, du egoistische Wichsbirne.«

Paul nickte stumm. Diese Fakten kannte er bereits, und sie lagen allesamt auf der Hand.

»Andererseits«, sagte Bunny, dessen Ton sich plötzlich aufhellte, »würde ich mich nicht für den Typ Mann halten, der einfach so das Zeitliche segnet.«

Dann beugte sich Bunny herab und leckte Paul über das Gesicht.

Paul schreckte aus dem Schlaf und stellte fest, dass Maggies Zunge sein linkes Ohr abschleckte. »Ach, geh runter von mir, du verrücktes Miststück.«

Während er sich wie wild den Sabber von der Wange wischte, kehrte die Realität zu ihm zurück. Sie parkten noch immer in der Sackgasse, nicht weit entfernt von Hartigans Haus. Gestern Abend hatte Paul beschlossen, deutlich näher heranzufahren – zur Hölle mit den neugierigen Nachbarn. Nun, da er allein unterwegs war, durfte er nicht noch einmal das Risiko eingehen, seine Zielperson aus den Augen zu verlieren.

Ein kurzer Blick verriet Paul, dass die Welt sich dazu aufgerafft hatte, einen grauen, feuchten Morgen anbrechen zu lassen. Die Uhr auf dem Armaturenbrett zeigte 8:07 Uhr. Er griff mit der rechten Hand zu dem Hebel unter dem Sitz, um ihn in eine aufrechte Position zu bringen. Genau in diesem Augenblick fuhr der unverkennbare grüne Rolls-Royce, der Hartigan vor zwei Tagen vom Gericht abgeholt hatte, an ihm vorbei und scherte aus der Sackgasse auf die Hauptstraße aus. Dummerweise hatte Paul mit dem Heck Richtung Hauptstraße geparkt, also musste er erstmal ein umständliches Wendemanöver absolvieren.

»Ach, zum …«

Der Donnerstag hatte kaum begonnen, und schon fuhr Paul wieder alles vor die Wand.

KAPITEL ACHT

Gerry: Und da sind wir wieder. Falls Sie gerade erst eingeschaltet haben – wir sprechen über die Nachwehen des Prozessabbruchs der Skylark Three. Wird es ein neues Verfahren geben? Glauben Sie, es wäre die Mühe wert? Wir haben Mick aus Clonee in der Leitung. Mick – Sie sind auf Sendung.

Mick: Ja, Gerry, wissen Sie was? Ich persönlich sehe darin keinen Sinn. Ich meine, solche Leute müssen doch sowieso nie die Konsequenzen für ihr Handeln tragen. Die Typen, die für so was verantwortlich sind, sperren wir doch grundsätzlich nicht ein.

Gerry: Das sagen Sie so, Mick. Aber Irland hat durchaus einige Banker und einen ehemaligen Minister wegen Korruption hinter Gitter gebracht. Das ist mehr, als England und die Vereinigten Staaten bislang von sich behaupten können.

Mick: Na, ist das nicht mal wieder absolut typisch für unser Land? Nicht mal die Gauner kriegen bei uns irgendwas auf die Reihe!

Brigit klingelte noch einmal an der Tür. Nichts passierte, genau wie bei den fünf letzten Versuchen. Sie bemühte sich, durch die heruntergelassene Jalousie am Wohnzimmerfenster zu spähen, aber sie konnte nichts erkennen. Als sie das Quietschen von Reifen hörte, drehte sie sich um und sah, wie ein korpulenter Mann auf einem Elektromobil für Übergewichtige langsam auf dem Bürgersteig an ihr vorbeifuhr. Misstrauisch schaute er sie an. Brigit schenkte ihm das, was sie für ihr gewinnendstes Lächeln hielt. Sein Blick blieb fest auf sie gerichtet, während er weiter über den Gehweg rollte und schließlich um die Kurve verschwand.

Brigit legte die Hand an ihren hämmernden Kopf und seufzte. In Wahrheit war der Kater nicht so schlimm, wie sie erwartet hatte. Nachdem Paul gestern Abend wieder gegangen war, hatte sie es einfach nicht mehr geschafft, sich noch mal in die volle Selbstmitleidsparty-Stimmung zu werfen, sosehr sie es auch versuchte. Stattdessen war sie in jenem wenig hilfreichen Zustand der Trunkenheit ins Bett gegangen, in dem Gedanken nicht nur möglich, sondern unvermeidbar waren. Stunden hatte sie damit verbracht, sich hin und her zu wälzen und alles wieder und wieder durchzugehen, bis sie endlich etwas Schlaf gefunden hatte. Nur, damit sich in einem unruhigen Traum alles wieder von vorn vor ihr abspielte.

Um nicht ständig an den gestrigen Abend denken zu müssen, hatte sie sich heute Morgen nach dem Erwachen sofort auf das »Bunny-Problem« gestürzt. Leider bedeutete dies, dass sie Paul eine Textnachricht schreiben musste – gleich, nachdem sie die Blockierung seiner Nummer rückgängig gemacht hatte. Auf seinem Zettel stand, dass er seit Dienstag nichts mehr von Bunny gehört hatte, dass sein Wagen am Samstag verlassen in Howth entdeckt worden war und dass Paul nicht wusste, womit Bunny sich zuletzt beschäftigt hatte.

Brigit hatte Paul nach Bunnys Adresse gefragt, und er hatte sie pflichtschuldig geschickt. Irgendwo musste sie anfangen, und dies war der einzige Ort, der ihr einfiel.

Außerdem hatte sie ein schlechtes Gewissen. Bunny hatte am Freitagabend versucht, sie anzurufen, aber sie hatte es ignoriert. Seine Nachricht auf ihrem Anrufbeantworter klang, als sei er voll wie ein Scheunendrescher gewesen, wenngleich äußerst gut gelaunt. Aber das war natürlich das Problem mit Bunny, seine

Stimmungen waren ein wenig wie russisches Roulette. »Wiegehtsdennso, Schönheit aus Leitrim? Bunny hier. All deine Sorgen sind Geschichte. Er ist ein guter Junge. Ruf mich an, dann erklärt dir dein Onkel Bernard die ganze Sache. Du wirst glücklicher sein als ein notgeiler Köter auf einer Konferenz von einbeinigen Leprakranken.«

Sie tat es als wirres Geschwafel eines Betrunkenen ab. Es wäre ja nicht das erste Mal gewesen. Schon einige Wochen zuvor hatte er sie angerufen und betrunken das abgeliefert, was wohl seine Version von aufmunterndem Trost sein sollte. Es war zum Fremdschämen gewesen, basierte es doch stark auf dem Konzept: »Sprecht einfach miteinander, und alles wird gut.« Das Letzte, was sie gebrauchen konnte, waren Liebesratschläge von Bunny McGarry. Aber nun war er verschwunden, und sie stand vor seinem Haus und tat so, als hätte sie irgendeine Ahnung davon, wie man einen Vermissten aufspürte.

Es handelte sich um ein kleines zweistöckiges Reihenhaus in Cabra, und offensichtlich war niemand da. Zugegeben, andernfalls wäre ihre Ermittlung zwar erfolgreich, aber auch etwas enttäuschend ausgefallen. Ihr kam in den Sinn, dass sie kaum etwas über Bunny McGarry wusste. Er war nicht verheiratet und war es wohl auch nie gewesen, aber nicht mal in diesem Punkt konnte sie sicher sein. Er war wie ein betrunkener Wirbelwind in ihr Leben getreten, hatte körperliche Gewalt und kaum verständliche Kraftausdrücke mit sich gebracht, und sie hatte sich nie wirklich gefragt, was hinter all dem aufgeplusterten Getue steckte.

Sie fischte ihr Handy aus der Tasche und rief Phil Nellis an. Zwar kannte sie ihn keinen Tag länger als Bunny, aber über Phil wusste sie deutlich mehr. Kein Wunder – er war ein Meister der unerwünschten Mitteilungssucht. Zum Beispiel wusste sie, dass er der Neffe eines gewissen Paddy Nellis war, bei dem es sich um Dublins berühmtesten Einbrecher gehandelt hatte. Zwar konnte sie dies keineswegs gutheißen, hoffte aber, einen Vorteil aus den Kenntnissen zu ziehen, die Phil in seiner Jugend vielleicht aufgeschnappt hatte.

»Hallo?«

»Hi, Phil. Ich bin's, Brigit. Ich habe mich gefragt, ob du mir vielleicht behilflich sein könntest.«

»Ja, klar. Worum geht's?«

Nun, da es so weit war, kam es ihr etwas dreist vor, ihm ihr Anliegen einfach so zu präsentieren. *Ach, was soll's, mitgefangen, mitgehangen …*

»Du musst für mich in ein Haus einbrechen.«

»Was?« Seine Empörung war nicht zu überhören.

»Also, nicht direkt. Ich will nur sicherstellen, dass es jemandem gutgeht. Es ist eher … eine humanitäre Mission.«

»Wie Mutter Teresa oder was?«

»Ja, so in der Art. Es ist noch nicht mal wirklich illegal.« Das war im besten Fall eine gewagte Vermutung, im schlimmsten eine himmelschreiende Lüge.

»Hast du versucht, an der Tür zu klingeln?«

»Ja.«

»Okay. Und wessen Haus ist es?«

»Ähm … Bunnys.«

Brigit hörte einen kurzen Schrei, gefolgt vom dumpfen Geräusch des fallen gelassenen Handys.

»Bist du völlig irre, verdammte Scheiße?« Die Frage klang, als würde er sie dem Telefon aus großer Entfernung entgegenbrüllen.

»Phil. Hör mir zu. Es ist okay. Ich arbeite mit Bunny zusammen, es ist also kein Verbrechen.«

»In Bunnys Haus einzubrechen? Da hast du recht, das ist Selbstmord.«

»Phil, bitte heb das Telefon auf. Phil?«

Sie hörte, wie das Handy in die Hand genommen, dann wieder fallen gelassen, dann wieder aufgehoben wurde.

»Was hast du gesagt?«

»Ich habe gesagt, heb das Telefon auf.«

»Oh, okay.«

»Könnte sein, dass er in Schwierigkeiten steckt, Phil.«

»Dann tun mir die Schwierigkeiten leid.«

»Bitte, Phil.«

»Halt die Stellung«, sagte er kraftlos. »Ich rufe gleich zurück.«

Dann war die Leitung tot. Als sie auf ihr Handy schaute, kam ein Video-Anruf von Phil rein. Was zur Hölle sollte das denn nun wieder?

»Hallo?«

»Ich bin's, Phil.« Er hielt das Telefon in einem Winkel, der ihr einen aufregenden Einblick in sein linkes Nasenloch verschaffte.

»Ja, Phil, das sehe ich.«

»Zeig mir das Haus.«

»Was?«

»Willst du, dass ich dir helfe, oder nicht?«

Brigit schaute sich um, trat einen Schritt zurück und schwenkte langsam ihr Handy hin und her.

»Okay, ja, ja, ja«, sagte Phil. »Ich sehe vier mögliche Angriffspunkte.«

Brigit drehte das Handy wieder um und flüsterte hinein: »Wow, wirklich?«

»Ja, die Eingangstür, die beiden Fenster im oberen Stock und das Erdgeschossfenster.«

»Oh.« Er hatte korrekt alle Teile des Hauses identifiziert, die nicht aus Ziegelsteinen bestanden. Brigit kam langsam der Gedanke, dass dieses Telefonat nicht die beste Idee ihres Lebens war.

»Siehst du die Topfpflanze?«

Ein großer weißer Plastiktopf, schmutzig und verbeult, stand vor der Eingangstür. Sein Inhalt war lange schon verdorrt.

»Ja.«

»Schau darunter nach.«

Dabei konnte ja wohl nichts herauskommen, oder? Brigit klemmte sich das Handy zwischen Ohr und Schulter und hob den Topf an.

»Was zum ...« Es lag tatsächlich ein Schlüsselbund darunter. Es war ihr mehr als peinlich. »Wer lässt denn heutzutage noch seine Schlüssel unter einer Topfpflanze liegen?«

»Bunny, weil niemand so wahnsinnig sein würde, ihn auszurauben.«

»Danke für deine Hilfe, Phil.«

»Ich war nie da.«

»Ähm ... warst du tatsächlich nicht.«

»Ganz genau. Nellis Over and Out.« Dann verschwand er von ihrem Display.

Brigit betrachtete die Schlüssel in ihrer Hand. Nein, dies war wahrlich kein glanzvoller Beginn ihrer Detektivkarriere.

Erst als sie das Haus betrat, fiel ihr ein, dass es eine Alarmvorrichtung geben könnte. Aber da keine durchdringenden Signaltöne zu hören waren, ging sie davon aus, dass das wohl nicht der Fall war. Wenn man derart blasiert war, dass man seinen Schlüssel unter einer Topfpflanze deponierte, installierte man vermutlich auch keine ausgetüftelte Alarmanlage.

Sie hob drei Briefe vom Boden auf und legte sie auf die Kommode, wo sich bereits zwei weitere befanden. Ungebeten in einem fremden Flur zu stehen entfachte bei Brigit gemischte Gefühle. Sie fühlte sich beklommen, nervös und – das ließ sich nicht leugnen – ein Stück weit erregt. Es verschaffte ihr einen schuldbewussten Kitzel, in eine fremde Privatsphäre einzudringen. Deswegen verkauften sich bestimmte Zeitschriften so gut.

Sie streifte durch das Erdgeschoss. Für einen Mann, der wirkte, als würde er in einem Müllcontainer schlafen, war das Haus überraschend sauber und ordentlich, wenn auch ein wenig überfüllt. Im Wohnzimmer war ein Durchbruch zur Küche geschaffen worden. Ein großer Breitbildfernseher dominierte den Raum; davor standen ein abgewetzter Sessel und ein dazu passendes grünes Polstersofa, das ziemlich unberührt wirkte. Die Tapete sah aus, als wäre sie deutlich älter als Brigit, und eine ganze Wand wurde von einem Regal voller Videokassetten eingenommen. Die Dinger hatte sie seit Jahren nicht mehr gesehen. Bunny schien eine ziemlich umfangreiche Sammlung von aufgezeichneten Hurling-Spielen zu besitzen, einschließlich jedes *All-Ireland*-Finales seit den Achtzigern, wenn man den Kritzeleien auf den Etiketten glauben konnte. Nirgends waren Fotos oder persönliche Erinnerungsstücke zu sehen. Der Kühlschrank enthielt lediglich zwei Flaschen Ketchup und eine Flasche Brown Sauce. Es gab auch keine Kochutensilien, lediglich drei Tupperdosen standen sauber übereinandergestapelt neben der Mikrowelle.

Sie ging nach oben. Rechts von ihr befand sich das Badezimmer, das ebenfalls überraschend sauber war. Sie fragte sich, ob Bunny eine Putzkraft beschäftigte. Auch ein Blick in den Spiegelschrank brachte nichts Ungewöhnliches zum Vorschein. Einige der Medikamente kannte sie. Er nahm offensichtlich Tabletten gegen Bluthochdruck – keine große Überraschung. Bunnys Gesicht zeigte noch in seinen besten Momenten einen beunruhigenden Rotton. Eine einzelne Zahnbürste stand in einem Becher auf dem Waschbecken und fühlte sich trocken an. Sie fand ein Shampoo und ein Duschgel. Es sah fast so aus, als wäre hier jemand vor Kurzem ausgezogen, ohne sich die Mühe zu machen, alles Wesentliche mitzunehmen.

Sie ging in den nächsten Raum. Offenkundig handelte es sich um ein Gästezimmer; ein Einzelbett stand an einer Wand, und auf der Matratze stapelten sich Hurling-Trikots. Vielleicht war dies ihr nächster Anhaltspunkt? Zu den wenigen Dingen, die sie über Bunny wusste, gehörte seine absolute Hingabe an den Club, den er aus der Taufe gehoben hatte. Die gegenüberliegende Wand machte dies überdeutlich, denn sie wurde gänzlich von Team-Fotos eingenommen. Jede St.-Jude-U12-Mannschaft der letzten zwanzig Jahre war dort zu sehen. Das verbindende Element war Bunny, der auf allen Bildern ganz links stand, als einschüchternder Trainer, während Generation um Generation von jungen Burschen mit leuchtenden Augen und frechem Grinsen in die Kamera strahlte. Unwillkürlich trat Brigit an das eine Foto heran, das sie kannte – das 2000er-Team. In der letzten Reihe ragte Phil Nellis auf und schaute leicht an der Kamera vorbei. Und ganz vorn saß Paul, der das Teenager-Alter noch nicht erreicht hatte, und wirkte – weiß der Himmel, warum – unangenehm berührt. Verlustgefühl, Schmerz und Wut rissen an Brigits Herz, und rasch wandte sie sich wieder ab.

Im zur Straße hin gelegenen Schlafzimmer stand ein alter hölzerner Kleiderschrank, gefüllt mit halbwegs vernünftiger Männerbekleidung, und bestätigte, dass hier tatsächlich nur Bunny lebte. Sie fand einen ordentlich gebügelten Anzug neben einer ganzen Reihe von Alltagsanzügen in verschiedenen Verschleißstadien. Es gab auch zwei Mäntel, was bedeutete, dass ihm tatsächlich nicht nur der muffig riechende Schurwollmantel zur Verfügung stand, in dem er sein gesamtes Leben zu verbringen schien.

Auf dem Nachtschrank neben dem Bett war ein gerahmtes Foto prominent aufgestellt, aber zur Wand gedreht worden. Auf dem Bild hatte ein deutlich jüngerer Bunny seinen Arm um eine hinreißende Schwarze Frau gelegt. Er sah vollkommen anders aus. Brigit wurde bewusst, dass sie ihn auf dem Bild zum ersten Mal mit einem echten Lächeln erblickte. Auch darüber hatte sie noch nie nachgedacht, aber er war kein unattraktiver Mann – wenn man sich erstmal an das schielende Auge und sein irre wirkendes Feixen gewöhnt hatte.

Auf der Kommode lag ein weiteres Foto, das sie sofort erkannte: sie selbst, Bunny und Paul in einem Tapas-Restaurant am Hafen, an dem Abend, als sie beschlossen hatten, sich mit einer Privatdetektei selbstständig zu machen. MCM Investigations. Brigits brillante Idee, ihr wahr gewordener Traum. Die Freude in ihren eigenen Augen, die ihr aus dem Bild entgegenstrahlte, brannte sich in ihren Kopf. Dies war einer der glücklichsten Momente ihres Lebens gewesen. Paul links, Bunny rechts von ihr. Zum Glück hatte sie den Kellner rechtzeitig gebeten, das Foto zu machen. Da Bunny nun mal Bunny war, hatte er kurz darauf laut verkündet, Tapas wären kein richtiges Essen, sondern bloß Werbespots für ein richtiges Essen. Dann hatte er betrunken Flamenco getanzt, sich kurz einem Kindergeburtstag angeschlossen und war verschwunden, bevor das Dessert serviert wurde.

Brigit hatte ihren Abzug des Fotos schon vor Wochen verbrannt, zusammen mit allen anderen, auf denen Pauls betrügerisches Gesicht zu sehen war. Sie legte das Bild zurück auf die Kommode, wandte sich zum Gehen, blieb aber noch einmal stehen. Bunny wurde vermisst. Sie brauchte ein aktuelles Foto von ihm. Ohne das Bild noch einmal anzuschauen, steckte sie es in ihre Manteltasche.

Nachdem sie ihre Inspektion des Hauses beendet hatte, ging sie wieder nach unten und schaute die Post durch. Während sie die Umschläge durch ihre Hände wandern ließ, fragte sie sich, ob das nicht doch etwas zu weit ging. War die Verletzung des Briefgeheimnisses nicht strafbar? Vielleicht nur in England.

Zwei Dinge gab es, bei denen die gute alte Lizzy Windsor keinen Spaß verstand: wenn Leute mit der Post Schindluder trieben – oder mit Schwänen. *Ach, zum Teufel damit. Wenn schon, denn schon.* Also öffnete sie die Briefe.

Bunny zahlte zu viel für seinen Strom. Er hatte Geld für Afrika gespendet, aber das hatte die dortigen Probleme offenbar nicht gelöst, denn die Hilfsorganisation wollte mehr. Seine Bank bot ihm einen Kredit an; vermutlich ging man dort davon aus, dass das Geld bei ihm immer noch besser angelegt wäre als in Afrika. Jemand machte Werbung für eine neue Kreditkarte, und der Irische Hurling-Verband lud ihn zu mehreren Sitzungen ein. Allerdings vermutete Brigit, dass niemand wirklich wollte, dass Bunny daran teilnahm. Sie hätte gutes Geld darauf gewettet, dass er wie kein Zweiter eine Tagesordnung pulverisieren und seine eigenen Themen durchdrücken konnte.

Dann öffnete sie den letzten Brief und jubelte innerlich auf. Bunnys Handyrechnung – mit genauer Aufstellung aller Anrufe. Gott sei Dank hatte er sich allen Bestrebungen widersetzt, sich die Rechnungen per Mail zuschicken zu lassen. Er kam ihr ohnehin nicht wie der Online-Typ vor. Er hatte offenbar auch keine klare Vorstellung davon, wie Handys funktionierten, denn er zahlte einen alten, erschreckend überteuerten Tarif.

Doch nun verfügte sie über eine Liste von all seinen Anrufen und allen Textnachrichten, die er bis vergangenen Freitag verschickt hatte. Ihr Triumphgefühl wurde jedoch leicht beeinträchtigt, als sie sah, wen er als Letztes angerufen hatte, bevor er vom Angesicht der Erde verschwunden war: sie selbst.

KAPITEL NEUN

Stadtrat James Kennedy streckte sich auf der Massageliege aus, stopfte sich die Kopfhörer in die Ohren und drückte das Gesicht in die Aussparung, die ihm einen Blick auf den beigefarbenen hochflorigen Teppich gewährte. Er kam jetzt schon seit Monaten hierher. Einer seiner Golfclub-Freunde hatte es ihm empfohlen – angeblich hätten die Massagen sein Leben verändert. Kennedy war skeptisch gewesen, und anfangs hatte es sich noch seltsam angefühlt, dort zu liegen, während eine Fremde ihn mit Öl einrieb und wie ein Stück Teig durchknetete. Bald aber gewöhnte er sich daran, und die Idee mit den Kopfhörern erwies sich als wahrer Geniestreich. So musste er sich weder die esoterische Klimpermusik anhören noch sich verpflichtet fühlen, mit einem brachialen Mannsweib zu plaudern, dessen Name viel zu viele Silben hatte, um ihn sich zu merken. Das Gerede hatte ihn wahnsinnig gemacht. Kennedy war es egal, was andere darüber dachten, aber Small Talk war eine Sache der Unmöglichkeit, wenn einer der Beteiligten dabei nackt war und für die Anwesenheit der anderen Person zahlte.

Inzwischen kam er mit geradezu religiösem Eifer jeden Freitagnachmittag hierher. Es war seine persönliche Belohnung dafür, dass er die morgendliche Bürgersprechstunde mit seinen unglücklichen Wählerinnen und Wählern über sich ergehen ließ. Diese drei Stunden kamen ihm jedes Mal vor wie ein ganzer Monat. Das Jammern über entlaufene Katzen, über Rechnungen und die Mülltonnen, die nicht abgeholt wurden oder zu früh, zu spät oder zu laut zurückbefördert wurden. Und, oh Gott, die ewige Forderung nach mehr Straßenschwellen … immer diese Straßenschwellen! Wenn es nach seinen Wählern ging, war es ein Fehler gewesen, in Dublin jemals auch nur eine einzige Straße zu bauen, auf der Autos Gas geben durften. Er sah das so: Nicht jeder kleine Hosenscheißer war für ein langes Leben bestimmt. Wenn man damals, in seiner Kindheit, einfach so auf die Straße gerannt war, hatte man eine wichtige Lektion gelernt – oder war zu einer wichtigen Lektion für die anderen Kinder geworden. So funktionierte die natürliche Auslese. Heutzutage wollten die Leute ihren Nachwuchs bloß in Watte packen, und das Ergebnis war eine Generation von verweichlichten Heulsusen. Natürlich durfte er das nicht laut sagen. Er hatte den Blick auf Höheres gerichtet als seinen derzeitigen Sitz im Dubliner Stadtrat, aber ins Dáil, das irische Unterhaus, gelangte man nicht, indem man den Menschen die Wahrheit sagte.

Kennedy hörte, wie sich hinter ihm die Tür öffnete, und schaltete den Minidisc-Player ein. Die Stimmen der *Corrs* füllten seine Ohren. Er sprach über die Musik hinweg: »Ich bin ziemlich verspannt an den Schultern, darauf können Sie sich konzentrieren … Und keine Angst, gehen Sie ruhig tief rein.«

Damit schloss er die Augen und ließ seinen Gedanken freien Lauf.

Er spürte Hände auf seinem Rücken. *Herrgott, die müsste aber auch dringend mal zur Maniküre.* Fühlte sich an, als würde sie Arbeitshandschuhe tragen.

Dann drückte ein schweres Gewicht auf seinen unteren Rücken, und schlagartig entwich alle Luft aus seinen Lungen. Er tastete mit den Händen herum und spürte schwere, in Hosen steckende Beine auf beiden Seiten der Liege. Jemand hatte sich rücklings auf ihn gesetzt. Ein Mann. Kennedy versuchte, sich herumzudrehen, aber eine große fleischige Hand drückte seinen

Kopf zurück in die Gesichtsaussparung. Atmen, er konnte nicht atmen! Er kämpfte darum, Luft in seine Lungen zu bekommen, als eine Hand ihm die Kopfhörer aus den Ohren zog.

»Schönen Nachmittag wünsche ich, Stadtrat.« Der Mann kam offenbar aus Cork, und er klang, als würde er sich prächtig amüsieren.

»Was zur …«, keuchte Kennedy mit letzter Kraft.

»Na, na, schön locker lassen, Jimmy. Sie sind ja verspannter als 'ne Kuh, der man vierzehn Tage lang das Euter nicht geknetet hat.«

Es war nicht sein dringlichstes Problem in diesem Augenblick, aber Kennedy hasste es, wenn man ihn Jimmy nannte. »Gehen Sie runter von mir!« Er versuchte, einen tiefen Atemzug zu nehmen und um Hilfe zu rufen.

Der Mann verlagerte sein Gewicht, und wieder blieb ihm die Luft weg. Dann hüllte ihn der Gestank von Schnaps und Zwiebeln ein. Beunruhigend dicht an seinem Ohr war ein Flüstern zu hören. »Entspann dich einfach, Jimmy-Boy. Jetzt ist Zeit für eine kleine Gutenachtgeschichte. Es war einmal ein Garda-Hauptquartier … und in dem Garda-Hauptquartier gab es ein Zimmer, das gar nicht existierte, mit einem Aktenschrank, den es nicht gab, voll mit Berichten von Vorkommnissen, die nie passiert waren.«

Kennedy hörte hinter sich ein Rascheln, und dann tauchte ein zerknitterter Bogen Papier vor seinen Augen auf. Er konnte ihn nicht klar erkennen, nur das Garda-Wappen und seinen eigenen Namen.

»Zum Beispiel 1997, Jimmy, als du ein unartiger Junge warst. Bist gegen einen parkenden Wagen gefahren und hast ins Röhrchen geblasen. Und siehe da: Dein Atem war regelrecht entflammbar. Ist schon lustig – das Ganze ist nie weiterverfolgt worden, oder? Wurde einfach unter den Teppich gekehrt.«

Während das Adrenalin durch seinen Körper rauschte, versuchte Kennedy, sich einen Reim auf all das zu machen. Was sollte das bedeuten?

»Tja, ich hab mal unter diesen Teppich geschaut. Du, Stadtrat Burke und die Stadträte Walsh und West. Wir haben genug über euch in der Hand, um ein hübsches kleines Säufer-Derby mit euch zu veranstalten. Stadträtin Marsh wiederum war komplett nüchtern, als sie letztes Jahr versucht hat, auf der M50 mit ihrem BMW den Geschwindigkeitsrekord zu brechen. Ich will aber fair sein. Ich verstehe schon, warum du und deine Jungs so versessen darauf seid, immer selbst nach Hause zu fahren, nachdem Stadtrat Munroe vor ein paar Jahren diese kleine Auseinandersetzung mit dem Taxifahrer hatte. Fiese Sache. Und alles vertuscht. Selbst Du-weißt-schon-wer aus Clontarf hatte seine Probleme, weil sein allzu abenteuerlustiges Töchterlein ihren Freunden von der Uni harte Betäubungsmittel vertickt hat. Was ich eigentlich sagen will: Wir machen alle Fehler, nicht wahr?«

Kennedy erwiderte nichts. Er hörte noch schwach den dünnen Gesang der *Corrs* aus den Kopfhörern, die erklärten, dass sie ihn sowieso nie geliebt hatten: *I Never Loved You Anyway* ...

»Wie zum Beispiel«, fuhr der Mann fort, »wenn man dafür abstimmt, dass der einzige Sportplatz im Stadtzentrum, der Jugendlichen aus problematischen Verhältnissen noch zur Verfügung steht, in Geschenkpapier gewickelt und deinen Immobilienkumpels überreicht wird. Zum Glück hast du Gelegenheit, diesen Fehler wieder auszuräumen. Wenn du – und deine sechs Busenfreunde – einen dramatischen Gesinnungswechsel an den Tag legen, bleibt's dabei, dass all das niemals passiert ist. Wenn nicht ...«

Kennedy spürte erneut, wie sich das Gewicht verlagerte, und wieder konnte er kurz nach Luft schnappen. »Das funktioniert nicht.«

Sofort wurde das Gewicht auf seinem Rücken verstärkt und raubte ihm neuerlich den Atem.

»Ich meine … Auch ohne uns gibt es eine Mehrheit. Wir sind nur der Tropfen auf dem heißen Stein, es sind noch dreiundsechzig andere Mitglieder im Rat. Die haben Schneewittchen auf ihrer Seite. Und der wird niemals …«

»Ach, schönen Dank. Lass das mal meine Sorge sein, Stadtrat. Du kümmerst dich nur darum, nach bestem Wissen und Gewissen deine Stimme abzugeben, dann werden all diese unglücklichen Ereignisse auch wieder unter den Teppich gekehrt, verstanden?«

Endlich verschwand das Gewicht vollständig von seinem Rücken, nur die schwere Hand blieb an Ort und Stelle und drückte seinen Kopf hinab.

Die Stimme tauchte an seinem rechten Ohr wieder auf.

»Sind wir uns einig?«

Kennedy versuchte zu nicken, war aber nicht dazu in der Lage. »Ja. Ja. Wir sind uns einig.«

»Na, fabelhaft. Ich weiß ja nicht, wie's dir geht, aber wenn ich sehe, wie gut die Demokratie funktioniert, macht mich das rattiger als Trigonometrie, darauf geb ich dir mein Wort. Dann hoffe ich mal, dass diese ganze Geschichte ein feines Happy End haben wird.« Die Stimme kam wieder näher, sodass er beinahe die Lippen an seinem Ohr zu spüren glaubte. »Apropos, ich werde mich jetzt wieder auf die Socken machen, und du starrst schön weiter auf diesen hübschen Teppich. Denn wenn ich sehe, dass du dich bewegst, komme ich zurück und gebe dir die Art von Happy End, die du niemals vergessen wirst.«

Kennedy rührte sich nicht.

Er rührte sich sehr lange nicht.

Irgendwann spürte er, dass weibliche Hände seinen Rücken berührten. Und erst in diesem Moment begann er zu schreien.

KAPITEL ZEHN

»Haben Sie irgendwelche Bücher darüber, wie man Menschen beschattet?«

Die Frau hinter dem Tresen verzog den Mund, als hätte Paul sich auf ihrer Hand erleichtert und sie zum Klatschen aufgefordert. Ihr Gesicht zierten zwei Piercings, und ihre rot gefärbten Haare sahen aus, als hätten drei verschiedene Friseure auf ihrem Kopf einen Frisurenwettbewerb ausgetragen, der zu einer recht unbefriedigenden Pattsituation geführt hatte.

»Wer will das wissen?«, fragte sie.

»Ähm, ich«, entgegnete Paul. Er hatte geglaubt, das wäre offensichtlich.

»Hat Maureen Sie geschickt? Erst behauptet sie, ich hätte sie belästigt, und dann schickt sie jemanden bei meiner Arbeit vorbei? Das ist wieder so typisch!«

»Nein, nein, ich …«

Die junge Frau beugte sich auf ihrem Hocker vor und stieß den Zeigefinger auf den hölzernen Tresen.

»Sagen Sie Maureen, dass ich das gleiche Recht habe wie jeder andere, zu einer Ausstellung zu gehen, bei der es um die Darstellung des weiblichen Körpers in der afrikanischen Kultur geht. Ist nicht meine Schuld, dass sie und diese … *Person* auch da waren.«

»Okay. Ich wurde von niemandem geschickt, versprochen. Ich brauche nur ganz dringend ein Buch darüber, wie man jemanden beschattet.«

»Wirklich?« Sie musterte ihn misstrauisch.

»Das hier ist doch eine Buchhandlung, oder?«

Sie schaute sich um, als müsste sie sich selbst davon überzeugen. Auch Paul hob den Blick, nur um sicherzugehen, dass er tatsächlich ein dreistöckiges Gebäude betreten hatte, das mit käuflich zu erwerbenden Büchern gefüllt war. Die aggressive Haltung der Verkäuferin wäre schließlich halbwegs verständlich gewesen, wenn er versehentlich im Delikatessenladen gelandet wäre. Vielleicht arbeitete sie ja auch gar nicht hier. Vielleicht war sie nur hier hereinspaziert und zu dem Schluss gekommen, der Hocker hinter der Kasse wäre genau der richtige Platz, um in aller Ruhe ihre Graphic Novel zu lesen.

»Ist alles okay, Lianne?«

Die Frage kam von einem großen Mann mit Brille, der einen Stapel Dan-Brown-Romane im großen Schaufenster arrangiert hatte und dabei ungefähr so begeistert wirkte wie ein Vegetarier im Schlachthof. In seiner Stimme schwangen deutliche »Was ist denn nun schon wieder?«-Obertöne mit. Lianne winkte nervös ab. »Ja, alles prima, Gerald. Ich berate bloß diesen Kunden hier.« Sie senkte die Stimme. »Kommen Sie mit.«

Sie führte Paul um eine Ecke in den Kinderbuchbereich.

»Und Sie sind sicher, dass Sie nicht wegen Maureen hier sind?«

»Ihre Ex-Freundin ist mir vollkommen unbekannt.«

»Woah, woher wissen Sie, dass Maureen meine Ex-Freundin ist?«

»Ich bin Privatdetektiv«, sagte Paul selbstgefällig.

»Aber Sie wissen nicht, wie man jemanden beschattet?«

»Ist mein erster Tag.«

Das stimmte nicht. Es war sein vierter Tag, auch wenn er sich an jedem Morgen der vergangenen drei Tage einschärfen musste, dass er noch mal ganz von vorn anfangen und es diesmal richtig hinbekommen würde. Und ganz ehrlich – nach einem katastrophalen Start war es heute schon besser gelaufen.

Paul hatte Hartigan und den grünen Rolls-Royce nicht mehr einholen können, nachdem er die Sackgasse verlassen und an ihm vorbeigefahren war. Daraufhin hielt er am Straßenrand, schluckte seinen Stolz herunter und rief Phil an. Nach einigem Betteln und dem Versprechen einer Gehaltserhöhung auf hundert Euro pro Tag war Paul nun wieder der zweitschlechteste Detektiv in seiner Firma. Er wusste genau, dass all das den Tausender auffraß, den er vom Teufel im roten Kleid erhalten hatte, aber etwas an Hartigan überzeugte ihn davon, dass es das Risiko wert sein würde – ganz sicher würde er sich bald schon als betrügerischer Drecksack entlarven lassen.

Dann folgte Paul dem Rat, den ihm sein Unterbewusstsein im Traum erteilt hatte, und ging zu dem über, worin er gut war. Besonders geschickt war er stets im Umgang mit Menschen gewesen – was nicht selten Leute von sich behaupteten, die gut lügen konnten und es wie eine Stärke und nicht wie einen Charakterfehler erscheinen lassen wollten. Eine Google-Suche später hatte er die Nummern von sechs Firmen ermittelt, die in Dublin Chauffeurdienste anboten. Eine kurze Recherche ergab, dass nur eine von ihnen einen grünen Rolls-Royce in ihrer Flotte hatte.

»Prestige Cars, womit kann ich Ihnen helfen?« Die Frau am anderen Ende meldete sich mit jener hochgestochenen Stimme, die man ausschließlich dafür einsetzte, Menschen aus der Arbeiterklasse einzuschüchtern.

»Einer Ihrer Fahrer hätte mich beinahe umgebracht!«

»Entschuldigung, wie bitte?«

»Ein grüner Rolls-Royce. Der rast wie ein Geisteskranker auf der Schnellstraße Richtung Naas herum. Ich gehe jetzt zur Polizei. Ich habe eine Dashcam in meinem Wagen installiert, und ich verklage Sie, darauf können Sie Gift nehmen!«

»Tut mir leid ... Tony ist ein sehr guter Fahrer, ich bin mir sicher, es muss sich um ein ...«

»Guter Fahrer? Guter Fahrer?! Das geht viral, meine Liebe! Ich habe mehr als achtundsiebzig Follower auf Twitter!«

»Aber er ist … Könnten Sie bitte einen Moment in der Leitung bleiben?«

Paul wartete und lauschte einer berühmten Klassikmelodie. Er kannte sie aus einer Werbung für Aftershave oder Bier; er konnte sich nicht mehr genau erinnern. Als die Frau an den Apparat zurückkehrte, lag ein unüberhörbarer Ton von gehässiger Genugtuung in ihrer Stimme.

»Ich habe das überprüft, Sir. Tony steht derzeit oben am Stephen's Green, also wer auch immer Sie da …«

Paul legte auf und fuhr sofort los. Zwanzig Minuten später fiel sein Blick auf den Rolls, der ungesetzlich am Südeingang des Stephen's Green parkte. Hartigan war nicht da, aber zumindest hatten sie nun eine Spur. Paul war sich nicht sicher, aber er vermutete, dass man einen Chauffeur tageweise buchte. Offenbar hatte Hartigan wenig Lust, sich im Stadtzentrum einen Parkplatz zu suchen. Paul konnte das verstehen. Da er den Rolls nur so im Blick behalten konnte, hatte er auf einem der beiden freien Behindertenparkplätze gehalten und das Warnlicht des Porsche eingeschaltet. Er bezweifelte, dass er hier mit der »Maggie ist ein Blindenhund«-Nummer durchkommen würde. Eine Dreiviertelstunde später gesellte sich Phil zu ihm. Wie es der Zufall wollte, war er bereits heute Morgen mit dem Bus in die Stadt gefahren. Er wollte seine Sammlung alter *2000-AD*-Comics verkaufen – ein weiterer Versuch, an Geld zu kommen, um seine zukünftige Braut aus China einfliegen zu lassen. Paul konnte sich nicht entscheiden, was trauriger war; dass Phil diesem Online-Betrug so vollständig auf den Leim ging, dass er dafür seinen wertvollsten Besitz opferte, oder seine Niedergeschlagenheit angesichts der Erkenntnis, dass ihm diese Comics offenbar mehr bedeuteten als jedem anderen. Der erzielte Preis machte das mehr als deutlich.

»Du kennst nicht zufällig irgendwelche Busfahrer, oder?«, fragte Phil.

»Nein«, erwiderte Paul. »Warum?«

»Zwanzig von den verdammten Glückspilzen haben gestern im Lotto gewonnen. Die könnten mir gut ein paar Kröten leihen.«

Glücklicherweise wurde Paul von einem weiteren, zum Scheitern verurteilten Versuch abgehalten, Phil zur Vernunft zu bringen – und so auch von dem darauffolgenden Streit –, da sich der Rolls wieder in Bewegung setzte. Sie schafften es, ihm durch die verwirrende, gegen den Uhrzeigersinn geleitete Verkehrsführung rund um den Park zu folgen. Und da war er auch schon: Hartigan, der mit Tüten in der Hand aus dem Stephen's-Green-Einkaufszentrum trat. Nicht erwartet hatten sie jedoch, dass er seine Tüten lediglich in den Kofferraum beförderte und zu Fuß die Grafton Street hinabmarschierte. Paul riss die Wagentür auf und rannte quer über die Straße, um ihm zu folgen, wobei er einen laut protestierenden Phil und mehrere hupende Verkehrsteilnehmer hinter sich ließ.

Er folgte Hartigan, der links in die Wicklow Street bog, auf die Exchequer Street und schließlich noch einmal links in die Drury Street. Zum Glück war viel los in der Stadt, und so fiel es Paul leicht, unbemerkt zu bleiben; der Trick bestand lediglich darin, seine Zielperson nicht aus den Augen zu verlieren. Einmal erhaschte Paul sein eigenes Spiegelbild in einer Scheibe und bemerkte, wie lächerlich aufgeregt er aussah. Er musste sich beruhigen und etwas zurückbleiben, um nicht alles auffliegen zu lassen. Hartigan betrat einen teuer aussehenden Herrenausstatter. Ein rasches Vorbeischlendern genügte, um Paul zu versichern, dass sich wohl niemand in dem Laden befand, der seiner Zielperson ein unkonventionelles, aber gründliches Abmessen des Schrittbereichs zukommen lassen würde.

Darauf nahm er endlich einen von Phils Anrufen entgegen. Es war der fünfzehnte in sechs Minuten. Er beruhigte Phil, versprach ihm, dass er heute Morgen auch ihn in Bunnys Autoversicherung als Fahrer hatte eintragen lassen (was eindeutig nicht der Fall war), und wies ihn an, einfach irgendwo zu parken, wo er den Rolls weiterhin beobachten konnte.

Dreißig Minuten später überquerte Hartigan die Dawson Street für ein frühes Mittagessen. Das Restaurant war derartig hochpreisig, dass es nicht mal über einen Namen verfügte; lediglich ein komisch aussehendes Symbol hing über der Tür. Ohne Zweifel hatte es einen tieferen Sinn, sah für Paul aber lediglich aus, als hätte jemand versucht, den Buchstaben P zu kreuzigen. Kurz trat er ein und tat so, als wollte er einen Tisch reservieren. Dies verschaffte ihm gerade genug Zeit, um zu sehen, wie Hartigan sich zu einem Mann setzte, der etwa Mitte sechzig war. Idealerweise hätte er Mandelhockey mit seiner entfremdeten Gattin gespielt – oder mit irgendwem anders –, doch ganz so sehr war es mit Pauls Glück wohl doch nicht bergauf gegangen.

Der Oberkellner musterte Paul und setzte ihn darüber in Kenntnis, dass sie derzeit keine Reservierungsanfragen annahmen. Wobei sein Tonfall deutlich erkennen ließ, dass er bitte frühestens am Ende aller Tage wiederkommen solle.

Statt vor der Tür zu stehen und einen verdächtigen Eindruck zu machen, entschied sich Paul, ein Stück weit die Straße rauf bei Hodges Figgis vorbeizuschauen. Er wollte die Zeit, die vermutlich nötig war, um einen unfassbar teuren Lunch einzunehmen, dazu nutzen, ein Handbuch zu finden, das ihm bei seiner Learning-by-Doing-Detektivausbildung behilflich sein konnte. In einer Buchhandlung dieser Größe musste es doch irgendwas geben.

Lianne blieb auf dem Treppenabsatz zum dritten Stock stehen und schaute auf ihn herab.

»Da drüben ist unser Bereich *Mentale Gesundheit*. Wir haben einige sehr gute Bücher darüber, wie man mit Liebeskummer umgeht.«

»Zum letzten Mal«, sagte Paul. »Ich bin Privatdetektiv. Ich habe keinerlei romantische Beziehung zu der Person, die ich beschatte. Ich habe den Mann noch nie persönlich getroffen.«

»Oh«, sagte sie. »Es ist ein Mann. Dann ist es ja okay.«

Paul war versucht, darauf hinzuweisen, dass sich Jeffrey Dahmer ausschließlich männliche Opfer gesucht hatte, aber dies wäre wohl nicht besonders hilfreich gewesen. Lianne führte ihn zum Bereich für Militärgeschichte und deutete auf das Regal.

»Hier gibt's einiges über Spionage im Allgemeinen, ziemlich viel über NSA, Big Data und so weiter. Und hier hätten wir einige Ratgeber, die könnten auch nützlich sein. Kleiner Tipp von meiner Seite … Wenn man sich bereits an dem Ort aufhält, wo die betreffende Person anschließend auftaucht, ist es rein rechtlich kein Stalking.«

»Dummerweise muss ich den Typen verfolgen. Ich habe keine Ahnung, wo er hingeht oder mit wem er sich trifft. Genau darum geht's ja.«

Lianne verzog unzufrieden das Gesicht. Vielleicht hätte er doch ihren Rat annehmen und einfach abhauen sollen. Seine Zeit war schließlich begrenzt.

»Folgen Sie dem armen Kerl mit einem dieser langen Kameraobjektive und dringen in seine Privatsphäre ein?«

»Oh.« Daran hatte Paul noch gar nicht gedacht. »Gibt's hier irgendwo einen Laden, der Kameras verkauft?« Er konnte zwar mit seinem Handy Fotos aufnehmen, aber er schaffte es nie, mit dem verdammten Ding an irgendwas heranzuzoomen.

»Sie machen mich krank«, sagte Lianne.

»Das höre ich oft.«

Genau in diesem Moment vibrierte das Telefon in seiner Tasche. Er war nicht im Geringsten überrascht, dass es Phil war, der ihn anrief. Er ging ran, und Liannes missbilligender Gesichtsausdruck verriet ihm, dass sie den Unterschied zwischen Bibliothek und Buchhandlung nicht kannte.

»Hey, Phil.«

»Du kommst besser schnell zurück.«

»Aber er ist noch beim Mittagessen«, sagte Paul. »Hör zu, fahr einfach mit dem Wagen weiter und ...«

»Nein, nein«, unterbrach ihn Phil. »Du verstehst mich nicht. Jemand ist ermordet worden.«

KAPITEL ELF

Brigit schaute von dem Pint Cola light auf, um das sie ihre Hände gelegt hatte. Das Geräusch von Plastik, das auf Linoleum knallte, gefolgt von einem genervten Gemurmel, hatte sie aus ihren Gedanken gerissen. Der Barkeeper im Last Drop beugte sich hinab, um aufzuheben, was ihm runtergefallen war. Brigits Platz gewährte ihr einen unverstellten Blick auf sein Bauarbeiter-Dekolleté – ob sie es wollte oder nicht. Vermutlich wollte das niemand.

Der Mann schleppte etwa hundert Kilo Übergewicht mit sich herum, wenn er es nicht gerade am Tresen abstützte. Außerdem bewarb er die Speisekarte des Pubs unkonventionellerweise damit, dass er Spuren sämtlicher Gerichte auf seinem ehemals weißen Hemd zur Schau trug. Als sie den Pub vor zwanzig Minuten betreten hatte, hatte er sie barsch darüber informiert, dass er keinen Mittagstisch mehr anbiete. Wenn sie sich so umschaute, war die geschlossene Küche nur einer von vielen Gründen, warum man lieber darauf verzichtete, hier irgendwas zu essen. Der Teppich fühlte sich an wie klebriges Fliegenpapier, was ihr angesichts der vielen Fliegen, die durch den Raum surrten, ziemlich paradox vorkam. Die einzigen weiteren Gäste im Barbereich waren zwei reizende alte Damen, die miteinander Scrabble spielten. Die eine trug einen großen Hut und ein breites Lächeln zur Schau, die andere eine dickrandige Brille und ein vor Konzentration verzerrtes Gesicht.

Als sich der Barkeeper aufrichtete, sah sie, dass er die Fernbedienung aufgehoben hatte. Er richtete sie auf den Fernseher an der gegenüberliegenden Wand. Die alte Dame mit Hut schaute ihn böse an. Er nickte mit dem Kopf Richtung Bildschirm. »Die bringen eine Sondersendung.«

Plärrend sprang der Ton an, gerade rechtzeitig, um die Stimme von Siobhan O'Sinard ertönen zu lassen – es war die sexy Rothaarige, die die Nachrichten früher auf Irisch präsentiert hatte.

»... hinterlässt zwei Töchter und eine geschiedene Ehefrau. Wir können jetzt live zu unserem Außenreporter James Marshall schalten, der sich am Tatort befindet.«

Nach einem Schnitt sah man einen Journalisten auf einer von alten Eichen und perfekt gepflegten Hecken gesäumten Straße, jener Art von Begrünung, die nach Geld schrie. Zwei Gardaí im Hintergrund bewachten eine imposante Toreinfahrt, während sie angestrengt die Tatsache zu ignorieren versuchten, dass sie live im landesweiten Fernsehen zu sehen waren. Der Reporter im Vordergrund stellte sein bestes betroffenes Nachrichtengesicht zur Schau, ein Effekt, der von der schlecht verhohlenen Begeisterung in seinem Blick sichtlich beeinträchtigt wurde.

»Danke, Siobhan. Einzelheiten sind derzeit noch rar gesät, aber Folgendes wissen wir mit Sicherheit: Der prominente Bauunternehmer Craig Blake – einer der sogenannten Skylark Three, deren Betrugsprozess erst vor zwei Tagen vor dem Central Criminal Court auf kontroverse Weise geplatzt ist – wurde hier in seinem Wohnhaus in Blackrock tot aufgefunden. Hochrangige Polizeiquellen, die vorerst ungenannt bleiben wollen, haben bestätigt, dass eine Mordermittlung eingeleitet wurde. Angesichts der außergewöhnlichen Umstände wird diese vom National Bureau of Criminal Investigations durchgeführt.«

Das Bild teilte sich, und nun schaute auch Siobhan mit eiserner Ernsthaftigkeit in die Kamera.

»Und wissen wir schon mehr über den Tathergang?«

»Nun«, erwiderte James, »der Tatort wurde uns als wahrhaft

entsetzlich beschrieben. Man geht davon aus, dass das Opfer gefoltert wurde. Wir erwarten, dass das Ermittlungsteam später am Abend eine Pressekonferenz abhalten wird.«

Zurück ins Studio, wo Siobhan neuerlich den Bildschirm füllte.

»Wir werden Sie über alle neuen Erkenntnisse in diesem Fall auf dem Laufenden halten, sobald sie uns vorliegen. Um noch einmal zusammenzufassen …«

Der Barkeeper schaltete Siobhan wieder auf stumm.

»Geschieht dem Wichser recht.«

Die drei anderen Köpfe im Pub fuhren zu der Frau mit Hut herum.

»Janine!«, rief ihre Freundin erschrocken.

»Ach, komm schon, Carol! Was diese drei Schweinehunde für ein Leid verursacht haben! Der Strick wäre noch zu gut für die.«

»Trotzdem kein Grund für solch eine Ausdrucksweise!«

Janine deutete auf das Bild von Blake, das nun auf dem Bildschirm zu sehen war. »Für Drecksäcke wie den ist so eine Ausdrucksweise erfunden worden.«

Der Barkeeper nickte zustimmend und ging wieder dazu über, mit dem kleinen Finger in seinem Ohr herumzuschrauben.

Brigit schaute auf ihr Handy. Es war 15:25 Uhr. Sie war immer noch fünf Minuten zu früh. Außerdem hatte der Akku ihres Handys nur noch sieben Prozent. Sie würde anschließend gleich nach Hause fahren müssen. Andauernd vergaß sie, das verdammte Ding aufzuladen.

Den gesamten Nachmittag hatte sie damit verbracht, Leute anzurufen, die sie nicht kannte. Nachdem sie sich selbst und Paul von der Liste gestrichen hatte, blieben immer noch vierundzwanzig unbekannte Telefonnummern auf Bunnys Rechnung, die er entweder angerufen oder denen er eine Kurznachricht geschickt hatte. Erhalten hatte sie eine überraschende Vielzahl von Reaktionen. Eine der Nummern schien seltsamerweise nicht mehr vergeben zu sein, obwohl Bunny erst vor acht Tagen mit ihr ein vier Minuten und dreizehn Sekunden langes Gespräch geführt hatte. Dann war sie bei einer Pizzeria, einem Curry-Restaurant und seinem Stromanbieter gelandet.

Neun Mal hatte sie eine Mailbox erreicht, wobei in fünf Fällen nur die standardisierte Ansage des Betreibers genutzt worden war, was ihr ebenfalls komisch vorkam. Wer nannte denn heutzutage nicht mal seinen Namen auf der eigenen Mailbox?

Eine der anderen vier Nummern führte sie zu einer Frau mittleren Alters namens Sally Chambers, die aus dem Zentrum von Dublin zu stammen schien. Die zweite Frau nannte ihren Namen nicht, hatte aber eine ziemlich verrucht klingende Stimme und bat ihre Anrufer, eine Nachricht zu hinterlassen. Auch die dritte Mailbox brachte keinen Namen zutage, dafür die eigentümlich vertraute Stimme eines älteren Mannes aus dem Norden. Höflich bat er, Name, Adresse und eine kurze Nachricht zu hinterlassen, er würde sich dann so schnell wie möglich zurückmelden, herzlichen Dank. Brigit erinnerte das daran, dass sie dringend mal wieder ihren Dad anrufen sollte.

Die letzte Mailbox gehörte dem Typen, auf den sie nun wartete: Johnny Canning. Er war der Einzige, der sie tatsächlich zurückgerufen hatte. Er klang, als wäre er Ende zwanzig. Ihre Unterhaltung begann eher frostig, als sie ihn fragte, woher er Bunny kannte. Was seltsam war, da er ihr später offenbarte, dass er ihn beim Training des St. Jude's Club unterstützte. Bei einem Hurling-Team für Kinder mitzuhelfen war ja nicht gerade ehrenrührig, selbst wenn die Mannschaft als die schlechteste in ganz Dublin galt – vermutlich auch darüber hinaus. Trotz seines anfänglichen Misstrauens erklärte er sich schließlich bereit, sich mit ihr zu treffen und ihre Fragen zu beantworten. Von allen Leuten, die sie angerufen hatte, schien er derjenige zu sein, den Bunnys Verschwinden am meisten beunruhigte. Er sagte, er müsse heute Abend noch arbeiten, könne sie aber am Nachmittag »dazwischenquetschen«.

Bei denjenigen, die tatsächlich abgenommen hatten, fielen die Reaktionen, milde ausgedrückt, gemischt aus.

Sechs der Nummern gehörten Eltern, deren Kinder im St. Jude's Club mitspielten. Von ihnen erfuhr sie nur, dass Bunny sich am Samstag nicht beim Spiel hatte blicken lassen und dass dies in der Tat ungewöhnlich war. Zuletzt hätten sie in der Woche zuvor von ihm gehört, was mit der Telefonrechnung übereinstimmte. Bunny hatte versucht, Spenden für ein neues Clubhaus einzutreiben, und deswegen offenbar einen ganzen Abend lang herumtelefoniert. Brigit verspürte ein schlechtes Gewissen. Sie erinnerte sich nur zu gut an die Nacht, als das alte Clubhaus abgebrannt war. Sie hatte Bunny zusammen mit Paul in den noch rauchenden Trümmern gefunden – voll wie eine Strandhaubitze.

Eine weitere Nummer gehörte einem Buchmacher in Dalkey, der ihr sagte, er habe keine Ahnung, wer Bunny sei, obgleich die Nummer innerhalb eines Monats fünf Mal auf der Rechnung aufgetaucht war. Als Brigit ihn darauf hinwies, sagte der Mann, dass Vertraulichkeit eine zentrale Rolle in seinem Geschäft spiele, und legte auf. Offenkundig war das Trinken nicht Bunnys einzige Schwäche.

Darüber hinaus waren noch zwei Frauen ans Telefon gegangen, die sich weigerten, ihren Namen zu nennen, und ebenfalls versicherten, sie würden keinen Bunny oder Bernard McGarry kennen. Auch sie waren darauf erpicht, das Telefonat so schnell wie möglich zu beenden.

Ebenfalls zur unkooperativen Kategorie zählte der stotternde Mann mit dem schweren Belfast-Akzent. Seine mit Kraftausdrücken versetzte Beteuerung, dass er sich wünschte, ihm niemals begegnet zu sein, machte mehr als deutlich, dass Bunny für ihn kein Unbekannter war. Brigit versuchte, ein Wort dazwischenzuwerfen, aber auch er legte auf, als ihm die Luft und die Flüche ausgingen.

Und dann war da der letzte Anruf. Brigit errötete, als sie daran zurückdachte. Es war äußerst peinlich gewesen und rückte auch die Identität von einigen der anderen Frauen, die sie ans Telefon bekommen hatte, in ein neues Licht. Wie es aussah, beschränkte Bunny McGarry sein Sündenregister weder aufs Trinken noch aufs Spielen.

Sie blickte von ihrem Handy auf, als ein Mann die Bar betrat. Er schaute sie an, und sie winkte ihm nervös zu. Das konnte doch nicht Johnny Canning sein, oder? Während er quer durch den Raum auf sie zumarschierte, beeilte sich Brigit, das Bild zu verwerfen, das sie sich im Vorfeld von ihm gemacht hatte. Er entsprach in keiner Weise ihren Erwartungen – milde ausgedrückt. Neben der einzigen Gemeinsamkeit, dass er und Bunny weiße irische Männer waren, die die Volljährigkeit, aber noch nicht die Altersschwäche erreicht hatten, konnten sie gar nicht unterschiedlicher sein. Johnny Canning war Magazin-Cover-Material. Er hatte vollkommene Gesichtszüge und makellose Haut, und unter seinem kurz geschnittenen hellblonden Haar schlug ihr ein Lächeln entgegen, das in seiner Strahlkraft entschieden unirisch wirkte.

Ein Mann wie er sollte nicht in einer Spelunke wie dem Last Drop herumlaufen. Ein Mann wie er sollte nirgendwo herumlaufen – Punkt. Es war unfair gegenüber allen anderen Männern – und eigentlich auch unfair gegenüber Frauen. Tja, Ladys, das hätte euer Preis sein können. Ein perfekt maßgeschneidertes Jackett umschmeichelte seinen durchtrainierten Körper, der in einer geschmackvollen Hemd-Hosen-Kombination steckte. Seine Schuhe waren derart sorgfältig poliert, dass er vermutlich sein Gesicht darin spiegeln konnte, und bei seinem Gesicht war dies durchaus die Mühe wert. Vermutlich war er auch ein wenig älter als erwartet, vielleicht Mitte dreißig, aber die Formulierung »gut erhalten« wurde der Sache nicht gerecht. Er war ein Kunstwerk auf zwei Beinen.

Brigit berührte verlegen ihre Haare und spürte, wie sie errötete. Plötzlich hasste sie ihr verkatertes Ich von vor sechs Stunden, das es völlig okay gefunden hatte, sich einfach nur die erstbesten Klamotten überzuwerfen. *Reiß dich zusammen, Mädchen, das ist schließlich kein Blind Date – du bist aus beruflichen Gründen hier.*

»Brigit, nehme ich an?«

»Und Sie müssen Johnny sein.«

Sie gaben einander die Hand, und er setzte sich auf den Hocker ihr gegenüber. »Das bin ich. Danke, dass Sie sich hier mit mir treffen. Liegt auf meinem Weg …«

»Ich wusste doch, dass der Laden irgendeinen Vorteil haben muss.«

Johnny belohnte ihren Scherz mit einem Lächeln. »So schön, Sie endlich persönlich kennenzulernen. Ich habe viel von Ihnen gehört.«

Brigit musterte ihn skeptisch. »Wirklich?«

»Oh, ja, Bunny spricht andauernd von Ihnen. Tut mir leid, ich habe erst mitten in unserem Gespräch zwei und zwei zusammengezählt. Als Sie sagten, Sie würden mit ihm arbeiten, kam mir dummerweise der Gedanke, Sie wären von der Polizei.«

»Ah, verstehe.«

»Nicht, dass ich ein Problem mit den Gardaí hätte. Ich führe einen Nachtclub, und mein Etablissement ist blütenrein – ich befolge immer die Gesetze. Großer Freund der Polizei. Keine Probleme, Euer Ehren.« Er hob in gespielter Kapitulation die Hände.

»Ah«, sagte Brigit. »*Da* arbeiten Sie also später noch.«

»Ähm, nein.« Johnny sah leicht beschämt aus. »Ich mache einen Abend pro Woche ehrenamtlich Dienst bei einer Telefonseelsorge. Keine große Sache.«

Ach, zum Teufel mit ihm. Lächelnd nickte Brigit, aber so langsam fiel er ihr auf die Nerven. Niemand war derartig perfekt.

»Welcher Nachtclub gehört Ihnen denn?«, fragte sie.

»The Fin, oben an der Leeson Street. Kennen Sie ihn?«

»Nur dem Namen nach.« Brigit war kein großer Fan von Club-Nächten, aber der Laden war ihr schon mal untergekommen. Dorthin gingen nur die Reichen und Berühmten, und die Drinks kosteten mehr, als ihr Wagen wert war.

»Vergessen Sie, was Sie gehört haben, eigentlich sind wir gar nicht so furchtbar.« Er schenkte ihr ein charmantes Lächeln. »Auch wohlhabende Idioten müssen mal die Sau rauslassen.«

Es fiel ihr schwer, ihn nicht zu mögen. Er hätte arrogant wirken können, das war aber nicht der Fall. Unvermittelt tauchte der Barkeeper an ihrem Tisch auf und stellte ein Mineralwasser vor ihm ab, das er nicht bestellt hatte. Das Glas schien der sauberste Gegenstand in diesem Pub zu sein. Sogar eine Limettenscheibe schwamm darin.

»Danke, Rory«, sagte Johnny und deutete auf Brigit. »Möchten Sie auch noch was?«

»Nein, vielen Dank.«

Der Barkeeper kratzte sich am Bauch und machte sich stumm davon.

Brigit war versucht, nachzufragen, was um Himmels willen hier gerade passiert war, bekam aber keine Gelegenheit. Johnny trank einen Schluck, und sein Gesicht nahm einen besorgten Ausdruck an. »Also, was ist los mit Bunny?«

»Na ja«, erwiderte Brigit. »Das versuche ich herauszufinden. Seit dem späten Freitagabend hat niemand mehr etwas von ihm gehört.« Unwillkürlich tauchte in ihrem Kopf die Erinnerung daran auf, wie Bunnys Nummer auf ihrem Display erschienen und sie nicht rangegangen war.

»Okay«, sagte Johnny. »Ich habe letzten Mittwoch zum letzten Mal mit ihm gesprochen. Samstag habe ich ein paarmal versucht, ihn zu erreichen, und nachdem er Sonntag nicht aufgetaucht war, etwa alle zwei Stunden. Ich habe sogar mehrmals Leute vorbeigeschickt, die bei ihm klingeln sollten.«

»Kommt er immer zu den Spielen?«, fragte Brigit.

»So ziemlich. Dieses Team bedeutet ihm alles, wie Sie wissen.«

»Haben Sie in Ihrer Jugend auch bei St. Jude's gespielt?«

Johnny verzog das Gesicht. »Herrgott, nein. Ich bin kein Fan von Mannschaftssportarten und, davon abgesehen, bin ich aus Navan.« Er ließ einen schweren Meath-Akzent zum Vorschein kommen, was Brigit überraschte.

»Wow, das halten Sie aber gut versteckt.«

»Na ja, ich bin da nicht mehr oft. Also gar nicht mehr. Nie. Egal.«

»Moment«, sagte Brigit. »Wie wird denn ein Junge aus Navan, der Sport hasst, Co-Trainer beim St. Jude's Club?«

Jetzt war es an Johnny, verlegen dreinzublicken. »Etwas hochtrabender Titel. Ich fahre den Bus, wasche die Klamotten, halte Bunny davon ab, den Kids zu viel Angst einzujagen, solche Sachen. Allgemeiner Handlanger. Bunny gibt das Kommando, und ich springe.«

»Hat er kompromittierende Fotos von Ihnen oder so was?« Brigits Lächeln erstarb, als sie bemerkte, dass er es nicht erwiderte.

»Nein, es ist nur …« Johnny rutschte auf seinem Stuhl herum. Brigit wollte rasch einen Themenwechsel vornehmen, aber er wischte ihren besorgten Gesichtsausdruck beiseite. »Ich habe

Bunny kennengelernt, als ich am absoluten Tiefpunkt meines Lebens war. Er hat mir geholfen, als es sonst niemand tun wollte. Meinen faulen Hintern sonntagmorgens aus dem Bett zu hieven, auch nach nur vier Stunden Schlaf, und ihm, soweit es geht, zu helfen ist das Mindeste, was ich tun kann. Seien wir ehrlich; gute Freunde stehen bei ihm nicht gerade Schlange, nicht wahr?«

Brigit nickte. »Wem sagen Sie das. Ich habe gerade erst versucht, eine Liste mit seinen Feinden zu erstellen.«

Johnny ließ ein kurzes Lachen hören. »Gott, viel Glück.«

»Unterhalten Sie sich viel miteinander?«

»Ich denke schon. Es gibt ja viel Hin-und-her-Fahrerei zu den Spielen, und weiß Gott, wir können uns nie auf einen Radiosender einigen.« Johnny lächelte bekümmert.

»Wie ging es ihm in letzter Zeit?«

Johnny trank noch einen Schluck Wasser und dachte darüber nach. »Ganz gut, würde ich sagen. Ich meine, er war verdammt sauer, dass er bei den Gardaí vor die Tür gesetzt wurde, das lässt sich wirklich nicht leugnen. Aber er hat sich darauf gefreut, mit Ihnen zu arbeiten.«

»Wirklich?« Brigit war ehrlich überrascht. Sie hatte immer den Eindruck gehabt, dass es ziemlich mühsam gewesen war, ihn von der Idee einer Detektei zu überzeugen.

»Oh ja.« Johnny begann, Bunnys Cork-Akzent beunruhigend perfekt zu imitieren. »Oh, sie ist eine süße Schlampe, unsere Schönheit aus Leitrim, und man soll sich nicht täuschen: clever wie ein Schlachterhund.«

»Oh Gott.«

»Er meinte Schlampe in einem ganz positiven Sinne.«

Brigit lächelte verlegen. »Freut mich zu hören.«

»Er hält wirklich große Stücke auf Sie. Ich meine, man muss fließend Bunny-Irisch sprechen, um das zu verstehen, aber ich bin eine Koryphäe in dieser Kunst.« Johnny fischte die Limettenscheibe aus seinem Getränk und steckte sie auf den Rand des Glases. »Er war sehr enttäuscht, dass Ihr kleines Team auseinandergebrochen ist, bevor Sie die Chance hatten, richtig loszulegen.«

Brigit räusperte sich und begann, nervös mit den Fingern zu spielen. »Na ja, wissen Sie, es gibt ein paar Sachen, die man nicht einfach so vergessen und verzeihen kann.«

»Ich fürchte, das sagen Sie dem Falschen.« Johnny streckte die Hände aus. »Sie sitzen hier mit dem Posterboy der zweiten Chance.«

»Ich kann mir nicht vorstellen, dass Sie irgendetwas getan haben, das so schlimm wäre wie …«

»Nein«, unterbrach er sie. »Ich habe viel, viel Schlimmeres getan.«

Brigit sah die Aufrichtigkeit in seinen Augen. »Fragen Sie sich doch mal, wie viel ein Mann in seinem Leben vor die Wand gefahren haben muss, um sich glücklich schätzen zu können, Bunny als Freund zu haben. Ich habe vielleicht keine Ahnung vom Hurling, aber St. Jude, der Schutzheilige der aussichtslosen Fälle?« Johnny zog einen Judas-Anhänger unter seinem Hemd hervor. »Drei Treffen pro Woche, dann die Telefonseelsorge, und montagabends wasche ich die Trikots. Ich habe sehr viel wiedergutzumachen.« Er steckte den Anhänger zurück unter sein Hemd. »Wie auch immer, tut mir leid … Sie haben mich ja nicht hierhergebeten, damit ich Ihnen eine Predigt halte. Was machen wir denn jetzt wegen Bunny?«

»Wissen Sie, ob er … gerade an einem Fall gearbeitet hat?«

»Tja«, entgegnete Johnny, »wie Sie wissen, war er ja vor ein paar Wochen in Frankreich.«

»War er?«

»Oh, ähm, ja. Tut mir leid. Ich dachte, er hätte Ihnen das

gesagt. Ich weiß nur, dass er für ein paar Tage dort war. Keine Ahnung, worum es da ging.«

»Okay.«

Brigit entsperrte ihr Handy und vermerkte es in ihrer Notiz-App. Mit Verspätung war ihr in den Sinn gekommen, dass sie sich solche Sachen eigentlich aufschreiben sollte; das gehörte zu den Dingen, die man von Detektiven erwartete.

»Als ich ihn danach gefragt habe«, fuhr Johnny fort, »meinte er nur, die Reise wäre gut verlaufen, es sei alles geklärt – was immer das bedeuten mag.«

»Okay. Noch irgendwas?«

Johnny blies seine Wangen auf. »Mehr fällt mir nicht ein. Ich meine, er klärt ja immer irgendwas für irgendwen, und immer will ihn irgendjemand unter vier Augen sprechen. Aber Konkretes hat er mir selten erzählt. Es gab zahllose solcher Fälle im Laufe der Jahre, aber nichts Spezielles, was sich mir jetzt aufdrängt. Ich nehme an, Sie wissen, dass, na ja … Sagen wir mal so: Bunny sieht es als seine persönliche Mission an, sich um jeden Mann zu kümmern, der zwischen Croke Park und dem Aviva Stadium Hand an eine Frau legt – und zwar mit Feuereifer.«

Brigit nickte, auch wenn ihr das keineswegs bewusst gewesen war.

Sie betrachtete ihre Notizen und versuchte, auf die Fragen zu kommen, die ihr zweifellos fünf Minuten, nachdem sie den Pub verlassen hatte, einfallen würden. »Fällt Ihnen sonst noch jemand ein, mit dem ich sprechen könnte?«

»Er geht oft unten im O'Hagan's was trinken. Da würde ich mal nachfragen.«

»Okay«, sagte Brigit und notierte es sich. »Wo ist das?«

»Baggot Street.«

Auch das vermerkte sie, dann erinnerte sie sich an etwas.

»Oh.« Sie griff nach ihrer Handtasche und holte das Dokument hervor. »Ich bin seine letzte Telefonrechnung durchgegangen, und ich habe mich gefragt, ob Sie mir dabei helfen könnten, einige der Nummern zu identifizieren.«

»Ich kann es versuchen.«

Brigit zog noch einmal ihre Notizen zurate. »Kennen Sie eine Frau namens Sally Chambers?«

»Allerdings«, sagte Johnny. »Ihr Sohn ist unser Fullback – wenn er sich mal blicken lässt.«

»Okay. Ihre Nummer taucht ein paarmal auf. Ich dachte, vielleicht treffen die beiden sich manchmal oder so was.«

Johnny kratzte sich am leicht stoppeligen Kinn. »Herrgott, Bunny McGarry auf einem Date! Das ist eine Vorstellung, die mich den ganzen Abend verfolgen wird. Aber, äh … nein – jedenfalls nicht mit Sally. Darauf würde ich mein Haus verwetten. Ich kann mir vorstellen, dass es bei diesen Anrufen darum ging, dass es der kleine Darren einfach nicht schafft, zum Training zu kommen. Sie müssen verstehen: Wir sind nicht nur ein Hurling-Team, sondern auch eine Art Präventionsprogramm für potenzielle jugendliche Straftäter. Aber soweit ich weiß, gibt es bei Darren keine häuslichen Probleme. Ich glaube sogar, dass es da noch nie einen Dad gegeben hat.«

»Verstehe. Eins noch. Es geht um …« *Herrgott, Brigit, sag's doch einfach. Das hier ist eine Ermittlung. Also ermittle.* »Kommen wir noch mal auf das Thema Frauen zurück. Ich habe all diese Nummern angerufen, und eine davon gehört zu einem … Escortservice.«

Johnnys perfekt gestutzte Brauen unternahmen den gemeinschaftlichen Versuch, von seiner Stirn zu springen. »Oh.«

»Ich verstehe Ihre Reaktion so, dass das nichts ist, was er …«

»Ähm. Nein«, erwiderte Johnny.

Es war ein Kopf-an-Kopf-Rennen, wenn es darum ging, wem

das Ganze peinlicher war. Nervös schlürfte sie an ihrer Cola light, preschte dann aber weiter vor, allerdings, ohne Johnny in die Augen zu schauen. »Wissen Sie, ob er jemals in Erwägung gezogen hätte …«

Sie ließ den Satz in der Luft hängen, die sich mit peinlichem Schweigen füllte. Im Hintergrund befreite der Barkeeper geräuschvoll seine Nasenlöcher von ihrem Inhalt.

»Ich weiß nicht, was Sie von mir hören wollen«, sagte Johnny.

»Das weiß ich selber nicht«, erwiderte Brigit.

»Na ja, ich nehme an, er könnte durchaus einsam sein. Ist er wahrscheinlich – jetzt, wo ich darüber nachdenke. Wir haben nur nie … Bunny spricht nie über solche Sachen.« Johnny rutschte erneut auf seinem Stuhl herum. »Um vollkommen ehrlich zu sein, als ich ihn das letzte Mal gesehen habe, hatten wir eine Art Streit. Und als ich dann ein paar Tage nichts von ihm gehört habe, dachte ich, er wäre einfach beleidigt.«

»Worum ging es?«

»Um nichts eigentlich – ich meine, wenn ich jetzt darüber nachdenke.« Johnny zuckte mit den Schultern. »Ich hatte das Gefühl, er würde es vielleicht mit dem Alkohol ein bisschen übertreiben. Er wusste meine Meinung aber nicht wirklich zu schätzen. Ich war ein wenig … Na ja, wenn man die zwölf Schritte der Anonymen Alkoholiker hinter sich gebracht hat, kann es vorkommen, dass man sich auf ein etwas zu hohes Ross schwingt.«

Dies brachte Brigit zu einem weiteren Punkt.

»Ich wollte Sie noch etwas anderes fragen. Man hat Bunnys Wagen draußen in Howth gefunden. Sie wissen nicht zufällig, warum er dorthin gefahren sein könnte?«

Johnny schüttelte den Kopf.

»Es ist bloß … Er stand auf einem Parkplatz ganz in der Nähe einer Stelle, die sehr beliebt für Selbstmorde sein soll.«

»Oh«, sagte Johnny.

»Sie glauben aber nicht, er könnte …«

Johnny fuhr sich mit der rechten Hand durchs Haar und seufzte. »Ich weiß nicht. Ich weiß es wirklich nicht.«

»Ich meine«, sagte Brigit, »Bunny kommt mir nicht gerade wie der Typ dafür vor.«

»Na ja, es ist so«, sagte Johnny, »und ich spreche hier als jemand, der in einer Stunde Anrufe bei der Telefonseelsorge annehmen wird: Unter den richtigen Umständen, in einem Augenblick der Schwäche … kann *jeder* der Typ dafür sein.«

KAPITEL ZWÖLF

Detective Wilson atmete tief ein und klopfte an die Tür.

»Herein.«

Er betrat den Raum. Detective Superintendent Burns saß hinter ihrem Schreibtisch und war gerade dabei, sich ein Paar Laufschuhe anzuziehen. Wilson errötete sofort. Sein Timing wurde wirklich nicht besser. Er hatte schreckliche Angst davor gehabt hierherzukommen, war zweimal vor Nervosität pinkeln gegangen und einmal um den Block marschiert, um seinen ganzen Mut zusammenzunehmen. Es war jetzt drei Stunden her, dass er sich bei seiner neuen Chefin vorgestellt hatte, indem er sich auf ihre neuen Schuhe erbrach. Seitdem hatte er Kündigung und Selbstmord in Erwägung gezogen – und kurz darüber nachgedacht, noch jemand anderem auf die Schuhe zu kotzen, in der verzweifelten Hoffnung, es als lustiges Teambuilding-Ritual verkaufen zu können. Dann fiel ihm leider ein, dass sie gut ausgebildete Polizeibeamte waren und keine Uni-Rugby-Mannschaft.

»Superintendent, Sir, äh … Ma'am, hätten Sie vielleicht eine Sekunde …?«

»Die Meldung vom Mord ist gerade in den Medien aufgetaucht. Wenn es also um meine Schuhe geht – Sie haben sich bereits entschuldigt.«

Wilson senkte den Blick und bemerkte besagtes Schuhwerk im Papierkorb.

»Nein, darum geht es nicht, ich meine … Obwohl ich nur noch einmal versichern kann … Wenn Sie mir erlauben, sie zu ersetzen …«

»Natürlich, Sie können mir Schuhe kaufen, und dann lasse ich mich von den anderen Detectives abwechselnd zum Essen einladen und mir Reizwäsche schenken. Vergessen Sie's. Also, ich habe mich um einen prominenten Todesfall zu kümmern, wenn es also sonst nichts gibt ... Oder möchten Sie vielleicht noch kurz in meine Handtasche pinkeln?«

»Ja ...« Wilson errötete erneut. »Nein, ich meine, es gibt da noch etwas. Was den Leichnam anbelangt ... oder, vielmehr, die Worte an der Wand. *Dies ist der Tag, der niemals kommt.*«

»Ja, ich war ebenfalls dort. Was ist damit?«

»Das hat mich an etwas erinnert, und ich habe es gerade überprüft.«

Wilson nahm den Laptop, den er sich unter den Arm geklemmt hatte, und deutete fragend auf den Schreibtisch. Burns nickte, und er stellte ihn ab.

»Es gibt da diesen Metallica-Song: *The Day That never Comes*«, sagte er.

»Oh, Herrgott, Wilson, wenn Sie mir jetzt weismachen wollen, dass eine Heavy-Metal-Killer-Sekte hier ihr Unwesen treibt ...«

»Oh, nein, Ma'am«, warf er ein und wandte ihr das Display des Laptops zu. »Das hier ist eine Rede, die Pater Daniel Franks vor etwa sechs Wochen gehalten hat.«

»Um Himmels willen, nein«, sagte Burns. »Dann nehme ich doch lieber die Sekte ...«

Pater Franks war berühmt – oder berüchtigt, je nachdem, wen man fragte. Aber wirklich jeder wusste, wer er war. Ein kleiner Mann aus Armagh mit kahlem Kopf, abgesehen von einigen wilden Haarbüscheln, die über seinen Ohren aus dem Schädel sprossen, und mit grünen Augen, die einem schon aus der Ferne feurig entgegenfunkelten. Seine Berufung hatte er erst mit Mitte dreißig gefunden und den Großteil seiner klerikalen Amtszeit in

Dublin verbracht. Lange war er ein zurückhaltend auftretender Gemeindepriester im Stadtzentrum gewesen, der einfach seiner Arbeit nachging – bis er eines Tages durchdrehte. Nachdem wegen Kürzungen der öffentlichen Mittel ein Spritzenraum für Drogenabhängige schließen musste, hatte er gegenüber einem Reporter der Abendzeitung seiner Empörung freien Lauf gelassen. Drogenkonsum solle entkriminalisiert werden, genau wie Prostitution. Statt diejenigen zu verurteilen, die am Rand der Gesellschaft lebten, solle ihnen das Land lieber Unterstützung und Verständnis entgegenbringen.

Ein cleverer Fernsehproduzent wurde auf Pater Franks aufmerksam und setzte ihn kurzerhand in politische Talkshows. Dort zerfetzte Franks einen jungen Minister derartig, dass der arme Bursche am Ende regelrecht den Tränen nah war. Und während der damit ehemalige Kandidat für den Posten des Regierungschefs mitansehen musste, wie sich vor den Fernsehkameras all seine Träume in Luft auflösten, war sein Folterknecht erst richtig warm geworden. Es gebe eine tief sitzende Scheinheiligkeit im Herzen der irischen Gesellschaft, die offengelegt werden müsse, sagte Franks. Die großen Konzerne würden heiliggesprochen und die einfachen Menschen geopfert. Es mochte ja sein, dass die Sanftmütigen eines Tages das Erdreich besitzen würden, wie es in der Bibel hieß, aber in welchem Zustand würde dieses Erdreich sein, wenn es so weit war? Erbittert sandte Franks seine Frustration in die Welt hinaus, und sie fand Widerhall in den Wohnzimmern zahlloser Menschen. Es war keine sonderlich neue Botschaft, nicht mal ansatzweise. All das war so oder so ähnlich schon oft gesagt worden, aber Pater Franks war zur rechten Zeit am rechten Ort. Es hätte jeder zum Sprachrohr werden können – aber er war es geworden.

Die Oppositionsparteien hatten rasch die Fühler nach ihm ausgestreckt, nur um ebenfalls eine Abfuhr zu bekommen. War man im Laufe der letzten zwanzig Jahre selbst einmal an der Macht gewesen, war man schließlich Teil des Problems.

Franks war furchtlos, und er riss Mauern nieder. Es war ein mächtiger Sturm, und tatsächlich ließ er keinen Stein auf dem anderen. Plötzlich war seine kleine Kirche in den Liberties an Sonntagen nicht mehr bloß zu einem Drittel gefüllt, sondern platzte jeden Tag aus allen Nähten. Seine Vorgesetzten waren hocherfreut – dies war das neue Gesicht des Katholizismus, der zu seinen abgewanderten Schäfchen eine völlig neue Verbindung herstellte. Die Zufriedenheit hielt an, bis Franks begann, darüber zu predigen, was für eine Sünde es sei, dass die Kirche und ihre Orden Besitztümer im Wert von Milliarden Euros besaßen, während immer noch so viele Obdachlose auf der Straße schlafen mussten. Dann stellte er öffentlich infrage, warum der Papst in einem goldenen Palast lebte, während so viele Menschen auf dieser Welt hungern mussten. Warum das Leben eines jeden Kindes heilig sei – aber nur bis zu dem Moment, da es geboren wurde.

Man versuchte, ihn für eine Weile aus dem Verkehr zu ziehen, damit er beten und in sich gehen konnte. Der Vatikan wollte ihn nach Rom beordern, zur Mission nach Afrika schicken, ihm ein Sabbatical aufzwingen – irgendwas. Doch der Mann, dem die Presse längst den Titel »Irlands aufsässiger Priester« verliehen hatte, rührte sich nicht vom Fleck. Auch als man ihn schließlich aussperrte, kehrte er zu seiner Kirche zurück und predigte auf den Stufen vor dem Portal. Die Menschen strömten in Scharen herbei, und ob man ihn nun liebte oder hasste, wenn Pater Franks im Fernsehen auftrat oder es eine neue Schlagzeile mit ihm gab, kam niemand daran vorbei.

Kurz gesagt: Superintendent Susan Burns brauchte alles, was Franks mit ihrem ersten großen Fall als Chefin des National Bureau of Criminal Investigation in Verbindung brachte, in etwa so sehr wie ein weiteres Wilson-Frühstück auf ihren Schuhen. Sie seufzte. »Na schön, spielen Sie es ab.«

Es war die Rede, die Franks vor dem General Post Office gehalten hatte. Er war mit einer mobilen Verstärkeranlage dort aufgetaucht, und die Nachricht hatte sich in den sozialen Medien wie ein Lauffeuer verbreitet. Tausende seiner Anhänger hatten sich versammelt. Anfangs hatten die Gardaí noch versucht, ihn zum Schweigen zu bringen, schließlich aber nur die Straße abgesperrt. Commissioner Jane Horsham konnte in diesem Fall nichts gewinnen; erlaubte sie eine unangemeldete Demonstration, würde sie sich die Beschwerden der Regierung anhören müssen; schritt sie ein, gäbe es am nächsten Morgen haufenweise Schlagzeilen in den Sonntagszeitungen und darunter Fotos davon, wie ihre Beamten gewaltsam einen Priester davonschleiften. Also hatte sie sich lieber für die Beschwerden der Politiker entschieden, anstatt öffentlich dafür angeprangert zu werden, dass es sich bei ihren Polizisten um eine Schlägerhorde handelte. Allerdings war es nicht gerade hilfreich gewesen, dass sie gezwungen war, zwei ihrer Beamten einen öffentlichen Verweis auszustellen, weil sie dabei gefilmt worden waren, wie sie begeistert mitgejubelt hatten.

Wilson drückte auf Play. Franks nutzte eine hölzerne Kiste als zweckmäßige Bühne. Es waren verwackelte Handyaufnahmen, da derjenige, der das Telefon hielt, in der Menschenmenge offenbar hin und her gestoßen wurde.

»Man sagt uns, dies seien die Tage der Sparsamkeit. Die Tage, an denen wir alle unsere Gürtel enger schnallen müssten«, rief Franks.

Buhrufe waren zu hören.

»Aber was ist mit den korrupten Konzernen? Den Profiteuren? Den Spekulanten? Was ist mit denjenigen, die alle Schlupflöcher nutzen, die die Deals eingefädelt haben, die gegen die Gesetze verstoßen, auf denen unser Land beruht, gegen die rechtlichen wie die moralischen, nur um sich die eigenen Taschen vollzumachen – wann wird man sie zwingen, sich für ihre Taten zu verantworten?«

Jubel.

»Wann kommt der Tag, an dem sie ihren gerechten Anteil zahlen?«

Jubel.

»Wann kommt der Tag, da diejenigen, die dieses Land in die Knie gezwungen haben, sich wegen ihrer Schandtaten dem Zorn der Menschen stellen müssen?«

Noch lauterer Jubel.

»Wann ist es so weit? Ich sage es euch, meine Freunde: Dies ist der Tag, der niemals kommt.«

Wilson hielt das Video an.

DSI Burns schaute lange zur Decke hinauf. »Fantastisch. Genau das, was dieser Fall braucht. Politik.«

»Ich dachte, es hilft uns vielleicht mit dem Motiv.«

»Ja«, sagte Burns. »Es begrenzt den Kreis der Verdächtigen auf Pater Franks und jeden, der seine Rede gehört, über sie gelesen hat oder über Zugang zum Internet verfügt.«

»Franks selbst kann es nicht gewesen sein«, sagte Wilson.

Burns schaute ihn einige Sekunden lang an. »Ach, natürlich – er hat sich ja in dieser verdammten Arche verbarrikadiert, nicht wahr?«

Unmittelbar nach der General-Post-Office-Rede erwischte Pater Franks die Gardaí eiskalt und marschierte mit seinen Anhängern zum Hafen hinab, ins Internationale Finanzzentrum und schließlich in das leer stehende Strander-Gebäude. Ein sympathisierender Wachmann ließ sie herein. Auf Kosten der irischen Regierung war das Gebäude für eine spanische Bank errichtet worden, hatte seit der Fertigstellung jedoch leer gestanden. Zwischendurch hatte man es einer irischen Bank zugesprochen, dann, als diese Konkurs anmelden musste, zurückgekauft. Damit hatte die Regierung nun zweimal dafür gezahlt, und niemand hatte es je genutzt. Es war eine Peinlichkeit, die man dringend loswerden wollte. Franks hatte beschlossen, dies in die eigenen Hände zu nehmen. Er zog selbst dort ein und eröffnete Dublins größte Obdachlosenunterkunft.

Die Nachbarn waren alles andere als begeistert; die Aktion passte schwerlich zu dem Vibe, den der Finanzdistrikt für sich anstrebte. Und während die Regierung debattierte und Zeit verplemperte, errichteten Franks' begeisterte Unterstützer Barrikaden und stellten sich auf eine lange Besetzung ein.

Als man den Gardaí auftrug, jegliche Essenslieferungen zu stoppen, begann die Bevölkerung, Nahrungsmittel über die Absperrungen zu werfen. Wieder eine Situation, in der die Behörden nur verlieren konnten. Die Gardaí sahen ohnehin schon schlecht aus, nachdem eine 73-jährige Frau verhaftet worden war, weil sie einem Polizisten versehentlich eine Dose Bohnen an den Kopf geschleudert hatte. Eine der Zeitungen hatte eine Karikatur davon veröffentlicht. Witzig war sie nicht gewesen, aber das waren Karikaturen ja nie.

»Was für eine Katastrophe«, sagte Burns. »Na schön, ich werde das nach oben weitergeben. Die Folter, die große Show, die Botschaft – ein Mord wie dieser kann nur eines bedeuten: Dieser Irre wird nicht aufhören, bis man ihn schnappt. Wir werden erst einmal die anderen beiden Skylark-Arschlöcher warnen müssen, dass sie sich womöglich in Gefahr befinden.«

»Ja, Ma'am.«

»Die Franks-Rede hat vielleicht gar nichts mit dem Fall zu tun, da Sie aber darauf gestoßen sind, möchte ich, dass Sie der Sache ganz behutsam nachgehen. Finden Sie heraus, ob es in seinem Umfeld jemanden gibt, der sich dazu entschieden haben könnte, die Worte des braven Paters in die Tat umzusetzen.«

»Ja, Ma'am.«

»Ich werde das vorläufig noch nicht erwähnen, weder beim Team-Briefing noch bei der Pressekonferenz. Der Aufruhr wird so schon schlimm genug sein. Craig Blake und seine beiden Kumpane sind ja nicht gerade beliebt. Derzeit haben wir vier Millionen Verdächtige. Versuchen wir doch, diese Zahl ein klein wenig zu reduzieren.«

»Ja, Ma'am«, wiederholte Wilson und wandte sich zum Gehen.

»Ach, und Wilson ... Gute Arbeit.«

»Danke, Ma'am.« Er gestattete sich ein kurzes Lächeln der Erleichterung.

»Ich möchte, dass Sie sich daran erinnern, dass ich das gesagt habe, wenn Sie diese Tür hinter sich geschlossen haben und Ihnen bewusst wird, dass die ganze Zeit Ihr Hosenstall offen stand.«

»Ja, Ma'am.«

KAPITEL DREIZEHN

SAMSTAG, 5. FEBRUAR 2000 – MORGENS

Stadträtin Veronica Smyth zog die Bettdecke enger an ihren Körper, als ihr Ehemann sie in den Rücken stupste.

»Keine Chance, Niall. Und du weißt genau, warum.«

»Nein, ich … ich glaube, da draußen ist wer.«

Sie öffnete ein Auge und schaute zu den zugezogenen Vorhängen, zwischen denen sich die ersten, dünnen Sonnenstrahlen hervorstahlen. »Es ist schon hell; ich würde vermuten, dass einige Leute da draußen unterwegs sind.«

Sie waren gestern noch spät auf einer Veranstaltung gewesen; und Niall hatte das Fahren übernommen. Sie hatte sich an der kostenlosen Bar bedient, und auf dem Nachhauseweg waren sie noch einmal die Greatest Hits ihrer Ehestreitigkeiten durchgegangen.

»Es ist jemand im Garten«, zischte er.

»Ach, dann steh halt auf und schau nach, ob …«

Schon im nächsten Augenblick saß sie kerzengerade im Bett, als etwas Schweres gegen ihr Fenster knallte.

»Was zum?!«

Niall schwang sich von der Matratze und huschte zu den Vorhängen hinüber, zog sie leicht zur Seite und spähte vorsichtig nach draußen. Als er sprach, flutete Sonnenlicht in den Raum.

»Da sind … Kinder.«

Veronica ließ den Kopf zurück aufs Kissen fallen und drehte sich um.

»Geh raus und sag ihnen, dass sie sich verpissen sollen.«

»Nein, ich meine ... da sind unfassbar *viele* Kinder.«

Nachdem sie sich hastig angezogen hatte, stand Veronica zusammen mit ihrem Ehemann Niall auf der Terrasse und ließ ungläubig den Blick schweifen. Der große Garten hinter ihrem Haus war ihr ganzer Stolz. Natürlich kümmerte sie sich nicht persönlich um ihn, aber sie gab dem Gärtner ausführliche Anweisungen. Es war der größte in der ganzen Straße, und sie hatte äußerste Mühe darauf verwendet, ihn so bepflanzen zu lassen, dass er nicht nur im Sommer fantastisch aussah, sondern auch im Winter mit seinen gedeckten Farbschattierungen glänzte. In diesem Augenblick stampften ungefähr zwanzig Kinder über diese Pracht. Sie holten mit Hurling-Schlägern aus und feuerten einander wenig professionell die Bälle entgegen. Direkt vor ihr versuchte ein Junge gerade, einen Ball aus einer Lilien-Rabatte zu schießen, die mehr gekostet hatte als einen durchschnittlichen irischen Wochenlohn.

»Was zur Hölle hat das zu bedeuten?«, rief Veronica.

Zwanzig junge Gesichter wandten sich ihr zu.

»Macht weiter, Kinder.«

Veronica schaute in die Richtung, aus der die Stimme gekommen war. In einem Liegestuhl unter ihrer Terrassenmarkise saß eine Frau von Mitte sechzig, die einen grellen, pinkfarbenen Regenmantel trug.

Veronica marschierte auf sie zu.

»Haben Sie das hier zu verantworten?«

»Das habe ich, Schätzchen, in der Tat.«

»Dies ist ein Privatgrundstück! Sie haben kein Recht, sich hier aufzuhalten.«

»Ach, na ja.« Die Frau wirkte irritierend unbeeindruckt, während sie eine Thermoskanne aufschraubte und sich Tee in den Deckel goss. »Was Sie hier sehen, ist das St. Jude Hurling Team, das demnächst seinen Sportplatz verlieren wird. Wir haben gehört, was Sie für einen großen Garten haben – entzückende Rhododendren übrigens –, und da dachten wir: Mit Sicherheit lässt sie uns hier trainieren.«

»Sie können nicht … alle Beschwerden, die die Planungskommission betreffen, können jederzeit über die offiziellen Kanäle eingereicht werden.«

»Ja, ja. Das haben wir alles schon probiert, und jetzt machen wir es eben so.«

»Sie haben zwei Möglichkeiten, Madam; entweder Sie und diese Kinder entfernen sich augenblicklich von meinem Grundstück, oder ich rufe die Polizei.«

Die Frau schlürfte geräuschvoll ihren Tee.

»Dann nehme ich Möglichkeit zwei, herzlichen Dank.«

»Na schön, wie Sie wollen.«

Veronica drehte sich um und knallte gegen Niall, der ratlos hinter ihr stand.

»Herrgott, Niall …«

»Hallo. Hat hier jemand die Gardaí gerufen?«

Erneut wandte sie sich um und sah einen schwergewichtigen Mann von Mitte dreißig, der sich über das Gartentor lehnte und einen Garda-Ausweis in die Höhe hielt. »Detective McGarry. Bei uns ist eine Beschwerde eingegangen.«

»Ja«, sagte Veronica. »Ich meine, ich wollte gerade …«

»*Ich* habe Sie angerufen«, unterbrach sie die ältere Frau.

»Sie?«, fragte Niall.

»Ja. Ich wollte die kriminelle Verschwendung einer Rasenfläche anzeigen. Schockierend so was.«

Veronica marschierte zu dem Mann hinüber, der sich als Detective McGarry vorgestellt hatte. »Das ist doch lächerlich! Diese Frau und diese Kinder …« Sie sagte das auf eine Weise, als hätte sie sie gerade unter ihrer Fußsohle gefunden. »Sie haben sich widerrechtlich Zugang zu meinem Privatbesitz verschafft, und ich verlange, dass sie unverzüglich entfernt werden.«

Der Polizeibeamte schaute auf die Frau im Liegestuhl hinab.

»Stimmt das, Schätzchen?«

»Ja, Bunny«, erwiderte die Frau.

»Kommt ihr freiwillig mit?«

»Auf keinen Fall.«

»Dann bin ich gezwungen, euch zu verhaften.«

»Kannst du ja versuchen.«

»Ich werde dir Handschellen anlegen müssen.«

Sie grinste ihn an. »Ich stehe ja eigentlich nicht so auf diesen Fetisch-Kram, Officer. Zumindest nicht vor den Kindern.«

Die Frau nahm die Hand, die Detective McGarry ihr anbot, und zog sich aus dem Liegestuhl.

»Was zur Hölle geht hier eigentlich vor?«, warf Veronica ein. Detective McGarry beachtete sie nicht und legte routiniert Handschellen um die bereitwillig ausgestreckten Handgelenke der Frau.

»Sind Sie die einzige Erwachsene, die die Aufsicht über diese Kinder hat, Madam?«

»Das bin ich«, erwiderte die Frau.

»Na schön«, sagte der Polizeibeamte, der seine Aufmerksamkeit erst jetzt wieder Veronica zuwandte. »Dann werde ich das Jugendamt hinzuziehen. Es ist Samstag, und sie werden für jedes Kind einen eigenen Betreuer schicken müssen, das kann also eine ganze Weile dauern. Dann werden wir noch weitere Wagen brauchen, um die ganzen Knirpse nach Hause zu bringen. Es gibt sehr strenge Vorschriften, was das …«

Unterbrochen wurde er vom Aufblitzen einer Kamera. Veronica schaute auf und sah, dass ein weiterer Mann von Mitte zwanzig über ihrem Zaun lehnte. »Stadträtin Smith, würden Sie eine Stellungnahme darüber abgeben, dass der St. Jude Club wegen der anstehenden Bauprojekte eingestellt werden muss?«

»Ach du liebes bisschen«, sagte die Frau im Regenmantel. »Ich bin ja keine Expertin, aber kommt so was bei den Leuten nicht immer ziemlich schlecht an?«

Veronica und die Frau blickten einander zum ersten Mal in die Augen. Unter dem gelassenen Tonfall erkannte Veronica dieselbe Art von Entschlossenheit, auf die sie sich selbst viel einbildete.

»Wir sind hier nur fünf Minuten vom RTÉ-Sendezentrum entfernt«, sagte Detective McGarry. »Würde mich nicht wundern, wenn die auch noch ein Kamerateam rüberschicken.«

»Herrgott«, sagte Niall. »Er hat recht, Veronica. Das wird gar nicht gut ...«

»Halt die Klappe, Niall«, unterbrach ihn Veronica. Sie atmete tief ein und langsam wieder aus. Wut pumpte durch jede Faser ihres Körpers, aber tief im Inneren war sie immer zu einem Handel bereit. In der Politik ging es darum, nur die Schlachten zu schlagen, die man auch gewinnen konnte. Was hatte dieser jämmerliche Countrysänger noch gesagt? Man muss kein Wetterfrosch sein, um zu erkennen, woher der Wind weht.

»Was wir hier haben«, sagte die Frau, »ist eine fantastische Gelegenheit für ein tolles Foto. Wie finden Sie die Schlagzeile: Stadträtin stellt sich hinter die Kinder aus dem Stadtzentrum?«

Wieder blickten die Frauen einander an und tauschten ein Lächeln aus, das in etwa so viel Wärme hatte wie ein eingefrorener Hexenhintern.

»Na kommt, Kinder, sagt der netten Dame guten Tag, die euren Sportplatz retten wird.«

KAPITEL VIERZEHN

»Justizminister Padraig O'Donohue hat gestern in der Dáil eine Verlautbarung abgegeben, dass Selbstjustiz – ganz gleich unter welchen Umständen – niemals akzeptabel sei. Er würde darüber hinaus sicherstellen, dass das National Bureau of Criminal Investigation über alle Ressourcen verfügt, die es benötigt, um dem auf dem Grund zu gehen, was er als ein »schauderhaftes Verbrechen« bezeichnete. Detective Superintendent Susan Burns vom NBCI gab an, dass die ersten Ermittlungsergebnisse den Todeszeitpunkt von Mr Blake auf den späten Dienstagabend eingrenzen könnten, und sie bittet alle Bürgerinnen und Bürger, die sachdienliche Hinweise liefern können, unter der Nummer 1800 666 die vertrauliche Hotline anzurufen.«

Paul beugte sich vor und schaltete das Radio ab. Seit dem schockierenden Fund von Craig Blakes Leiche heute Morgen hatten die Medien von kaum etwas anderem gesprochen, neue Informationen gab es jedoch nicht. Der Mann war tot, jemand hatte ihn getötet und war dabei offenbar nicht gerade zimperlich vorgegangen. In den Berichten schwang eine unverhohlene Aufgekratztheit mit, wie bei einem Kind, das unbedingt ein Geheimnis verraten will, inklusive der blutigen Details. Paul hatte keinen Zweifel, dass mindestens eine der Zeitungen am nächsten Morgen die Katze aus dem Sack lassen und die fällige Konventionalstrafe auf sich nehmen würde; im Wissen, dass ihr die gesteigerte Auflage locker das Doppelte einbrachte.

Aber während der Mord an Blake für ein gewaltiges Medienspektakel sorgte, beunruhigten Paul andere Dinge. Es war bereits Donnerstagabend; und er hatte nur noch bis Montag Zeit, um Beweise dafür aufzutreiben, dass Hartigan eine Affäre hatte – oder eine glückliche Ehe führte –, sonst würden sich vier Riesen in Luft auflösen. Er hatte den ganzen Tag damit verbracht, verzweifelt auf seinem Handy nachzusehen, ob es etwas Neues von Brigit gab oder irgendein Wort von Bunny – beides vergeblich. Also blieb ihm nur die Hoffnung, dass Hartigan die traumatischen Neuigkeiten vom Tod seines besten Kumpels in die tröstenden Arme einer Frau treiben würden – egal welcher.

Vorhin war Paul gerade rechtzeitig zum Restaurant zurückgekehrt, um zu sehen, wie seine Zielperson hastig aufbrach. Das Handy ans Ohr gedrückt, war Hartigan im Stechschritt die Dawson Street hinaufgestürmt, wo ihn kurz darauf der grüne Rolls aufgelesen hatte. Sofort hängten sie sich ihm an die Fersen – oder versuchten es wenigstens. Als Phil endlich mit der Verkehrsführung rund um den Stephen's Green Park klargekommen war, fehlte von Hartigan jede Spur. Also fuhren sie zu seinem Haus und stellten erleichtert fest, dass der grüne Luxuswagen soeben seinen Fahrgast dort abgesetzt hatte und die Sackgasse bereits wieder verließ.

Im raschen Vorbeifahren bestätigte sich, dass Hartigan tatsächlich zu Hause war, worauf Paul und Phil sich wieder auf dem Parkplatz vom Casey's Pub niederließen. Praktisch bedeutete dies, dass Paul das Buch überflog, das er sich besorgt hatte, während Phil mit Maggie Gassi ging, was lange überfällig war.

Mein Leben als Privatdetektiv war von James T. Blando verfasst worden, der auf dem Umschlag klischeehafterweise einen Fedora-Hut aus den Vierzigerjahren trug. Paul hatte das Bild ziemlich abgeschreckt, aber in der kurzen Biografie stand, Blando wäre über dreißig Jahre als Privatdetektiv in Los Angeles tätig gewesen. Paul hegte den Verdacht, dass er sich diesen Job nur gesucht hatte, um beim Film unterzukommen. Das Autorenfoto sah jedenfalls so aus, als würde er sich für die Rolle eines Detektivs in einem Broadway-Musical bewerben. Selbst für einen Ami zeigte er zu viele Zähne und zu viel Lebensfreude. Paul hatte das Buch trotzdem gekauft. Es hatten allerdings auch nur zwei andere Werke zur Wahl gestanden: die Romanadaption einer Fernsehserie, die nach nur einer Staffel abgesetzt worden war, sowie ein Kinderbuch mit dem Titel *Alles Wissenswerte für den Junior-Detektiv*. Paul hatte ernsthaft zu Letzterem tendiert, aber unter dem vernichtenden Blick von Lianne, der Buchhändlerin aus der Hölle, schaffte er es einfach nicht, es zu kaufen. Also war es die Blando-Bibel geworden. Er hatte etwa fünfzig Seiten geschafft, als Phil mit Maggie zurückkehrte.

»Hier steht, wir sollten uns eine richtige Überwachungsausrüstung anschaffen, um Hartigan im Auge zu behalten«, sagte Paul. »Also Kamera und Fernglas und so weiter.«

»Wenn du möchtest, könnte ich uns die Ausrüstung besorgen, die Onkel Paddy zum Vögelbeobachten benutzt hat.« Paddy Nellis hatte in seinem gesamten Leben keinen einzigen Vogel beobachtet, aber Paul wollte das jetzt lieber nicht zur Sprache bringen. Phil war manchmal etwas komisch, wenn es um seinen geliebten, verstorbenen Onkel ging. Dass man die entsprechende Ausrüstung brauchte, um gewisse Orte auszukundschaften, wenn man die Art von High-End-Einbrüchen durchzog, für die Paddy Nellis berühmt gewesen war, leuchtete dagegen durchaus ein. Also schickte er Phil nach Hause und war verzweifelt genug, um einen weiteren Batzen seines Budgets für ein Taxi springen zu lassen.

Zwei Stunden später kehrte Phil in einem weiteren Taxi zurück, nur dass er diesmal selbst hinterm Steuer saß.

»Oh Gott«, sagte Paul, »bitte sag mir, dass du den Wagen nicht geklaut hast.«

»Nein, du Klugscheißer. Zufällig war Onkel Abdul gerade bei uns und hat Tante Lynn geholfen, einen Kleiderschrank umzustellen.«

Paul bemühte sich nach Kräften, keine Miene zu verziehen und nickte bloß. Auch Abdul war weder Phils Onkel, noch stand er in irgendeiner verwandtschaftlichen Beziehung zu ihm. Er pflegte jedoch ohne Zweifel eine gewisse Beziehung zu Tante Lynn. Sie war immer noch eine Frau in den besten Jahren und hatte vermutlich lange genug getrauert. Selbst Paul war nicht entgangen, dass Abdul hin und wieder »über Nacht« bei Tante Lynn geblieben war – angeblich, damit er zu einem Termin am nächsten Morgen nicht so weit fahren musste. Er war auch schon vorbeigekommen, um ihr Bügeleisen zu benutzen, sich ihren Boiler anzuschauen und den Kamin zu reinigen. Mit ziemlicher Sicherheit hatte er nichts davon getan. Doch wenn Tante Lynn Phil die Art ihrer Beziehung nicht offenbaren wollte, würde Paul es ganz gewiss auch nicht tun. Allerdings konnte er sich gut vorstellen, dass der unerwartet auftauchende Neffe den Prozess des Kleiderschrank-Umstellens in einem etwas peinlichen Moment gestört hatte. Er wollte wirklich nicht darüber nachdenken, dass er den ahnungslosesten Mann in ganz Dublin als Assistenz-Detektiv eingestellt hatte.

»Ja«, sagte Phil. »Abdul meinte, ich könne mir sein Taxi ausleihen, solange ich will.« *Ja, eindeutig ein peinlicher Moment.* »Ich dachte mir, das wäre bestimmt praktisch für unsere Beschattung. Ich meine, wer achtet schon auf Taxis? Unauffälliger geht's doch gar nicht.«

Das war das Entnervende an Phil: Er wechselte von unvorstellbarer Dämlichkeit zu Momenten reiner Genialität, bisweilen in ein und demselben Atemzug. Er hatte natürlich recht. Taxis fuhren so, als gehörten ihnen die Straßen, und parkten, als wären sie allein auf der Welt. Die Tarnung war absolut perfekt.

Im Gegensatz zu Bunnys Porsche, der hervorstach wie ein bunter Hund, würde niemand auch nur einen zweiten Blick verschwenden, wenn ein Taxi vorbeifuhr. Dies war auch der erste Punkt im Kapitel über motorisierte Verfolgung in der Blando-Bibel: *Wählen Sie einen unauffälligen Wagen.* Mit anderen Worten – alles, nur nicht Bunnys Porsche.

»Also, was habe ich verpasst?«, fragte Phil.

»Nicht viel«, sagte Paul. »Dieser Anwalts-Typ, den wir gestern mit Hartigan beim Golfspielen gesehen haben, ist ins Haus gegangen, kurz, nachdem du aufgebrochen warst. Dann sind vor etwa einer Stunde zwei Dick-und-Doof-Gestalten aufgetaucht. Ich würde mein Leben darauf verwetten, dass es sich um die Kriminalpolizei handelt. Die vier sind seitdem da drin.«

»Nicht sehr wahrscheinlich, dass er mit einem von denen bumst.«

»Heilige Scheiße, Phil! Was hätte im Grußkartengewerbe aus dir werden können! Hast du die Vogelbeobachtungs-Ausrüstung von deinem Onkel dabei?«

Phil nahm einen großen silbernen Koffer vom Rücksitz des Taxis und öffnete ihn. Paddy Nellis, Gott hab ihn selig, musste wirklich einer der ambitioniertesten Vogelbeobachter aller Zeiten gewesen sein.

Der Koffer enthielt zwei Kameras. Eine davon war eines dieser großen, beeindruckenden Geräte mit riesigem Objektiv, wie sie die Paparazzi benutzten. Es gab noch drei zusätzliche Objektive, aber sie wussten nicht, wie man sie wechselte, und hatten zu große Angst, etwas kaputt zu machen. Also probierten sie es lieber gar nicht erst aus. Mit dem derzeit aufgeschraubten Objektiv konnten sie schon mühelos erkennen, dass jemand am anderen Ende der Straße *Coronation Street* schaute. Das würde wunderbar funktionieren. Die andere Kamera war eine kleinere, unauffällige Digitalkamera, mit der man weniger Aufmerksamkeit erregte. Darüber hinaus enthielt der Koffer ein äußerst leistungsstarkes Fernglas. Paul schickte ein stilles Dankgebet zum Himmel. Auch wenn er bezweifelte, dass es einen Berufsverbrecher wie Paddy Nellis dort erreichen würde.

»Und Lynn meinte, wir können das alles ruhig benutzen?«

»Ja. Sie sagte, ich könne alles mitnehmen, was ich will.«

Sie musste geradezu versessen darauf gewesen sein, diesen Kleiderschrank zu verrücken.

Während Phil die Einfahrt zur Sackgasse beobachtete, um zu überprüfen, ob Hartigans Gäste sich vom Fleck bewegten, schaute Paul im Pub vorbei, um eine kurze Katzenwäsche vorzunehmen. In den fünf Wochen, die er mittlerweile in seinem Büro kampierte, war er alle zwei Tage in Digger Doyles Box-Studio geschlichen, um sich dort zu duschen. Dass es langsam wieder an der Zeit war, konnte er riechen. Auf dem Weg hinaus kaufte er vier Tüten Käse-Zwiebel-Chips, um seinen guten Willen zu beweisen. Es stand schließlich zu befürchten, dass die Belegschaft der Bar mitbekommen hatte, dass er ziemlich viel Zeit auf ihrem Parkplatz verbrachte und ziemlich wenig im eigentlichen Pub.

Beinahe zwei Stunden nach ihrer Ankunft sah Paul, dass die beiden Garda-Beamten in ihrem unauffälligen Vauxhall Astra das Weite suchten. Paul fragte sich, wie das Gespräch wohl verlaufen war. *»Hatte der Verstorbene irgendwelche Feinde?«* – *»Ja, jeden.«*

Etwa eine halbe Stunde später machte sich endlich auch der schlaksige Anwalts-Typ auf den Weg.

»Okay«, sagte Paul. »Hartigan ist allein, und – bitte, lieber Gott – lass ihn hungrig nach Liebe sein.«

»Ich weiß nicht«, erwiderte Phil. »Meinst du wirklich, dass er ausgerechnet jetzt einen wegstecken will? Ich meine, wo sein Freund gerade gestorben ist und so weiter. Kommt mir ein bisschen pietätlos vor.«

»Stimmt. Andererseits ist er ein narzisstisches Arschloch und hat das Leben von zahllosen Leuten zerstört, nur für seinen eigenen Vorteil, also …«

»Also ist er vielleicht geil?«

»Ganz genau.«

Paul steckte sich die kleinere Kamera in die Tasche und legte Maggie die Leine um. Zum Glück schien ihre Bereitschaft zum Gassigehen kein Ende zu kennen.

Er führte sie die Straße hinunter. Maggie inspizierte denselben Baum wie jedes Mal, was Paul reichlich Zeit gab, beiläufig Hartigans Haus in Augenschein zu nehmen. In mehreren Fenstern brannte Licht, und der silberne Benz stand in der Einfahrt, er war also eindeutig noch immer zu Hause. Der grüne Rolls war nirgendwo zu sehen. Wenn Hartigan heute Abend noch irgendwo hinwollte, standen die Chancen also gut, dass er selbst fuhr.

Maggie beendete ihr Herumschnuppern, weigerte sich aber, irgendwo hinzupinkeln. Paul wollte sich gerade wieder umdrehen, als ein blauer BMW mit getönten Scheiben um die Ecke bog und vor Hartigans Haus hielt. Paul richtete seinen Blick auf Maggie und flüsterte: »Mach weiter, nicht aufhören!« Erstaunlicherweise ging sie erneut dazu über, voller Begeisterung am Stamm des Baumes herumzuschnüffeln. Paul stopfte seine Hand in die Tasche und begann, aufgeregt an der kleinen Kamera herumzufingern. Das war es jetzt vielleicht – endlich. *Bitte lass das einen Wagen voller Nutten sein.*

Die Fahrertür öffnete sich, und ein etwa vierzigjähriger Mann mit kurz geschnittenem, grau meliertem Haar und muskulösem Körperbau stieg aus. Paul erkannte ihn als einen der Bodyguards wieder, den er vor dem Gerichtsgebäude gesehen hatte. Der Mann blieb stehen und schaute Paul direkt an. Dabei warf er ihm ein seltsames Lächeln zu. Paul spürte, wie er unter diesem Blick sofort rot anlief, und schaute eilig wieder zu Maggie hinunter. »Komm schon, Chardonnay, beeil dich mal.«

Paul hatte keine Ahnung, warum er Maggie mit einem falschen Namen ansprach – und dann auch noch mit dem siebtbeliebtesten von Stripperinnen. Er war sich jedoch schmerzlich der Tatsache bewusst, dass ihn der Mann noch immer anstarrte und dass Maggie begonnen hatte, zurückzustarren. Sie stieß ein dumpfes Knurren aus.

Glücklicherweise wurde die Spannung gebrochen, als die hintere Tür des BMW aufflog und ein wehleidiges Jammern erklang.

»Oh, keine Sorge, ich öffne mir die verschissene Tür schon selbst!«

Der Fahrer verdrehte die Augen, als sich der kahle Schädel von Paschal Maloney aus dem Wagen schob.

»Wofür bezahle ich Sie eigentlich, verdammte Scheiße?«

Selbst aus dem Augenwinkel heraus fiel Paul das entnervte Zucken im Gesicht des Fahrers auf. Als Maloney Paul und Maggie bemerkte, schaute er sie mit weit aufgerissenen Augen an. Als wäre ein Mann, der mit seinem Hund Gassi ging, ein nie dagewesenes Ereignis. »Oh, hallo.« Er riss sich sichtlich zusammen und lächelte Paul über das Dach des Wagens zu. »Was für ein entzückender Hund.«

Paul dankte ihm murmelnd und machte rasch kehrt. Maggie war jedoch bockig, und Paul musste an der Leine zerren, um sie in Bewegung zu versetzen.

Der Fahrer trat zum Kofferraum und öffnete ihn.

»Also, dann kommen Sie schon«, sagte Maloney und steuerte Hartigans Haustür an.

Zum Glück hatte Paul bereits an der Leine gezogen, sonst hätte ihn Maggies plötzliches knurrendes Vorspringen im hohen Bogen durch die Luft fliegen lassen. So riss sie ihm nur beinahe den Arm aus dem Schultergelenk, während sie mit wildem Gebell auf den Wagen zuhechtete. Maloney stieß ein hohes, unmännliches Kreischen aus und rannte die Einfahrt hinauf. Im

Gegensatz dazu blieb der Fahrer seelenruhig stehen und schaute sie nur mit fragendem, amüsiertem Blick an. Paul stolperte voran, verlor aber das Tauziehen. »Chardonnay! Tut mir leid, sie ist … normalerweise ganz lieb.«

Glücklicherweise stand zwischen ihnen und Maloney der Baum, den Maggie eben noch inspiziert hatte. Paul gelang es, sie aufzuhalten, indem er die Leine um den Stamm schlang. Trotzdem war immer noch seine ganze Kraft nötig, um sie im Griff zu behalten. Die Alarmanlage eines Autos ging los, und als Paul sich umschaute, sah er, dass Maloneys Fahrer mit einem schwarzen Aktenkoffer in der Hand die Einfahrt hinaufmarschierte. Sein Boss stand bereits auf der Veranda, und Hartigan hatte sich zu ihm gesellt. Sie schauten beide zu dem Mann mit dem wahnsinnigen Hund herüber. Paul wandte sich rasch ab und versuchte, seinen Körper vor Maggie zu schieben, um ihr die Sicht zu versperren. »Hörst du wohl auf, du irres Ding!«

Endlich ging Maggies Bellen in ein frustriertes Jaulen über. Paul schaute noch einmal zurück und sah, dass die Veranda leer war. Rasch wickelte er die Leine vom Stamm und zerrte Maggie zur Straßenecke hinüber.

»Du dämliche … ich fasse es einfach nicht! Das war's! Ich weiß, ich habe das bereits gesagt, als du auf meinen Tisch gekackt hast, aber das … das war's jetzt wirklich! Du hast unsere gesamte Ermittlung sabotiert. Hartigan hat uns gesehen. Ich meine, was zur Hölle ist eigentlich dein Problem?«

Natürlich antwortete Maggie nicht. Stattdessen knurrte sie nur weiter, während sie vor und zurück taperte, wie ein Boxer, der darauf wartet, endlich in den Ring steigen zu dürfen.

Sie suchte trotzigen Blickkontakt mit Paul, hob ihr Bein und pinkelte gegen eine Gartenmauer.

»Unfassbar!«

Paul wurde bewusst, dass nicht nur er vor Wut vibrierte, sondern auch seine Jackentasche. Er holte sein Handy heraus und nahm ab.

»Ein Auto ist vorgefahren, hast du das gesehen?«

»Ja, Phil. Es war – wie heißt er noch – Maloney, der auch zu den Skylark Three gehört. Maggie«, sagte Paul und deutete sinnloserweise in ihre Richtung, »hat sich entschlossen, das kleine Arschloch anzugreifen, und hat dabei unsere gesamte Geheimhaltung zunichtegemacht.«

Maggie setzte sich und schaute hochmütig in die Ferne. Sie schien sich nicht dazu herablassen zu wollen, diese Bemerkung mit einer Reaktion zu würdigen.

»Herrgott, was hat sie denn dazu getrieben?«

»Zur Hölle, wenn ich das wüsste. Aber das wird es zur reinsten Tortur machen, Hartigan weiter zu beschatten. Er hat uns gesehen, und uns beide vergisst man leider nicht so schnell!«

»Scheiße. Was haben die jetzt vor?«

»Keine Ahnung. Ich gehe gleich am Haus vorbei und werfe noch mal einen kurzen Blick hinein, vorausgesetzt, dass Madame hier nicht wieder ihren Godzilla-Anfall bekommt. Ich bin in fünf Minuten zurück beim Wagen. Wir bleiben besser in Alarmbereitschaft. Wer weiß, womöglich ziehen Maloney und Hartigan gleich los, um in der Stadt ihres gefallenen Waffenbruders zu gedenken.«

Paul legte auf und bemerkte eine alte Frau, die auf ihrer Veranda stand und ihn mit unverhohlenem Abscheu musterte. Er winkte ihr verlegen zu und eilte weiter.

Als sie an Hartigans Haus vorbeikamen, blieb Paul stehen und zog Maggie zurück. Durch das vordere Fenster erkannte er Hartigan und Maloncy, dic sich offcnsichtlich strittcn. Paul kauerte sich hinter einer der Torsäulen zusammen. Hartigan ragte über dem kleineren Mann auf und stieß ihm wütend seinen Zeigefinger ins Gesicht. Die Doppelverglasung musste ziemlich gut sein, denn es sah ganz so aus, als würden sie einander aus voller Kehle anschreien, wobei Hartigan den Löwenanteil übernahm.

Maloney sagte etwas, worauf Hartigan ihm unversehens das Whiskeyglas aus der Hand schlug und ihn schubste. Maloney stolperte rückwärts und fiel auf die Couch. Hartigan warf sich auf ihn. Paul beobachtete fassungslos, wie Hartigan die Hände um die Kehle seines Geschäftspartners legte und zudrückte.

»Heilige Scheiße.«

Maloney trat mit den Beinen um sich und stieß eine Lampe um. Während Paul noch überlegte, was er tun sollte, flog die Zimmertür auf, und Maloneys Fahrer erschien im Türrahmen. Mit der lässigen Ruhe eines Vaters, der zwei rauflustige Kinder trennt, umschloss er Hartigans Oberkörper mit beiden Armen, löste ihn von seinem Boss und trug ihn aus dem Raum.

Einige Sekunden später stand Maloney mit rotem Gesicht auf und rang sichtbar nach Luft. Paul beobachtete, wie er einige angestrengte Atemzüge machte, während er sich an den Kaminsims lehnte. Im nächsten Augenblick schnappte er sich ein Kissen und begann, jähzornig damit aufs Sofa einzudreschen. Dann, als wäre er sich plötzlich wieder seiner Umgebung bewusst, wandte sich Maloney um und schaute aus dem Fenster. Paul zog Maggie eilig mit sich und widerstand dem Drang, sich noch einmal umzusehen und zu überprüfen, ob ihr Abgang bemerkt worden war.

Erst als er schon auf dem Weg war, fiel Paul die Kamera in seiner Tasche ein, und er fluchte leise vor sich hin. Er wusste nicht, was das alles zu bedeuten hatte, aber offensichtlich stand es um die Beziehung der verbliebenen Mitglieder der Skylark Three nicht zum Besten. Als er auf das Taxi zueilte, kam ihm ein weiterer Gedanke. Hartigan neigte zu Gewaltausbrüchen, und Dienstagabend hatten sie ihn aus den Augen verloren. Sie wussten also nicht, wo er gewesen war, als man Craig Blake umgebracht hatte.

KAPITEL FÜNFZEHN

Detective Superintendent Susan Burns zog die Jalousien ihres neuen Büros zu, überprüfte noch einmal, dass sie wirklich von keinem Mitglied ihres Teams gesehen werden konnte, und trat mit voller Wucht gegen die Wand. Dafür gab es zwei Gründe. Erstens hatte sie in einem Artikel des *New Scientist* gelesen, dass ein Schmerzimpuls eine gute Möglichkeit darstellte, seine Gedanken neu zu fokussieren und so für ein scheinbar unlösbares Problem eine neue Perspektive zu gewinnen. Der zweite Grund bestand darin, dass sie einfach sehr große Lust hatte, irgendwas zu treten.

Einen erheblichen Teil der letzten vierundzwanzig Stunden hatte sie am Telefon mit Commissioner Horsham, zwei Ministern und der rechten Hand des Taoiseach, des Regierungschefs, vergeudet, und alle hatten ihr versichert, dass ihr Team jede notwendige Unterstützung erhalten würde. Nun lagen auf ihrem Schreibtisch zwei vorläufige Berichte, die die entsprechenden Abteilungen in Lichtgeschwindigkeit aufgesetzt hatten.

Der erste stammte von der Pathologin Dr. Denise Devane. Sie war berühmt für ihre Sorgfalt, und dies war in der Tat der umfangreichste Bericht, den Burns jemals gesehen hatte. In einem Detailreichtum, bei dem sich einem der Magen umdrehte, hatte sie sämtliche Furchtbarkeiten aufgelistet, die Craig Blake angetan worden waren. Zu den Highlights, die viel zu lang in Burns Gedächtnis bleiben würden, gehörte die Tatsache, dass man dem Opfer Lippen, Ohren, Fingernägel und Augenlider entfernt hatte, mit ziemlicher Sicherheit vor Eintritt des Todes. Zehen waren gebrochen worden, und es fanden sich Spuren eines elektrischen Traumas an den Genitalien und einer Punktierung des linken Augapfels. Kurz gesagt, jemand hatte sich größte Mühe gegeben, Blake so viel Schmerz zuzufügen, wie nur menschenmöglich war. Als Todesursache wurde ein Herzinfarkt bestimmt, ausgelöst durch schweren Schock und Blutverlust. Zwischen den Zeilen konnte sie lesen, dass der Tod das Beste war, das Craig Blake in jener Nacht passieren konnte.

Dr. Devane war ebenso bekannt für ihre frustrierende Verweigerung, jegliche Spekulationen abzugeben, diesmal hatte sie sich jedoch dazu hinreißen lassen. Sie glaubte, dass jemand, der imstande war, eine derartige Tat zu begehen, über erhebliche medizinische Kenntnisse verfügen müsse. Zudem hatte Devane ihrem Bericht einen weniger offiziellen Anruf am späten Abend folgen lassen. »Susan, haben Sie eine Ahnung, was für eine psychische Disposition jemand haben muss, um ruhig dabeizustehen und einem lebenden, atmenden menschlichen Wesen so etwas anzutun?«

Der zweite Bericht stammte von der Spurensicherung, war von Doakes zusammengestellt worden – der allgemein als ihr bester Mann galt – und von seinem Boss, DSI O'Brien, unterzeichnet worden. Fingerabdrücke waren im Haus nur wenige gefunden worden, nachdem man die des Opfers ausgeschlossen hatte. Neben denen seiner polnischen Putzfrau gab es die von drei weiteren Personen, die sich noch nicht zuordnen ließen. Der Bericht lehnte sich so weit aus dem Fenster, dass sie sehr wahrscheinlich nicht zu Männern gehörten. Zwei weitere waren im oberen Stock, ein drittes Paar im Küchenbereich entdeckt worden, weit entfernt von der Leiche. Man würde versuchen, sie zu identifizieren, sehr wahrscheinlich gehörten sie jedoch einem Elektriker und einigen Dinner-Party-Gästen. Die Analyse der Blutspritzer stellte ebenfalls eine bedrückende Lektüre dar, vor allem, weil es so wenige davon gab. So brutal die Tat gewesen war, so wenig Hinweise gab es darauf, dass man sie im Zustand der Raserei verübt hatte. Um es in geläufiger Polizeisprache auszudrücken: Sie suchten nach einem Psycho erster Klasse, nach einem völlig kranken Bastard, der sein Verbrechen mehr als genossen hatte.

Hollywood verzerrte die öffentliche Wahrnehmung der Realität, denn wenn man das organisierte Verbrechen außer Acht ließ, waren die meisten Morde unüberlegte Taten, die im Affekt begangen wurden. Bei denen, auf die dies nicht zutraf, handelte es sich in der Regel um schlecht ausgeführte Pläne, bei denen die Umstände dem Täter unerwartete Hindernisse in den Weg stellten. Nicht so in diesem Fall. Wer auch immer dieses Verbrechen begangen hatte, war kühl und besonnen vorgegangen und wusste genau, was er tat. Der Täter hatte ein wahres Gemetzel zurückgelassen, aber kaum auswertbare Spuren. Die Einschätzung der Kriminaltechnik stimmte mit der der Beamten vor Ort überein: Nichts deutete auf einen Einbruch hin. Es war gut möglich, dass Blake seinen Mörder gekannt hatte. Vielleicht hatte er aber auch die Tür geöffnet und war sofort mit einer Waffe bedroht worden.

Ein höfliches Klopfen ertönte an Burns' Tür. Sie trat hinter ihren Schreibtisch und setzte sich.

»Herein.«

Die Tür öffnete sich, und Superintendent Mark Gettigan, Leiter der Garda-Pressestelle, steckte den Kopf herein.

»Susan, ich habe etwas für Sie.«

»Gute Nachrichten?«

»Eher nicht.«

Sie winkte ihn herein, und er schloss die Tür hinter sich.

»Wissen Sie, was eine Púca ist?«

»So eine Art Feengestalt?«

»Es handelt sich um ein Gespenst der irischen Mythologie.

Das Auftauchen einer Púca kann sowohl ein gutes als auch ein schlechtes Schicksal verheißen. Es gibt natürlich zahlreiche Varianten dieser Legende.«

»Okay«, sagte Burns, die sich immer noch fragte, worauf er eigentlich hinauswollte.

Gettigan zog einen A4-Bogen aus der Mappe, die er in der Hand hielt, und schob ihn ihr über den Tisch zu. »Das ist der Ausdruck einer E-Mail, die die Nachrichtenredaktion von RTÉ vor etwas weniger als einer Stunde erreicht hat, um 8:17 Uhr, um genau zu sein. Die *Irish Times* hat bestätigt, sie ebenfalls erhalten zu haben. Ich informiere die Kollegen von der Technik, wie es das Protokoll vorsieht, aber es ist wahrscheinlich, dass sie von einer E-Mail-Adresse aus dem Darknet verschickt wurde, die sich nicht zurückverfolgen lässt.«

»Herrgott«, sagte Burns, ohne beim Lesen aufzuschauen. »Haben wir Grund zu der Annahme, dass das echt ist? Könnte es nicht ein frustrierter Tasten-Troll sein, der sich im Gästezimmer seiner Ma austobt?«

»Ich fürchte, es gab Anhänge.«

Gettigan holte zwei Fotos hervor und schob auch sie über den Schreibtisch. Auf dem einen war Craig zu sehen, an den Stuhl gefesselt und noch am Leben. DSI Burns schaute das Bild an, und sofort wurde ihr übel. Vor sich sah sie einen Mann, der gewusst haben musste, dass er sterben würde, und der dennoch versuchte, in die Kamera zu lächeln. Sie erinnerte sich daran, was einer ihrer Ausbilder in Templemore zu ihr gesagt hatte: »Unterschätzen Sie niemals den menschlichen Willen zu überleben, ganz gleich unter welchen Umständen.« Das andere Foto zeigte die blutige Schrift an der Wand. *Dies ist der Tag, der niemals kommt.*

»Heiliger Himmel«, sagte DSI Burns. »Können wir irgendwie verhindern, dass das an die Öffentlichkeit gelangt?«

»Ja und nein. Niemand, der etwas auf sich hält, wird das erste Bild veröffentlichen. Ich nehme an, der Absender hat das gewusst. Er hat es nur mitgeschickt, um die Echtheit zu verifizieren. Was den Rest anbelangt, werden RTÉ und die Zeitungen zwar murren, aber mitspielen. Ich muss gleich noch AP und Fox News zurückrufen. Ich nehme an, es haben sich inzwischen auch noch andere Medien gemeldet. Wenn das Material allerdings bei den Nachrichtenseiten im Internet gelandet ist, bei *Al Jazeera* oder bei den Russen ...«

Burns lehnte sich in ihrem Stuhl zurück und schaute zur Decke.

»Gott steh uns bei.«

»Ich fürchte, das muss er wohl«, sagte Gettigan. »Ich würde dringend vorschlagen, dass wir die Presse noch im Lauf des Vormittags informieren und alles Erdenkliche tun, um die Oberhand zu behalten.«

Burns stieß ein hohles Lachen aus. »Na, viel Glück.«

Gettigan warf ihr ein mitleidiges Lächeln zu, das mehr als nur ein wenig Erleichterung darüber enthielt, dass er nicht auf ihrem Stuhl saß.

»Okay, Mark, leiten Sie das in die Wege und verfassen Sie ein Statement. Ich informiere das Team und setze mich mit den Jungs von der Technik zusammen.«

»Alles klar. In einer Stunde melde ich mich.«

Damit drehte er sich um und verließ ihr Büro.

Burns senkte den Blick und las noch einmal die E-Mail.

Sehr geehrte Damen und Herren.
Wir sind die Púca. Zu lange haben die einfachen, hart arbeitenden Bürger Irlands unter den Folgen der Verbrechen leiden müssen, die von einigen wenigen Reichen und Privilegierten verübt werden. Ein ganzes Land wurde

in die Knie gezwungen von den korrupten Taten einer verschworenen, unangreifbaren Elite, der man es gestattet, keinerlei Konsequenzen für ihre Verbrechen tragen zu müssen. Sie sitzen inmitten ihres kriminell angehäuften Reichtums und schauen zu, wie die einfachen Menschen leiden. Die Politiker haben der irischen Bevölkerung keine Gerechtigkeit widerfahren lassen. Die Justiz hat der irischen Bevölkerung keine Gerechtigkeit widerfahren lassen. Wir sind diese Gerechtigkeit. Craig Blake war der Erste, der diese Gerechtigkeit kosten durfte, und er wird nicht der Letzte sein.

Niemand mit einem reinen Gewissen hat irgendetwas von uns zu befürchten. Für alle anderen gilt: Dies ist eure letzte und einzige Warnung. Gesteht eure Sünden und macht eure Verbrechen wieder gut. Der Tag des Jüngsten Gerichts steht bevor. Willkommen in der neuen Revolution.

Wir sind die Púca, und dies ist der Tag, der niemals kommt.

KAPITEL SECHZEHN

Gerry: Und da sind wir wieder. Wir haben Richard in der Leitung, der am University College Dublin gerade seinen Doktor in Wirtschaftswissenschaften macht. Also, Richard, erklären Sie mir noch mal das System, das Sie sich ausgedacht haben.

Richard: Es ist ganz einfach, Gerry – wir setzen einen Preis auf menschliches Leben.

Gerry: Aber das geht doch nicht, oder?

Richard: Natürlich geht das, wir tun das andauernd. Wenn das Budget für unser Gesundheitssystem bestimmt wird, zum Beispiel. Wir wissen doch alle: Je mehr Geld man da hineinsteckt, desto mehr Menschenleben können gerettet werden. Wenn Versicherungsgesellschaften Policen ausbezahlen, weil ein fehlerhaftes Autoteil zu einem Todesfall geführt hat, setzt man faktisch einen Preis auf menschliches Leben. Warum legt man ihn dann nicht gleich offiziell fest? Sagen wir, eine Million Euro. Wenn man jemandem das Leben nimmt, ist das der Preis.

Gerry: Also kein Gefängnis?

Richard: Für Mord? Doch natürlich. Aber wenn man es indirekt verschuldet, zahlt man die Strafe. Nehmen wir an, Ihr … tja, ich weiß nicht, Ihr katastrophales Immobilienprojekt kostet Menschen das Leben. Und das tut es ja wirklich. Wenn man die Wirkung von Stress, finanziellen Sorgen und so weiter mit einberechnet, kostet es Leben. Ein Richter schaut sich das an, setzt eine Summe fest, und die müssen Sie dann bezahlen.

Gerry: Und die Person, die für den Verlust von all diesen Leben verantwortlich ist, kann nach dieser Zahlung weiter frei herumlaufen?

Richard: Ist das nicht derzeit auch so? Auf diese Weise würden wir wenigstens noch ein bisschen was in die Kasse bekommen, um es ins Gesundheitssystem zu stecken und ein paar Leben zu retten.

Gerry: Und was passiert, wenn jemand die Strafe nicht zahlen kann?

Richard: Dann ... bringen wir ihn um.

Brigit stellte den Motor des Wagens ab und seufzte. Sie war hundemüde. Um sie herum prasselte der Regen mit solcher Wucht, dass er auf der Windschutzscheibe laute Knallgeräusche verursachte. Typisch irisches Wetter; kaum bekamen sie mal ein kleines bisschen Sommerhitze ab, meldete der ewige Regen sein Vorrecht an und sorgte für einen stürmischen Guss.

Ein langer, ergebnisloser Tag lag hinter ihr. Nach ihrem gestrigen Treffen mit Johnny Canning war sie nach Hause gefahren und hatte sich einen Schlachtplan für die Bunny-Ermittlung überlegt, der ihr ziemlich schlüssig vorkam. Heute hatte sie ihn Schritt für Schritt abgearbeitet, war aber nicht wirklich weitergekommen.

Als Erstes war sie nach Howth gefahren, um Sergeant Sinead Geraghty zu treffen. Die Polizeibeamtin wirkte von Anfang an misstrauisch und abweisend. Brigit hegte den Verdacht, es habe eine Anweisung von oben gegeben, dass die Gardaí mit Bunny McGarry nichts zu tun haben wollten, ob er nun verschwunden war oder nicht. Brigit konnte nicht sagen, ob Geraghty wütend war, weil man ihr nicht erlaubt hatte zu helfen, oder einfach nur wegen irgendwas, das mit diesem Fall gar nichts zu tun hatte. Die Frau vermittelte einem das Gefühl, dass sie so viele Bürden auf ihren Schultern trug, dass sie eine olympische Disziplin daraus hätte machen können. Widerwillig bestätigte sie die grundlegenden Fakten über Bunnys Wagen, die ihr Paul aufgeschrieben hatte, fügte aber nur wenig hinzu. Brigit wurde versichert, dass Bunny McGarry inzwischen als Vermisstenfall geführt wurde und dass die Gardaí alles in ihrer Macht Stehende tun würden, um ihn zu finden. All das klang stark nach: »Rufen Sie uns nicht an, wir rufen *Sie* an.«

Anschließend ging Brigit zum Parkplatz in der Nähe von Howth Head, wo man Bunnys Wagen gefunden hatte. Von dort folgte sie dem Pfad hinauf zu den Klippen. An einem sonnigen Freitagmorgen war hier alles verlassen, abgesehen von dem ein oder anderen munteren Rentner, der einen Spaziergang machte, oder einer joggenden jungen Mutter. Die Touristenbusse würden aber bald ankommen, und dann liefen hier überall unbeeindruckte Jugendliche vom Festland herum.

Als sie schließlich allein auf dem Klippenpfad war, schloss Brigit die Augen. Von dieser Technik hatte sie mal in einem Buch gelesen. Sie sog die Meeresluft in ihre Lungen und schmeckte das Salz auf den Lippen, während sich in der Ferne die Möwen stritten. *Ich bin Bunny McGarry. Ich bin eine prügelnde, Arsch tretende, überlebensgroße Naturgewalt, die nicht viel im Leben hat, außer einem dauerhaft schlecht performenden Hurling-Team und einem Job. Ein Job, den ich liebe. Ein Job, den sie mir weggenommen haben, weil ich bereit war, alles zu tun, um für Gerechtigkeit zu sorgen. Ich bin ein Trinker, und* – erneut erinnerte sie sich an die Nacht, als sie ihn in den verbrannten Ruinen des St.-Jude-Clubhauses gefunden hatten – *ich habe ein melancholisches irisches Herz, das zu verletzter Selbstbespiegelung neigt, insbesondere im betrunkenen Zustand.* Dann musste sie an sein jüngeres, glücklicheres Gesicht auf dem Foto neben seinem Bett denken, auf dem er den Arm um die wunderschöne Frau gelegt hatte, und daran, dass es zur Wand gedreht worden war. An den stolzen Blick in seinen Augen auf jedem einzelnen Team-Foto in seinem Gästezimmer. Und an Johnny Canning, der gesagt hatte, seiner Erfahrung nach sei unter den richtigen Umständen ... jeder der Typ.

Sie öffnete die Augen und versuchte, sich auszumalen, wie Bunny McGarry, mit ziemlicher Sicherheit betrunken, Anlauf nahm, um seinen gewaltigen Körper ins Jenseits zu befördern. Es war ihr bewusst, dass sich Emotionen jeder Logik widersetzten, aber dennoch – sie konnte sich beim besten Willen nicht vorstellen, dass Bunny McGarry sich von einer Klippe stürzte. Dass er *jemand anderen* hinunterstürzen würde – das sofort.

Sie trat den Rückweg an und schaute in den vier Pubs und den beiden Imbissrestaurants auf der Promenade von Howth vorbei. Überall zeigte sie den Angestellten das Bild von Bunny, und alle sagten ihr, sie hätten ihn noch nie gesehen. Sie hinterließ ihre Nummer, für den Fall, dass die Freitagabendschicht sich doch noch an etwas erinnerte. Es schien nicht sehr wahrscheinlich, aber wer weiß? Man konnte Bunny vieles vorwerfen, aber dass er keinen bleibenden Eindruck hinterließ, gehörte wahrlich nicht dazu.

Anschließend fuhr Brigit in die Stadt und besuchte einige Eltern der St.-Jude-Teammitglieder, mit denen Bunny laut seiner Telefonrechnung gesprochen hatte. Kaum bekamen sie Bunny auf dem Foto Arm in Arm mit der unbekannten Frau zu sehen, wurden die Leute gesprächig. Was sie sagten, war informativ, aber nicht hilfreich. Sie alle sprachen von ihm mit einer Mischung aus Ehrerbietung und Angst. Jeder hatte eine Geschichte davon parat, wie Bunny jemandem geholfen oder wie jemand den Fehler begangen hatte, es sich mit ihm zu verscherzen. In manchen Fällen traf auch beides zu.

Sally Chambers erwischte Brigit, als diese in ihrer Mittagspause nach Hause kam. Sie arbeitete als Verwaltungsangestellte im Bauamt und wirkte extrem gestresst. Sie war eine Mutter von vier Jungs, deren Vater entweder in England im Gefängnis saß oder in der Hölle schmorte. Beides wäre ihr recht, erklärte sie mit einem verlegenen Lächeln, während sie durch ihr Wohnzimmer eilte und Spielzeuge, Kleidungsstücke und Fernbedienungen aufsammelte. Es war Brigit unangenehm, dass sie sich so viel Mühe machte, aber Sally bestand darauf, ihr eine Tasse Tee anzubieten, und begann, wie wild um sie herum das Haus zu putzen, während sie sich unablässig entschuldigte.

Während sie Small Talk hielten, hörte Brigit einige dumpfe Klopfgeräusche aus dem oberen Stock. Sally zuckte sichtlich zusammen, als eine ältliche, wütende Stimme die Treppe herabschallte.

»Sally?«

»Ich bin in einer Minute bei dir, Gran.«

»Wer ist das da unten?«

»Bloß Besuch. Bleib, wo du bist.«

»Ich komme runter.«

»Ist nicht nötig.«

»Bin gleich unten.«

Sally verdrehte die Augen und versuchte, es mit einem Lächeln zu überspielen. »Sie ist wirklich nicht ohne.«

Vier Jungs und eine betagte Angehörige, dachte Brigit – *eigentlich müsste man Sally dringend einen Orden verleihen.*

»Bunny hat mir sehr mit meinem Darren geholfen. Er ist der Fullback im Team. Ist ein guter Junge, nur manchmal kann er ein bisschen … na ja, er hat ADHS. Das sagen sie jedenfalls in der Schule. Eine Weile haben sie uns Medikamente dafür gegeben, aber dann wurde das gestoppt, wegen der Einsparungen. Wenn ich ehrlich sein soll, haben die Dinger aber sowieso nicht viel geholfen.«

Eine Frau, die sicher schon über achtzig war, tauchte in der Tür auf. Eine bläuliche Perücke saß ihr schief auf dem Kopf. Mit unverhohlener Wut starrte sie Brigit durch dicke Brillengläser an. »Oh, ich dachte, es wäre dieser Maguire-Drecksack, um seine Miete einzutreiben.«

»Gran!«, sagte Sally, die das Thema offensichtlich vermeiden wollte.

»Wer sind Sie?«, fragte die alte Dame und ignorierte ihre Enkeltochter vollständig.

Brigit erhob sich und streckte ihre Hand aus. »Mein Name ist Brigit Conroy. Ich bin eine Freundin von Bunny McGarry.«

»Der Bastard«, spuckte sie aus.

»Gran!«, rief Sally erneut, und die Empörung verlieh ihrer Stimme größeren Nachdruck.

»Der hat letztes Jahr unseren Cormac eingesperrt. Hat nie was falsch gemacht, der Bursche. Diese verdammten Fascho-Bullen.«

Sally bewegte sich auf die Tür zu, während Brigit einen Schritt zurücktrat und ihre Hand zurückzog, die nicht ergriffen worden war.

»Meine Mittagspause ist fast vorbei, Gran. Kannst du in die Küche gehen und mir bitte den Rest vom Curry in der Mikrowelle warmmachen?«

Die beiden Frauen sahen einander an. Brigit schaute peinlich berührt beiseite, während sie ihre stumme Auseinandersetzung führten, und betrachtete das Familienporträt von Sally und ihren vier Söhnen auf dem Kaminsims: vier grinsende Energiebündel und Mutteraugen voller Stolz, Hoffnung und Sorge.

Sie hörte, wie sich die alte Dame umwandte und über den kleinen Flur zur Küche hinüberschlurfte, wobei sie leise vor sich hin murmelte.

»Tut mir leid«, sagte Sally mit leiser Stimme. »Sie ist … na ja, die Jungs sind die reinsten Engel, wenn es nach ihr geht. Sie und Bunny waren früher eng befreundet.«

Sally stellte sich neben Brigit und deutete auf den größten Jungen im Bild. »Das ist Cormac, mein Ältester. Ist in schlechte Gesellschaft geraten. Man versucht natürlich sein Bestes, aber …« Sie stockte kurz. Brigit war so höflich, den Blick weiter auf das Bild zu richten, während Sally sich rasch mit dem Ärmel über die Augen wischte. »Bunny hat ihn tatsächlich verhaftet, aber er ist auch vor Gericht aufgetaucht und hat zu seinen Gunsten ausgesagt. Cormac ist jetzt unten in Mountjoy. Bunny hat ihm geschrieben. Wenn Cormac nächsten Juni entlassen wird, besorgt er ihm einen Ausbildungsplatz bei einem Elektriker in Waterford, wenn er den haben will. Wird ihn für ein paar Jahre hier rausbringen. Damit er nicht wieder reingesogen wird in diese …« Sally zog kurz die Nase hoch. »Ich werde ihn vermissen, aber wir können ja runterfahren und ihn besuchen. Ist besser so.«

Mit plötzlichem Nachdruck packte Sally Brigits Arm und lehnte sich näher. »Bunny ist ein guter Mann. Ich hoffe, Sie finden ihn.«

Nachdem sie mit zwei weiteren besorgten Elternpaaren gesprochen hatte, die ihr ebenfalls nichts Hilfreiches sagen konnten, begab sich Brigit zum O'Hagan's Pub auf der Baggot Street. Johnny Canning hatte schließlich behauptet, dass Bunny ihn häufig besuchte. Sie hatte einen heruntergekommenen Pub für alte Knacker erwartet, aber das O'Hagan's war frisch gestrichen und verströmte einen altehrwürdigen Charme, der sich offenkundig an das typische Afterwork-Publikum richtete, die nur nach der Arbeit kurz vorbeischauten – und an gelegentliche Touristen. Dort traf sie die Besitzerin, eine nette Frau namens Tara, die äußerst kooperativ war, nachdem Brigit sich als Freundin von Bunny vorgestellt hatte.

»Oh, ja, er kam letzten Freitag noch spät vorbei. Seitdem war er nicht wieder hier.«

»Ist das ungewöhnlich?«

»Na ja«, sagte Tara. »Er ist ein Stammgast, aber nicht im verlässlichen Sinne, wenn Sie verstehen was ich meine. Man kann im Grunde zu jeder Tageszeit mit ihm rechnen. Manchmal sieht man ihn drei Mal am Tag und dann eine ganze Woche gar nicht. Sie kennen Bunny ja, er hat immer irgendetwas zu tun. Vor ein paar Wochen hatte er so einen verdammten Köter dabei.«

»Wie war denn letzten Freitag seine Stimmung? Kam er Ihnen deprimiert vor?«

»Deprimiert? Herrgott, nein. Er war in Feierlaune!«

Das traf Brigit unerwartet.

»Wirklich?«

»Oh ja, er hat den guten Whiskey bestellt. Den trinkt er nur zu ganz besonderen Anlässen.«

»Hat er gesagt, was er zu feiern hatte?«

»Nicht wirklich, nein. Er hat mir auch einen ausgegeben, auch wenn ich ihm den natürlich nicht in Rechnung gestellt habe. Wir haben kurz angestoßen. Normalerweise trinke ich nicht bei der Arbeit, aber man kann einen Mann ja nicht allein feiern lassen. Warten Sie … jetzt, wo ich darüber nachdenke, fällt mir ein, dass er gesagt hat: Ich hab den Bastard gekriegt. Denn ich habe noch geantwortet: Du kriegst sie doch immer. Ja, genau so war es.«

»Hat er noch irgendwelche Details erwähnt?«

Tara starrte einige Sekunden konzentriert auf den Tresen. »Nein, tut mir leid. Es war Freitagabend, hier war also … Sie wissen schon … viel los.«

»Hat er womöglich mit jemand anderem gesprochen?«

»Nicht wirklich. Er war auch gar nicht lange hier. Ich glaube, er wollte sich nur kurz einen genehmigen – weil er so gute Laune hatte.«

»Er ist also allein wieder aufgebrochen?«

Tara lachte, dann hob sie entschuldigend die Hand. »Tut mir leid, aber Bunny kommt nicht hierher, um Frauen aufzureißen. Gott helfe uns, wenn sich das mal ändert! Ja, er ist etwa gegen Mitternacht aufgebrochen. Schwer zu sagen. Ich glaube, er parkt seinen Wagen immer oben am Fitzwilliam Square. Er hat noch gesagt, dass ich mir keine Sorgen machen solle, er würde mit dem Taxi nach Hause fahren. Deswegen sitze ich ihm nämlich immer im Nacken.«

»Es hat ihm nichts ausgemacht, seinen Wagen hier stehen zu lassen?«

Tara verzog das Gesicht. »Niemand wäre so dumm, Bunnys Porsche anzurühren.«

»Was würden Sie sagen, wenn ich Ihnen erzähle, dass man den Wagen am nächsten Morgen in Howth gefunden hat?«

Tara fiel dazu nichts ein, aber zum ersten Mal sah sie tatsächlich beunruhigt aus. Das kannte Brigit schon. Bei allen Leuten, mit denen sie gesprochen hatte, war es ihr aufgefallen. Auch wenn niemand es so formulierte, schienen sie alle unter dem Eindruck zu stehen, Bunny McGarry sei unverwundbar.

Brigit dankte Tara für ihre Hilfe und hinterließ ihre Nummer, für den Fall, dass ihr doch noch etwas einfallen sollte.

Und nun saß Brigit in ihrem Wagen, nachdem sie sich durch das Chaos der Freitagabend-Rushhour gekämpft hatte. Sie hatte viel herausgefunden, aber nichts schien sie wirklich weiterzubringen. Sie würde sich eine Pizza bestellen, eine Flasche Wein aufmachen und noch einmal alle Optionen durchgehen, was sie als Nächstes tun könnte. Ihr wurde schmerzlich bewusst, dass Bunny genau heute vor einer Woche versucht hatte, sie anzurufen, und dass dies das letzte Lebenszeichen von ihm gewesen war.

Brigit schaute durch die Scheibe in den Regen, der keinerlei Anstalten machte, nachzulassen. Ihre Haustür befand sich nur knappe fünfzig Meter entfernt auf der anderen Straßenseite. An einem normalen Abend wäre dies ein guter Parkplatz gewesen. Häufig musste sie den Wagen zwei Straßen entfernt abstellen. Doch bei einem derartigen Niederschlag genügte die Entfernung, um sie bis auf die Knochen zu durchnässen, bis sie ihre Wohnung erreichte.

Sie nahm schon mal den Schlüssel aus ihrer Handtasche und schnappte sich den Regenmantel, der auf dem Beifahrersitz lag. Dann stieg sie eilig aus dem Wagen, hielt sich den Mantel über den Kopf und spurtete los, um rasch ins Trockene zu gelangen. Mit dem linken Fuß trat sie in eine tiefe Pfütze, knickte um und verlor beinahe das Gleichgewicht. Während sie laut vor sich hin fluchte, humpelte sie weiter Richtung Eingang. Mitten im strömenden Regen sah sie eine Gestalt auf dem Bürgersteig in die entgegengesetzte Richtung rennen.

Während Brigit versuchte, den richtigen Schlüssel für die Haustür zu finden, berührte eine Hand sie am Oberarm, und sie schrie erschrocken auf.

Vielleicht lag es am Stress, an ihrer Schreckhaftigkeit oder einem übermäßig ausgeprägten Überlebensinstinkt, aber der Selbstverteidigungskurs, den sie drei Jahre lang besucht hatte, machte sich sofort bemerkbar. Sie wirbelte herum und rammte ihren Handballen ins Gesicht des Angreifers.

Er taumelte rückwärts, prallte an dem Wagen ab, der wie immer den besten Parkplatz blockierte, und sackte auf dem Gehsteig in sich zusammen.

Brigit blickte in ein bestürztes Gesicht, während der Regen das Blut verdünnte, das aus der Nase des Mannes rann.

»Oh mein Gott«, sagte Brigit. »Das tut mir so leid!«

Dr. Sinha schaute zu ihr auf, und klang absurderweise, als müsse er sich *bei ihr* entschuldigen. »Ist schon in Ordnung, Schwester Conroy, mein Fehler.«

KAPITEL SIEBZEHN

Paddy Nellis streckte seine Beine aus, rückte die Sonnenbrille zurecht und atmete tief ein. Es lag in der Natur seines Berufszweiges, dass er dunkle, abgeschlossene Räume bevorzugte – zu sehen und nicht gesehen zu werden. Er war ein Dieb, und zwar ein verdammt guter. Er konnte sich nichts Unnatürlicheres vorstellen, als am helllichten Tag mitten in einem Park zu sitzen. Einen Vorteil hatte das Ganze immerhin: Sonntagmorgens waren hier offenbar besonders viele joggende Frauen unterwegs. Er war ein glücklich verheirateter Mann, aber es war ja nichts verkehrt daran, mal einen Blick zu werfen.

Im Übrigen war er ohnehin nur wegen seiner geliebten Frau Lynn hier. Mavis Chambers hatte ihr zugesetzt, worauf sie wiederum ihm die Hölle heißgemacht hatte. Er hatte die Idee von Anfang an gehasst, selbst wenn es für ihren Neffen Phil von Vorteil war. Der Junge war eine dämliche Dumpfbacke, keine Frage, aber seit sie ihn aufgenommen hatten, hatte Paddy ihn lieben gelernt. Phil lebte für dieses Hurling-Team, auch wenn sich keinerlei sportliches Talent bei ihm bemerkbar machte.

Trotzdem gab es Dinge, die man einfach nicht tat. Paddy sagte Nein, sprach ein Machtwort. Dann aber fuhr Lynn die schweren Geschütze auf. Sie erinnerte ihn daran, wie sie auf ihn hatte warten müssen, während er gesessen hatte. Sie wussten beide, dass er in ihren besten Jahren nicht anwesend gewesen war. Sie hatte ein eigenes Kind gewollt, und sein Verhalten und die daraus folgenden Konsequenzen hatten ihr dies vielleicht, nur vielleicht, unmöglich gemacht. Das hatte sie noch nie zuvor ins Spiel gebracht. Sie nutzte dieses Argument zum allerersten Mal, aber es hatte genügt. Also saß er nun hier, im Bushy Park, weit draußen im eleganten Süden Dublins. Es war eine scheiß Mühe gewesen, hierherzukommen, aber Anonymität war unter den gegebenen Umständen unbezahlbar.

»Paddy.«

Er zuckte zusammen, dann errötete er, als sich Bunny McGarry neben ihn auf die Bank setzte, nachdem er wie aus dem Nichts aufgetaucht war.

»Scheiße, Bunny, dafür, dass du so ein fettes Landei bist, schleichst du in der Gegend rum wie 'ne verdammte Katze.«

»Das ist der Ballettunterricht, Patrick. Ich bin leichtfüßig. Du solltest mich mal in *Schwanensee* sehen, da würdest du dir direkt in die Hosen machen vor Freude. Du hast übrigens einen echt beschissenen Orientierungssinn. Das hier ist die Südseite vom Park, nicht die Nordseite. Schlimm genug, dass du mich so weit rausschleifst – ich habe keine Zeit, auch noch Verstecken mit dir zu spielen.«

»Mein Orientierungssinn ist wunderbar. Wir sind hier, weil ich nicht gesehen werden will, wie ich mit der Garda Síochána plaudere. Ich habe schließlich einen Ruf zu verlieren.«

»Tja, ich bin auch nicht gerade versessen darauf, mich mit kriminellem Abschaum abzugeben, aber jetzt sind wir nun mal hier.«

Paddy sträubte sich. »Fick dich, Bunny. Das war schließlich nicht meine Idee.«

»Meine auch nicht.«

»Ach, ich habe keine Zeit, mich mit deiner Scheiße abzugeben, ich verschwinde.«

Paddy erhob sich, um zu gehen.

»Reg dich ab, Paddy, okay? Denken wir einfach daran, warum wir das hier tun. Achte gar nicht auf mich. Mir schwitzen bloß die Eier, weil ich eine Stunde lang durch diesen verdammten Park gerannt bin.«

Paddy schaute auf Bunny hinab, der ihm das schenkte, was er vermutlich für ein Lächeln hielt. Er stellte sich den Blick dieses schielenden Affen vor, wenn er ihn jetzt einfach sitzenließ. Dann aber stellte er sich einen anderen Blick vor – den seiner Frau, wenn er ihr davon erzählte. Also drehte er sich um und nahm wieder Platz.

»Wenn wir deine schwitzenden Eier von nun an aus dem Gespräch raushalten könnten, wäre ich dir sehr dankbar.«

»Werd's versuchen, aber versprechen kann ich's nicht.«

Paddy schaute zu ihm hinüber und sah, dass Bunny seinen Blick erwiderte. Sie mussten beide grinsen, und die Spannung ließ nach.

»Also«, sagte Paddy. »Muss ich fragen, ob du verkabelt bist?«

»Hör zu.« Bunny erhob sich und stellte sich vor ihm auf. »Mir gefällt das alles auch nicht, aber was sein muss, muss sein. Diese Arschlöcher haben uns an den Eiern. Keine Verkabelung. Du kannst aber gern eine Leibesvisitation vornehmen, wenn du magst.«

Paddy musterte ihn von Kopf bis Fuß und gab ihm mit einer Handbewegung zu verstehen, dass er sich wieder hinsetzen sollte. »So verführerisch es auch wäre, einen dicken, schwitzigen Kerl aus Cork abzutasten – ich verzichte.«

Bunny setzte sich wieder.

»Also?«

Dies hing für eine Weile in der Luft.

»Sprechen wir nicht darüber, was für mich dabei raus springt?«

»Klar«, sagte Bunny. »Wie wär's mit: Du hast allen mal so richtig den Stinkefinger gezeigt?«

»Keinen Freischein für eine Gefängnisentlassung?«

Bunny rutschte angespannt hin und her. »So sieht der Deal nicht aus.«

Paddy starrte ihn mit stählernem Blick an, bevor er schließlich ein weiteres Grinsen sehen ließ. »Sitzt immer noch auf deinem hohen Ross, was? Wie steht's denn um deine moralische Überlegenheit, Detective?«

Bunny lehnte sich zurück und schaute zum Himmel. »Nicht so überragend, um ehrlich zu sein. Nicht unter den derzeitigen Umständen.«

»Tja«, sagte Paddy, »kann ich mir vorstellen. Wie wär's, wenn wir uns beide einen Gefallen tun und vergessen, dass das hier jemals passiert ist?«

»Einverstanden. Also, was vergessen wir?«

»Tja, ich vergesse deine Bitte, mal eben so von jetzt auf gleich in die Hochsicherheitsbüros der Phoenix Baugesellschaft einzubrechen.«

Bunny schaute sich nervös um. »Kein Grund, das hier in der Gegend herumzuposaunen.«

»So was würde ich niemals tun. Ich bin bloß ein einfacher Automechaniker, Bunny. Ich weiß nicht, wer dir was anderes erzählt hat.«

»Ach, zum …«

»Was hast du erwartet? Dass ich in der Lage wäre, dir zu verraten, dass die einen Safe haben, in dem zwanzig Riesen in bar liegen und ein Rechnungsbuch, in das sie alles handschriftlich in einer Art Code eintragen?«

»So was in der Art.«

»Tja, das kann ich nicht. Ich kann dir ebenfalls nicht verraten, dass besagter Code, wenn er denn existierte, ziemlich clever ist und dir nicht die Art von belastendem Material liefern würde, das du brauchst, um dein Montagabend-Problem zu lösen. Ich meine, in drei Monaten vielleicht, wenn du Zeit hättest, dir das ein oder andere zusammenzureimen …«

»Scheiß drauf«, sagte Bunny. »War da sonst noch was?«

Paddy starrte Bunny an, der nach einer Weile sein Bestes tat, um trotz seines Schielens die Augen zu verdrehen. »Tut mir leid, falls du *rein hypothetisch* dagewesen wärst … bla, bla, bla …«

Paddy senkte die Stimme. Er hatte sich nicht auf diesen Moment gefreut, aber keiner von ihnen hatte eine reine Weste. »Es gibt ein gewisses Mitglied des Stadtrates, von dem du angenommen hättest, dass er auf deiner Seite steht. Das ist nicht der Fall.«

»Ach ja?«, sagte Bunny.

»Es gibt … du wirst schon sehen.«

Paddy stand auf.

»Wie werde ich das sehen?«

»Schau unter den Beifahrersitz in deinem Wagen.«

»Wann hast du …«

»Ich kenne den Unterschied zwischen Nord und Süd, du dämliches Hinterwäldler-Arschloch.«

Paddy wandte sich zum Gehen.

»Warte«, sagte Bunny. »Was ist mit dem Geld?«

Paddy Nellis zwinkerte bloß und ging davon. Dabei pfiff er fröhlich vor sich hin.

KAPITEL ACHTZEHN

Detective Wilson zog an seinem Hosenbein und löste den unangenehm feuchten Stoff, der an seiner Wade klebte. Er beobachtete, wie ein lachendes Pärchen aus der warmen, einladenden Helligkeit des nahe gelegenen Harbour Master Pubs trat, wobei die Krawatte des Mannes keck am Hals seiner Begleiterin baumelte. Sie waren wahrscheinlich länger als beabsichtigt dort geblieben und hatten darauf gewartet, dass der geradezu biblische Regenguss aufhörte. Auch Wilson hatte seinen Schirm erst vor fünf Minuten wieder geschlossen. Seine Schuhe und die untere Hälfte seines besten Anzugs waren trotzdem klitschnass. Das glückliche Paar verzog sich eng aneinandergeschmiegt in die Nacht, entweder, um irgendwo anders weiterzutrinken oder, um noch weitaus mehr auszutauschen als eine Krawatte.

Wilson seufzte vor sich hin und trat von einem Fuß auf den anderen. Man musste viele Vor- und Nachteile einkalkulieren, wenn man eine Ausbildung bei der Polizei in Erwägung zog, aber eines wurde geradezu kriminell heruntergespielt: wie stark dieser Job die Chancen senkte, jemanden ins Bett zu bekommen. Hier stand er nun in völlig durchnässten Hosen, an einem Freitagabend – ein Mann auf dem unbestreitbaren Höhepunkt seiner Fruchtbarkeit –, wie ein Vollidiot, der bei einem Blind Date versetzt worden war. Nur ein anderer Polizist konnte nachvollziehen, wie ungerecht es wirklich zuging auf dieser Welt.

Noch einmal schaute er auf seine Uhr. Seit sechsunddreißig Minuten wartete er nun schon und war seit vierunddreißig Minuten stinksauer.

»Wilson.«

Er zuckte zusammen und hasste sich sofort dafür, nicht zuletzt, weil derjenige, dem die Stimme gehörte, ohne Zweifel genau diese Wirkung beabsichtigt hatte. Er wandte sich um und sah einen Mann im Trenchcoat, der ihn selbstgefällig anlächelte.

»Livingstone, nehme ich an?«

Als Antwort erhielt er ein Augenrollen und eine abschätzige Miene. »Wow, sehr originelle Begrüßung. Kommen Sie.«

Livingstone schob sich an ihm vorbei und ging in die Richtung, aus der Wilson ihn eigentlich erwartet hatte. Er musste in den Laufschritt übergehen, um nicht abgehängt zu werden.

»Sie sind spät dran«, sagte Wilson.

»Ja«, entgegnete Livingstone, ohne sich umzudrehen. »Es hat geregnet.«

Diese verdammten Caspers, dachte Wilson, obwohl dies sein erster Kontakt mit der geheimsten Einheit der Gardaí war, aber ihr eilte ein gewisser Ruf voraus. Basierend auf Casper, dem freundlichen Gespenst, wurden die Mitglieder der National Surveillance Unit Caspers genannt. Das war natürlich ironisch gemeint, denn sie waren berühmt für ihre unfreundliche und herablassende Haltung gegenüber allen anderen Abteilungen. Oder wie es DI Jimmy Stewart, Wilsons ehemaliger Boss, einmal ausgedrückt hatte: »Hochtrabende kleine Scheißer, die in der Gegend rumlaufen, als wären sie der gottverdammte Secret Service.«

Bei der Garda Síochána waren die Caspers die Spezialisten für verdeckte Ermittlungen. Sie führten ihre Operationen hauptsächlich vom Hauptquartier am Phoenix Park aus, genau wie Wilsons NBCI-Team. Aber sie gingen nicht in denselben Pubs ein und aus. Hätte die National Surveillance Unit halbwegs gute Arbeit geleistet, wäre sie dort allerdings auch gar nicht bemerkt worden.

Es war inzwischen sechsunddreißig Stunden her, dass Craig

Blakes gefolterter, verstümmelter Leichnam gefunden worden war. Und etwa zweiunddreißig Stunden, seit Wilson die zugegeben etwas dürftige Verbindung zu Pater Daniel Franks und seiner sogenannten Arche aufgedeckt hatte. Wie DSI Burns betont hatte, war es ein äußerst fadenscheiniger Anhaltspunkt, dass jemand Franks Slogan »Dies ist der Tag, der niemals kommt« zitierte, aber immerhin: Es ließ sich nicht ignorieren. Genau das war das Problem. Den Mord an Blake offiziell mit Franks in Verbindung zu bringen hätte bedeutet, in ein bereits loderndes Feuer Napalm zu schütten. Zwei Themen hatten in den letzten zwei Monaten sämtliche Medien dominiert: die Arche und der Prozess gegen die Skylark Three. Beide miteinander in Beziehung zu setzen war der feuchte Traum einer jeden Chefredaktion. DSI Burns wollte nicht, dass ihre Ermittlung in diese politischen Schlammschlachten hineingezogen wurde. Also waren sie gezwungen, inoffizielle Wege zu beschreiten.

Natürlich gab es einen sichtbaren, allgemein bekannten Garda-Einsatz vor der Arche. Seit Franks und seine Anhänger vor über zwei Monaten das Gebäude besetzt hatten, hatte die Polizei dort Präsenz gezeigt. Anfänglich waren die Beamten nur vor Ort gewesen, um die öffentliche Ordnung sicherzustellen, aber rasch war es politisch geworden. Es hatte den Versuch der Regierung gegeben, die Belieferung mit Nahrungsmitteln zu stoppen. Die Gardaí waren in die Position der Schurken gezwungen worden und hatten jede Minute davon gehasst. Zu verhindern, dass Essen zu hungernden Menschen gelangte, war schließlich nicht das, wofür sie zur Polizei gegangen waren. Natürlich war es zu einem öffentlichen Aufschrei gekommen, und das Oberste Gericht hatte die Maßnahme als nicht verfassungsgemäß verurteilt – ebenso wie den Plan, in der Arche Elektrizität und Wasser abzustellen.

Dann aber gab es da noch die andere Garda-Operation, die

von den Caspers durchgeführt wurde. Jeder, der halbwegs bei Verstand war, konnte an fünf Fingern zusammenzählen, dass die Arche von verdeckten Ermittlern überwacht wurde. Doch es zu wissen war das eine, es offiziell zuzugeben etwas ganz anderes. Da Burns sich auf persönliche Gefallen berufen hatte, war es nun also dazu gekommen, dass Wilson im strömenden Regen auf sein inoffizielles Treffen mit einem Team gewartet hatte, das eine Ermittlung durchführte, die es eigentlich gar nicht gab.

Livingstone bog um eine Straßenecke, und die Arche tauchte in ihrem Blickfeld auf. Ein fünfstöckiges Bauwerk, das man bis vor Kurzem von den anderen Firmengebäuden im Internationalen Finanzzentrum kaum hätte unterscheiden können. Jeder Politiker, der diese Bezeichnung zu Recht trug und in den vergangenen fünfzig Jahren über ein klein wenig Macht verfügt hatte, versuchte, sich die Errichtung dieses Zentrums auf die eigene Fahne zu schreiben. Dieser Ort war eine Oase des Konzernwohlstands am Ufer des Liffey-Flusses. Ein Leuchtfeuer, das Irland als dynamische, in die Zukunft schauende Nation erscheinen ließ. Natürlich waren alle, vom Taoiseach angefangen, stinksauer, dass eines seiner Gebäude von einem durchgeknallten Priester zu einer riesigen Obdachlosenunterkunft umfunktioniert wurde. Nun stellte es eine große leuchtende Erinnerung an einen fatalen Wirtschaftskollaps dar – und an diejenigen, die man beim Neuaufbau im Stich gelassen hatte.

Dass die Arche jetzt so deutlich hervorstach, lag aber nicht nur daran, dass das Gebäude so oft auf den Titelseiten der Zeitungen prangte. Inzwischen versperrten außerdem Pappabdeckungen und improvisierte Vorhänge viele der Fenster. Auch Barrieren waren rundherum errichtet worden. Das war der neueste Geistesblitz gewesen. Die Regierung hatte begriffen, dass sie nicht damit durchkommen würde, Strom und Wasser abzustellen, aber sie konnte verdammt noch mal verhindern, dass irgendjemand das Gebäude betrat – und man konnte alle festnehmen, die es verließen. Die Deadline, bis zu der die Besetzer hinausgelangen konnten, ohne mit einer Anzeige rechnen zu müssen, war vor zwei Tagen verstrichen. Manche hatten es tatsächlich verlassen, doch die Mehrheit der Bewohner war geblieben.

»Wie viele Personen befinden sich da drin, was meinen Sie?«

Livingstone drehte sich zum ersten Mal zu ihm um. »Sagen Sie kein Wort, bis wir drin sind. Wenn Sie jemand fragt, sind Sie Rechnungsprüfer bei der Symonds-Kanzlei.«

Wilson begann, eine starke Antipathie gegenüber Livingstone zu entwickeln. Als würde es zwei normale Menschen geben, die am derzeit berühmtesten Gebäude von ganz Irland vorbeispazierten, ohne sich darüber zu unterhalten! Dennoch hielt er pflichtschuldig den Mund, während Livingstone sie in ein Gebäude gegenüber der Arche führte, ihn bei einem Wachmann anmeldete, der nicht viel mehr tat, als seine Uniform zu tragen, und dann in einen Fahrstuhl hineinbugsierte, mit dem sie in den sechsten Stock fuhren.

Erst hier bemerkte Wilson Livingstones starken Mundgeruch, der sich aus Barbecue-Chips, verdorbener Milch und Schweißfüßen zusammenzusetzen schien. Er hatte zudem ein Jimmy-Hill-Kinn und schielte leicht. Wilson bezweifelte stark, dass Livingstones Freitagabend-Abwesenheit von der Dubliner Dating-Szene stark betrauert wurde.

Als sich die Fahrstuhltüren öffneten, führte der Casper ihn in einen verlassen wirkenden Großraumbüro-Bereich. Nur unter einer Tür am hinteren Ende drang ein kleiner Streifen Licht hervor. Sie gingen darauf zu, bis Livingstone eine Hand auf die Klinke legte und stehen blieb, um Wilson anzuschauen. »Darf ich Sie noch einmal daran erinnern, dass für die Existenz und

Natur der Operation, die Sie hier sehen werden, die höchste Vertraulichkeitsstufe gilt?«

»Vermerkt«, sagte Wilson.

Livingstone öffnete die Tür, und sie betraten ein weitläufiges Eckbüro. Darin befanden sich eine Frau von Mitte vierzig und ein korpulenter Mann in seinen Zwanzigern. Livingstone deutete mit der Hand auf sie. »Brady, Tonks ... dies ist Detective Wilson vom NBCI. Detective Superintendant Burns sagt, wir sollen ihm jegliche Hilfe zukommen lassen, vorausgesetzt, dass es unsere eigene Ermittlung nicht beeinträchtigt.«

Wilson hob die Hand zum Gruß. Brady schaute nicht auf und nickte kaum merklich, während sie weiter auf ihrer Tastatur tippte. Tonks dagegen winkte enthusiastisch hinter den Monitoren, an denen er arbeitete.

»Irgendwas Neues?«, fragte Livingstone.

»Nicht viel«, erwiderte Tonks unerwartet fröhlich. »Im vierten Stock hat das polnische Pärchen schon wieder losgelegt.«

»Herrgott«, sagte Livingstone. »Wie die Karnickel.«

Wilson stellte sich hinter Tonks, der die drei großen Computermonitore vor sich im Auge behielt, die jeweils Bilder von vier verschiedenen Kameras zeigten. »Wir verfügen über acht VHEs«, erklärte Tonks, »also über versteckte externe Kameras. Irgendwann haben wir es auch geschafft, an die Aufnahmen der Überwachungskameras der benachbarten Gebäude heranzukommen. Hat 'ne ganze Weile gedauert. Banken stellen sich furchtbar an, wenn sie jemandem Zugang zu ihren Sicherheitssystemen geben sollen. Jetzt haben wir das gesamte Gebäude von außen so ziemlich abgedeckt, abgesehen von den Bereichen, die sie verrammelt haben, und das sind ja nicht wenige. Jedes Mal, wenn sie neue Vorräte bekommen, nutzen sie die Kartons, um ein weiteres Fenster abzudichten.«

»Warum machen Sie das?«, fragte Wilson.

»Na ja, zum einen, weil diese Büros eigentlich nicht darauf ausgelegt sind, dass man in ihnen schläft. Ganz praktisch betrachtet, wollen die Leute das Licht abhalten, damit sie überhaupt ein Auge zukriegen. Außerdem wissen sie natürlich, dass wir sie beobachten, und das gefällt ihnen nicht.« Wieder strahlte Tonks. »Also abgesehen von diesem polnischen Pärchen. Die beiden scheinen sich ganz bewusst die Räume mit freien Fenstern auszusuchen. Dabei geht ihnen total einer ab. Letzte Woche …«

Livingstone hob den Blick von dem Monitor, auf dem Brady ihm etwas gezeigt hatte, und räusperte sich vielsagend. Auf Tonks Gesicht tauchte ein stummes, aber unübersehbares »Ach, verdammt« auf.

»Wie viele Leute befinden sich da drin?«, fragte Wilson.

»Wir schätzen, etwa zweihundert, aber es ist schwer, ganz sicher zu sein. Die Infrarotaufnahmen sind nicht auf eine derart hohe Zahl von Menschen in nächster Nähe ausgerichtet. Sniper geht davon aus …« Er unterbrach sich und schaute Livingstone an.

»Sniper?«, fragte Wilson.

Livingstone warf Tonks einen vernichtenden Blick zu. »Ein Codename. Wir haben einen unserer Leute da drin, schon seit drei Wochen.«

»Okay«, sagte Wilson, »aber kann der die Bewohner nicht einfach zählen?«

Livingstone nahm einen Stressball vom Tisch und deutete auf einen der Bürostühle. Er warf den Ball von einer Hand in die andere, während er darauf wartete, dass Wilson Platz nahm.

»Eins müssen Sie verstehen.« Er nickte dem Fenster zu, von dem aus man die Arche sehen konnte. »So was wie das da drüben ist uns noch nie untergekommen. Die Spannbreite der Personen ist ungeheuer hoch. Erst mal sind da die ganz normalen Obdachlosen. Nennen wir sie Gruppe eins. Leute, die in den meisten Nächten auf der Straße landen, wenn sie es nicht in irgendein Hostel schaffen. Hauptsächlich Männer, es sind aber auch einige Frauen dabei. Die Altersspanne variiert, ziemlich viele sind aber noch jung. Innerhalb dieser Gruppe haben wir es mit allen möglichen psychischen Problemen zu tun, Vorstrafen wegen kleinerer Delikte, Drogenabhängigkeiten – alles in allem das unglückliche Tableau der menschlichen Existenz. Wir sind die Personalien mit den Polizeibeamten vor Ort durchgegangen; einige von ihnen neigen zu Gewalt, die meisten sind aber lediglich arme Schweine, die durchs soziale Netz gefallen sind. Viele von ihnen gehen nicht zu den Obdachlosenunterkünften, weil sie nicht mit Drogen konfrontiert werden wollen. Das Schockierendste ist, wie tief manche gesunken sind. Einer von ihnen war früher Architekt, verdammte Scheiße. Sie passen keineswegs alle in das Profil, das man erwarten würde. Nicht mal ansatzweise.«

Brady schaute von ihrem Bildschirm auf und tippte Livingstone auf den Arm. »Die Kinder«, sagte sie.

»Oh ja«, fuhr Livingstone fort. »Es gibt auch ein paar Familien mit Kindern. Wir vermuten vier. Wie es aussieht, haben manche Menschen große Angst, zu den Behörden zu gehen, wenn sie obdachlos werden, weil sie fürchten, das Jugendamt könne ihnen die Kinder wegnehmen. Also sind sie da drüben gelandet. Und dann ist da noch Gruppe zwei – die Einwanderer. Die meisten von ihnen sind Menschen, die zu uns gekommen sind, weil sie ein halbwegs anständiges Leben führen wollten, was sich aber als ziemlich schwierig erwiesen hat. Osteuropäer, Afrikaner. Manche sind in den Boom-Jahren hier gelandet, und als die Wirtschaft abgeschmiert ist, hat ihnen jegliches Sicherheitsnetz gefehlt. Andere sind vermutlich erst vor Kurzem eingereist. Das sind die Leute, die uns nervös machen, denn von den meisten kennen wir die Identität nicht.«

Er deutete auf eine Pinnwand hinter sich, an der aus der Ferne aufgenommene Fotos verschiedener Personen hingen. Neben einigen standen Namen, neben den meisten bloß Fragezeichen.

»Dann«, fuhr Livingstone fort, »wären da noch die Profi-Protestler; die haben ein Zuhause, wollen aber unbedingt Mummy und Daddy ärgern. Die meisten von denen kennen wir. Sie haben schon gegen Umgehungsstraßen, Wasserpreise, Gas-Pipelines und Räumungen protestiert. Die haben ein Plakat gegen alles parat. Einen Großteil ihrer Zeit verbringen sie damit, sich untereinander zu streiten, sind aber hauptsächlich harmlos. Und dann gibt es noch Gruppe vier ...«

Livingstone wandte sich zu Brady um, worauf sie ihm einen Ordner reichte.

»Das sind diejenigen, die uns nachts um den Schlaf bringen.« Livingstone zog ein Foto hervor und reichte es Wilson. Darauf zu sehen war ein großer Mann mit muskulösem Körperbau, stark tätowiert, vielleicht Mitte dreißig. »Andy Watts, Berufssoldat. Geboren in Barnsley, hat aber überall und nirgends gelebt, seit er unehrenhaft bei der British Navy entlassen wurde, wo er als Funktechniker beschäftigt war. Bezeichnet sich heutzutage als Umweltsozialist, hatte aber in seinem Leben eigentlich immer nur ein Ziel: Ärger zu machen. Er hat versucht, in jede Gruppierung hineinzukommen, die sich das Wort *militant* auf die Fahne schreibt, und bei Interpol gibt es eine dicke Akte über ihn. Derzeit wird er wegen eines Anschlags in Deutschland gesucht. Ein ziemlich unangenehmer Zeitgenosse, aber, soweit wir gehört haben, nicht besonders helle.«

Livingstone reichte Wilson ein weiteres Foto von einer brünetten Endzwanzigerin, die mit zahlreichen Piercings und Tätowierungen geschmückt war. »Belinda Landers, belgische Staatsbürgerin. Abgedrehter Sprössling einer berühmten belgischen

Familie. Das müssen sie sich mal vorstellen: Ihr Großvater war ein hoch angesehener linker Politiker, die Mutter ist mal Zweite geworden beim Eurovison Song Contest ...«

»Mit dem *La La La Song*«, warf Tonks ein.

»Ja«, sagte Livingstone, den es offenbar frustrierte, dass es ihm immer noch nicht gelungen war, Tonks den letzten Rest Lebensfreude auszutreiben. »Der Punkt ist, auch sie ist nur darauf aus, Ärger zu machen, und in Watts hat sie ihren perfekten Partner gefunden. Sie sind seit ein paar Jahren zusammen. Ist allerdings eine dieser offenen Beziehungen. Watts geht ziemlich schnell in die Luft, und Belinda schaut mit Begeisterung dabei zu. Die beiden haben genug Probleme, um ein ganzes Haus voller Seelenklempner bis zur Rente zu beschäftigen.«

Livingstone reichte ihm noch ein weiteres Foto. Es zeigte einen dünnen Mann mit langen weißen Haaren, der aussah, als wäre er über sechzig, jedoch gut in Form. »Das hier ist Gearoid Lanagan; irisch und stolz drauf, aber ein echter Superstar internationaler Verkommenheit. In Offaly geboren, hat er sich in jungen Jahren der Irish National Liberation Army angeschlossen. Als es da nicht mehr gut lief, ist er auf Tour gegangen. War in den Achtzigern in Westdeutschland und hatte Kontakte zu den RAF-Terroristen. Es gibt Fotos davon, wie er mit Leuten gesprochen hat, die im Umfeld der Gruppe aktiv waren; aber man konnte ihn nie direkt mit ihr in Verbindung bringen. Dann ist er vollständig untergetaucht und wurde erst wieder in den Neunzigern in Kolumbien gesichtet. Man geht davon aus, dass er der FARC dabei geholfen hat, mit Kokain Waffen zu kaufen – aber auch in dem Fall gibt es keine Beweise. Dann war er wieder fünf Jahre lang von der Bildfläche verschwunden. Interpol hat ihn 2006 in Frankreich aufgespürt, aber die Kollegen glauben nicht, dass er sich dort lange aufgehalten hat. Vor ein paar Jahren wurden auch Fotos geschossen, auf denen er mit einigen dieser »Good Old Boy«-Milizen der Amis abgebildet war. Er ist clever und legt den Begriff Moral ziemlich großzügig aus. Außerdem«, sagte Livingstone und deutete zum Fenster, »hat er da drüben ziemlich viel Einfluss.«

»Wirklich?«, fragte Wilson. »Man kann Franks doch schwerlich als militant bezeichnen?«

»Ah, aber das ist es ja gerade. Lanagan ist ein raffinierter Typ. Denken Sie mal nach. Sie haben da Leute mit Drogenproblemen und psychischen Auffälligkeiten, alle eng zusammengepfercht mit einem Haufen ganz normaler Bürger – da muss ja was passieren. Hin und wieder gibt es Streit, ein paar Diebstähle, ein Typ ist bei den Frauen zudringlich geworden. Lanagan hat sich um all das gekümmert und sich dabei unentbehrlich gemacht. Hat sich de facto zum Sicherheitschef ernannt. Pater Franks konzentriert sich immer aufs große Ganze und auf seine hübschen Reden, die Chancen stehen also gut, dass er keine Ahnung hat, mit wem er es bei Lanagan und seinen Gefährten tatsächlich zu tun hat. Wir haben versucht, Kommunikationswege zu öffnen, aber Lanagan hat die Paranoia da drüben so richtig angeheizt, und jetzt traut Franks uns und den Jungs von der Regierung überhaupt nicht mehr. Leider hat Lanagan weder irgendwelche bedeutsamen Verurteilungen noch ausstehende Haftbefehle auf seinem Konto. Uns bleiben also lediglich die Mutmaßungen von Interpol.«

»Herrgott«, sagte Wilson, »klingt nach einem echt beängstigenden Scheißkerl.«

»Das ist er«, sagte Livingstone, »und wir können einfach nicht rausfinden, was er wirklich im Schilde führt. Aber das bringt uns zu unserem lustigsten Spaßvogel.«

Livingstone reichte ihm ein viertes Bild und legte den leeren Ordner zurück auf den Schreibtisch. Es zeigte einen korpulenten kleinen Mann von etwa eins sechzig, mit glattrasiertem Kopf, der finster in die Kamera stierte. »Er nennt sich Adam, wir sind uns aber ziemlich sicher, dass das nicht sein echter Name ist. Wir haben alles durchforstet, aber weder wir noch Interpol haben auch nur die leiseste Idee, wer der Typ ist – nicht mal die CIA weiß es. Er redet kaum, und es gibt widersprüchliche Berichte darüber, dass es sich bei ihm um einen Iren, Schotten, Amerikaner oder Kanadier handeln könnte. Wir wissen nur, dass er nach Ex-Militär stinkt, aber woher er stammt, können wir nicht sagen. Nur eins steht fest: Kein Land will ihn zurückhaben.«

»Okay«, sagte Wilson. »Diese vier haben sich also Franks angeschlossen, und der gutgläubige Priester ahnt nicht, mit wem er sich da eingelassen hat. Kommunizieren sie denn mit der Außenwelt?«

»Oh ja, andauernd. Sie haben Mobiltelefone, aber wir können sie nicht orten, weil sich die Nummern nicht zuordnen lassen. Da drüben gibt es Dutzende Handys, und kein Richter gibt uns Erlaubnis, sie alle anzuzapfen.«

»Können Sie sie nicht blockieren?«

»Schön wär's«, sagte Livingstone.

Mit heiserer Stimme richtete Brady zum ersten Mal das Wort an ihn. »Schauen Sie sich um, Detective. Sie befinden sich mitten in einem Finanzzentrum. Haben Sie eine Vorstellung davon, was passiert, wenn hier das Mobilfunknetz nicht mehr funktioniert?«

Wilson fuhr sich mit den Händen durchs Haar. »Ich nehme an, Sie haben die Nachrichten verfolgt?«

»Die Púca«, sagte Tonks mit tiefer, unheilvoller Stimme. »Ja. Lustiger Name.«

»Herrgott, Mark«, sagte Brady, »halt die Klappe. Sei so gut und mach uns einen Tee, ja?«

Tonks streckte ihr die Zunge raus und verließ, offenkundig beleidigt, den Raum. Wilson ging stark davon aus, dass es hier eine Diskussion über professionelles Verhalten geben würde, sobald er gegangen war.

»Glauben Sie, Lanagan könnte dahinterstecken?«, fragte Wilson.

Brady und Livingstone tauschten einen Blick.

»Wir behaupten nicht, dass es so ist, wir behaupten aber auch nicht das Gegenteil«, erwiderte Livingstone. Offenbar hatten er und Brady dies vorher so abgesprochen. »Ich kann Ihnen nur eins sagen: Erstens würde ich es ihm durchaus zutrauen; und zweitens hat sich Adam vor zwei Nächten über einen Notausgang aus dem Gebäude geschlichen und es geschafft, die Absperrung zu durchbrechen. Jetzt wissen wir nicht nur nicht, wer er ist, sondern auch nicht, *wo* er ist.«

Wilson betrachtete noch einmal die Fotos in seinen Händen. Wie es aussah, würde Detective Superintendent Burns nicht so bald das ruhige Leben bekommen, das sie sich wünschte.

KAPITEL NEUNZEHN

»Es tut mir so leid«, sagte Brigit, gefühlt bereits zum zwanzigsten Mal. Wenn man um Entschuldigung bat, sollte es einem eigentlich besser gehen, aber bislang hatte das nicht geholfen.

Dr. Sinha hob nicht den Kopf, hielt ihn stattdessen weiter über das Geschirrtuch gebeugt, damit kein Blut auf das Sofa tropfte. »Alles gut, ganz ehrlich. Nicht der Rede wert. Ich hätte Sie nicht erschrecken dürfen.«

Brigit spürte, dass ihre Beteuerungen langsam drohten, nervtötend zu werden. Sie widerstand dem Drang, sich auch dafür zu entschuldigen.

»Ich bin wirklich kein gewalttätiger Mensch.«

»Natürlich nicht, Schwester Conroy«, sagte Dr. Sinha ohne jede Spur von Ironie. Dabei zog er kurz den blutgetränkten Stoff von seiner Nase, um sie vorsichtig abzutasten.

Brigit glaubte, dass ihr in ihrem ganzen Leben noch nie etwas derartig peinlich gewesen war. Dann aber fiel ihr ein, wie sie vor zwei Tagen Paul an ihrer Wohnungstür gegenübergetreten war. »Ich bin bloß … die letzten Tage waren ziemlich belastend.«

»Kann ich mir vorstellen. Ich habe gehört, dass Sie nach dem Vorfall mit Dr. Lynch eine Auszeit genommen haben.«

»Ja, na ja, so kann man es auch nennen. Ich hätte nicht gedacht, dass Sie davon wissen.«

»Schwester Conroy, Sie haben einen Arzt acht Stunden lang mit Handschellen an ein Bett gefesselt – nackt. Solche Geschichten machen schnell die Runde.«

»Oh Gott.«

»Das muss Ihnen nicht peinlich sein. Ich vermute, Sie sind

damit für sämtliche Krankenschwestern in Irland zur Volksheldin geworden – und auch für ein paar Ärzte. Dr. Lynch macht immer meinen Akzent nach. Das findet er offenbar äußerst amüsant.«

Brigit kannte Dr. Sinha seit acht Monaten, aber man hätte nicht behaupten können, dass sie Freunde waren. Sie waren einander begegnet, als er Pauls Schulter zusammengeflickt hatte, nachdem dieser von einem mordlüsternen Rentner attackiert worden war. Wenn man allerdings bedachte, was Paul seitdem angestellt hatte … konnte man diese ganze Geschichte durchaus als vorauseilendes Karma bezeichnen. Seitdem war sie Dr. Sinha hin und wieder beruflich über den Weg gelaufen. Er war immer gut gelaunt, höflich und recht formell. Sie wusste lediglich, dass er aus Indien stammte, vor ein paar Jahren nach Irland gekommen war und dass ihre Kolleginnen ihn als guten Arzt bezeichneten – und die Pflegekräfte waren schließlich die Einzigen, die dies wirklich beurteilen konnten. Privat hatten sie sich nie getroffen. Sie konnte sich also nicht vorstellen, was er bei ihrer Wohnung zu suchen hatte. Das wäre sicher auch ihre erste Frage gewesen, hätte sie ihn nicht sofort attackiert.

Dr. Sinha hob den Kopf und befühlte vorsichtig seine Nase.

»Die Blutung hat aufgehört, und es ist nichts gebrochen«, diagnostizierte er mit zaghaftem Lächeln.

»Es tut mir wirklich …«

Dr. Sinha hob abwehrend die Hand. »Es besteht nicht der geringste Grund, Schwester Conroy.«

»Okay, ich mache Ihnen einen Vorschlag. Ich höre auf, mich zu entschuldigen, wenn Sie aufhören, mich Schwester Conroy zu nennen. Wir kennen uns jetzt schon eine ganze Weile. Sie sind in meiner Wohnung, und ich habe Sie niedergeschlagen. Ich würde sagen, das ist Grund genug, dass wir uns mit Vornamen anreden. Ich bin Brigit.«

»Na schön, Brigit.« Man hörte, wie sehr er sich bemühte, ihren Namen richtig auszusprechen. »In diesem Fall nennen Sie mich bitte Simon.«

»Ganz im Ernst, ich habe ein Händchen für Sprachen, ich kann auch Ihren richtigen Namen benutzen.«

Er lächelte und nickte erneut. »Das weiß ich zu schätzen, aber ich heiße tatsächlich Simon. Das hat verschiedene Gründe, aber vor allem ist mein Vater ein riesiger Paul-Simon-Fan.«

»Oh«, sagte Brigit.

»Es muss Ihnen nicht unangenehm sein, das ist ein häufiger Irrtum. Vielleicht können Sie sich vorstellen, wie schwer das Leben für meine Schwester Garfunkel ist.«

Brigit stieß ein nervöses Kichern aus, und als sie sich sicher war, dass dies ein Witz sein sollte, lachte sie erleichtert.

»Okay, Simon, kann ich Ihnen jetzt eine Tasse Tee anbieten?«

»Oh, nein, vielen Dank. Ich muss eigentlich gleich wieder los. Ich bin … heute Abend noch mit einer jungen Dame auf einen Drink verabredet.«

»Okay«, sagte Brigit. »Darf ich im Lichte dieser neuen Information unsere Abmachung brechen und mich doch noch mal entschuldigen?«

»Unsinn. Meine Nase wird ein hervorragendes Gesprächsthema abgeben, und davon abgesehen: Wie wahrscheinlich ist es, dass ich zwei Mal an ein und demselben Abend ins Gesicht geschlagen werde?«

»Klingt logisch«, sagte Brigit.

»Der Grund dafür, dass ich hier bin … Gehe ich recht in der Annahme, dass Sie einen Bekannten suchen, einen gewissen Mr Bunny McGarry?« Dr. Sinha schien kaum glauben zu können, dass die Buchstaben in dieser Reihenfolge tatsächlich einen ernstgemeinten Namen ergeben sollten.

»Ja«, sagte Brigit. »Das stimmt. Woher wissen Sie das?«

»Sie haben mehrere Nachrichten bei einem seiner Freunde hinterlassen. Und dieser Freund würde Sie gern treffen.«

»Verstehe«, sagte Brigit, die gar nichts verstand. »Und warum sind *Sie* dann zu mir gekommen?«

»Ah«, sagte er. »Das Problem ist, wo sich dieser Freund befindet.«

KAPITEL ZWANZIG

»Was soll das heißen, du hast einen Platten?«, fragte Phil.

Paul betrachtete den kaputten Reifen und dann die Wagen, die auf der M50 an ihm vorbeirauschten. Er musste ins Handy brüllen, um den Verkehrslärm zu übertönen.

»Mit welchen Worten in diesem Satz hast du Schwierigkeiten, Phil?«

»Aber ... du kannst keinen Platten haben.«

»Und doch ist es so«, entgegnete Paul.

»Ich sag dir was: Das ist ... ausgleichende Gerechtigkeit!«

Die »ausgleichende Gerechtigkeit«, von der Phil sprach, bezog sich auf Pauls Vorhaben. Er hatte sich endlich zu einer Lösung für das Maggie-Problem durchgerungen. Besagtes Problem streckte derzeit seinen Kopf aus dem Fenster von Bunnys Wagen, und Paul hätte schwören können, dass Maggie seine missliche Lage wahnsinnig genoss.

»Geschieht dir recht«, sagte Phil, »weil du diesen Hund umbringen willst.«

Paul seufzte. Er befand sich auf dem Weg zu einem Tierheim in Rathfarnham, das vom Dubliner Verein gegen Tierquälerei unterhalten wurde. Es gab dort große Auslaufflächen, die unterschiedlichsten Tiere – sogar einen Teich. Einen richtigen Teich! Am liebsten hätte er selbst glücklich und zufrieden dort gelebt. Dummerweise hatte er den Fehler begangen, Phil gegenüber das Tierheim als reizende Farm auf dem Land zu beschreiben.

»Zum letzten Mal, ich bringe sie wirklich zu einer reizenden Farm auf dem Land – wo es Gänse gibt und diesen ganzen Scheiß.«

»Ja, genau«, entgegnete Phil. »Das hat mir Tante Lynn auch weismachen wollen, als es um Roger, unsere Schildkröte, ging, und um Veronica, den Wellensittich, und um Wilbur, die Rennmaus, und um Geri Halliwell, den Goldfisch, und um Oma Joan ...«

Offenbar hatte eine Fernsehsendung Phil vor ein paar Jahren dazu inspiriert, im großen Garten seiner Tante Gemüse anzubauen, und beim Umgraben war er dann auf das Massengrab gestoßen, das die sterblichen Überreste seiner Kindheitsgefährten enthielt. Also, vermutlich abgesehen von Oma Joan.

»Hör zu, ich mache ein Beweisfoto, wenn ich da bin«, sagte Paul. Dann schaute er auf seine Armbanduhr. Vermutlich würde er eh nicht mehr rechtzeitig beim Tierheim ankommen, bevor es schloss. Und wahrscheinlich gab es dort auch keine Klappe, wo er seine Spende einfach einwerfen könnte – wie bei einem dieser Wohltätigkeitsläden.

»Und was soll ich machen, wenn Hartigan irgendwohin fährt?«, fragte Phil.

»Du folgst ihm. Dafür bezahle ich dich schließlich.«

»Apropos, ich habe noch kein Geld bekommen für die letzten beiden ...«

»Du, die Leitung ist gerade ganz schlecht«, warf Paul ein und legte rasch auf, bevor Phil eine weitere Gehaltserhöhung ins Spiel bringen konnte.

Maggie schaute ihn an. Er erwiderte ihren Blick. Er konnte es nicht erklären, aber tief im Inneren war er davon überzeugt, dass sie für all das verantwortlich war.

»Ich bringe diesen Reifen in Ordnung, und dann ...«, er betonte seine Worte mit ausgestrecktem Zeigefinger, »wirst du zu einer *echten* Farm auf dem *echten* Land gebracht. Ich lasse mich nicht von einem verdammten Hund fertigmachen.«

Paul ging zum Kofferraum. Er hatte ihn bislang noch nicht

geöffnet, und der Wagen war derartig alt, dass man einen eigenen Schlüssel dafür brauchte. Nach einigem Herumdrehen und Drücken bekam er ihn endlich auf.

Er warf einen Blick hinein. Der Kofferraum enthielt genau einen Gegenstand, der wie ein Ausstellungsstück vor ihm lag. Bunnys Hurling-Schläger. Fünfundneunzig Zentimeter Eschenholz mit einem Metallband an einem Ende. Bunny gab jedem neuen Schläger einen Namen, aber diesen hier kannte Paul nicht. Den letzten, Mabel genannt, hatte Paul eigenhändig zertrümmert – im Kampf mit dem Gangster Gerry Fallon, der versucht hatte, ihn, Bunny und Brigit umzubringen. Paul ließ die Finger am Schaft des Schlägers entlanggleiten. Niemand hatte Bunny seit einer Woche zu Gesicht bekommen, und Paul wusste genau, dass es äußerst unwahrscheinlich war, dass er seinen Wagen und seinen Schläger zurücklassen würde, wenn er irgendwohin wollte.

Ein Lkw rumpelte dröhnend vorbei und ließ den Porsche erbeben. Maggie bellte ihm hinterher.

»Okay, okay.« Paul legte den Schläger zurück und hob den Stoff, unter dem er den Ersatzreifen vermutete.

Er musste zweimal hinsehen. Auf dem Ersatzreifen lag eine Handfeuerwaffe. Paul hatte genügend Filme gesehen, um zu erkennen, dass es sich um einen Revolver handelte. Ein hölzerner Griff und ein langer Lauf aus Stahl: richtige Dirty-Harry-Scheiße. Paul schaute sich nervös um. Natürlich hatte Bunny bei den Gardaí eine Dienstwaffe gehabt, aber er war sich ziemlich sicher, dass das hier nicht legal war. Man konnte in Irland doch nicht einfach so einen Revolver besitzen, oder? Selbst als Ex-Polizist nicht. Bis zu ihrem Rapunzel-Fall war Paul nie auch nur in die Nähe einer Waffe gekommen, und auch damals war er nicht derjenige gewesen, der sie abgefeuert hätte.

Paul streckte die Hand aus und berührte das Magazin des Revolvers. Das Metall fühlte sich überraschend kühl an. Das

Ding hatte eine seltsame Anziehungskraft. Er wollte es anfassen und hatte zugleich Angst davor. Während er darauf achtete, dass es niemand sehen konnte, ergriff Paul zögerlich die Waffe und spürte das Gewicht in seiner Hand. Erst jetzt bemerkte er den gelben Post-it-Zettel, der an der Unterseite klebte. Der Name »Simone« stand darauf, zusammen mit einer Handynummer.

Als in seiner Tasche das Handy vibrierte, zuckte Paul vor Schreck zusammen und ließ die Waffe zurück in den Kofferraum fallen.

»Herrgott!«

Er holte das Telefon hervor und schaute aufs Display. Dass es schon wieder Phil war, überraschte ihn kaum. Außer ihm rief ihn sowieso niemand mehr an.

»Hallo?«

»Hallo, Zentrale?« Die Stimme am anderen Ende gehörte Phil, hörte sich allerdings nicht so an. Er schien mit irgendeinem komischen Akzent zu sprechen.

»Warum redest du so?«

»Ich wollte nur Bescheid sagen, dass ich einen Fahrgast aufgenommen habe.« Phil machte eindeutig einen Akzent nach. Schlecht, aber er tat es.

»Wovon sprichst du?«

»Ja, genau, in Seapoint.«

Paul schloss die Augen und zählte bis fünf. »Bitte sag mir, dass du nicht ernsthaft den Mann im Wagen hast, den wir beschatten?«

»Ganz genau, Zentrale. Ich bin jetzt auf dem Weg in die Leeson Street.«

»Verdammte Scheiße, du bist doch total ... und warum redest du so?«

Kaum hatte Paul die Frage gestellt, wusste er auch schon die Antwort. Die Taxi-Lizenz des Wagens war auf Onkel Abdul ausgestellt, und auch wenn Paul ihn nie getroffen hatte, vermutete er, dass Phil gerade versuchte, Abduls Akzent nachzumachen. In der Welt der Nellis-Logik hielt er schlicht seine Tarnung aufrecht.

»Vergiss es«, fuhr Paul fort. »Ich komme so schnell ich kann. Aber ... rede einfach nicht mit ihm.«

»Kein Problem, Zentrale. Ich verlasse mich auf meine Intuition.«

Paul spürte, wie es ihm eiskalt den Rücken runterlief. Was furchterregende Zwei-Wort-Kombinationen anging, rangierte »Phils Intuition« etwa auf derselben Stufe wie Lyrik-Performance und Amateur-Chirurgie.

»Nein, nein. Auf keinen ...«

»Kein Problem.«

»Verlier ihn einfach nicht aus den Augen!«

»Ich fasse es nicht, dass du ihn aus den Augen verloren hast!«

Dreißig Minuten waren vergangen.

»Das ist nicht meine Schuld. Wir sind im Stau stecken geblieben. Er sagte: Ich springe hier raus. Und dann ist er einfach zu Fuß verduftet. Hat beinahe noch mit der Tür einen Fahrradfahrer umgehauen.«

Paul nutzte die Finger der Hand, mit der er nicht sein Telefon umklammerte, um sich die Schläfe zu reiben. Er spürte, dass die Mutter aller Kopfschmerzen im Anmarsch war. »Warum bist du ihm nicht gefolgt?«

»Weil ich im Stau stand«, sagte Phil.

»In welche Richtung ist er denn gegangen?«

»Das war ja das Komische. Er sagte, Leeson Street, aber ich habe gesehen, wie er sich ein anderes Taxi herangewinkt hat und wieder aus der Stadt rausgefahren ist.«

Von wegen Kopfschmerzen – massive Migräne.

»Ich glaube«, fuhr Phil fort, »dass er sicherstellen wollte, dass ihm niemand folgt.«

»Ja«, sagte Paul, »ich denke, da hast du recht. Warum hast du ihn denn überhaupt aufgelesen?«

»Er kam rüber und ist einfach eingestiegen. Ich hatte noch nicht mal das Licht angestellt. Aber eins muss ich sagen, er hat ein ordentliches Trinkgeld gegeben.«

»Na super«, sagte Paul. »Das ziehe ich dir von deinem Lohn ab. Schließlich hast du das Fluchtfahrzeug von dem Kerl gefahren, den wir eigentlich verfolgen sollen.«

»Weißt du«, sagte Phil, »mir ist schon klar, dass du es nicht so meinst, aber dein Ton kann manchmal echt verletzend sein.«

Paul zählte bis fünfzehn.

»Okay, du musst hier zur M50 kommen und mich abholen.« Paul schaute auf den platten Reifen und widerstand dem Drang, seinem Fuß weiter zuzusetzen, indem er noch einmal dagegentrat. »Sieht so aus, als hätte Bunny zwar einen Ersatzreifen, aber keinen Wagenheber.«

Während er sprach, wurde das dritte Fahrzeug innerhalb einer Stunde langsamer. Der Fahrer hupte und winkte ihm zu. Was war eigentlich los mit diesen Leuten? Man konnte hier wirklich den letzten Glauben an die Menschheit verlieren. Der kleine Teufel auf Pauls Schulter schlug vor, dem nächsten Idioten, der hier vorbeifuhr, um zu glotzen und ihn auszulachen, mit dem Revolver zuzuwinken. Eine ganz schlechte Idee.

»Ich komme nur unter einer Bedingung vorbei«, sagte Phil.

Paul seufzte. »Okay, in Ordnung, der Hund kann bleiben.«

Maggie schaute Paul durch das hintere Wagenfenster an. Er hätte schwören können, dass sie lächelte.

KAPITEL EINUNDZWANZIG

DSI Susan Burns lehnte sich in ihrem Stuhl zurück und schaute zur Decke. Es war nicht die Müdigkeit, die ihr zusetzte. Es genügte zu wissen, wie müde sie bald *sein* würde. Sie steckte seit achtundvierzig Stunden in einer Mordermittlung fest, und jede Spur schien sie nur weiter und weiter reinzureiten. Heute hätte sie sich eigentlich mit ihrem Bruder nach einem Haus umsehen sollen; das war natürlich auf Eis gelegt worden. Auch gegessen hatte sie in den letzten zwei Tagen ausschließlich am Schreibtisch. Glücklicherweise hatte man sie wenigstens in einer Wohnung auf der Rückseite des Garda-Hauptquartiers am Phoenix Park untergebracht, das für gewöhnlich durchreisenden Ehrengästen vorbehalten war. In der Nacht vom Donnerstag hatte sie gerade einmal drei Stunden Schlaf zwischenschieben können, und letzte Nacht wahrscheinlich noch weniger. Dies war nicht die ruhige erste Woche im neuen Job, die sie sich vorgestellt hatte.

Gerade war sie von einem halboffiziellen Briefing mit einigen hochrangigen Beamten im Regierungsgebäude zurückgekehrt. Dort hatte sie von den Fortschritten in der Ermittlung berichtet – oder, besser gesagt, von deren Ausbleiben. Nicht, dass sie es so formuliert hatte. Der neue Ansatzpunkt ihrer Ermittlung, der die Arche und Pater Franks ins Spiel brachte, war ausführlich diskutiert worden. Es stellte keine große Überraschung dar, dass die Herren in den grauen Anzügen ganz versessen darauf waren. Natürlich lechzten sie nach der erstbesten Rechtfertigung, um das Gebäude räumen zu können. Noch gab es keine, und es war ihre Aufgabe gewesen, ihnen das klarzumachen. Mit großer Begeisterung reagierten sie darauf, dass ein deutscher Haftbefehl für Andy Watts vorlag. Endlich gab es einen Bewohner der Arche, den sie der Bevölkerung als wahrhaftigen Schurken präsentieren konnten – und der auch noch wegen eines Mordanschlags in Deutschland gesucht wurde. Schließlich gab es seit dem Wirtschaftskollaps in Irland die goldene Regel, dass alles nur Mögliche getan werden musste, um die Deutschen glücklich zu machen. DSI Burns war das ziemlich egal. Wenn sie Einsatzkräfte zum Türeneintreten da reinschicken wollten, würde es nicht auf ihre Anweisung hin passieren. Bislang waren alle Hinweise, die die Arche oder einen ihrer Besetzer mit dem Mord an Craig Blake in Verbindung brachten, äußerst fadenscheinig – bestenfalls.

Sie betrachtete die vier Bilder, die sie an ihrer Bürowand aufgehängt hatte. Gearoid Lanagan und seine Band kurioser Irrer waren sicher von allgemeinem Interesse für die Gardaí und von besonderem Interesse für ihre Ermittlung, aber das hieß noch lange nicht, dass es sich bei ihnen um die Púca handelte.

Und, oh Mann, war das durch die Decke gegangen! Die Presse konnte über nichts anderes mehr sprechen, und auf der kurzen Fahrt vom Phoenix Park zum Regierungsgebäude war sie an zwei Hauswänden und einem Werbeplakat vorbeigekommen, auf die man »Wir sind die Púca« gesprayt hatte. Irgendwo arbeitete irgendwer garantiert schon an einem entsprechenden T-Shirt.

Es klopfte höflich an der Tür.

»Herein.«

Detective Donnacha Wilson trat ein. Er sah so erschöpft aus, wie sie sich fühlte. Sie hatte ihn um sieben Uhr zu sich bestellt, damit er sie wegen der Arche auf den neuesten Stand brachte, nachdem er sich vergangene Nacht mit den Casper-Jungs getroffen hatte. Dann hatten sie sich auf den gekürzten Bericht geeinigt, den sie dem Rest des Teams gegeben hatten.

»Ich habe ein Update von den Caspers erhalten, Ma'am«, sagte er.

»Raus damit.«

Wilson sah nervös aus, aber das war ja nicht verwunderlich, wenn man ihr erstes Kennenlernen bedachte. Sie hatte auch nicht vor, ihm das Leben diesbezüglich zu erleichtern. Ihrer Erfahrung nach arbeiteten Leute härter, wenn sie unter Stress standen. Sie war nicht hier, um Freunde zu finden.

»Adam«, sagte Wilson und deutete auf das Bild des unbekannten Mannes.

»Wir haben ihn gefunden?«, fragte Burns.

»So was in der Art. Er ist heute Morgen gegen vier wieder durch die Absperrung gekommen. Er befindet sich im Gebäude.«

»Oh, zum … Sie wollen mich doch verarschen! Was zur Hölle machen die Kollegen vor Ort da eigentlich?«

»Offenbar hat er den Zeitpunkt gut abgepasst und sie kalt erwischt. Er hat einen von ihnen mit einem gezielten Handkantenschlag in den Nacken niedergestreckt, als sie versucht haben, ihn aufzuhalten.«

»Na toll«, sagte Burns. Ein weiterer gesuchter Gesetzesbrecher, der sich im Gebäude befand, würde die Anzugträger ziemlich glücklich machen. »Sagen Sie den Caspers, dass sie uns einen Bericht des Vorfalls zukommen lassen sollen. Und zwar so schnell wie möglich. Sonst noch was?«

»Nicht wirklich, Ma'am. Erinnern Sie sich, dass ich Ihnen erzählt habe, dass Ärzte ohne Grenzen bereit war, heute einen Arzt in die Arche zu schicken, da die Besetzer dies gefordert hatten?«

»Ja.« Sie erinnerte sich gut. Man hatte ausdrücklich um einen asiatischen Arzt gebeten, und die Logik dahinter war beschämend offenkundig. Wie viele asiatische Beamte arbeiteten schließlich für die Gardaí?

»Unsere Forderung, mit ihm zu sprechen, wenn er das Gebäude wieder verlässt, ist abgelehnt worden. Keinerlei Zugang für die Garda.«

»Ach, zum ...«

»Ist eine UN-Resolution, können Sie das glauben? Dieses ganze Gerede davon, dass Ärzte befreit sind von jeglicher ...«

»Schön«, unterbrach ihn Burns und schleuderte ihren Stift auf den Tisch. »Ich hab's kapiert. Noch mehr verdammte Politik. Ich habe es hier mit einer geisteskranken Selbstjustiz-Horde zu tun, die Baulöwen abschlachtet, und keinen scheint es auch nur einen Dreck zu interessieren. Mein Dad hat als Milchbauer mehrere Preise gewonnen, wussten sie das, Wilson? Ich hätte den Hof übernehmen können. Bauern müssen sich mit so einer Scheiße nicht abgeben. Zumindest sehen sie die Scheiße, mit der sie es zu tun haben.«

»Ja, Ma'am.«

»Was macht eigentlich Ihr Vater?«

Wilson trat nervös von einem Fuß auf den anderen und lächelte angespannt. »Er ... ähm ... ist Politiker, Ma'am.«

»Ach du Scheiße. Da haben wir mal einen folgsamen Sohn, was?«

»Ja, Ma'am.«

KAPITEL ZWEIUNDZWANZIG

Brigit schaute auf ihr Handy. Drei neue Nachrichten, alle von Paul.

»Irgendwas Neues von Bunny?«

»Hast du diese Simone aufspüren können?«

»Kann ich ein Update bekommen? Ich mache mir Sorgen um ihn.«

Brigit stopfte das Handy zurück in ihre Tasche und schaute zur Arche auf. Sie war hier, weil die männliche Stimme auf einer der Mailbox-Nachrichten, die so vertraut geklungen hatte, niemand Geringerem gehörte als Pater Daniel Franks. Sie hatte keine Ahnung, woher er Bunny kannte, aber alles andere, was auch nur im Entferntesten einer Spur ähnelte, war so ziemlich in Rauch aufgegangen.

Paul hatte ihr gestern Abend noch eine Nachricht geschrieben, dass er die Nummer einer Frau auf einem Post-it-Zettel in Bunnys Wagen gefunden hatte. Es war dieselbe wie auf der Telefonrechnung – an die Bunny zwei SMS geschickt hatte. Brigit versuchte gleich noch einmal, dort anzurufen, bekam aber immer nur dieselbe nicht personalisierte Standard-Nachricht zu hören. Und wenn sich am Ende doch herausstellte, dass Bunny lediglich irgendwo einen wegsteckte? Brigit wäre stinksauer, klar, aber letztlich wäre es ihr mehr als recht gewesen.

Die Tatsache, dass Pater Franks mit ihr sprechen wollte, bedeutete hoffentlich, dass er irgendetwas Entscheidendes zu sagen hatte. In jedem Fall hatte er einen ziemlichen Aufwand betrieben, um dies zu tun. Laut Dr. Sinha war der Kaplan des St. Mary Hospitals seine Kontaktperson gewesen. Offenbar hatten der Kaplan und Franks damals gemeinsam das Priesterseminar besucht, und er hatte Sinha die Nachricht überbracht, dass Franks Brigit treffen wollte. Dass Brigit Krankenschwester war, stellte dabei einen glücklichen Zufall dar. Die Arche hatte bereits einen Arzt angefordert, Pater Franks musste also lediglich einen finden, der sie kannte, und so war Dr. Sinha ins Spiel gekommen.

Brigit schaute kurz zu besagtem Arzt hinüber, der neben ihr nervös auf seinen Hacken wippte.

»Vermutlich ist das ein komischer Zeitpunkt, um die Frage zu stellen, aber warum tun Sie das?«

Dr. Sinha schoss ihr ein nervöses Lächeln zu. »Nun, Schwester Conroy …«

»Brigit.«

»Brigit«, wiederholte er. »Ich bin mein ganzes Leben lang ein braver Junge gewesen, ein fleißiger Junge, ein Junge, der sich bedeckt gehalten hat und jedem Ärger aus dem Weg gegangen ist.«

»Okay.«

»Ich dachte, es wäre mal an der Zeit, dass ich etwas tue, das ein wenig … wie würden Sie sagen? … *badass* ist.«

Brigit lachte. »Sie sind eine Mischung aus Clint Eastwood und Gandhi.«

»Vielen Dank«, sagte er grinsend. »Genauso hatte ich mir das gedacht.«

»Oh, ich habe Sie noch gar nicht gefragt, wie Ihr Date gestern Abend gelaufen ist?«

»Ein Gentleman genießt und schweigt.«

Brigit musterte ihn von Kopf bis Fuß.

»Tragen Sie dieselben Sachen wie gestern?«

»Sagen wir einfach, dass *badass* bei den Ladys durchaus ankommt.«

Brigit lächelte und wandte sich wieder der Arche zu. Das Gebäude war ohne Zweifel beeindruckend. Genau genommen war es keineswegs größer, ja, sogar ein wenig kleiner als die umliegenden Hochhäuser, aber dafür waren die nicht andauernd in allen Zeitungen zu sehen.

Vor zwei Stunden waren sie vor Ort bei der Einsatzstelle der Garda vorstellig geworden, und natürlich hatte es jede Menge Scherereien gegeben. Dr. Sinha erklärte Brigits Anwesenheit damit, dass es gut sein könnte, dass Frauen sich bei einem männlichen Arzt unwohl fühlten. Brigit behielt für sich, dass sie sich gerade in einer beruflichen Auszeit befand, weil sie bei ihrem letzten Job einen Arzt als Geisel genommen hatte. Es kam ihr nicht relevant vor.

Der Einsatzleiter, Sergeant Paice, machte den Eindruck eines Mannes, der seit seiner Geburt an nichts eine Freude gehabt hatte, aber Brigits Auftauchen schien ihn ganz besonders unglücklich zu machen. Sinha räumte ein, dass er seine Bedenken vollkommen verstehe, und fragte ihn, ob es okay wäre, dass sie ihre Pressekonferenz direkt auf den Stufen zum Gebäude abhalten würden. Ja, die Pressekonferenz, bei der sie erklärten, dass die Gardaí Kindern medizinische Hilfe vorenthielten. Und siehe da, ganz plötzlich fand man für unüberwindbare Probleme schnelle Lösungen.

Hier war Brigit nun also und hielt eine große Tasche voller medizinischer Utensilien in der Hand. Sie hatten eine kleine Gruppe neugieriger Passanten angezogen, samstags war es im internationalen Finanzzentrum allerdings deutlich ruhiger als unter der Woche. Beaufsichtigt von Sergeant Paice schufen die uniformierten Beamten eine Lücke in dem Kreis aus robusten Metallzäunen, der die Arche umgab, und winkten Brigit und Dr. Sinha hindurch.

»Okay«, sagte Dr. Sinha. »Dann wollen wir mal.«

Sie marschierten durch die Lücke auf den Haupteingang des Gebäudes zu. Die meisten Fenster waren mit Zeitungen und

Pappkartons verdeckt, auf denen Slogans prangten: »Kampf den Mächtigen« und »Uns gehört der Sieg« neben »Menschen statt Profite« und »Happy Birthday, Barry«.

Im Gebäude tauchte ein muskulöser Mann mit kurz geschorenem Haar auf und räumte die Möbel beiseite, die von innen die Tür blockierten. Auch ein etwa sechzigjähriger Mann mit langer weißer Haarmähne schaute hinter der Scheibe zu, wie Brigit und Dr. Sinha sich näherten. Er sah aus wie ein zu klein geratener Gandalf. Als sie bei der Tür ankamen, hob er die Hand, um sie vom Weitergehen abzuhalten. Als sein Kollege einen Großteil der Möbel weggeschoben hatte, stellte er Blickkontakt mit Sergeant Paice her und führte lächelnd seine Handflächen zusammen. Brigit sah, wie der Beamte das Gesicht verzog und seinen Männern befahl, die Absperrung wieder zu schließen. Brigit nahm an, dass sie diese Prozedur schon einige Male hinter sich gebracht hatten.

Nachdem dies erledigt war, legte der Mann mit den langen weißen Haaren erneut die Hände zusammen und führte eine halb ironische Verbeugung aus. Dann schnippte er mit den Fingern, und der muskulöse Typ beugte sich hinab, um die Riegel an der Glastür zu öffnen. Darauf streckte Gandalf seinen Arm aus und winkte sie mit großer Geste herein. »Willkommen in der Arche.«

Der andere Mann sah weniger erfreut aus, sie zu sehen. Er zeigte ein abfälliges Grinsen, als Brigit an ihm vorbeimarschierte, und begann, die Tür wieder zu verriegeln. Brigit schaute sich in der Empfangshalle um. An einem Ende lag ein Haufen Müll, der auf dem Marmorboden und vor der teuren modernen Farbmuster-Kunst an den Wänden äußerst deplatziert wirkte. Die Lampen waren aus, und der gesamte Bereich wurde nur von dem schwachen Licht erhellt, das durch das Zeitungspapier und die wenigen schmalen Spalten zwischen den Pappen drang.

»Und jetzt die Sofas bitte, Andrew«, sagte der weißhaarige Mann.

»Aber die müssen doch in ein paar Stunden sowieso wieder hier raus ...«

»Die Sofas bitte«, sagte der Weißhaarige, ohne auf sein Lächeln zu verzichten oder den Blick von Brigit und Dr. Sinha abzuwenden. Der Muskelmann grummelte leise vor sich hin, schob aber pflichtschuldig die schweren Sitzmöbel auf die Tür zu, wobei die Metallfüße laut quietschend über den Boden schrammten. »Wir müssen unsere Sicherheitsvorkehrungen sehr ernst nehmen, das verstehen Sie gewiss.«

»Natürlich. Ich bin Dr. Sinha, und dies ist meine Kollegin, Schwester Conroy.«

Er lächelte sie an. »Hocherfreut, Ihre Bekanntschaft zu machen. Sie können mich Ger nennen.«

Während er das sagte, tauchte eine dunkelhaarige Frau aus einer Seitentür auf und kam mit missmutigem Blick durch den Empfangsbereich auf sie zumarschiert. Sie trug an ihrem Körper derartig viel Metall, dass es vermutlich einen Monat dauerte, um sie durch die Kontrolle am Flughafen zu bekommen. Sie nickte Ger kurz zu, dann stellte sie sich hinter Brigit auf.

»Und nun verzeihen Sie bitte die zusätzliche Unannehmlichkeit, aber wir werden eine Leibesvisitation vornehmen müssen.«

Brigit war bereits auf der anderen Seite der Absperrung von einer Polizistin durchsucht worden, was aber erheblich zivilisierter abgelaufen war. Die Frau, die aussah wie das Mädchen mit dem Drachen-Tattoo aus diesem Schwedenkrimi, tastete sie mit deutlich mehr Nachdruck als nötig ab.

»Immer mit der Ruhe!«, sagte Brigit.

»Also, Belinda, schön nett bleiben«, sagte Ger, was zu einer kaum merklichen Zurückhaltung beim rüden Begrapschen führte. Brigit schaute zu Dr. Sinha hinüber, der geduldig lächelte, während er sich eine ähnliche Behandlung durch den Muskelmann gefallen ließ. Als es endlich überstanden war und die Frau namens Belinda bei Brigit weiter vorangekommen war als ihre drei ersten Freunde, traten Belinda und der Muskelmann einen Schritt zurück.

»Und nun«, sagte Ger und hielt eine Tupperdose in die Höhe. »Ihre Handys bitte.«

»Ich fürchte«, erwiderte Dr. Sinha, »man hat uns gesagt, wir müssten sie bei uns behalten, für den Fall, dass ... es zu besonderen Umständen kommt.«

Ger schüttelte den Kopf. »Nicht möglich. Man kann sie zu leicht als Abhörwerkzeuge benutzen.«

»Aber ...«

»Das ist nicht verhandelbar.«

Gers Lächeln zog sich zu einem strengen Strich zusammen, und er funkelte Dr. Sinha mit stählernem Blick an. Dieser schaute zu Brigit hinüber, zuckte mit den Achseln und legte sein Telefon in die Dose. Widerwillig folgte Brigit seinem Beispiel.

»Vielen Dank. Sie erhalten sie selbstverständlich bei Ihrem Aufbruch zurück.«

Darauf folgte eine gründliche Inspektion der medizinischen Utensilien, die aus ihren Rucksäcken genommen und in Stofftüten verfrachtet wurden. Der Inhalt von Sinhas sorgsam gepackter Arzttasche erhielt dieselbe Aufmerksamkeit. Als dies endlich überstanden war, führte Ger sie die Treppe hinauf. »Tut mir leid, dass wir zu Fuß gehen müssen, aber wir nutzen die Fahrstühle nicht. Wir können nicht riskieren, dass jemand stecken bleibt.«

Sie kamen im ersten Stock an und betraten ein offenes Großraumbüro. Die Tische waren zum großen Teil vor die Fenster geschoben worden, und der Ort diente nun als eine Art Gemeinschaftsraum. Zwei Wäscheleinen waren im hinteren Bereich von einer Wand zur anderen gespannt. Mehrere Menschen schauten sie von den Türen aus an. Eine Gruppe saß an einem Konferenztisch und spielte Monopoly. In einer Ecke arbeiteten zwei Frauen und ein Mann in einer behelfsmäßigen Küche. Töpfe standen auf Camping-Gasbrennern, während sie Gemüse schnitten und verschiedene Dosen in Augenschein nahmen. Ein paar Kinder rannten in der Gegend herum und versteckten sich hinter Tischen, von wo aus sie sie mit misstrauischer Neugierde beäugten. Die gesamte Atmosphäre erinnerte an ein Musik-Festival, das in einem Bürohaus stattfand, nur ohne Musik.

Ger führte sie in einen leeren Konferenzsaal, in dem die Jalousien heruntergezogen waren. Einen Tisch hatte man vors Fenster gerückt, ein anderer stand mitten im Raum, mit zwei ledernen Bürostühlen links und rechts davon. Der Muskelmann und das Mädchen mit dem Drachen-Tattoo traten hinter ihnen ein. »Wir haben Ihnen diesen Raum als Praxis eingerichtet. Die Bewohner haben sich bereit erklärt, in einer vorher festgelegten Reihenfolge zu Ihnen zu kommen, damit es kein Schlangestehen gibt.«

»Darf ich fragen, wo sich Pater Franks befindet?«, erwiderte Brigit.

»Er ist oben und arbeitet, aber Sie werden ihn später noch treffen. Er dankt Ihnen für Ihr Kommen. In der Zwischenzeit wird jeweils einer meiner Kollegen bei Ihnen bleiben, je nach Geschlecht der Patienten, versteht sich.«

»Nein.« Dr. Sinha sagte es ganz ruhig, als wäre er lediglich gefragt worden, ob der 39er-Bus schon durchgefahren sei.

»Ich fürchte«, sagte Ger, »dass wir im Interesse der Sicherheit ...«

»Meine Behandlung«, sagte Dr. Sinha, »findet nur im vertraulichen Arzt-Patienten-Verhältnis statt, und es ist moralisch absolut nicht vertretbar, dass dies von jemandem beobachtet wird.«

Das charmante Lächeln verschwand von Gers Gesicht. »Entschuldigen Sie, aber auch dies ist nicht verhandelbar.«

»Tut mir leid, das zu hören.« Dr. Sinha griff nach seiner Tasche, die er vorher auf dem Tisch abgestellt hatte. »Dann bringen Sie uns bitte wieder hinaus. Und grüßen Sie Pater Franks von mir.«

Die beiden Männer starrten einander lange an, während Dr. Sinha unbeirrt lächelte, ohne auch nur mit der Wimper zu zucken.

»Na schön«, sagte Ger, bevor er sich an die anderen wandte. »Ihr könnt draußen warten.«

Damit drehten sich die drei um und verließen den Raum. Seelenruhig begann Dr. Sinha, die Gerätschaften aus seiner Tasche zu holen und auf dem Tisch am Fenster aufzubauen. Brigit gesellte sich zu ihm und stupste ihn mit dem Ellbogen in die Seite. »*Badass*«, flüsterte sie ihm zu.

Die nächsten zwei Stunden nahmen sie alle möglichen Leiden in Augenschein, von den harmlosesten bis hin zu wirklich beunruhigenden Krankheitsbildern: Einem älteren Herrn mit Bluthochdruck waren die Medikamente ausgegangen, ein paar ehemalige Heroinabhängige wiesen die Art von Folgeschäden auf, die man nie wieder loswird. Zwei Frauen und ein Mann klagten über auffällig ähnliche Symptome einer Geschlechtskrankheit, und Brigit fragte sich, ob sie wohl selber wussten, wie ähnlich ihre Symptome wirklich waren. Es gab einen verstauchten Knöchel und einen gebrochenen Fuß, aber beide Patienten hatten glücklicherweise vom Erste-Hilfe-Wissen einer rumänischen Bewohnerin profitiert. Erkältungen, Prellungen, blaue Flecken, Ausschlag – all das kam und ging. Darunter auch ein Elternpaar, das nur begrenzt Englisch sprach und denselben besorgten Blick zeigte, den Brigit in ihrer Notaufnahmen-Zeit bei allen Eltern gesehen hatte. Den Kindern ging es jedoch gut. Was man von dem Mann im mittleren Alter, der an chronischer Bronchitis litt, leider nicht behaupten konnte. Wie vorher verabredet, stellte Dr. Sinha die Rezepte aus und behielt sie, um sie später den Behörden auszuhändigen, die die Medikamente ins Gebäude schicken würden.

Die Stimmung an diesem Ort war nicht so, wie Brigit erwartet hatte. Es herrschte ein Gefühl unklarer Bedrückung. Ihr fiel auf, dass der Muskelmann und das Mädchen mit dem Drachen-Tattoo kurz mit allen Patienten sprachen, bevor diese eintraten. Allerdings wirkte auch in der geschützten Atmosphäre von Dr. Sinhas improvisierter Praxis niemand besonders erpicht darauf, sich irgendetwas von der Seele zu reden.

Der letzte Termin des Tages war der beste. Ein Paar von Anfang zwanzig erhielt die Bestätigung, dass die Frau tatsächlich schwanger war. Die beiden hielten sich an den Händen und strahlten einander an wie Idioten. Als das glückliche Paar den Raum verlassen hatte, trat Ger wieder ein. »Pater Franks wird Sie jetzt empfangen.«

Man brachte sie zwei weitere Treppen hinauf zu einem ruhigeren Flur des Gebäudes. Hier waren keine Tische zu sehen, und die kleineren Büros und Konferenzräume waren zu Schlafzimmern umgebaut worden. Decken hingen an den Fenstern, um für etwas Privatsphäre zu sorgen. Brigit nahm an, dass dies die Chefetage war, wo sich Ger und seine Kumpane aufs Ohr legten. Sie führten sie zu einem der großen Eckbüros, aber Ger hob erneut die Hand, bevor sie es erreichten.

»Bitte warten Sie hier«, sagte er. Dann klopfte er leise an die Tür, trat ein und schloss sie hinter sich. Brigit und Dr. Sinha sowie ihre Begleiter, der Muskelmann und das Mädchen mit dem Drachen-Tattoo, schauten einander verlegen an.

»Also«, sagte Dr. Sinha, als ihm das peinliche Schweigen zu viel wurde. »Sie haben hier ja jede Menge Platz. Macht einen recht komfortablen Eindruck.«

»Komfortabler, als es den Faschisten lieb ist, die mit ihrem

Wirtschaftssystem die Massen unterdrücken«, sagte die Frau, die Ger als Belinda angesprochen hatte. Es kam wie aus der Pistole geschossen, wie ein »Gesundheit« als Reaktion auf ein Niesen.

»Ja«, sagte Dr. Sinha. »Sehr viel Platz. Wie viele Stockwerke hat das Gebäude?«

»Genug«, sagte der Muskelmann, als handele es sich auch hierbei um ein Staatsgeheimnis. Dabei hätten sie es einfach von außen an den Fenstern abzählen können.

Die Tür öffnete sich, und Ger trat wieder aus dem Raum. »Er empfängt Sie jetzt.«

Dr. Sinha trat vor, und Brigit folgte ihm, doch Ger legte seine Hand auf Dr. Sinhas Brust. »Darf ich Sie jetzt noch einmal an die Patienten-Vertraulichkeit erinnern?«

Dr. Sinha lächelte. »Es freut mich, dass Sie das Konzept so schnell verinnerlicht haben.«

Sie betraten das große Büro. Alle Jalousien waren zugezogen und zusätzlich mit behelfsmäßigen Vorhängen bedeckt worden, abgesehen von einem einzelnen Fenster, durch das der Sonnenschein strömte. In einer Ecke war ein großer Eichentisch als Bett zweckentfremdet worden. In der anderen standen zwei große Sessel. Pater Franks saß dicht am Fenster, eingehüllt in einen Kokon aus Decken, sodass man nur den kahlen Kopf erkennen konnte. Die Haarbüschel über seinen Ohren waren ungekämmt und umrahmten ein Gesicht, das ausgemergelt und eingefallen wirkte. Im Sessel neben ihm saß eine Frau mittleren Alters, die ein Glas Wasser in der Hand hielt und äußerst besorgt wirkte. Franks warf ihnen ein schwaches Lächeln zu. »Vielen Dank, dass Sie gekommen sind, Doktor.« Seine Stimme war nur noch ein angestrengtes Flüstern. Von der rednerischen Kraft, die ein ganzes Land in ihren Bann geschlagen hatte, war nichts mehr zu hören. Jeder einzelne, kurze Atemzug schien ihm große Mühe zu bereiten.

Dr. Sinha und Brigit schauten Ger fragend an, bevor sie sich durch den Raum auf Franks zubewegten. Sein früher so rundliches Gesicht war nun hager, und seine Haut hatte einen Ton angenommen, der an saure Milch erinnerte.

»Vielen Dank, Gearoid«, sagte Franks.

Ger warf ihnen einen Blick zu, zögerte und verließ dann den Raum.

»Pater Franks«, sagte Dr. Sinha. »Sie sehen nicht gut aus.«

Franks tätschelte die Hand der besorgten Frau an seiner Seite. »Sie merken schnell, Doc. Bei mir wurde vor sechs Monaten Krebs im vierten Stadium diagnostiziert. Mir bleibt nur noch wenig Zeit.«

Franks suchte ihren Blick. »Lediglich fünf Menschen wissen, was Sie jetzt wissen. Und ja … wenn Sie eins und eins zusammenzählen … haben Sie recht.«

Brigit verstand, was er meinte. Vor sechs Monaten war er zum ersten Mal öffentlich in Erscheinung getreten.

»Man möchte herausfinden, was wirklich wichtig ist im Leben, wenn man weiß, dass es zu Ende geht. Wenn einem die Tage ausgehen, wird einem bewusst, dass man nicht mehr warten kann. Man möchte etwas Bedeutendes tun, bevor man sich verabschiedet.«

Dr. Sinha legte dem Mann die Hand auf die Stirn. Dann trat er zurück und schaute ihm in die Augen. »Sie sollten in einem Krankenhaus sein.«

»Ach Doc, das ist schon in Ordnung. Ich habe meinen Frieden gemacht. Sie können sich entspannen.«

»Würden Sie aufhören, Ihre Pflicht zu erfüllen, wenn ich Sie dazu auffordern würde, Pater?«

Franks schaute zu Dr. Sinha auf. »Sie haben wohl recht«, sagte er mit einem schwachen Lächeln, bevor er zum ersten Mal Blickkontakt mit Brigit herstellte. »Er ist ein ziemlich scharfer Hund, was?«

Sie versuchte, sich zu einem Lächeln zu zwingen.

Franks wandte seinen Kopf der besorgten Frau zu. »Bernie, meine Liebe, würde es dir etwas ausmachen, uns kurz allein zu lassen?«

Die Frau nickte, berührte zuneigungsvoll seine Hand und stand auf. Er schaute ihr nach, als sie aus der Tür trat. »Bernie ist wirklich ein Engel. Nun, wie sieht es aus da unten? Alle gesund und munter?«

Dr. Sinha begann, behutsam die Decken zu lösen, in die Franks eingewickelt war. »Ich freue mich, Ihnen sagen zu können, dass es keine schwerwiegenden Probleme gibt.«

»Ah, wunderbar. Es sind gute Menschen. Danke noch mal, dass Sie sich dafür bereit erklärt haben.«

»Gern geschehen.« Dr. Sinha legte sein Stethoskop auf Franks Brust. »Tief einatmen, bitte.«

»Schon eine Weile her, seit ich das zum letzten Mal getan habe.«

Die nächsten Minuten verbrachte Franks damit, ein- und auszuatmen, während Dr. Sinha seine Brust abhörte und dabei immer unglücklicher aussah. Brigit kam sich nutzlos vor und wusste nicht, was sie mit sich anfangen sollte. Franks deutete freundlich auf den leeren Sessel neben sich, bevor ihn ein Hustenanfall erschütterte. Brigit bemerkte eine Schachtel mit Taschentüchern neben dem Stuhl, zog eines heraus und hielt es ihm hin. Er nahm es, und als sich sein Atem wieder normalisiert hatte, maß Dr. Sinha seinen Puls.

»Ich würde gern ein paar Untersuchungen vornehmen«, sagte er.

Franks schaute zu ihm auf. »Das können wir uns sparen, Doktor, nichts für ungut. Wäre ich ein normaler Patient in Ihrem Krankenhaus, würde man nicht mehr nach Ihnen rufen – sondern nach mir.«

»Ich könnte Ihnen wenigstens eine Spritze geben und etwas gegen die Schmerzen.«

»Sie sind ein guter Mensch.«

Dr. Sinha wandte sich ab und holte einige Ampullen aus seiner Tasche. Franks schaute Brigit mit sanftem Lächeln an. »Danke, dass auch Sie gekommen sind, Schwester Conroy. Ich weiß, es war eine recht eigentümliche Bitte. Ich hoffe, Sie verstehen meine Gründe.«

Brigit nickte.

»Sie wollen nicht, dass ich hier oben mein Telefon benutze. Die Regierung überwacht unsere Kommunikation. Und sollte sie herausfinden, in welchem Zustand ich bin ... wir wollen nicht, dass sie das als Vorwand nutzen.«

Wieder nickte Brigit.

»Bernie hat mir von Ihrer Nachricht erzählt. Ich fürchte, ich verstehe das nicht.«

»Nun«, sagte Brigit, »Bunny McGarry ist verschwunden. Vor acht Tagen wurde er zum letzten Mal gesehen. Ich versuche herauszufinden, wo er sich aufhält, deshalb kontaktiere ich alle, die zuletzt mit ihm gesprochen haben.«

Franks schaute sie fragend an. »Ich habe seit sechzehn Jahren nicht mehr mit Bunny gesprochen.«

Brigit hatte sich die Anrufliste gestern Abend extra noch einmal angesehen, nachdem Dr. Sinha ihr berichtet hatte, um wessen Nummer es sich handelte. »Auf seiner Rechnung sind aber zwei Anrufe und drei Textnachrichten an Sie verzeichnet.«

»Ich weiß nicht, wo Sie das herhaben, Miss Conroy, aber wir haben nicht miteinander geredet.«

Brigit fuhr sich mit den Händen durchs Haar und blies ihre Wangen auf. »Ah, diese Dame ... Bernie, könnte sie vielleicht ...« Brigit unterbrach sich, als Franks nachdrücklich den Kopf schüttelte.

»Ich werde Ihnen nicht sagen, warum, aber … seien Sie versichert, dass sie mit McGarry keinerlei Kontakt aufnehmen würde, Hand aufs Herz. Es ist unmöglich. Wenn ich sage, dass wir nicht miteinander gesprochen haben, meine ich, dass wir grundsätzlich nicht mehr miteinander sprechen.« Er schaute sie vielsagend an. »Nun, vielleicht hat er versucht, mich zu erreichen, vielleicht sind die Nachrichten nicht angekommen oder …«

»Laut seiner Telefonrechnung haben Sie sich am Dienstag vor einer Woche zwanzig Minuten lang unterhalten.« Brigit holte die Kopie der Rechnung aus ihrer Manteltasche und reichte sie ihm. Er starrte das Dokument an und richtete den Blick schließlich wieder auf Brigit.

»Gott ist mein Zeuge – das ist nicht passiert.«

Brigit betrachtete wieder die Telefonrechnung, wusste nicht, was sie glauben sollte.

»Darf ich fragen, was Ihr Interesse in dieser Angelegenheit ist?«

»Ich arbeite mit Bunny zusammen.«

Franks schaute sie verwirrt an.

»Bunny hat die Gardaí verlassen.«

»Ah«, sagte Franks. »Ich verstehe.« Er musterte sie lange. »Seien Sie auf der Hut.«

Noch einmal erschütterte ein erbarmungswürdiger Husten seinen ausgemergelten Körper.

Brigit nahm sein Wasserglas und führte den Strohhalm an seinen Mund. »Oh, ich bin bestimmt nicht in Gefahr.«

Franks löste den Strohhalm von seinen Lippen. »Vielen Dank. Ich meinte, seien Sie auf der Hut … vor ihm.«

Brigit schaute ihn an, dann tupfte sie ihm mit dem Taschentuch den Mund ab.

»Jemanden wie Bunny McGarry gibt es nicht noch einmal.

Ein Mann, der wirklich zu allem in der Lage ist. Der einzige Kompass, dem er folgt, ist sein eigener. Eines Tages stehen Sie plötzlich auf der falschen Seite, und, glauben Sie mir, das wird nicht gut für Sie ausgehen. Er wird lügen, betrügen, erpressen – was auch immer nötig ist. Er ist kein schlechter Mensch. Er ist schlimmer als das. Er ist ein guter Mensch, der böse Dinge tut, um zu erreichen, was er für richtig hält.«

Brigit schaute zum Fenster hinüber. Ein strahlend blauer Himmel bildete den Hintergrund für das gegenüberliegende Gebäude, von dessen silbrigen Fenstern das Sonnenlicht reflektiert wurde.

Dr. Sinha nutzte die Pause in der Unterhaltung und trat mit einer Spritze in der Hand vor.

»Also«, sagte Franks, »warum lassen wir den guten Doktor jetzt nicht tun, was er tun muss, und dann können Sie sich wieder auf den Weg machen.« Franks schloss die Augen. »Das war ein langer Tag.«

KAPITEL DREIUNDZWANZIG

Jarleth Court starrte in sein Pint Lager. Er schaute zu, wie die feinen Bläschen an die Oberfläche stiegen und sich auflösten. Eigentlich war er kein großer Trinker. Doch nachdem vorhin, an einem schläfrigen Sonntagmittag, das Telefon geklingelt und sein Leben in Schutt und Asche gelegt hatte, erschien es ihm durchaus angemessen, sich zu betrinken. Tief in seiner irischen DNA musste der Glaube eingeschrieben sein, dass Alkohol helfen konnte. In gewisser Weise war er erleichtert, denn einen Vorteil hatte es, wenn das Schlimmstmögliche passierte: Es konnte nicht noch einmal passieren. Und in der Schande würde auch eine gewisse Befreiung liegen.

Eine Frau, die er aus seiner Bürgersprechstunde wiedererkannte, ging an ihm vorbei und winkte ihm schüchtern zu. Er kannte ziemlich viele Leute in diesem Pub, und noch mehr Leute kannten ihn. Er war seit zwanzig Jahren eine feste Größe in der Kommunalpolitik. Zehn davon hatte er im Stadtrat gesessen, bevor er für vier Jahre zum unabhängigen Abgeordneten aufgestiegen war. Dann hatten sie die Grenze des Wahlkreises neu gezogen, und seine Stammwähler wurden auf die Hälfte reduziert. Die Presse verurteilte dies als schmutzige politische Strategie, die großen Parteien aber stellten sich dumm und taten so, als wäre es bloß eine geografische Kuriosität. Trotzdem hatte er immer noch ein verdammt gutes Ergebnis erzielt. Seine Gegner hatten für den Wahlkampf das Zehnfache ausgegeben, und er war ihnen trotzdem dicht auf den Fersen geblieben. Dann war er in den Stadtrat zurückgekehrt und hatte seine Bemühungen verdoppelt. Wenn überhaupt, hatte ihn das Ganze nur noch populärer gemacht – der Held der Arbeiterklasse, der das Establishment in Angst und Schrecken versetzte – so hatten sie ihn genannt. Das würde sich nun ändern.

Ein Mann, dessen Name ihm nicht einfiel, klopfte ihm kurz auf die Schulter, als er vom Klo kam und vom sonntäglichen Fußball-Gebrüll in den Barbereich zurückgerufen wurde. In der Lounge war es relativ ruhig, da hier glücklicherweise die großen Fernseher fehlten, ohne die ein Pub heutzutage offenbar nicht mehr auskommen konnte. Im Sommer fand eine große Meisterschaft statt. Marla, die Wirtin, hatte ihm stolz berichtet, dass sie deutlich mehr Bildschirme aufstellen würden – auch hier. Noch ein weiteres Refugium der Stille würde also sterben.

Die Leute hatten ihn in den vergangenen Stunden größtenteils in Ruhe gelassen. Nichts von den üblichen Höflichkeitsfloskeln, bevor sie die Kleinigkeit ins Spiel brachten, bei der sie Hilfe brauchten. Vielleicht strahlte seine Körpersprache aus, dass dies nicht der richtige Zeitpunkt war. Also hatte er allein am Tresen gesessen und ein Glas nach dem anderen an die Lippen gesetzt. Leider war er nicht mal annähernd so betrunken, wie er es sich wünschte.

Der Hocker neben ihm quietschte leise, als er von der Bar zurückgezogen wurde und sich eine massige Gestalt in einem Schurwollmantel darauf fallen ließ. Court schaute nicht auf. Das war nicht nötig.

»Ziehst du diesen gottverdammten Mantel eigentlich nie aus, Bunny? Du merkst die Wärme doch gar nicht mehr.«

»Spart mir das Bügeln, Stadtrat.«

»Ach ja?« Court griff nach seinem halb leeren Pint. Bunny winkte Anto, dem Barkeeper, zu und unterbrach so dessen Flirt mit den beiden Fußballwitwen am anderen Ende der Bar.

»Ein Pint Arthur's«, sagte Bunny. »Und noch mal dasselbe für unseren Freund hier.«

»Eine großzügige Henkersmahlzeit für den zu Tode Verurteilten«, sagte Court.

»Kein Grund, melodramatisch zu werden.«

Court stieß ein freudloses Lachen aus und trank sein Pint aus. Dann stellte er das Glas mit mehr Nachdruck auf den Tresen als beabsichtigt.

»Weißt du eigentlich, wie vielen Menschen in diesem Pub ich über die Jahre geholfen habe?«

»Vielen, da bin ich sicher.«

»Aber ich meine, kennst du die genaue Zahl? Ich habe hier gesessen und gezählt. Siebzehn, würde ich sagen. Ich meine, ganz persönlich geholfen, unabhängig von dem Kram, von dem wir alle profitieren. Ich habe acht Jahre lang keinen Urlaub gemacht, ist dir das klar?«

»Du hast gute Arbeit geleistet, Jarleth.«

Court wandte sich Bunny zum ersten Mal zu und stieß seinen Finger in das Gesicht des schwergewichtigen Mannes. »Nimm … nimm meinen gottverdammten Namen nicht in den Mund. Wir sind keine Freunde, verstanden? Wären wir Freunde, wärst du jetzt nicht hier!«

»Jetzt bleib mal ganz ruhig«, sagte Bunny und nickte Anto zu, als dieser ihre Drinks brachte. Aufgeschreckt von Courts lauter Stimme schauten die Fußballwitwen am anderen Ende der Bar misstrauisch in ihre Richtung.

Sie saßen stumm da, während Anto die Getränke vor ihnen abstellte und sich wieder zu seinem Posten zurückbegab.

Court hob sein Pint, setzte es aber gleich wieder ab, ohne einen Schluck zu nehmen. »Damals habe ich dir dabei geholfen, St. Jude's aufzubauen, hab dich die ganze Zeit unterstützt. Bin mit dir nach Croke Park gefahren und hab denen die Hölle heißgemacht, bis sie dir die finanziellen Mittel zur Verfügung gestellt haben.«

»Das hast du«, erwiderte Bunny. »Du hast ein paar Wände gestrichen und auch mehr als nur ein paar Kröten eingesammelt. Du hast auch dieses Pub-Quiz veranstaltet, damit wir das Dach reparieren konnten.«

»Und ich habe mir sogar die Fragen ausgedacht.«

»Und du hast dir sogar die Fragen ausgedacht.«

»Yvonne Wild kommt immer noch mit diesem fünften Beatle an. Sie hat mir ein Buch geschickt mit einem Zitat von Paul McCartney, wo er sagt, es wäre Brian Epstein gewesen und nicht George Martin. Das Buch war teurer als der Hauptpreis damals! Hat mich Stimmen gekostet, dieses Quiz!«

Bunny schüttelte lächelnd den Kopf. »Manche Leute können einfach nicht vergessen.«

Court fuhr mit dem Finger am feuchten Rand seines Pintglases entlang. »So wie du.«

»Ja, Stadtrat«, sagte er. »Ich erinnere mich an alles, was du getan hast, um uns zu helfen. Aber ich erinnere mich auch daran, wie du letzten Donnerstag die Hand gehoben und dafür gestimmt hast, dass bei uns alles abgerissen werden soll.«

Court sagte nichts, hob nur das Glas und trank einige Schlucke, auf die er eigentlich keine Lust mehr hatte. Als er wieder das Wort ergriff, war seine Stimme nur noch ein Flüstern. »Dieses Videotape … ich habe zwei Kinder, Bunny.«

»In unserem Club spielen jedes Jahr hundert Kinder mit.«

Court lehnte sich auf seinem Hocker zurück und spürte, dass er leicht schwankte. »Es war … ein Fehler.«

»Was genau?«

Court starrte auf seine Füße hinab. »Das Tape. Ich … Das war, nachdem ich meinen Sitz im Dáil verloren hatte, und sie hat bei mir im Büro ausgeholfen …«

»Nicht«, unterbrach ihn Bunny. »Das hat keinen Sinn. Eine Rolle spielt nur, dass sie die Aufnahme hatten. Und dass jetzt *ich* sie habe.«

»Ha!« Court richtete sich etwas auf. »Hatten? Als wäre das die einzige Kopie. Sie haben mich angerufen und mir angeboten, mir eine vorbeizubringen, nur um mir zu versichern, dass ihnen reichlich zur Verfügung stehen. Sie haben mich am einen Ei, und du hast mich am anderen. So oder so – mit mir ist es vorbei.«

»Wir wissen beide, dass das nicht stimmt.«

»Ja, klar, wissen wir. Der große Bunny McGarry, die unaufhaltsame Naturgewalt.«

Court schnappte sich sein Pint und verschüttete etwas Lager. Dann stellte er es wieder ab, wandte sich um und schaute Bunny direkt in die Augen – soweit das möglich war. »Du kannst nicht gewinnen, ist dir das klar? Das ist alles umsonst. Die haben Schneewittchen auf ihrer Seite, und er hat die Hälfte aller Möchtegern-Aufsteiger im Stadtrat hinter sich. Die stimmen als Block, und dagegen kannst du gar nichts tun. Du zwingst mich, gegen die Mehrheit abzustimmen, und anschließend werde ich trotzdem vernichtet.«

»Und was ist mit der nächsten Abstimmung?«, fragte Bunny.

»Was?«

»Mach dir doch nichts vor, Stadtrat, es wird nicht bei dem einen Mal bleiben. Jetzt, wo sie dich in der Hand haben, werden sie deinen Arsch in der ganzen Stadt rumreichen. Verdammte Scheiße, du willst mir doch nicht ernsthaft weismachen, dass du glaubst, sie würden dich anschließend vom Haken lassen? Von nun an wirst du ihr verschissenes Schoßhündchen sein. Wie vielen Leuten kannst du dann wohl noch helfen?«

»Hast du nie einen Fehler gemacht, Bunny?«

»Reichlich. Deswegen bin ich auch hergekommen, um dir

in die Augen zu schauen und es dir zu sagen: Wenn du für sie abstimmst, mache ich genau das, was du von mir erwartest.«

»Oh, das bezweifle ich nicht.«

»Es wird mir keinen Spaß machen.«

»Du bist ein verschissener Märtyrer.«

Bunny erhob sich, warf einen Zehner neben sein unberührtes Pint auf den Tresen und setzte sich in Bewegung.

Court sah zu, wie der schwere Mann die Tür öffnete, um in das schwächer werdende Licht des späten Winternachmittags hinauszutreten.

»Hey, Bunny.«

Bunny drehte sich um und schaute ihn an. Court spürte, dass sich mehrere Augenpaare auf ihn richteten, aber es war ihm inzwischen egal.

»Nur für mich – was ist noch mal der Unterschied zwischen denen und dir?«

Bunny hielt seinem Blick stand, mit jenem schielenden Starren, das schon so manche harte Nuss in die Knie gezwungen hatte.

»Der Unterschied, Stadtrat, ist, dass ich gewinnen werde.«

KAPITEL VIERUNDZWANZIG

Gerry: Und da sind wir wieder. Wir sprechen heute über den schockierenden Tod von Craig Blake, einem Mitglied der sogenannten Skylark Three. Womit haben wir es hier zu tun? Mit Selbstjustiz? Oder einem ganz altmodischen Mord? Bei uns laufen schon die Telefone heiß, wir starten also eine Blitzrunde. Clare aus Blanchardstown auf Leitung eins, los!

Clare: Ja, Gerry, ich finde das einfach nur schrecklich. Das hat niemand verdient. Man kann nicht zulassen, dass Leute einfach so ermordet werden, das ist nicht richtig.

Gerry: Okay, Philip aus Glasnevin auf Leitung zwei.

Philip: Der Typ ist tot, aber wie viele andere Menschen sind seinetwegen gestorben? Ganz gewöhnliche Menschen um ihr hart erarbeitetes Geld zu bringen ... Das soll den anderen eine Warnung sein – meine Meinung.

Gerry: Sean aus Balbriggan auf Leitung sechs.

Sean: Viva la revolution! Wir sind die Púca! Fick...

Gerry: Woah! Die Revolution wird mit solchen Ausdrücken bei uns nicht auf Sendung gehen. Therese aus Blackrock auf Leitung vier.

Therese: Die Menschen sind wütend, Gerry, aber man kann das Recht nicht in eigene Hände nehmen, das führt nur ins Chaos.

Gerry: Vielleicht, Therese, aber vielleicht brauchen wir ja ein bisschen Chaos? Wohin hat uns der Status quo denn geführt? Was meinen Sie, Sarah aus Balbriggan, auf Leitung drei?

Sarah: Gerry, ich wünsche mir, dass die alle aufgehängt werden – und den neuen Song von Adele.

Gerry: Ach, zum ...

»Ich verstehe nicht, wie du dieses Zeug essen kannst«, sagte Phil.

Paul legte die Stäbchen zurück in die Schale mit den Nudeln und schaute zum Beifahrersitz hinüber. »Na ja, es wäre deutlich angenehmer, wenn du aufhören würdest, solche Sachen zu sagen. Ich hatte angeboten, Pizza zu holen, aber das war dir ja auch nicht recht.«

»Ich achte auf meine Ernährung. Ich muss schließlich in meinen Hochzeitsanzug passen.«

Paul vermied, etwas zu sagen, was er bereuen würde, indem er sich weiter Nudeln in den Mund schaufelte. Sie saßen in Abduls Taxi. Eins würde Paul unter keinen Umständen wagen: in Bunnys Porsche zu essen.

Phil warf noch einen Blick auf den Rücksitz. »Sie schaut dich immer noch an.«

»Sie kann mich anschauen, soviel sie will, sie kriegt nichts ab.«

»Ich habe es gegoogelt – ein bisschen chinesisches Essen können Hunde durchaus vertragen.«

»Das ist nicht der Grund, warum sie nichts bekommt. Es ist eine Strafe.« Er schaute sie kurz an. »Und sie weiß ganz genau, wofür.«

Phil schüttelte missbilligend den Kopf.

»Ihr beiden müsst an eurer Beziehung arbeiten.«

»Nein, müssen wir nicht. Ich habe keinerlei Bedürfnis, mit diesem verdammten Hund eine Beziehung zu führen. Was mich anbelangt, wird sie bei der erstbesten Gelegenheit zu dem Teich aufs Land gebracht. Ende der Geschichte.«

»Du kannst es Maggie also nicht verzeihen, dass sie ein Hund ist. Aber zugleich erwartest du von Brigit, dass sie dir verzeiht?«

»Dein Ernst?« Paul schleuderte den Nudelbehälter auf das Armaturenbrett und wandte sich zu Phil um. »Du vergleichst wirklich diese beiden Fälle?«

»Ich meine ja bloß«, sagte Phil.

»Hör einfach auf damit.«

Paul schaute aus dem Fenster und betrachtete die Wagen, die hin und wieder auf der Hauptstraße vorbeifuhren. Dies war sein dritter Tag auf dem Parkplatz von Casey's Pub, und er hatte die Aussicht mittlerweile mehr als satt. Er griff wieder nach seinen Nudeln. »Sie hat vorhin das Hähnchen gegessen, und Wasser hat sie auch genug bekommen.«

Im Wagen wurde es still, abgesehen davon, dass Phil unaufhörlich mit den Fingern auf seinem Knie herumtrommelte und Maggie auf dem Rücksitz hechelte. Paul schaute auf die Nudeln hinab. Er verlor zusehends den Appetit.

»Das ist noch nicht mal richtiges chinesisches Essen.«

Paul verdrehte die Augen. »Schon wieder diese Leier?«

»Da Xin hat von Hühnchen süß-sauer noch nie was gehört! Das gibt es gar nicht. Genau wie dieses Egg Foo Yung. Das existiert gar nicht.«

»Es existiert. Du meinst, es ist nicht *authentisch*. Apropos Da Xin: Es gibt auch in China so einiges, was nicht authentisch ist.«

»Was soll das denn heißen?«

»Hartigan!«, rief Paul und rutschte so tief wie möglich in den Fahrersitz.

»Wechsele nicht das Thema«, sagte Phil zunehmend ungehalten.

»Nein.« Paul nickte Richtung Straße. »Hartigan.«

Phil schaute genau in dem Augenblick auf, als Jerome Hartigan in schwarzer Laufmontur an ihnen vorbeijoggte.

»Heiland … wer geht denn so spät noch laufen?«

Paul hob den Kopf übers Lenkrad und sah, wie Hartigan sich joggend von ihnen entfernte.

»Die wichtigere Frage wäre: Wer geht mit einem Rucksack laufen?«

Paul öffnete die Tür und schlüpfte rasch vom Fahrersitz. Er warf einen Blick zurück und sah, dass Maggie sofort auf seinen Platz gesprungen war, um das Abendessen zu verschlingen, das er dort zurückgelassen hatte.

Hartigan zu folgen stellte sich als überraschend einfach heraus. Angeberisch wie er von Natur aus war, sah er in seiner schicken Laufkleidung natürlich wie ein routinierter Jogger aus. Paul nahm jedoch an, dass er erst vor Kurzem damit angefangen hatte. In jedem Fall stellte seine Geschwindigkeit keine sonderlich große Herausforderung dar, und die Tatsache, dass ihnen die beiden Wagen zur Verfügung standen, bedeutete, dass sogar Paul und Phil ihn gut im Blick behalten konnten. Er joggte etwa eine Meile an der N31 entlang, Richtung Blackrock, und bog dann nach links auf die Hauptstraße. Sie mussten lediglich abwechselnd an ihm vorbeifahren und kurz anhalten, bis er wieder an ihnen vorbeikam. Sie hielten sich mehr oder weniger an das, was die Blando-Bibel als »Rotation mit zwei Fahrzeugen« bezeichnete, auch wenn sich Paul inzwischen wünschte, sich die entsprechenden Diagramme etwas genauer angesehen zu haben. Aber mitten in der Nacht sah auf einer belebten Schnellstraße ein Wagen ziemlich genauso aus wie der andere.

Paul hatte schließlich Glück, als er sich fünfzig Meter hinter Hartigan befand und dieser um die Ecke in eine teure Wohngegend bog. Rasch fuhr er an Hartigan vorbei, wandte aber vorsichtshalber sein Gesicht ab. Große Häuser säumten die Straße, größtenteils versteckt hinter beeindruckenden Hecken und Toreinfahrten aus Schmiedeeisen oder massivem Holz. Links und rechts gingen weitere Straßen ab. Paul vermutete, dass diese Gegend die Hälfte aller Dubliner Landschaftsgärtner in Lohn und Brot hielt.

Bunnys Wagen war auffällig, aber er musste einfach darauf setzen, dass Hartigan zu sehr auf sein Training konzentriert war, um ihn zu bemerken. Paul hatte seine Kopfhörer ins Handy gesteckt, um die Hände frei zu haben. »Er ist abgebogen, wir sind jetzt auf dem ...« Paul reckte den Hals, um im Vorbeifahren das Straßenschild zu lesen. »Rosemount Drive.«

»Roger, verstanden«, sagte Phil. »Muss wenden, aber habe dich auf acht Uhr. Voraussichtliche Ankunft in fünf Minuten.«

»Sprich bitte normal, ja?«

»Roger.«

Paul warf einen Blick in den Rückspiegel. Hartigan war die breite, baumbestandene Straße bis zur Hälfte hinabgelaufen, blieb nun aber an einer Ecke stehen, stützte die Hände auf die Knie und rang nach Luft.

Paul parkte etwa hundert Meter vor ihm, am anderen Ende der Straße. Er stellte den Motor ab und richtete seine Aufmerksamkeit auf den Seitenspiegel. Hartigan schien sich umzuschauen. Hatte er sie entdeckt? Er machte einige Dehnübungen und begann langsam weiterzujoggen. Paul kauerte sich tief in seinen Sitz, und während Hartigan sich näherte, kam er sich plötzlich vor wie auf dem Präsentierteller. Vor ein paar Tagen hatte der Mann Paul vor seinem Haus gesehen. Wenn er ihn jetzt erkannte, würde die ganze Aktion auffliegen. Nach einer langen Minute schaute Paul auf und stellte fest, dass Hartigan bereits an ihm vorbeigelaufen war. Dann aber blieb er schon wieder stehen und zwang Paul, neuerlich hinterm Steuer in Deckung zu gehen.

Phils Stimme schallte plötzlich in Pauls Ohren, und er zuckte vor Schreck zusammen. »Ich habe dich jetzt auf zwölf Uhr, over und out.«

»Was?«

»Ich bin auf dem Rosemount Drive.«

»Scheiße«, sagte Paul. »Er ist wieder stehen geblieben. Halt bloß nicht an, fahr einfach weiter. Er darf dich nicht sehen. Und bei allen Göttern, halt auch Maggie außer Sicht.«

»Roger. Sie liegt auf dem Rücksitz. Ich glaube nicht, dass ihr chinesisches Essen besonders gut bekommt.«

Es war jetzt wohl nicht der richtige Moment für ein: Hab ich dir doch gleich gesagt.

Paul konnte gerade noch über das Lenkrad spähen und beobachtete, wie Hartigan begann, wieder auf ihn zuzugehen. Glücklicherweise schaute er nicht in Pauls Richtung, stattdessen schien er ein großes Interesse an einem der Häuser entwickelt zu haben. Hartigan versuchte, durch die hohe Hecke zu schauen, und blieb schließlich vor dem gewaltigen Holztor stehen. Er sah sich um, stellte sich auf die Zehen und erhaschte so einen Blick auf das Grundstück. Paul bemerkte, wie er zusammenzuckte, als sich zwei Scheinwerfer näherten. Rasch ging er in die Knie, um sich die Schnürsenkel zuzubinden, als Abduls Taxi an ihm vorüberfuhr.

»Ich bin an unserem Mann vorbei.«

»Fahr einmal um den Block herum, aber versuch, keine Aufmerksamkeit auf dich zu lenken.«

»Roger, verstanden.«

Während Paul zusah, wie Phils Rücklichter am Ende der Straße verschwanden, erhob sich Hartigan und ging weiter auf Paul zu. Diesmal bog er um die Kurve und folgte der hohen Mauer, die um das Haus führte. Wieder schien Hartigan die Umgebung sehr genau in Augenschein zu nehmen. Paul war nervös, aber damit war er wohl nicht der Einzige. Hartigan streckte die Arme über den Kopf und beugte sich von einer Seite zur anderen, wobei er sich neuerlich umschaute. Dann legte er die Hände auf die Mauer und begann, seine Waden zu dehnen.

»Was macht er?«, fragte Phil.

»Tut so, als würde er sich dehnen. Vielleicht wartet er auf jemanden oder … HEILIGE SCHEISSE!«

»Was?«

»Er ist gerade über die Mauer gesprungen.«

In der Tat hatte Hartigan sich ein letztes Mal umgeblickt, sich dann in einer überraschend flinken Bewegung die Mauer hinaufgezogen und war auf die andere Seite gesprungen.

»Scheiße, Mann, das könnte es sein. Vielleicht geht er jetzt doch noch einen wegstecken«, raunte Paul.

»Meinst du, das ist eine von diesen kranken Fantasien, wo man so tut, als wäre man ein Einbrecher und …«

»Halt die Klappe, Phil.«

Paul saß einige Minuten nur da und starrte die Stelle an, von der aus Hartigan verschwunden war. Wenn er vorhatte, was Paul von ihm erwartete, würde er eine ganze Weile da drin sein. Aber wenn es so war, legte er ein ziemlich seltsames Vorgehen an den Tag. Was genau war denn so verkehrt daran, die Eingangstür zu benutzen? Vorausgesetzt, dass Phils Idee von der ausgefallenen Sex-Fantasie nicht doch zutraf. *Er wird ja wohl kaum eine Frau vögeln, während der gehörnte Gatte oben im Bett liegt?* Nicht einmal der große Jerome Hartigan konnte derart arrogant sein, oder? Nun, was auch immer da vor sich ging, hier bloß herumzusitzen würde ihm keinerlei Beweise liefern. Paul stopfte sich Handy und Kopfhörer in die Tasche seiner Jeans und stieg aus dem Wagen.

Hartigan war einige Zentimeter größer als er, also musste Paul Anlauf nehmen, um die Oberseite der Mauer zu fassen zu bekommen. Er zog sich so leise wie möglich hinauf und schaute auf die andere Seite. Er sah Bäume und sonst nicht viel. Er schaffte es, sich mit den Ellbogen aufzustützen und sich komplett hinaufzuhieven. Von Hartigan fehlte jede Spur, allerdings versperrten die Bäume, die den Garten auf allen Seiten säumten, Pauls Blick. Unauffällig ließ er sich hinunter, und seine Füße landeten sanft auf dem torfigen Boden. Hinter einem Stamm kauerte er sich zusammen und schaute sich um, wobei er es seinen Augen erlaubte, sich an die beinahe vollkommene Dunkelheit zu gewöhnen.

Eine üppige Rasenfläche umgab ein großes, imposant wirkendes Haus. Immergrüne Bäume säumten es von allen Seiten, sodass höchstens Spionage-Satelliten in seine Privatsphäre eindringen konnten. Paul glaubte, im hinteren Bereich einen Tennisplatz erkennen zu können. Das Haus selbst verfügte über große Fenster, hinter denen keinerlei Licht brannte. Das ganze Grundstück machte einen unheimlich ruhigen Eindruck. Als würde es nicht bloß schlafen, sondern als wäre es völlig verlassen.

Rechts von ihm, etwa fünfzig Meter von seiner Position entfernt, bemerkte Paul eine Bewegung zwischen den Bäumen. Er erkannte eine gebeugte Gestalt, die nun rasch über die Rasenfläche huschte. Paul zuckte zusammen, als ein durchdringender Scheinwerfer zum Leben erwachte. Hartigan stand mitten auf dem Rasen und blickte sich um wie ein verängstigtes Tier. Der Mann machte kehrt, wollte zurückkeilen, hielt aber inne, nachdem das Licht wieder ausgegangen war. Ein automatischer Bewegungsmelder. Wieder ging Hartigan auf das Haus zu und blieb auch nicht stehen, als das Licht neuerlich aufbrandete. Erst jetzt bemerkte Paul das gelbe Band, das über die Eingangstür des Hauses gespannt worden war. »Heilige Scheiße«, flüsterte er vor sich hin.

Er sah dabei zu, wie Hartigan den Rucksack von seiner Schulter gleiten ließ und einige Dinge daraus hervorholte. Der Mann zog sich Handschuhe an, bevor er behutsam das polizeiliche Absperrband abnahm, ohne es zu zerreißen. Paul zog das

Handy aus seiner Tasche und steckte sich die Kopfhörer in die Ohren. Rasch wählte er Phils Nummer, der nach dem dritten Klingeln antwortete.

»Wir stecken tief in der Scheiße«, sagte Phil.

Panisch schaute Paul sich um. »Warum?«

»Der Hund hat auf den Rücksitz von Abduls Taxi gekotzt.«

»Ach, zum …«, flüsterte Paul. »Ich lasse es reinigen. Mir ist gerade klargeworden, wo ich hier bin.«

Nachdem Hartigan das Band so gut wie möglich entfernt hatte, holte er weitere Gegenstände aus seinem Rucksack.

»Was?«

»Dieses Haus hier, ich glaube, das gehört diesem, wie hieß er noch – Craig Blake.«

»Dem toten Typen?«

»Ja, dem toten Typen. Hier ist polizeiliches Absperrband an der Tür.«

Paul sah zu, wie Hartigan einen Schlüssel von einem Bund auswählte und ins Schloss steckte. Er öffnete die Tür und betrat rasch das Haus. Sekunden später schaltete sich das Flutlicht aus.

»Er bricht in das Haus seines ehemaligen Partners ein«, sagte Paul.

»Warum macht er das, verdammte Scheiße?«

»Keine Ahnung«, entgegnete Paul, aber seine Gedanken rasten. Dienstagnacht hatten sie Hartigan aus den Augen verloren – genau zu dem Zeitpunkt, als Blake ermordet worden war. Paul hatte Hartigans Neigung zu Gewaltausbrüchen mit eigenen Augen gesehen, als er Maloney angegriffen hatte. War es möglich, dass der Täter zum Ort des Verbrechens zurückkehrte? Paul beobachtete, wie das Licht einer Taschenlampe durchs Haus zuckte und schließlich in einem der oberen Räume auftauchte.

»Ach Mann, das ist vielleicht eine abgefuckte Scheiße«, sagte Paul. »Ich soll doch bloß rausfinden, wen er bumst. Das ist …«

»Sollten wir die Polizei rufen?«

Paul dachte darüber nach. Vielleicht sollten sie das? Aber dann konnte er sich von den vier Riesen sofort verabschieden. Er war sich ziemlich sicher, dass seine Klientin keine Beweise dafür haben wollte, wie Hartigan Sex im Knast hatte. Außerdem hätte es die Peinlichkeit mit sich gebracht, den Bullen erklären zu müssen, dass er ohne Lizenz als Privatdetektiv arbeitete. »Nee, lass uns einfach abwarten, was passiert.«

»Das stinkt zum Himmel«, sagte Phil

»Ich weiß, aber wir haben keine Wahl.«

»Was? Nein, ich meine die Kotze, die dein Hund gerade auf dem Rücksitz verteilt hat. Fiese Scheiße. Ich wette, echtes chinesisches Essen riecht anders.«

Paul blieb weitere zehn Minuten an Ort und Stelle hocken und ging im Stillen wieder und wieder alles durch. Als Hartigan neuerlich an der Eingangstür auftauchte, hatte er eine Entscheidung getroffen. Paul beobachtete, wie der Mann vorsichtig die Tür schloss und versuchte, das Absperrband wieder so anzubringen, wie er es vorgefunden hatte. Paul holte die Digitalkamera aus seiner Tasche und fingerte daran herum. Was auch immer das hier war, er würde sicherlich Beweise brauchen.

Er fand den richtigen Knopf und zoomte an Hartigan heran. Als der Blitz auslöste, stieß Paul einen unwillkürlichen Schrei aus. In der pechschwarzen Finsternis herrschte kurz schonungslose Helligkeit. Hartigan blickte sich um.

In einer einzigen raschen Bewegung sprang Paul über die Mauer und schaute nicht zurück, während er zum Wagen raste.

»Alles klar bei dir? Was machst du da?«, fragte Phil in seinem Ohr.

»Von hier verschwinden, verdammt«, erwiderte Paul.

KAPITEL FÜNFUNDZWANZIG

Verity Ward bezeichnete sich selbst als sehr pragmatisches Mädchen. Nein, falsch: als sehr pragmatische *Frau*. Sie war jetzt neunzehn und näherte sich dem Ende ihres ersten Jahres an der Uni. Sie hatte es sich zum Ziel gesetzt, bis zum Semesterende keine Jungfrau mehr zu sein, und langsam lief ihr die Zeit davon.

Es war nicht das Einzige, was sie sich in diesem Jahr vorgenommen hatte – das wäre ja auch wirklich erbärmlich gewesen. Genau genommen hatte sie sich sechs Ziele gesetzt. Eine Erstsemester-Debatte hatte sie bereits gewonnen, ebenso ein Buch über den Buddhismus gelesen, Shots getrunken, genügend Bass gelernt, um sich einer Band anzuschließen (um die Wahrheit zu sagen, war hier das entscheidende Argument, dass sie überhaupt bereit war, einen Bass zu erwerben und zu spielen), und sie hatte drei Freundinnen gefunden. Nun musste sie nur noch den letzten Punkt von ihrer Liste streichen. Sie hatte ihren Zeitplan bereits leicht modifiziert, indem sie entschied, dass die Deadline nicht bei den Semesterendprüfungen liegen sollte, sondern am Beginn ihres zweiten Jahres. Die Uhr tickte jedoch nach wie vor.

Manche Leute hatten ziemlich lächerliche Vorstellungen, wenn es um diese Dinge ging. Nicht so Verity. Sie erwartete nicht, dass die Erde beben und Engelschöre erklingen würden. Und auf gar keinen Fall wollte sie auf den einen, ganz besonderen Partner warten. Sie war eine starke Verfechterin sorgfältiger Planung.

Dabei lehnte sie entschieden das Konzept ab, dass man ihr die Jungfräulichkeit »nahm« – das hätte dem Mann viel zu viel Kontrolle über die Situation zugestanden. Genau genommen

»verlor« sie sie auch nicht – sie schaffte sie ganz einfach ab. Verlust hätte eine mangelnde Sorgfalt von ihrer Seite bedeutet. Und natürlich war sie keineswegs bereit, sich beim Entfernen ihrer Jungfräulichkeit von jemand X-Beliebigem helfen zu lassen.

Deshalb folgte sie einer angemessenen Drei-Dates-Abfolge und gestattete es Matt Willis, ihr in dieser Angelegenheit zu assistieren. Er war nett. Außerdem schien er selbst noch Jungfrau zu sein. Nach den vergangenen fünfzehn Minuten konnte man ihn jedenfalls schwerlich als erfahren bezeichnen. Er hatte wahnsinnig viel Zeit gebraucht, um die entscheidenden Dinge zu finden – den Hebel, mit dem man den Sitz zurücklegen konnte, einen angemessenen Radiosender, ihre Vagina …

… und dann das Gewese mit dem Kondom! Ganz im Ernst, dafür gab es keine Entschuldigung. Das hätte Matt nun wirklich im Voraus üben können, dafür war ihre Anwesenheit nicht erforderlich. *Wer bei der Vorbereitung versagt, muss sich aufs Versagen vorbereiten* – das war Veritys Motto – wenn sie das natürlich auch nicht laut aussprach.

Matt widmete sich seit einigen Minuten voller Ehrgeiz der anstehenden Aufgabe und war ermüdend rücksichtsvoll. Unentwegt fragte er: »Ist alles okay? Geht's dir gut? Wie ist das für dich?« Er war ein netter Junge, seine Mutter hatte ihn gut erzogen. Verity überraschte das nicht. Die Tatsache, dass seine Mutter einen Smart besaß, verriet viel über ihren guten Charakter. Allerdings war es vermutlich nicht das geeignetste Fahrzeug für ihre derzeitige Beschäftigung.

Wenn sie das noch einmal hätte planen müssen – was ja per definitionem nicht möglich war –, hätte sie die geografischen Rahmenbedingungen stärker mit einbezogen. Insbesondere hätte sie einen Jungfräulichkeits-Entfernungs-Partner gewählt, der vom Land kam, oder noch besser, aus dem Ausland. Dann hätte ihnen wenigstens eine eigene Studentenbude zur Verfügung gestanden. Matt kam, wie sie selbst, aus Dublin und lebte deshalb noch bei seinen Eltern. Und das bedeutete, dass der einzige Ort, der ihnen zur Verfügung stand, der Wagen seiner Mutter war. Dann kam auch noch die aufwendige Suche nach einer ungestörten Umgebung hinzu. Das hier war schon ihr dritter Versuch, denn an den beiden vorherigen Plätzen waren irritierend häufig Leute aufgetaucht, die mit ihren Hunden Gassi gingen. Der ganze Abend war unterm Strich eher logistisch anspruchsvoll als romantisch verlaufen.

Verity wusste, dass sie möglichst bald beginnen sollte, hörbare Begeisterung zu äußern. Matt hatte schließlich viel Mühe auf sich genommen, und fairerweise sollte sie ihm wenigstens den Eindruck vermitteln, dass der weibliche Orgasmus erreicht worden war. Sie hatte in diesem Punkt recherchiert. Wie es in einem Blog formuliert worden war: »Die Tatsache, dass er so bemüht darum ist, dass es passiert, ist Grund genug, ihn *glauben* zu lassen, dass es passiert.« Sie stöhnte. In der Tat schien dies Matts Lebensgeister neu anzufachen und damit auch sein Tempo zu erhöhen. Verity zog ihn enger an sich, während sie zugleich ihr langes schwarzes Haar zurückwarf, damit es nicht schon wieder unter seinem Ellbogen eingeklemmt wurde.

Sie schaute aus dem Fenster. Dieser Ort war weitab vom Schuss und damit ideal. Und dann wurden sie auch noch von zwei großen Werbetafeln vor möglichen Blicken abgeschirmt. Sie befanden sich in der Nähe eines großen Baukomplexes, aber wie jeder, der kürzlich eine Zeitung aufgeschlagen hatte, nur zu gut wusste, lebte dort niemand. Während sie erneut aufstöhnte, schaute sie zu den gewaltigen Umrissen des Skylark-Komplexes hinüber. Einige der Gebäude waren noch immer vollständig eingerüstet. Was für eine Verschwendung.

Sie streute ein »Oh, ja …« ein, um Matt zu vermitteln, dass sie mit sämtlichen Vorgängen weiterhin einverstanden war, und ließ ihren Blick wandern. In diesem Augenblick teilten sich die Wolken, und der Vollmond warf sein Licht über die bisher so düster verhangene Nacht.

Verity schaute an der Rückseite der Werbetafel hinauf und erstarrte. Ihr Kopf versuchte zu leugnen, was sie sah, bestand darauf, wie unwahrscheinlich das war. Jemand beobachtete sie. Dann sah sie noch einmal hin, senkte den Blick ein Stück weit, an den großen, starrenden Augen vorbei, und erkannte den Körper, den man an die Stützbalken der Tafel gefesselt hatte. Kabel hingen an ihm herab und schimmerten im Mondschein. Ihre Augen folgten ihnen bis zum Boden und wieder hinauf. Sie kamen aus dem Bauch des Mannes, der sie beobachtete. Dann ließ sich endlich die leise Stimme vernehmen, die von Anfang an gewusst hatte, dass sie da keineswegs Kabel vor sich sah.

Verity Ward schrie. Zum ersten Mal in ihrem Leben stieß sie einen Schrei vollkommenen Entsetzens aus.

Dank Matts Unerfahrenheit in diesen Dingen missinterpretierte er dies als einen Schrei höchster Lust. Dies sollte in seinem späteren Leben noch zu weiteren Problemen führen.

KAPITEL SECHSUNDZWANZIG

Gerry: Anrufer, Sie sind on air.

Anrufer (verzerrt): Mein Name ist Tyler Durden, und ich bin der offizielle Sprecher der Púca. Dies ist der Tag, der niemals kommt. Macht euch bereit für die Revolution.

Gerry: Okay, also, Mr Durden, bevor wir diese Unterhaltung fortsetzen, sollte ich Sie darauf hinweisen, dass wir bei uns im Sender über ein sehr ausgereiftes Rückverfolgungssystem verfügen, das die Nummern aller Anrufer aufzeichnet.

Anrufer (verzerrt): Ähm ... was?

Gerry: Und selbstverständlich geben wir unsere Informationen an die Gardaí weiter.

Anrufer (verzerrt): Oh Mann, bitte nicht, meine Ma bringt mich um!

Paul warf Phil eine Bierdose zu. Es sagte einiges aus über seinen mentalen Zustand, dass er nicht an die legendäre Phil-Nellis-Reaktionsgeschwindigkeit dachte, oder besser an ihr Nichtvorhandensein. Die Dose knallte seinem Freund gegen die rechte Schulter.

»Hey, was soll die Scheiße?«

»Sorry, Mann, meine Schuld.«

Phil grummelte vor sich hin, während er unter den Schreibtisch kroch, um die Dose aufzuheben.

Zum ersten Mal seit mehreren Tagen war Paul in die Büroräume von MCM Investigations zurückgekehrt. Phil hatte am Schreibtisch ihm gegenüber Position bezogen. Der Stuhl hinter dem dritten Tisch war von Maggie besetzt, die ihn mal wieder auf die ihr eigene entnervende Weise anstarrte.

»Nein«, sagte Paul.

Maggie sagte nichts.

»Vorhin wolltest du das chinesische Essen, und man sieht ja, was dabei rausgekommen ist – du hast Abduls ganzes Taxi vollgekotzt.«

»Den Gestank wird man nie wieder rausbekommen«, sagte Phil unter dem Tisch.

»Siehst du, sogar Phil stimmt mir zu.«

Maggie sagte nichts.

»Halt mich da raus«, sagte Phil.

»Dir wird bloß wieder übel.«

Maggie sagte nichts – allerdings äußerst vielsagend.

Paul hob seufzend ihren Napf auf und stellte ihn vor sie auf den Tisch. Dann machte er eine Dose auf und schüttete den Inhalt hinein.

Sie schaute seelenruhig zu, bis er fertig war, dann begann sie sofort, das Bier aufzuschlecken.

»Beherrsch dich mal, du irres Vieh.«

Sie schaffte es, ein Knurren auszustoßen, ohne aufzuschauen. Paul schob sich mit seinem Stuhl ein Stück beiseite, um ihr mehr Platz zu geben.

Phil setzte sich wieder hin und öffnete seine Dose. Sofort schoss das Lager heraus und spritzte ihn voll.

»Heilige Scheiße«, sagte er.

»Das überdeckt wenigstens den Gestank von Hundekotze.«

»Das ist wahr.«

Schweigend nahmen beide einen tiefen Schluck.

»Erinnerst du dich, dass ich die Nummer dieser Simone in Bunnys Wagen gefunden habe?«, fragte Paul.

»Hat sie zurückgerufen?«

»Nein.«

»Meinst du, dass Bunny losgezogen ist, um wen flachzulegen?«

»Nein«, sagte Paul. »Er ist jetzt seit einer ganzen Woche weg, Herrgott.«

»Ja, da wäre er ja schon komplett wund. Oh Gott«, sagte Phil. »Können wir bitte über was anderes reden? Ich hatte heute Abend schon genug Bilder in meinem Kopf, die ich mein ganzes Leben nicht wieder loswerde.«

Paul hatte vorgehabt, Phil das Foto zu zeigen, auf dem Jerome Hartigan ins Haus seines früheren Kollegen Craig Blake eingebrochen war. Als er in den Speicher von Onkel Paddys Kamera geschaut hatte, war er jedoch bloß auf ein verschwommenes Bild gestoßen, das nur einen Baum und etwas Gras zeigte – und keinen Hartigan. Ergo: keine Beweise. Fassungslos über seine eigene Unfähigkeit hatte er die vorherigen Bilder durchgeschaut – und die älteren Aufnahmen entdeckt. Die Kamera war jahrelang nicht benutzt worden, nachdem Paddy an einem Herzinfarkt gestorben war. Ein kurzer Überblick hatte ergeben, dass Paddy und Tante Lynn sie das letzte Mal verwendet hatten, um einen »besonderen Moment« einzufangen, bei dem keine Kleidung, aber eine beträchtliche Menge von »Hilfsmitteln« zum Einsatz gekommen war. Phil hatte Dinge gesehen, die er nicht ungesehen machen konnte.

»Ich drehe noch durch«, sagte Paul.

»Ich auch«, sagte Phil.

»Ich weiß nicht, was ich glauben soll.«

»Ich auch nicht. Wie soll ich ihr jemals wieder in die Augen schauen?«

Paul verdrehte die Augen. »Ach, um Himmels willen, das meine ich nicht. Ich habe gerade beobachtet, wie der Typ, den wir beschatten, in das Haus eines Toten eingebrochen ist. Er könnte ein Mörder sein!«

»Aber«, sagte Phil, »diese Púca-Leute haben doch diesen Typen umgebracht, oder? Wie heißt er noch?«

»Craig Blake.«

»Genau den. Die haben ihn umgebracht.«

»Aber wer sind die? Niemand weiß es. Wie auch immer, ich wollte damit sagen … die Nummer von dieser Simone klebte an einer Waffe in Bunnys Kofferraum.«

»Waffe im Sinne von richtiger Waffe?«

Paul verzog das Gesicht. »Nein, eine Wasserpistole, du Hohlkopf. Ja, eine richtige Waffe.«

»Kann ich die mal haben?«

»Was? Hör auf mit dem Quatsch. Ich will damit sagen, ich habe einen Killer gesehen …«

»Einen mutmaßlichen.«

»Na schön, einen mutmaßlichen Killer, der an den Tatort zurückgekehrt ist und dort eingebrochen ist.«

»An den mutmaßlichen Tatort.«

»Geh mir nicht auf den Geist mit deinem ewigen *mutmaßlich*. Was meinst du, sollte ich mir, na ja, auch eine Waffe anschaffen – zum Schutz?«

»Weißt du«, sagte Phil, »diese ganzen Amerikaner, die zum Schutz Waffen mit sich rumschleppen?«

»Ja.«

»Am Ende erschießen die meistens sich selbst.«

»Ja, aber nicht freiwillig.«

»Erschossen ist erschossen.«

»Ja«, sagte Paul. »Wahrscheinlich hast du recht. Ich habe die Munition rausgenommen. Hat mich fix und fertig gemacht, wenn ich ehrlich sein soll.«

»Also«, sagte Phil. »Gehst du wegen Hartigan zu den Cops?«

»Womit denn? Wir haben keine Beweise. Und wenn wir denen erklären, warum wir ihn beschattet haben, sind *wir* diejenigen, die verhaftet werden.«

»Du willst ihm also weiter folgen?«

»Keine Ahnung. Ich brauche die vier Riesen.«

Paul saß auf dem Stuhl, auf dem der Teufel im roten Kleid gesessen hatte, und es kam ihm vor, als würde er immer noch schwach nach ihr riechen.

»Ich sage dir, was du brauchst«, erwiderte Phil. »Du musst mit jemandem reden, der clever ist und sich mit diesen Sachen wirklich auskennt.«

»Würde ich liebend gern«, sagte Paul. »Aber sie geht nicht ans Telefon, wenn ich anrufe.«

KAPITEL SIEBENUNDZWANZIG

»Und das ist jetzt definitiv die Letzte?«, fragte Dr. Sinha.

»Absolut.« Brigit nickte nachdrücklich. Es stimmte, zumindest für heute. Da waren immer noch die drei Nummern, von denen sie keinerlei Antwort erhalten hatte – einschließlich dieser ominösen Simone. Sie ging allerdings nicht davon aus, dass die Geduld des braven Herrn Doktor ausreichen würde, um ihr auch noch bei denen zu helfen. Ihn dazu zu überreden, seinen Sonntagnachmittag damit zu verbringen, Prostituierte aufzusuchen, war schon schwer genug gewesen.

Die Idee hatte sie nach der gestrigen Begegnung mit Pater Franks gehabt. Seine Worte waren ihr nicht mehr aus dem Kopf gegangen: »Er wird lügen, betrügen, erpressen – alles, um zu bekommen, was er will.« Das warf nicht nur auf Bunny McGarry ein völlig neues Licht, sondern auch auf seine Telefonrechnung. Vielleicht ging es bei all den Escorts, die er angerufen hatte, doch um etwas ganz anderes. Vielleicht hatte er versucht, jemanden zu erpressen. Und wenn es so war, hatte derjenige verdammt gute Gründe, Bunny für immer verschwinden zu lassen.

Also bat sie Dr. Sinha, für sie die Nummern anzurufen, die auf Bunnys Rechnung standen. Er buchte die Termine, sodass Brigit ihn begleiten und die Damen fragen konnte, was sie von Bunny wussten. In der Praxis hatte sich diese Idee allerdings als recht kompliziert erwiesen.

Die erste Frau trafen sie um vierzehn Uhr in einem ziemlich hübschen Apartment am Hafen. Nachdem sie geklingelt hatten, durften sie heraufkommen, dann aber weigerte sie sich, sie in ihre Wohnung zu lassen. »Paare nehme ich nicht«, sagte sie durch die geschlossene Tür. Brigit schaute in den Spion und verfluchte ihre eigene Dummheit. Da ihr keine andere Wahl blieb, erklärte sie ihr, dass sie nach ihrem Freund suchten.

Die Frau sagte bloß, sie sollten verschwinden. Brigit hatte ein schlechtes Gewissen, aber schließlich blieb ihr nichts anderes übrig, als noch einmal nachzusetzen.

»Okay, aber haben Sie etwas dagegen, wenn ich an den anderen Türen hier auf dem Flur klingele? Ich muss nur sichergehen, ob nicht doch jemand gesehen hat, dass mein Freund die Prostituierte in Apartment 708 aufgesucht hat.«

Darauf öffnete sich die Tür, so weit es die vorgelegte Kette erlaubte, und die Frau funkelte ihr böse entgegen. Sie hatte lange Haare, war Mitte zwanzig und sprach mit einem Belfast-Akzent, der deutlicher zum Vorschein kam, wenn sie wütend war. Und wütend war sie nun eindeutig. »Kein Grund, ein Arschloch zu sein, verdammte Scheiße.«

Brigit entschuldigte sich und zeigte ihr das Bild von Bunny. Sie kniff die Augen zusammen, um es sich genauer anzusehen, und sagte ihnen, sie sollten warten. Eine Minute später kam sie zurück, diesmal mit einer Brille auf der Nase. Noch einmal betrachtete sie das Bild, und ihre Augen weiteten sich.

»Oh ja, dieser fette Arsch.«

»Er war hier?«, fragte Brigit.

»Ja, kurz. Kommt hier rein, schaut mich lange an und marschiert wieder raus. Meint, ich wäre nicht das, was er gesucht hat.«

»Kommt das nicht häufiger vor?« Brigit begriff zu spät, wie sich das anhörte. »Ich meine nicht … Sie sind ganz reizend für eine … ich meine, Sie sind reizend.«

Die Frau warf ihr einen Blick zu, mit dem man Lava hätte einfrieren können. »Selten, ganz selten … gerät man mal an jemanden, der enttäuscht ist, weil … na ja, die Fotos auf der Website keine Gesichter zeigen.«

»Warum nicht?«, fragte Dr. Sinha.

Die Frau ließ sich zu keiner Antwort herab. »Also, war's das?«

»Und sonst hat er nichts gesagt?«, fragte Brigit.

»Nein. Kommt rein, beleidigt mich, haut wieder ab. Wirklich ein verschissener Charme-Bolzen, Ihr Freund.«

»Und wann war das?«

»Herrgott.« Sie schaute zur Decke. »Donnerstag oder Freitag vor einer Woche, denke ich.«

»Haben Sie vielen Dank, Sie waren eine große ...« Die Tür wurde ihnen vor der Nase zugeknallt. »... Hilfe.«

Und so ging es weiter. Nach dieser ersten Erfahrung ließ Brigit Dr. Sinha allein an die Türen klopfen und den Kontakt herstellen, bevor sie ihren Auftritt hinlegte. Die zweite Kandidatin war eine entnervend aufgekratzte Frau aus Polen, die ihnen in etwa dieselbe Geschichte erzählte. Sie hatte ihre Tür geöffnet, Bunny hatte sie angeschaut, sich entschuldigt und war wieder gegangen. »Eigentlich schade, ich mag kräftige Männer«, sagte sie. Dann erklärte sie Brigit und Dr. Sinha, dass sie durchaus Paare annehmen würde, und wo sie schon mal hier waren ...

Sie verabschiedeten sich und waren zwanzig Minuten lang nicht in der Lage, einander in die Augen zu schauen, während sie eine bemerkenswert detaillierte und enthusiastische Diskussion übers Wetter führten. Es war ungewöhnlich warm für die Jahreszeit – Rekordwerte –, allerdings nicht so heiß, wie es in Indien wurde. Trotzdem immer noch sehr heiß, ja, sehr heiß für irische Verhältnisse.

Die dritte Frau war Französin und deutlich geschäftstüchtiger. Es kostete sie fünfzig Euro, sie zum Reden zu bringen. Brigit hatte so viel Geld nicht bei sich, aber sie schwor, dass sie es Dr. Sinha zurückzahlen würde, sobald sie an einem Bankautomaten vorbeikamen. Dann erklärte er mit peinlich lauter Stimme, dass er lediglich für Informationen zahle, offenbar besorgt, es könne sich hier um eine Polizeifalle handeln. Die Frau nahm den Schein entgegen und stopfte ihn in den Ausschnitt des Korsetts, das sie unter ihrem Seidenbademantel trug. Dann berichtete sie, dass Bunny am Mittwoch vor einer Woche bei ihr aufgetaucht war, verkündet hatte, dass sie brünett sein müsse, und augenblicklich wieder abgerauscht war. Sie erklärte ihnen, dass sie sich erst vor Kurzem die Haare blond gefärbt hatte. Brigit und Dr. Sinha versicherten ihr, dass es sehr hübsch aussehe und ihr wirklich gut stand. Zugleich fiel Brigit auf, dass die anderen beiden Frauen ebenfalls brünett gewesen waren.

Genau wie die vierte Frau. Diese schwor, sie hätte Bunny nie gesehen, als Brigit jedoch seinen auffälligen Akzent erwähnte, leuchteten ihre Augen auf. »Könnte der Typ gewesen sein, den ich am Freitag vor zwei Wochen eingebucht hatte. Ist nie aufgekreuzt. Scheiß Zeitverschwendung! Der schuldet mir zweihundert Euro.« Sie schaute sie erwartungsvoll an. Brigit und Dr. Sinha dankten ihr und verabschiedeten sich.

Die Fünfte war die Letzte auf der Liste, abgesehen von denen, die auf Dr. Sinhas hinterlassene Nachrichten nicht reagiert hatten – etwa die ominöse Frau namens Simone. Dieses Apartment lag in Drumcondra in einem ziemlich eleganten Gebäude. Überhaupt musste sich Brigit eingestehen, dass die schäbigste Wohnung, in der sie sich heute aufgehalten hatte, ihre eigene gewesen war. Sie blieb hinter einer Ecke im Flur zurück und nickte Dr. Sinha zu, der seufzend an der Tür klopfte.

»Kleinen Moment«, ertönte es aus dem Inneren der Wohnung. Er stand eine Minute lang nervös da, bis sich die Tür endlich öffnete.

»Hallo, mein Großer«, sagte eine leise Frauenstimme. Dann warf Brigit einen Blick um die Ecke.

Die Erkenntnis traf sie wie ein Ziegelstein am Kopf.

Das Gesicht hatte sie schon einmal gesehen. Es war in ihr Gedächtnis eingebrannt.

In den Augen der Frau machte sich Überraschung breit, als Brigit auf sie zumarschiert kam.

Dann schlug ihr Brigit mit Wucht die Faust ins Gesicht.

KAPITEL ACHTUNDZWANZIG

DSI Susan Burns schaute noch einmal zum Leichnam auf. Wer auch immer das kranke Individuum oder die Gruppe war, die hinter den Púca steckte, eins musste sie ihnen lassen – sie wussten wahrlich, wie man für Aufmerksamkeit sorgte. Stadtrat John Baylor war gekreuzigt aufgefunden worden, zehn Meter über dem Boden an der Rückseite einer Werbetafel, mit aus dem Bauch hängenden Eingeweiden. Auf besagter Tafel wurde vorbeifahrenden Verkehrsteilnehmern auf der M50 der Skylark-Komplex angepriesen. Diese Psychos waren nicht gerade subtil, wenn es um die Vermittlung ihrer Botschaft ging.

Für alle Fälle war in der Tasche des Opfers trotzdem ein Zettel hinterlassen worden, sicherheitshalber aufbewahrt in einer Sandwichtüte, auf dem die Púca sich zu der Tat bekannten. Die Formulierung entsprach exakt der letzten Nachricht. Der Zettel wurde bereits im Labor untersucht, aber Burns machte sich keine großen Hoffnungen.

Das Verbrechen selbst war der reinste Albtraum. Entdeckt hatten es vergangene Nacht zwei Teenager, die mit dem beschäftigt gewesen waren, womit sich Teenager seit der Steinzeit an Samstagabenden beschäftigten. Laut dem ersten Bericht von Dr. Devane deutete alles darauf hin, dass Baylor an einem anderen Ort getötet und dann hierhergebracht, entstellt und in Szene gesetzt worden war. Ihre ersten Untersuchungen legten den Todeszeitpunkt auf irgendwann am Freitagabend fest, was bedeutete, dass die Leiche mehr als einen Tag dort gehangen hatte. Die Wildtiere vor Ort hatten offenkundig ihren Vorteil daraus gezogen.

Die Gardaí brachten gerade einen mobilen Kran in Stellung, um den Toten abzunehmen. Das Ganze war wahnsinnig umständlich, aber so ließ sich am besten aufrechterhalten, was Devane als die Unversehrtheit des Untersuchungsgegenstandes bezeichnete. Sie hatten den Tatort seit zwei Uhr unter die Lupe genommen, und inzwischen war es vier Uhr am Sonntagmorgen. Niemand, der in der irischen Polizei irgendetwas zu sagen hatte, würde viel von diesem Wochenende haben.

Die Angelegenheit hatte bereits als Politikum begonnen, aber nun, mit Leiche Nummer zwei, ging sie komplett durch die Decke. Der Taoiseach hatte sich persönlich eingeschaltet. Baylor war für ihn wohl eine Art Mentor gewesen, offenbar eine der großen unsichtbaren Kräfte in Dublins politischer Sphäre. Man hatte ihr keinen Zweifel gelassen, dass ihr Staatsoberhaupt ein persönliches Interesse an dem Fall hegte. Auch die Presse würde einen großen Tag haben. Zum Glück war der Fall noch nicht in die Sonntagszeitungen gelangt, aber beim ersten Tageslicht waren die Radio- und Fernsehteams in Scharen angerückt. Ein provisorisches Statement hatte die Journalisten einige Stunden lang ruhiggestellt, aber sie würden bald die nächste Pressekonferenz abhalten müssen. Es war auch nicht mehr nur die irische Presse, jede internationale Agentur schien sich eingefunden zu haben. Ohne Zweifel waren die Reporter jetzt da drüben und kämpften um eine gute Position, während sie, die unfertige Skylark-Skyline im Rücken, mit ernster Miene in die Kameras sprachen.

Burns ließ die Absperrungen von uniformierten Beamten patrouillieren, aber dieser Tatort war nach allen Seiten weit offen, man benötigte also lediglich ein gutes Objektiv. Die Fotos vom ersten Púca-Tatort grassierten bereits in den finsteren Winkeln des Internets. Diesmal würden sie die Fotos nicht freigeben müssen, die Öffentlichkeit würde ihnen diese Arbeit zweifellos abnehmen.

Burns drehte sich um und stellte fest, dass Detective Garda Daly nervös hinter ihr stand. Sie war eine sehr ordentliche Beamtin, soweit Burns dies bislang beurteilen konnte, aber sie zeigte einen Mangel an Selbstvertrauen, den sie dringend abschütteln musste, wenn sie jemals auf der Karriereleiter aufsteigen wollte.

»Wie lange stehen Sie schon hier?«

»Entschuldigung, Ma'am. Ich dachte nur, Sie wollten vielleicht ... Sie wissen schon ... das alles auf sich wirken lassen.«

Daly machte eine angespannte Geste Richtung Leiche.

»Daly, eines sollten Sie sich merken in diesem Job: Nur ein fauler Arsch wird Ihnen sagen, dass er sich auf seinen Instinkt verlässt, weil es ihm zu viel Mühe macht, alle Fakten herauszufinden. Das hier ist keine Kunst, sondern eine Wissenschaft.«

»Ja, Ma'am.«

»Apropos ...«

Daly starrte sie mit leerem Blick an. Nach einem Moment nickte Burns mit Nachdruck dem Notizblock zu, den die jüngere Frau in Händen hielt.

»Oh, natürlich.« Daly errötete und schlug ihn auf. »Stadtrat Baylor, neunundsechzig Jahre alt, sollte nächstes Jahr aus allen öffentlichen Ämtern ausscheiden. Er wird als Stütze der Gesellschaft beschrieben, und er genießt ein hohes Ansehen bei all seinen Wählern und Kollegen.«

Burns deutete über ihre Schulter. »Offenbar doch nicht bei allen. Halten Sie sich bei Ihren Berichten mit Wertungen zurück, Daly.«

Nervös schob sich die junge Kollegin eine Strähne hinters Ohr. »Ja, Ma'am, tut mir leid, Ma'am.«

Burns kam sich wie ein Miststück vor, weil sie so kleinkariert reagierte. Es war nicht Dalys Schuld, dass es ihr so schwerfiel, mit nur drei Stunden Schlaf zu funktionieren. »Wie kommt es, dass ein derartig beliebter Zeitgenosse länger als einen Tag verschwindet und es niemandem auffällt?«

»Na ja«, erwiderte Daly. »Seine Kinder sind schon erwachsen und leben ihr eigenes Leben, und seine Frau ist unten in Waterford und besucht ihre Familie. Sie sagt, er hätte ein ruhiges Wochenende geplant und wollte sich ausgiebig seiner Liebe zur Töpferei widmen. Ich habe mit seiner Privatsekretärin gesprochen, und sie bestätigt die Aussage der Ehefrau.«

Über Dalys Schulter hinweg sah Burns, wie neben den Vans der Spurensicherung ein Astra hielt und Detective Wilson ausstieg. Er bemerkte Burns, und sie deutete auf den großspurig als Catering-Truck bezeichneten Wagen, der in Wahrheit nur lauwarme Getränke und das ein oder andere von der Zeit vergessene Sandwich bereithielt.

»Danke, Daly. Sprechen Sie noch mal mit der Sekretärin und sagen Sie ihr, dass wir eine vollständige Liste aller Termine brauchen, die der Stadtrat letzte Woche hatte. Und erkundigen Sie sich ausdrücklich nach einer Liste von unzufriedenen Wählern. Die haben sie garantiert geführt. Man kann nicht so lange in der Politik tätig sein, ohne jemanden gegen sich aufzubringen.«

»Ja, Ma'am.«

»Wir sehen uns dann beim Meeting um sieben Uhr in der Zentrale.«

»Ja, Ma'am.«

Burns begann, auf den Catering-Truck zuzugehen, an dem Wilson inzwischen stand. Er sah nicht glücklicher aus als vor drei Stunden, als sie ihm seinen Auftrag gegeben hatte. Ein großer Teil ihres Jobs bestand darin, alle Ressourcen zu nutzen, die ihr zur Verfügung standen, ob diese Ressourcen nun genutzt werden wollten oder nicht. Nach ihrer letzten Unterhaltung hatte sie sich seine Personalakte kommen lassen. Wilsons Großvater galt als Institution in der irischen Politik, einen Großteil der Siebzigerjahre war er als Finanzminister tätig gewesen. Sein Dad wiederum hatte den Versuch gestartet, diese Tradition fortzuführen, war allerdings irgendwann mit runtergelassenen Hosen erwischt worden. Burns konnte nur mutmaßen, aber sie ging davon aus, dass Wilsons Entscheidung, sich den Gardaí anzuschließen, nicht die erste Wahl seiner Familie gewesen war. In jedem Fall hatte sich Wilson nur äußerst widerwillig bereit erklärt, als sie ihn losgeschickt hatte, um bei seinen Angehörigen Insiderinformationen über Baylor zu besorgen. Burns war das egal; sie hatte zwei Leichen an der Hand, keinerlei substanzielle Verdächtige und keine Zeit für Nettigkeiten. Wenn es bei Wilsons nächstem Weihnachtsessen mit der Familie peinliche Momente geben würde, war das nicht ihr Problem.

Sie nickte Wilson zu, und neben dem Truck gesellte er sich zu ihr.

»Also?«, fragte Burns.

»Stadtrat Baylor war ein äußerst beliebter …«

»Die geschönte Biografie hab ich bereits bekommen, Wilson.«

»Ja, Ma'am. In diesem Fall, ganz inoffiziell – er hat sich bei den Bauunternehmern angedient wie verrückt, war aber sehr clever. Alle Ermittlungen gegen ihn, mögliche Prozesse – nichts konnte ihm irgendwas anhaben. Er wurde als der große Mann angesehen, wenn es darum ging, Genehmigungen für Immobilienprojekte zu bekommen, aber er war immer wahnsinnig vorsichtig. Niemand hat ihn je direkt um irgendwas gebeten oder ihm Geld ausgehändigt etc., etc.«

»Verstehe. Hatte er irgendwas damit zu tun?« Burns nickte in Richtung des Skylark-Komplexes, der am anderen Ende des weitläufigen Brachlandes aufragte.

»Ich habe gefragt. Nichts Konkretes, aber man hat mir gesagt, wenn er hier nicht seine Hand im Spiel gehabt hatte, wäre dies in den letzten dreißig Jahren das erste Mal gewesen. Er wurde bei jedem Immobiliendeal dieser Größenordnung geschmiert.«

»Wirklich?«

»Sie wissen ja, dass die meisten Stadträte nur darauf warten, einen Sitz im Parlament zu bekommen. Na ja, es kursierte der Witz, dass Baylor das ablehnen würde, weil ihm das Gehalt nicht reichen würde.«

»Er hatte also Feinde, die wir uns genauer anschauen sollten?«

»Leute, die es sich mit ihm verscherzt haben oder umgekehrt? Tausende, aber …« Wilson schaute zu der Leiche hinüber, und Burns musste dem Drang widerstehen, einen Schritt zurückzutreten, um ihre Schuhe zu schützen. »… nichts, was das erklären würde.«

»Irgendwelche Leichen in seinem Keller, von denen ich wissen sollte?«

»Das ist der andere Punkt«, erwiderte Wilson. »Offenbar war er der langweiligste Mensch auf dieser Erde. Keine heimlichen Treffen, keine nächtlichen Stelldicheins. Wie's aussieht, war der Typ privat ein echter Heiliger. Hat nicht mal getrunken. Sein Spitzname lautete Schneewittchen.«

»Nun ja«, sagte Burns. »Irgendwen hat er angepisst. Wer immer dahintersteckt, liebt seine Arbeit, und ich kann mir nicht vorstellen, dass unser Täter erst vor ein paar Tagen damit angefangen hat. Amateure erreichen nicht dieses Maß an Effekthascherei. Wir werden …«

Burns unterbrach sich, als sie spürte, dass das Handy in ihrer Tasche vibrierte. Sie holte es hervor und erkannte die Nummer. Es waren die Kollegen von der Spurensicherung. »Moment …« Sie nahm den Anruf an. »Doakes, was haben Sie für mich?«

»Hier spricht DSI O'Brien, Susan, aber Doakes ist hier bei mir.«

»Oh. Hallo, Mark.«

»Der Zettel, den Sie an Ihrem Opfer gefunden haben – wir haben da jetzt ein Ergebnis. Es konnten Überreste eines Fingerabdrucks gefunden werden.«

»Gut.« Burns bemerkte, wie angespannt O'Brien klang. Auch die Tatsache, dass er persönlich anrief, war ungewöhnlich.

»Wir haben das drei Mal gegengeprüft, und einer meiner besten Mitarbeiter hat es schließlich bestätigt. Der Abdruck befindet sich auf unserer Ausschlussliste …«

Burns hätte am liebsten jemanden geboxt. Auf der Ausschlussliste befanden sich nur Polizeibeamte und technische Mitarbeiter. Nur, um sicherzugehen, dass sie von der Ermittlung ausgeschlossen werden konnten, wenn ihre Fingerabdrücke an einem Tatort auftauchten, zu dem sie gerufen worden waren. Wenn sie ihre Arbeit ordentlich erledigten, sollte dies natürlich gar nicht erst passieren. »Wer zur Hölle hat meinen Tatort kontaminiert?«

»Niemand«, sagte O'Brien. »Der Fingerabdruck gehört einem Detective, der kürzlich erst in den Ruhestand gegangen ist: Bunny McGarry.«

KAPITEL NEUNUNDZWANZIG

Gerry: ... und da sind wir wieder. Die Púca sind von jedem irischen Politiker verurteilt worden, auch von der Kirche, und sogar Bono hat bekanntgegeben, dass er kein Fan ist. Aber auf meinem Weg ins Studio habe ich die Graffitis an den Wänden gesehen, an Bushaltestellen und auch überall sonst, wohin man schaut. Offenkundig gibt es eine Minderheit da draußen, die sich mit ihren Taten durchaus identifizieren kann. Wer, glauben Sie, ist diese Minderheit? Gehören Sie dazu? Wir nehmen Ihre Anrufe entgegen. Niall aus Maynooth.

Niall: Ja, Gerry, lassen Sie mich bitte ausreden – woher wissen wir eigentlich, dass die Púca überhaupt aus Irland sind?

Gerry: Ich verstehe nicht, worauf Sie hinauswollen, Niall.

Niall: Ich meine bloß, es könnten doch auch Ausländer sein, oder? So wie Al Quaida, die heißen doch jetzt ISIS. Vielleicht haben die ihren Namen noch mal geändert, kann doch sein, oder?

Gerry: Sie wollen also sagen, dass sich eine Bande von Dschihad-Terroristen für ihre Organisation den gälischen Namen einer Gestalt aus der irischen Mythologie ausgesucht hat?

Niall: Na ja ... ist jetzt auch kein Grund, dass Sie mich hier blöd dastehen lassen, Gerry.

Gerry: Das, Niall, haben Sie ganz allein geschafft.

Dr. Sinha war in seinem ganzen Leben noch nie in eine Handgreiflichkeit mit einer Frau verwickelt gewesen. Er war keineswegs stolz darauf, hielt es schlicht für das Minimum dessen, was ein gut erzogener Mann von sich behaupten sollte. Er bezeichnete sich selbst als Feminist, wenn sich die Gleichberechtigung auch nicht auf Gewalt anwenden ließ. Gewalt war immer das Ergebnis eines Charakterfehlers. Deshalb enttäuschte es ihn auch so, jetzt in eine handgreifliche Auseinandersetzung nicht nur mit einer, sondern gleich mit zwei Frauen verwickelt zu sein.

Fairerweise musste man anerkennen, dass seine Rolle dabei lediglich in dem Versuch bestand, den Kampf zu beenden – wobei er bislang äußerst erfolglos geblieben war. Die Auseinandersetzung fand zwischen Schwester Conroy und der Frau statt, die sich am Telefon als Diane vorgestellt hatte. Angesichts ihres Berufsstandes war er nicht so naiv, zu glauben, dass sie wirklich so hieß, aber im Inneren nannte er sie lieber »Diane« als »die Prostituierte«.

Alle Versuche, die Dr. Sinha bisher unternommen hatte, die Prügelei zu unterbinden, waren desaströs verlaufen. Kaum hatte er eine der beiden zur Seite gezogen, nutzte die andere ihre Gelegenheit zu einem unfairen Tiefschlag. Rasch wurde ihm klar, dass Frauen zwar wie das feinere Geschlecht aussahen, sich aber, wenn die Fassade bröckelte, als wirbelnde Derwische erwiesen, die mit Schmuck, Nägeln und Hacken zuschlugen.

Der Kampf hatte begonnen, als Schwester Brigit Conroy »Diane« ohne ersichtlichen Grund mitten ins Gesicht geschlagen hatte. Dr. Sinha mochte Brigit und wollte gern glauben, dass dieses Verhalten nicht ihrem Wesen entsprach, aber allein in dieser Woche hatte sie ihm bereits den Ellbogen in die Nase gerammt und war vom Dienst suspendiert worden, weil sie einen nackten Kollegen als Geisel genommen hatte. Es begann sich eine gewisse Tendenz abzuzeichnen.

Auf den ersten Schlag war reichlich Haareziehen, Schreien, Beißen und Treten gefolgt. Die Prügelei hatte größtenteils im

Eingangsbereich der Wohnung stattgefunden, würde sich aber zweifellos auf die anderen Räume ausweiten, wenn nicht eingeschritten wurde. Sein letzter Versuch, die beiden auseinanderzureißen, hatte dazu geführt, dass er sich mit ihnen über den Boden gewälzt hatte. Das klang in der Theorie deutlich attraktiver, als es sich in der Praxis darstellte. Dies war ein ziemlich bedeutsames Wochenende für Dr. Sinha, schließlich hatte er erst Freitagnacht seine Jungfräulichkeit verloren. Nun hatte ihn eine Frau zum ersten Mal gebissen – er war sich nicht sicher, welche von beiden. In jedem Fall würde er eine Tetanus-Spritze brauchen.

»Ich bning dch un«, sagte Brigit, deren Aussprache von Dianes Fingern in ihrem Mund erheblich beeinträchtigt wurde.

»Du bist eine gottverdammte irre Kuh«, erwiderte Diane.

Dr. Sinha schaffte es, auf die Füße zu kommen und Brigit zu packen. Er hob sie in die Höhe und riss sie mit aller Kraft von der anderen Frau weg, wobei sie wie wild mit den Armen um sich schlug und verzweifelt versuchte, doch noch einen Treffer zu landen.

»Schwester Conroy, bitte!«

Er stellte sie mit dem Gesicht zur Tür ab und versuchte, seinen Körper zwischen sie und ihre immer noch kampfbereit vorgebeugte Gegnerin zu bekommen. Diane nutzte den kurzen Moment, griff sich in den blutigen Mund und tastete vorsichtig darin herum.

»Du hast mir einen gottverdammten Zahn ausgeschlagen!«

»Ach ja? Du hast mir mein verdammtes Herz gebrochen!«

»Okay«, sagte Dr. Sinha. »Warum nehmen wir uns nicht alle einen Augenblick, um ...«

Dr. Sinha war so damit beschäftigt, die beiden Frauen voneinander zu trennen, dass ihm nicht aufgefallen war, dass Brigit die große Vase von der Flurkommode ergriffen hatte. Er bemerkte es erst, als sie sie über seinen Kopf schleuderte. Diane duckte sich gerade noch rechtzeitig, sodass die Vase ihren Kopf ganz knapp verfehlte und an der Wand zerschellte. Diane drehte sich um und huschte auf allen vieren ins Wohnzimmer.

Dr. Sinha drehte sich zu Brigit um. »Schwester Conroy! Was zur Hölle geht hier vor?«

»Sie …« Brigit streckte anklagend den Finger aus. »Sie ist diejenige, die …« Tränen traten ihr in die Augen. Sie holte ihr Handy hervor und versuchte, es zu entsperren. »Sie … da war …« Sie musste schluchzen, kämpfte aber dagegen an. »Sie …«

Dr. Sinha streckte beschwichtigend eine Hand aus und senkte seine Stimme. »Was auch immer sie …«

Dann schien Brigits Wut unerklärlicherweise einen zweiten Anlauf zu nehmen. Mit einem gewandten Schritt stürmte sie an ihm vorbei aufs Wohnzimmer zu. »Ich … bring sie um, die blöde Kuh …«

Dr. Sinha wollte Brigit hinterher, prallte aber gegen ihren Rücken, als sie unvermittelt in der Tür zum Wohnzimmer stehen blieb, sodass sie vor ihm auf den Teppich stürzte.

»Tut mir leid, ich …«

Dr. Sinha hielt inne. Diane blutete aus dem Mund, und auf ihrem Gesicht nahm ein blaues Auge Gestalt an. Vor allem aber stand sie mit ausgestreckter Pistole in der Tür zum Schlafzimmer. Die Waffe sah nicht sehr groß aus, aber Größe war ja nicht alles.

»Keine Bewegung«, sagte sie und richtete den Revolver erst auf ihn, dann auf Brigit, die am Boden lag.

»Okay«, sagte Dr. Sinha. »Beruhigen wir uns erst mal.«

»Beruhigen? Beruhigen?! Ich habe keine Ahnung, was ihr für kranke Irre seid, aber dem Nächsten, der sich bewegt, schieße ich ein Loch in den Kopf.«

»Okay, ich verstehe Ihre Wut«, sagte Dr. Sinha. Als Arzt in der Notaufnahme hatte er mehr als genug gewalttätige Meinungsverschiedenheiten mitangesehen, um etwas von Konfliktlösung zu verstehen. Er hob beide Hände zur Beschwichtigung. »Kommen wir doch alle ...«

Unvermittelt hielt er inne und schaute weg.

Diane sah ihn verwirrt an. »Was?«

Während er immer noch den Blick abwandte, deutete Dr. Sinha vage in ihre Richtung. »Ihre, ähm, Ihre ...« Diane senkte den Blick und stellte fest, dass ihre linke Brust aus dem in Fetzen gerissenen Negligé gerutscht war.

»Ach, ist ja eine große Sache, verdammt!«

Das war es durchaus. Selbstverständlich hatte er bei seiner Arbeit alle Teile der menschlichen Anatomie gesehen, aber eben immer nur in professioneller Funktion. Als Probleme, die gelöst werden mussten. Und so war diese Brust erst die dritte, die ihm privat unter die Augen gekommen war. Seine Jungfräulichkeit hatte er vor zwei Nächten in Anwesenheit der zwei anderen verloren. Er hoffte sehr, seine Bekanntschaft mit diesen beiden Exemplaren und ihrer entzückenden Besitzerin so bald wie möglich fortsetzen zu können. Einer der zahlreichen Gründe, warum er nicht wollte, dass die Besitzerin von Brust Nummer drei ihn nun erschoss.

»Ja«, sagte Brigit, »der ist das doch egal. Warum fragen Sie sie nicht, ob sie Ihnen die Blume zeigt, die sie sich auf den Arsch tätowiert hat?«

Diane schaute verwirrt zu ihr herab. »Woher wissen Sie ...«

Brigit hielt ihr mit verzerrtem Grinsen das Telefon entgegen.

»Ich habe ein Foto davon auf meinem Handy. Eins der vielen, auf denen auch mein Ex-Freund zu sehen ist.«

Diane starrte Brigit einen Augenblick an und richtete dann den Blick zur Decke. »Oh, verdammte Scheiße ... ich wünschte, ich hätte diesen Job niemals angenommen. Es ist diesen ganzen Ärger so was von nicht wert.«

»Nicht wert? Sie haben meine Beziehung zer...« Brigit schleuderte das Telefon auf Diane. Es traf sie mit einem ekelerregenden Knirschen direkt auf dem Nasenrücken. Als sie nach hinten kippte und sich die Hände vors Gesicht schlug, stürzte Dr. Sinha vor und schnappte sich die Waffe. Brigit stürmte derweil neuerlich auf Diane zu.

»Das reicht!« Dr. Sinha richtete den Revolver in Dianes Richtung und stellte sich zwischen sie und Brigit. »Irgendwer muss mir das bitte mal erklären, und zwar augenblicklich! Ich habe keine Lust, in der Wohnung einer Prostituierten festgenommen zu werden.« Er wandte sich Diane zu, die mit beiden Händen ihre blutige Nase umklammerte. »Nicht persönlich gemeint.«

Sie antwortete nicht.

Ein Moment der unerwarteten – aber höchst willkommenen – Stille legte sich über den Raum. Dr. Sinha zog ein Taschentuch aus seiner Jacke und reichte es Diane, während er die Waffe immer noch in ihre Richtung hielt. Sie nahm es entgegen und drückte es gegen den Blutstrom, der kontinuierlich aus ihrer Nase floss.

»Man hat mir gesagt, es wäre bloß ein Scherz«, sagte Diane. »Als mich dieser Typ kontaktiert hat. Er meinte, er wolle einem Freund einen Streich spielen.«

Dr. Sinha schaute Brigit an, die, wenn das überhaupt möglich war, noch verwirrter aussah als er.

»Was?«, fragte sie.

»Der Typ, der mich kontaktiert hat. Er meinte, es wäre ein Streich für den Junggesellenabschied von seinem Kumpel. Er hat mir zwei Riesen geboten, wenn ich bloß ein paar Fotos mache. Kam mir ganz harmlos vor, als er es mir erklärt hat ... aber als ich zu ihm in diese Wohnung kam, war der Typ komplett bewusstlos, und da waren auch noch diese beiden anderen Kerle, und na ja ...« Sie hielt inne und schaute auf das Taschentuch, suchte nach einer sauberen Stelle. »Das war überhaupt kein Junggesellenabschied, oder? Es war was anderes. Diese beiden Gorillas waren auch engagiert worden. Man ... man macht dann einfach seinen Job und verschwindet wieder. Es war ...«

»Oh, Herrgott.« Brigit ließ sich auf das Sofa fallen. »Er war bewusstlos.«

Dr. Sinha senkte die Waffe und schaute zwischen den beiden Frauen hin und her. »Tut mir leid. Ich kapiere überhaupt nichts mehr.«

Brigit sah ihn an, und ihre Augen füllten sich mit kalter Wut. »Irgendwer hat Paul unter Drogen gesetzt und sie dafür bezahlt, kompromittierende Fotos mit ihm aufzunehmen.«

Geschockt wandte sich Dr. Sinha zu Diane um. »Ist das wahr?«

Diane nickte. »Hören Sie, so was würde ich normalerweise nicht ... ich meine, wenn ich das gewusst hätte, aber ... Ich wollte das nur noch vergessen ... Und dann kam dieser fette Typ hier vorbei und hat Fragen gestellt.«

Dr. Sinha holte das Foto von Bunny McGarry aus seiner Tasche und zeigte es ihr.

»Ja. Genau der.«

Brigit lehnte sich auf dem Sofa zurück. »Um Himmels willen«, sagte sie leise. »Bunny muss vermutet haben, dass Paul so was niemals ... Klar: im Zweifel für den Angeklagten. Ich bin einfach davon ausgegangen, dass es stimmt, aber Bunny hat zu beweisen versucht, dass er unschuldig ist ...«

»Ich habe ihm nichts gesagt«, fuhr Diane fort und zeigte auf das Bild. »Gar nichts. Er hat jede Menge Fragen gestellt, und als er nichts aus mir rausbekommen hat, ist er wieder gegangen. Anschließend habe ich den Typen sofort angerufen, ihm gesagt, dass ich's mit der Angst zu tun kriege. Er hat mir fünf Riesen angeboten, wenn ich den Mund halte.«

»Ja«, sagte Brigit. »Kann ich mir vorstellen.«

»Und«, sagte Dr. Sinha, »unseren großen Freund vom Land haben Sie nie wieder gesehen?«

»Nein«, erwiderte Diane.

»Er hat niemanden erpresst«, sagte Brigit, ohne irgendwen anzusprechen, den Blick zu Boden gerichtet. »Bunny wollte Pauls Unschuld beweisen.«

Dr. Sinha wappnete sich, als Brigit sich erhob, aber sie schien nicht vorzuhaben, die Feindseligkeiten wieder aufzunehmen. »Wann ist all das passiert?«

Diane gestikulierte mit ihrer freien Hand. »Keine Ahnung, ich …«

»Denken Sie nach«, sagte Brigit.

»Also gut«, erwiderte Diane. »Ihr Freund ist letzten Donnerstag hier aufgetaucht … ja, am Donnerstag.«

»Und ich wette, am Freitag haben Sie sich mit dem Typen getroffen, der Sie engagiert hatte – um Ihr Schweigegeld zu kassieren, nicht wahr?«

Sie nickte. »Ja, in einem Pub draußen in Dalkey. Ich wollte einen öffentlichen Ort …«

»Fun Fact für Sie, Schätzchen«, sagte Brigit, deren Stimme nur so triefte vor Gift. »Der Mann auf dem Foto ist ein ehemaliger Polizist. Er wird seit Freitag vermisst.«

Das bisschen Blut, das nicht bereits aus ihrer Nase geflossen war, verschwand aus Dianes Gesicht. »Ich weiß gar nichts über …«

»Wenn ich Sie wäre«, sagte Brigit, »und nicht wegen Beihilfe zum Mord angeklagt werden wollte, würde ich ganz schnell anfangen, mich zu erinnern. Zum Beispiel an den Namen von dem Typen.«

»Ich weiß ihn nicht«, stammelte Diane. »Er hat in bar gezahlt. Aber ich hab's mir irgendwo aufgeschrieben. Vielleicht sogar eine Adresse oder ...«

»Wie sah er aus?«, fragte Brigit.

»Ziemlich klein«, sagte Diane. »Hochgestochen, Süd-Dubliner Akzent. Und seine Haare waren ...«

Diane gestikulierte um ihre Stirn herum.

»Herrgott!«, sagte Brigit. »Ein Haarteil?«

»Kennen Sie ihn?«, fragte Diane.

»Könnte man sagen«, erwiderte Brigit. »Ich hätte das Arschloch fast geheiratet.«

KAPITEL DREISSIG

»Ich bin Komplize eines Mordes!«, sagte Phil.

Paul hob nicht einmal den Kopf von der Tischplatte. »Nein, bist du nicht.« Dann dachte er noch mal kurz darüber nach. Zu fünfundneunzig Prozent war er sicher, dass das stimmte.

Es war sieben Uhr am Sonntagabend, und beide hatten die Büroräume von MCM Investigations den ganzen Tag nicht verlassen. Um ein Uhr nachts hatten sie mit dem Trinken begonnen, und erst die Bewusstlosigkeit hatte ihr Gelage beendet. Paul erinnerte sich noch vage, wie sie den Sonnenaufgang vorm Fenster beobachtet hatten. Er war offiziell runter vom Alkohol. Allerdings war der Alkohol wohl nicht runter von ihm – er hatte ihn regelrecht plattgewalzt.

Paul hatte sogar die Flasche gefunden, die er vor Ewigkeiten einem Typen im Broken Rod Pub abgekauft und zwischenzeitlich vergessen hatte. Er konnte den Namen von diesem Zeug nicht aussprechen, aber auf dem Etikett waren jede Menge verrückt aussehender Akzente und Punkte großzügig verteilt. Paul erinnerte sich, dass er ziemlich viel über sein Liebesleben geheult hatte, bevor ihm die Lichter ausgegangen waren. Dann hatte er noch eine Reise nach Südamerika geplant, während Phil ein Gedicht über seine nicht existente Freundin vorgelesen und Maggie zwanzig Minuten lang den Aktenschrank angegriffen hatte – nachdem auch von ihr eine heroische Menge des unaussprechlichen Biers konsumiert worden war. Er und Phil hatten sich unter einem der Schreibtische verkrochen, bis der Hund zu ihnen herübertrottete, Phil die Hand leckte und schließlich in einer Ecke zusammenbrach. Maggies unentwegtes Schnarchen und Furzen versicherten ihnen wenigstens, dass sie noch am Leben war.

Nun aber hätte Paul, angesichts seines schrecklichen Katers, den eigenen Tod nur zu gern willkommen geheißen. Er wäre eine Erleichterung gewesen!

Phil hatte sein Handy gezückt, um nachzusehen, ob Da Xin ihm eine Nachricht geschrieben hatte. Dabei bemerkten sie den Artikel. Er las ihn langsam vor. »Die Gardaí haben mitgeteilt, dass der Leichnam von Mr Baylor vergangene Nacht aufgefunden wurde. Vorläufige Ermittlungsergebnisse legen den Todeszeitpunkt jedoch bereits auf Freitagnacht fest. Die Polizei bittet alle Bürgerinnen und Bürger, die Stadtrat Baylor womöglich gesehen haben, sich mit den entsprechenden Informationen zu melden. Zwar weigern sich polizeiliche Quellen noch, es zu bestätigen, aber es wird stark davon ausgegangen, dass dieser Mord in Verbindung mit der sogenannten Púca-Gruppierung steht, die sich Anfang dieser Woche zum Mord an dem prominenten Bauunternehmer Craig Blake bekannt hat.« Phil hörte auf zu lesen, und sie schauten einander an. »Freitagnacht.«

»Wir wissen nicht, wo sich Hartigan da aufgehalten hat«, sagte Paul.

»Nein.«

Dann saßen sie eine Weile in stummer Nachdenklichkeit da, während in ihren Köpfen unangenehme Tatsachen, Mutmaßungen und ihr teuflischer Kater um die Vorherrschaft kämpften.

Irgendwann stand Phil auf und öffnete das Fenster, weil Maggies Hintern die ganz schweren Geschütze auffuhr.

Danach verbrachten sie den Großteil des Tages damit, sich wieder und wieder im Kreis zu drehen, da ein und dieselbe Meldung alle fünfzehn Minuten im Radio wiederholt wurde.

Sie wussten eigentlich nicht viel, nur dass Hartigan in das Haus von Craig Blake eingebrochen war – und das auch nur, weil sie ihn illegal beschattet und Paul sich unerlaubt Zugang zu Blakes Garten verschafft hatte. Im bestmöglichen Fall würde das ein sehr peinliches Gespräch mit der Polizei ergeben, das noch die letzte Chance zerstören konnte, für MCM Investigations eine offizielle Lizenz zu erhalten.

Dieser Gedanke brachte Paul zurück zu Bunny. Der Drang, Brigit anzurufen, war gewaltig, aber er durfte ihm nicht nachgeben.

»Ganz im Ernst«, sagte Phil. »Ich habe Hartigan am Freitag gefahren. Ich könnte wirklich ein Komplize bei diesem Mord sein.«

Paul schaute zu ihm auf. »Zum letzten Mal, du bist kein Komplize. Du wusstest nicht mal, wo er hinwollte, wenn er überhaupt irgendwohin wollte. Entspann dich einfach, okay? Du bringst meinen Kopf zum Platzen.«

Dankenswerterweise wurden sie unterbrochen, als Pauls Telefon klingelte. Er schaute aufs Display. Brigit. In seiner Eile, den Anruf anzunehmen, ließ er das Handy beinahe fallen.

»Hallo?«

»Wir müssen reden.«

KAPITEL EINUNDDREISSIG

Als vor ihr auf dem Hauptbildschirm der Vorspann ablief, atmete Aufnahmeleiterin Helen Cantwell tief ein. Ganz gleich wie oft sie das hier tat – und sie hatte es oft getan –, sie war immer noch nervös. Heute Abend war es allerdings auch keine Sendung wie jede andere. Heute Abend würde das ganze Land zuschauen. Die Ankündigung war seit vierundzwanzig Stunden am Anfang und Ende jedes Werbeblocks zu sehen gewesen. Ein Exklusivinterview, das so spektakulär war, dass selbst die anderen Sender es widerwillig zur Nachricht erkoren hatten. Wenn sie das hier gut hinbekamen, würden sie nicht mehr die Show sein, über die sich alle lustig machten. Und Helen könnte sich mit Freude daran erinnern, dass sie ihrem alten Boss gesagt hatte, dass er sich ins Knie ficken könne – was ihr derzeit noch so schwer im Magen lag.

»Okay, eine schöne Sendung euch allen.«

Sie schaute auf den Monitor rechts von ihr. Ciaran Hearn war der Inbegriff von Nachrichtensprecher-Würde. Wenn man ihn so sah, hätte man sich niemals vorstellen können, dass er wie ein kleines Schulmädchen getanzt hatte, als die Zusage für das Interview gekommen war.

»Okay, Ciaran, du bist drauf in fünf … vier …«

Während der Rest des Countdowns stumm auf dem Monitor links von ihr runterzählte, bekreuzigte sie sich. Das tat sie immer, heute aber mit etwas mehr Nachdruck.

Ende des Vorspanns.

»Auf Ciaran, Kamera eins.«

»Guten Abend und herzlich willkommen zu unserem Sonntagsrückblick auf eine Woche, die man sicher als eine der erstaunlichsten in der jüngeren irischen Geschichte bezeichnen kann. Am Dienstag wurde der Prozess gegen die drei Männer hinter dem Skylark-Immobilienprojekt unter kontroversen Umständen abgebrochen. Am Donnerstag wurde einer dieser Männer tot aufgefunden, nachdem man ihn brutal gefoltert hatte, wozu sich eine bis zu diesem Zeitpunkt unbekannte Organisation bekannt hat, die sich die Púca nennt. Heute Morgen nun hat uns die Nachricht erreicht, dass ein bekannter Politiker auf ähnliche Weise ermordet wurde und die sogenannte Púca erneut mit dem Verbrechen in Verbindung gebracht wird. Und nun stellen wir die Frage: Brechen Gesetz und Ordnung in diesem Land zusammen? Wer sind die Púca, und wen repräsentieren sie? Später werden wir in unserer Sendung mit dem ehemaligen Garda-Superintendent David Dunne über die Fortschritte der polizeilichen Ermittlungen sprechen, aber zuvor haben wir Gelegenheit, ein exklusives Interview mit Jerome Hartigan und Paschal Maloney zu führen ...«

»Kamera zwei ...«

Die beiden Männer, die in schmalen Sesseln saßen, füllten den Bildschirm. Hartigan strahlte beherrschte Reglosigkeit aus, Maloney zappelige Aufgelöstheit.

»... den beiden verbliebenen Mitgliedern der Skylark Three. Doch zuvor haben wir unsere Außenreporterin Zoe Barnes ins Zentrum von Dublin geschickt, um herauszufinden, was die Bürgerinnen und Bürger vom abgebrochenen Skylark-Prozess und den Púca halten.«

»... Beitrag eins abfahren.«

Der Einspieler begann.

»Und wir sind raus.«

Ciaran ging zum Hauptbereich des Studios hinüber und nahm seinen Gästen gegenüber Platz. Sie hatten das genau abgesprochen. Helen hatte ihm eingeschärft, mit den beiden zu sprechen und sie abzulenken, während der Beitrag gesendet wurde. Bis spät in die Nacht hatten sie darüber debattiert, was sie rausschneiden und was sie drinlassen sollten. Die alte Frau mit den Lockenwicklern im Haar, die sagte, aufhängen wäre noch zu gut für sie, wäre gutes Fernsehen gewesen, aber Helen wollte nicht, dass die beiden Skylark-Typen dies mitanhörten. Sie fürchtete, dass sie aus dem Studio flüchten würden, bevor ihr Gespräch auch nur begann. Ihre Anwälte waren ohnehin nicht gerade versessen darauf, dass sie im Fernsehen auftraten, und das Letzte, was sie gebrauchen konnte, war, dass Ciaran Hearn mit zwei leeren Stühlen sprach. Das wäre dann wirklich das Ende ihrer Karriere.

Hartigan sah mit seinem gemeißelten Kinn und dem unaufdringlichen, aber obszön teuren maßgeschneiderten Sakko aus wie ein leicht gealterter David Hasselhoff der Baywatch-Ära. Maloney dagegen wie das unglückselige Opfer, das er soeben davor gerettet hatte, in seinem eigenen Angstschweiß zu ertrinken. Helen öffnete Leitung drei auf der Gegensprechanlage.

»Lindy, sieh zu, dass du dieses Stirnproblem irgendwie in den Griff kriegst, bitte.«

»Ich bin dran.«

Helen schloss die Leitung, hörte aber noch, wie die Maske leise vor sich hin murmelte. Eine Sekunde später tauchte Lindy auf dem Monitor auf. Maloney sah irritiert aus, als sie ein weiteres Mal versuchte, den Schweiß von seinem blanken Schädel zu pudern.

Neben ihm ignorierte Hartigan eisern Ciarans Small-Talk-Versuche und wandte den Blick nicht von dem Monitor ab, auf dem der eingespielte Beitrag zu sehen war. Im Interesse journalistischer Ausgewogenheit gaben sie auch einem Pärchen das Wort, das sich darüber beklagte, dass da irgendwelche Psychopathen in der Gegend herumliefen und so taten, als würden sie die

Bevölkerung repräsentieren, sowie einer freundlichen älteren Dame, die die Meinung vertrat, dass Mord Mord sei und man das Gesetz nicht in die eigenen Hände nehmen dürfe. Der letzte Befragte war derjenige, über den sie endlos diskutiert hatten. Er war mindestens siebzig und sprach mit schwerem Dubliner Akzent, aber seine Wortwahl klang zugleich wie Poesie.

»Nun, wissen Sie, eine Übeltat macht die andere nicht ungeschehen, das ist wohl wahr, aber wenn ein Schurke einen anderen Schurken beseitigt, hat man immerhin einen Schurken weniger auf dieser Welt und eine verdammt gute Warnung für den nächsten, der vorhat, hart arbeitende Leute um ihr Geld zu bringen.«

»… und zurück auf Ciaran.«

»Jerome Hartigan und Paschal Maloney, danke, dass Sie heute zu uns gekommen sind.«

Offenkundig äußerst empört über die letzte Aussage des Beitrags, öffnete und schloss sich Maloneys Mund in rascher Folge.

Hartigan schaute Ciaran ruhig an. »Danke, dass Sie uns eingeladen haben, Ciaran, aber ich möchte gleich mal etwas klarstellen, das in Ihrem Bericht sträflich vernachlässigt wurde.« Dann schaute er direkt in die Kamera. »Craig Blake, ein Mann mit zwei Kindern und einer Frau, die ihn sehr geliebt hat, ist tot. John Baylor – ein Vater von vier Kindern – ist ebenfalls tot und hinterlässt seine arme Frau Kathleen. Ich finde es geradezu schändlich, dass bei alledem der Verlust von Menschenleben kaum eine Erwähnung findet. Kinder haben keinen Vater mehr, Frauen bleiben als Witwen zurück, und kein noch so populistischer Slogan kann daran etwas ändern.«

Während Maloney nachdrücklich nickte, schien Ciaran dieser Einstieg auf dem falschen Fuß zu erwischen. »Okay, dann sprechen wir darüber. Erst einmal, was empfinden Sie ganz persönlich in Bezug auf den Tod Ihres Kollegen Craig Blake?«

»Nun«, erwiderte Hartigan. »Ich bin natürlich entsetzt, wie es jeder klar denkende Mensch sein sollte. Wir waren nicht wirklich befreundet, eher Geschäftspartner, aber der Schock über eine derartige Nachricht und die schauderhaften Details von dem, was er offenbar hat erleiden müssen, sind zutiefst beängstigend.«

»Ja«, sagte Maloney. »Absolut abstoßend. Es ist ein Albtraum.«

Ciaran nickte nachdenklich. »Und was halten Sie von diesen sogenannten Púca?«

»Das sind Terroristen«, sagte Hartigan. »Schlicht und einfach. Psychopathen, die behaupten, im Namen der irischen Bevölkerung zu handeln. Was ist denn der Unterschied zwischen denen und einem irren Serienmörder, der tötet, weil es ihm irgendwelche Stimmen in seinem Kopf befehlen? Wir sind schließlich auch nur Geschäftsleute, das ist alles.«

»Ja, genau«, warf Maloney ein. »Geschäftsleute, die nichts falsch gemacht haben, wie das Gericht bestätigt hat.«

»Nun«, entgegnete Ciaran, »das entspricht wiederum nicht ganz den Tatsachen, oder? Ein wegen Verfahrensfehlern abgebrochener Prozess ist kein Unschuldsbeweis.«

»Haltlose Unterstellungen sind aber auch kein Schuldbeweis«, sagte Hartigan. »Zumindest waren sie dies früher nicht.«

»Aber können Sie das Gefühl der Frustration nicht verstehen, das in Teilen der Öffentlichkeit wahrzunehmen ist, da Menschen, die finanziellen Schaden erlitten haben, nun keine Gerechtigkeit erfahren?«

»Gerechtigkeit?«, wiederholte Maloney. »Wir sind Geschäftsleute. Wir waren an einem Geschäft beteiligt, das sich nicht wie geplant durchführen ließ. So was ist vorher natürlich noch nie passiert, oder? Wenn irgendein x-beliebiger Bürger seine Hypothek nicht abbezahlen kann, ist das eine Tragödie. Wenn wir unser Budget bei einem großen Bauprojekt nicht einhalten können, sind wir Monster. Ich musste für meine eigene Sicherheit Personenschützer engagieren, und ich finde, die Regierung sollte dafür die Kosten übernehmen.«

Hartigan warf Maloney einen kurzen, verärgerten Blick zu.

»Ist es das, was beim Skylark-Projekt schiefgelaufen ist? Lediglich eine Fehlkalkulation der Kosten?«

Hartigan breitete in klassischer Nichts-zu-verbergen-Haltung die Hände aus. »Ciaran, ich würde Ihnen gern ganz genau auseinandersetzen, was unserer Ansicht nach passiert ist. Aber, wie Sie wissen, könnte es durchaus zu einem neuen Verfahren kommen, was wir – um das ganz klar zu sagen – ausdrücklich begrüßen würden. Leider bindet uns dies die Hände, wenn es darum geht, uns im Fernsehen zu äußern. Ich will aber Folgendes sagen: Jedes Geschäft beinhaltet ein gewisses Risiko. Würde ich im Nachhinein manche Dinge anders machen? Ohne Zweifel. Aber grundsätzlich muss man daran erinnern: Unser Land wurde von Persönlichkeiten gegründet, die Risiken auf sich genommen haben und ihren Träumen gefolgt sind. Zum Wesen solcher Unternehmungen gehört es, dass sich manche Träume nicht verwirklichen lassen. Aber wenn wir als Gesellschaft nun dazu übergehen, diejenigen zu bestrafen, die solche Risiken auf sich nehmen, die mehr erreichen wollen – welche Botschaft senden wir dann an zukünftige Generationen?«

»Aber«, sagte Ciaran, »Sie verstehen, dass die Menschen wütend sind?«

»Ja«, erwiderte Hartigan, »natürlich verstehe ich das. Offen gesagt bin ich auch wütend. Ich möchte dem, was da passiert ist, auf den Grund gehen. Absurderweise macht es mir jedoch die Ermittlung der Polizei, die meines Erachtens voreilig eingeleitet wurde, unmöglich, genau dies zu tun, da all unsere geschäftlichen Unterlagen beschlagnahmt wurden.«

»John Baylor – darf ich fragen, wie Ihre Beziehung zu ihm aussah?«

»Unsere Beziehung«, entgegnete Hartigan, »war dieselbe Beziehung, die jeder zu ihm hatte, der in den letzten zwanzig Jahren Bauprojekte im Umfeld von Dublin entwickelt hat. John Baylor ...« Hartigan bekreuzigte sich – eine geschickte Geste, wie Helen fand. »... war ein langjähriges Mitglied des Dubliner Stadtrates. In dieser Funktion hatte er mit allen zu tun, die in unserem Geschäftszweig tätig sind, und alle meine Kollegen werden Ihnen bestätigen, dass er unermüdlich gearbeitet hat und ein äußerst beliebter Mann war. Das politische Leben in Irland hat einen großen Verlust zu beklagen, der angemessen betrauert werden sollte.«

»Und darf ich Sie abschließend fragen, ob Sie sich nun Sorgen um Ihre persönliche Sicherheit machen?«

Maloney nickte so nachdrücklich, dass er Helen an eine dieser Wackelkopf-Puppen erinnerte, die ihre Tante Joan gruseligerweise überall in ihrer Wohnung aufstellte. »Selbstverständlich«, sagte er und hatte seine Stimme kaum im Griff. »Wir stehen unter einer extremen Belastung. Die Gardaí scheinen nicht das Geringste zu unternehmen, und wenn ich nachts wach werde, denke ich ...« Er gestikulierte wild mit beiden Armen. »Die Púca kommen, die Púca kommen, die Púca kommen!«

Wenn Helen recht hatte – und das hatte sie –, würden die letzten fünf Sekunden spätestens am nächsten Morgen in den sozialen Medien als Meme die Runde machen.

Hartigan schaute erneut direkt in die Kamera. »Mache ich mir Sorgen um meine eigene Sicherheit? Natürlich tue ich das. Aber was noch wichtiger ist: Ich mache mir Sorgen um dieses Land. Wer sind wir, als Nation, wenn wir es dem Teufel erlauben, unbehelligt Amok zu laufen?«

KAPITEL ZWEIUNDDREISSIG

Gerry: Wir haben Mairead aus Castleknock in der Leitung.

Mairead: Gerry, ich will die Taten der Púca in keiner Weise
entschuldigen, aber trotzdem: Man hat doch das Gefühl, als
hätte es irgendwann so kommen müssen, oder? Diese ganze
Wut sitzt so tief in uns Iren wie eine Infektion, und sie muss sich
einfach mal irgendwo entladen ... Ganz normale Menschen
haben das Gefühl, dass man sie absichtlich aufs Glatteis geführt
hat. Als würden die, die heute an der Macht sind, uns alle für
Idioten halten. Und bei der nächsten Wahl treten wieder nur
dieselben Leute an – oder solche, die noch schlimmer sind.

Gerry: Ein nachvollziehbarer Punkt. Wenn wir in Frankreich
wären, hätte es schon vor Jahren Aufstände gegeben. Die
Franzosen lassen sich so was nicht gefallen, warum ist das bei
uns in Irland anders?

DSI Burns betrat ihr Büro und stellte fest, dass eine Frau auf
dem Stuhl vor ihrem Schreibtisch saß und telefonierte.

Burns schaute auf sie hinab. Ihr schwarzes Haar war am Hinterkopf zu einem Knoten zusammengebunden, und ihr cremefarbenes Business-Kostüm konnte man nur tragen, wenn man
nicht sechs Stunden an einem Tatort mitten auf einem matschigen Feld verbringen musste. Die Frau lächelte zu ihr auf und
hob einen Finger, um zu signalisieren, dass sie nur noch eine
Minute brauchte. »Ja, Marcus, ich fürchte, der Minister hat in
diesem Punkt eine sehr klare Haltung. Wir finden die visuelle
Gestaltung des ersten Entwurfs absolut furchtbar.«

Burns marschierte um ihren Schreibtisch herum und setzte sich. Es war ihr bewusst, dass sie müde und höllisch gereizt war. Statt der Versuchung nachzugeben, die Frau einfach rauszuschmeißen, ermahnte sie sich im Stillen, erst einmal herauszufinden, worum es hier eigentlich ging.

Wieder lächelte die Frau sie an, während jener Marcus – wer auch immer das war – ihr noch immer ins Ohr schwatzte. Burns erwiderte das Lächeln nicht, schaute nur vielsagend auf ihre Armbanduhr.

»Ich komme später darauf zurück, Marcus, ich muss mich hier erst mal neu konfigurieren.« Und damit legte sie auf. »Bitte entschuldigen Sie …«

»Ja«, sagte Burns. »Dies ist ein Sicherheitsbereich. Sie sollten sich nicht unbegleitet in diesem Büro aufhalten.«

»Tut mir leid, Ihre persönliche Assistentin war nicht an ihrem Platz.«

»Sie holt uns Sandwiches. Wir haben hier jede Menge hungrige, überarbeitete Leute. Ich gehöre selbst dazu. Und Sie sind?«

Die Frau streckte ihre Hand über Burns unaufgeräumten Tisch. »Veronica Doyle. Ich arbeite für Gary.«

Sie wechselten einen kurzen Handschlag. »Und was kann ich für unseren Justizminister tun?«

»Wir haben gehört, dass es in der Ermittlung neue Entwicklungen gegeben hat.«

»Es steht mir nicht frei, darüber zu sprechen«, sagte DSI Burns. »Wir haben uns darauf geeinigt, dass ich Margaret Armitage und Terry Flynn täglich einen aktuellen Bericht zukommen lasse, aber bei allem Respekt, Miss Doyle, ich weiß nicht, wer Sie sind. Arbeiten Sie auch im Ministerium?«

Miss Doyle ließ neuerlich ihr strahlendes Lächeln sehen. »Wie gesagt, ich arbeite für Gary.«

»Das ist aber nicht dasselbe, oder?«

»Wir haben gehört«, fuhr Doyle fort, »dass es am zweiten Tatort Hinweise darauf gegeben hat, dass dieser Fall mit einem ehemaligen Garda-Beamten in Verbindung steht.«

Burns atmete ein. »In Hinblick auf diese Entwicklung muss ich meinen Bericht für das Ministerium erst noch erstellen.« Sie würde ihrem gesamten Team den Kopf abreißen. Irgendwer hatte es offenbar für seine Aufgabe gehalten, den höheren Rängen etwas ins Ohr zu flüstern.

Doyle streckte beschwichtigend die Hände aus. »Wir stehen hier alle auf derselben Seite.«

Burns rückte eine Akte auf ihrem Tisch zurecht. »Ich stehe auf keiner Seite, ich habe eine Ermittlung durchzuführen. Mr McGarry ist dabei in den Blick gerückt. Für Spekulationen, die darüber hinausgehen, ist es aber noch zu früh.«

Veronica Doyle nickte. »Ganz genau. Wir haben auch gehört, dass Sie sich McGarrys Telefonrechnung beschafft haben und dass diese zeigt, dass er mit Pater Daniel Franks in Kontakt gestanden hat und …«

»Okay«, unterbrach sie Burns. »Ich weiß das seit genau fünfundvierzig Minuten. Ich verlange zu erfahren, woher Sie Ihre Informationen erhalten.«

»Wir versuchen nur, mit der Situation angemessen umzugehen.«

Burns klappte laut ihren Laptop zu und deutete über den Tisch. »Das ist nicht Ihr Job. Ich stehe dieser Ermittlung vor.«

»Niemand behauptet etwas Gegenteiliges.« Das gut eingeübte warme Lächeln lag immer noch auf Veronica Doyles Gesicht. »Wir sind uns darüber im Klaren, dass Sie noch neu sind in Ihrem Amt und derzeit viel auf dem Tisch haben. Gary möchte unbedingt sicherstellen, dass Sie jedwede Unterstützung erhalten, die Sie brauchen. Wir haben erfahren, dass sich in der Arche gesuchte Kriminelle aufhalten, und nun, da es eine

Verbindung von Pater Franks zu unserem Hauptverdächtigen gibt ...«

»Sorry, aber können wir kurz noch mal auf meine Frage zurückkommen? Wer sind Sie eigentlich, verdammte Scheiße? Sie sitzen hier nämlich in meinem Büro – dem Büro der Leiterin des National Bureau of Criminal Investigation – und erklären mir, wie ich meine Ermittlung zu führen habe. Und ich habe nicht die geringste Ahnung, wer Sie sind.«

»Gary möchte nur, dass Sie wissen, dass er Ihre Entscheidung vollständig unterstützen wird, falls Sie es für nötig halten sollten, sich Zutritt zur Arche zu verschaffen.«

»Super. Falls diese Situation eintritt, werde ich mich direkt mit dem Minister absprechen.«

»Offensichtlich gibt es ja nun konkrete Beweise dafür, dass ...«

»Was auch immer Ihr Job sein mag, Miss Doyle, ganz sicher gehört die Auswertung von Beweismitteln nicht dazu. Wenn es Ihnen jetzt nichts ausmacht – ich bin hier ziemlich beschäftigt.«

Veronica Doyle lehnte sich auf ihrem Stuhl zurück und rückte ihren Blazer zurecht.

»Susan, ich glaube, wir haben hier auf dem falschen Fuß begonnen.«

»Glauben Sie?«

»Ich verstehe, dass Sie derzeit unter großem Stress stehen. Gary möchte lediglich, dass Sie wissen ...«

»Befiehlt mir der Minister, die Arche zu stürmen?«

»Dazu ist er natürlich nicht befugt.«

»Oh, aber das ändert nichts daran. Sie meinen, er wird es nicht befehlen. Er möchte aber, dass ich es tue. Nun, ich fürchte, ich sehe derzeit keinerlei Anlass für ein derartiges Vorgehen.«

»Aber finden Sie nicht ...«

»Und wenn es doch so weit kommt«, fuhr Burns fort, »wird

diese Entscheidung ausschließlich von der Beweislast abhängen. Wenn die Regierung bis dahin die Notwendigkeit sieht, sich um die Arche zu kümmern, wird dies nicht auf dem Rücken meiner Ermittlung passieren. Wir sind die Gardaí, keine Privatarmee.«

»Es gibt keinen Grund, melodramatisch zu werden, Sus...«

»Detective Superintendent Burns für Sie, Miss Doyle. Wenn der Minister mit mir etwas zu besprechen wünscht, weiß er genau, auf welchem Weg er dies anzustellen hat. Und dies ...« Burns zeigte mit dem Finger auf Veronica Doyle und sich. »... ist nicht der Weg.«

»Na schön, DSI Burns«, sagte Doyle. »Wenn das Ihre Einstellung ist. Wir haben lediglich versucht, Ihnen ...«

»Ich weiß ganz genau, was Sie versucht haben.«

Veronica Doyle beugte sich über den Schreibtisch und senkte ihre Stimme. »Als wir Sie für diesen Posten ausgesucht haben, haben wir Sie für deutlich klüger gehalten. Sie sollten Ihre Karriere nicht aus den Augen verlieren. Man wird sich an diese Unterhaltung erinnern.«

»Da habe ich keinen Zweifel. Wenn ich diejenige bin, die Gardaí entsendet, um friedliche Demonstranten mit Gewalt aufzumischen, wird man sich sehr lange an mich erinnern.«

»Schön«, sagte Miss Doyle und wandte sich zum Gehen. »Vergessen wir einfach, dass ich jemals hier gewesen bin.«

Sie verließ das Büro. Auch DSI Burns erhob sich von ihrem Schreibtisch und folgte ihr hinaus.

Im Großraumbüro davor hatten sich über zwanzig Mitarbeiter ihres Ermittlungsteams rund um die Schreibtische versammelt.

»Alle mal herhören«, sagte DSI Burns mit ihrer lautesten, autoritärsten Stimme. Alle verstummten und schauten sie an. DSI Burns zeigte auf ihre Besucherin, die stehen geblieben war und sie ebenfalls mit offenem Mund anstarrte. »Dies ist Veronica Doyle, die für den Justizminister in nicht näher benannter Funktion tätig ist. Können Sie sich bitte alle daran erinnern, dass sie heute hier gewesen ist.«

Veronica Doyle stürmte Richtung Fahrstuhl davon.

DSI Burns kehrte in ihr Büro zurück und knallte die Tür hinter sich zu.

KAPITEL DREIUNDDREISSIG

»… und so ist das alles abgelaufen«, sagte Brigit.

Die letzten zehn Minuten hatte sie beim Sprechen den Resopaltisch vor sich angestarrt, und Paul hatte ihr stumm gegenübergesessen. Sie schaute nicht auf, wollte seine Reaktion nicht sehen. Mehr als alles andere wollte sie die ganze Sache nur in einem Rutsch hinter sich bringen.

Sie saßen in einem ziemlich heruntergekommenen Café in einer Seitenstraße der Abbey Street. Es war zehn Uhr morgens an einem Montag, also deutlich zu spät für ein Frühstück – es sei denn, man war ein absoluter Langschläfer – und noch zu früh für einen Lunch. Also waren sie unter sich. Draußen vor dem Fenster nahm ein hektischer Dubliner Vormittag seinen Lauf und ahnte nichts von ihrem kleinen Drama. Auf der Fahrt hierher hatte Brigit im Radio gehört, dass heute der heißeste Tag des Jahres werden sollte.

Ihr einziges Publikum stellte ein nicht ins Bild passender Schäferhund dar, den ihr Paul leicht gequält als »Maggie« vorgestellt hatte. Der Besitzer des Cafés hatte anfänglich protestiert, bis Paul zwei Frühstücke eigens für den Hund bestellte. Beide hatte Maggie längst verschlungen, während die Teller von Paul und Brigit noch immer unberührt vor ihnen standen. Brigit spürte, wie sich das entnervende Hundestarren in ihre Schläfe bohrte.

»Ich habe also nicht …«, sagte Paul.

»Nein«, erwiderte Brigit.

»Okay.«

Brigit wagte es, ihn anzusehen, und stellte fest, dass auch Paul auf den Resopaltisch starrte.

»Ich bringe ihn um.«

»Nein, das tust du nicht«, erwiderte sie. »*Ich* bringe ihn um.«

Er schaute auf, und zum ersten Mal, seit sie den Laden betreten hatten, stellten sie Blickkontakt her. Sie schoss ihm ein kurzes, nervöses Lächeln zu und schaute wieder weg. Sie hatte seit gestern Abend darüber nachgedacht, und sie wusste immer noch nicht, was sie davon halten sollte. Da war immer noch der ganze Schmerz der vergangenen zwei Monate und, trotz allem, was sie jetzt wusste, die irrationale Wut über die Frage: Wie konnte Paul mir das antun? Dabei hatte er gar nichts getan.

»Das ist …«, sagte Paul. »Ich meine, er hat gegen alle möglichen Gesetze verstoßen.«

»Oh ja, nachdem wir ihn zwei Mal umgebracht haben, wandert er definitiv in den Knast.«

Paul hatte Duncan McLoughlin, Brigits ehemaligen Verlobten, nur ein einziges Mal getroffen. Das war vor acht Monaten gewesen. Paul hatte Brigits Handy auf ihrer Flucht in die Einkaufstüte von Duncans Begleiterin fallen lassen, um die Gardaí von ihnen wegzulocken. Dies hatte jedoch dazu geführt, dass McLoughlin und seine Freundin fast von der Kugel eines Auftragsmörders erwischt worden wären, die gar nicht ihnen gegolten hatte. Da sie zu diesem Zeitpunkt gerade mit recht intimen Vorgängen beschäftigt gewesen waren, hatte seine »sensible Körperregion« einen … unglücklichen Schaden erlitten. Man hatte ihnen damals gesagt, dass er sich wieder vollständig erholen würde, aber offenbar hatte er Paul den Vorfall nicht verziehen.

»Das Letzte, woran ich mich erinnere«, sagte Paul, »in dieser Nacht, meine ich, ist, wie Phil wütend abgezogen ist, weil ich gesagt hatte … na ja, du weißt schon.«

»Dass es seine Internet-Freundin gar nicht gibt.«

»Ja. Dann bin ich in die Bar zurückgegangen, um meinen Mantel zu holen und mein Glas auszutrinken und …«

Mehr fiel ihm nicht ein. Unzählige Male hatte er seine verschwommenen Erinnerungen an diese Nacht durchforstet, als würde er in der Lücke herumstochern, wo einmal ein Zahn gewesen war.

»Das Problem ist bloß«, sagte Brigit, »nach alledem habe ich immer noch nicht die geringste Ahnung, wohin Bunny verschwunden sein könnte.«

»Nein«, sagte Paul.

»Sein letztes Lebenszeichen hat er um 11:34 Uhr am Freitag von sich gegeben, als er mich angerufen hat.«

»Was? Moment, er hat dich angerufen?«

»Ja.« Wieder schaute Brigit auf den Resopaltisch. »Ich ... ich habe den Anrufbeantworter drangehen lassen. Er war betrunken, klang glücklich. Ich nehme an, weil er herausgefunden hatte ...«

»Was wirklich passiert war.«

»Ja. Die ...« Sie ging im Stillen einige Bezeichnungen durch, dann entschied sie sich für: »Die *Frau* hat sich mit Duncan am Freitagnachmittag getroffen, um sich ihr Schweigegeld zu holen.«

»Das hat sie dir erzählt?«

»Ja.« Brigits Ausführungen darüber, wie sie herausbekommen hatte, was Paul in jener schicksalsträchtigen Nacht tatsächlich zugestoßen war, gaben ein leicht geschöntes Bild von ihrer Unterhaltung mit Diane ab. Um die Spuren der Prügelei, den blauen Fleck auf ihrer rechten Wange und den Kratzer an ihrem Hals, zu verdecken, hatte sie eine zusätzliche Schicht Foundation auftragen müssen. Trotzdem war sie immer noch gut dabei weggekommen. Ihre Gegnerin hatte schließlich eine gebrochene Nase und einen nicht unerheblichen Dentalschaden davongetragen. Brigit war das im Nachhinein schrecklich peinlich, auch wenn sie es im Grunde nicht bereute.

»Also«, sagte Paul. »Bunny findet das heraus und stellt Duncan. Daraufhin verschwindet er?«

»Na ja, erst einmal schaut er im O'Hagan's vorbei. Tara, die Eigentümerin, meinte, er wäre in Hochform gewesen. Passt zu der Nachricht, die er bei mir hinterlassen hat. Und dann ...«

»Dann verschwindet er. Meinst du, Duncan hat etwas damit zu tun?«

Brigit schüttelte den Kopf. »Ganz ehrlich? Glaube ich nicht. Klar, er ist ein hinterhältiges Stück Scheiße und hat alles verdient, was auf ihn zukommt, aber ich kann mir nicht vorstellen, wie er Bunny ausschaltet.«

»Vielleicht hat er auch ihn unter Drogen gesetzt?«, fragte Paul.

»Das ist möglich, aber wie gesagt, Tara meinte, dass Bunny in bester Stimmung war, als er den Pub verlassen hat. Wenn man ihn hätte raustragen müssen, wäre das vermutlich aufgefallen.«

Paul trommelte mit den Fingern auf der Tischplatte herum und schaute aus dem Fenster. »Ich nehme an, Duncan könnte ihn irgendwo aus dem Hinterhalt angefallen haben? Hat ihn vielleicht kalt erwischt?«

»Der kleine Dreckskerl fürchtet sich vor seinem eigenen Schatten. Ich kann mir keine Version der Ereignisse vorstellen, bei der er es mit Bunny McGarry aufnimmt ...«

»Und als Sieger hervorgeht«, fügte Paul hinzu. »Ich denke, du hast recht. Aber klingt es irgendwie wahrscheinlicher, dass sich Bunny von einer Klippe stürzt?«

»Nein«, gab Brigit zu.

»Er ist dafür einfach nicht der Typ«, sagte Paul.

Brigit fielen Johnny Cannings Worte wieder ein. »Unter den richtigen Umständen ist jeder der Typ dafür.«

KAPITEL VIERUNDDREISSIG

DSI Burns saß in der Ecke des Containers, der als Garda-Stütz-punkt vor der Arche genutzt wurde. Er stank nach Schweißfü-ßen und eingekochtem Tee, und an der undichten Decke hatte sich ein Wasserfleck gebildet.

Es war natürlich sehr vorsichtig formuliert worden. Man hatte Assistant Commissioner Sharpe hinzugezogen, um »bei der Ermittlung zu helfen«. Sie war keineswegs abberufen worden. So lautete jedenfalls die offizielle Version. In Wirklichkeit aber hatte man ihr alles aus der Hand genommen, kaum dass Sharpe in der Einsatzzentrale aufgetaucht war. Er hatte jetzt das Sagen, und alle wussten es. Vielleicht hätte man es gern gesehen, wenn sie ihren Job freiwillig an den Nagel gehängt hätte, aber das war nicht ihre Absicht – jedenfalls nicht mitten in einer Ermittlung.

Sie hatte ihre Sicht des Falls energisch verteidigt, aber es war nicht viel dabei herausgekommen. Sie hatte Bernard »Bunny« McGarry nie kennengelernt, aber wie glaubwürdig war es, dass ein ehemaliger Polizeibeamter seine Fingerabdrücke auf der Nachricht hinterließ, die an einem Leichnam hinterlegt worden war? Die reinste Stümperei! Sharpe wischte dieses Argument beiseite. Wenn man dem Assistant Commissioner Glauben schenken konnte, handelte es sich bei McGarry um einen Irren der alten Schule mit äußerst gewalttätiger Vorgeschichte. Es war allgemein bekannt, dass er Sharpes Amtsvorgänger von einem Balkon geworfen hatte. Burns hätte angenommen, dass er ihm gegenüber freundlicher gesonnen wäre – schließlich hatte er ihm indirekt seine Beförderung zu verdanken. In jedem Fall mussten sie McGarry so schnell wie möglich finden, das gestand sie ein.

Leider war er vor zehn Tagen als vermisst gemeldet worden. Und seinen Wagen hatte man an einem beliebten Selbstmord-Hotspot gefunden – wie gut standen da die Chancen?

Die Leitungsebene hatte sich ihre eigene Theorie zusammengeschustert: McGarry befand sich auf einem mörderischen Amoklauf, den er selbst nicht zu überleben glaubte. Er war zum Ein-Mann-Selbstmordkommando für Pater Franks geworden und wollte nur noch mit Glanz und Gloria untergehen. Seinen Fingerabdruck hatte er absichtlich am Tatort hinterlassen – als Signatur. Burns war klar, dass dieses tiefenpsychologische Profil auf der Rückseite einer Zigarettenpackung zusammengeschustert worden war, um alle unbequemen Tatsachen wegzuerklären. Völlig egal, dass Franks nie zu etwas anderem aufgerufen hatte als zu gewaltlosem Protest. Er war jetzt in den Rang der Verdächtigen aufgestiegen, da seine Telefondaten eine persönliche Beziehung zu McGarry offenlegten. Sie mussten ihn also befragen. Hinzu kamen Andy Watts' Haftbefehl aus Deutschland und der tätliche Angriff auf einen Polizeibeamten, der von dem Unbekannten – Codename Adam – verübt worden war, als er sich Eintritt ins Gebäude verschafft hatte. All das gab ihnen, was sie brauchten: die Rechtfertigung, endlich den Dorn zu entfernen, den die Regierung schon so lange im Auge hatte.

Sharpe war ein großer, dünner Mann, der stark an Basil Fawlty aus *Fawlty Towers* erinnerte. Zwei Attribute stachen an ihm besonders hervor: sein jämmerlicher Schnurrbart und der Ruf, seine Untergebenen mit Herablassung zu behandeln und seinen Vorgesetzten in den Hintern zu kriechen. Es sagte einiges aus über das System, dass dieser Charakterfehler seinen Aufstieg zum zweithöchsten Polizeibeamten des Landes nicht behindert hatte. Offensichtlich war er noch auf eine weitere Beförderung aus, denn es hatte keine Stunde gedauert, bis die Stürmung der Arche von ihm angeordnet worden war. Assistant Commissioner

Michael Sharpe: der Mann, an den sich jeder Politiker wenden musste, wenn es schmutzige Arbeit zu erledigen gab.

DSI Burns wäre lieber nicht hier gewesen, um sich das Ganze anzusehen, aber man hatte ihr keine Wahl gelassen. Im Idealfall wäre sie in ihrem Büro geblieben, um eine echte Ermittlung zu koordinieren, anstatt Zeugin dieses idiotischen Schwanzvergleichs zu werden.

Zusammen mit Sergeant Paice, der die Einsatzstelle leitete, und Livingstone, dem zuständigen Casper, betrachtete Sharpe den Bauplan der Arche und der angrenzenden Gebäude. Auf der anderen Seite des Tisches stand Flannery, der Leiter der bewaffneten Spezialeinheit. Deren Einsatz ließ sich durch die militärische Vergangenheit von Andy Watts rechtfertigen. Man stellte die Hypothese auf, er könne bewaffnet sein, also musste es auch das Team sein, das die Barrikaden durchbrechen sollte. Burns' Meinung dazu hatte niemanden interessiert, weshalb sie nun stumm in ihrer Ecke saß, während sich die Jungs mit ihren Spielzeugen in Stellung brachten, um alles endgültig vor die Wand zu fahren.

Jeder, der einen Fernseher besaß, wusste, dass es nicht besonders clever war, ein Gebäude bei Tageslicht zu stürmen. Für vierzehn Uhr war jedoch eine Übergabe von Lebensmitteln und Medikamenten vereinbart worden. Die Caspers hatten berichtet, dass bei sämtlichen früheren Lieferungen Watts und Belinda Landers mit zwei weiteren Bewohnern herausgekommen waren, um sie entgegenzunehmen. Der Plan war, sie zu isolieren und festzunehmen, bevor man mit der eigentlichen Erstürmung des Gebäudes begann, und so das Überraschungsmoment zu nutzen.

Flannerys Funkgerät erwachte knackend zum Leben, und eine Stimme gab bekannt, dass sich das Alpha-Team in Position befand. Auch das Beta-Team meldete sich einsatzbereit. Flannery schaute Sharpe an, der eine dramatische Pause einlegte, nickte und mit ernster Stimme sagte: »Wir gehen rein.«

Ganz ehrlich, es musste seine gesamte Überwindung gekostet haben, dabei keinen Orgasmus zu bekommen. Sie sah, wie neidisch es die anderen beiden Männer machte, dass er den bewaffneten Kollegen ihren Marschbefehl geben durfte. Eigentlich hätte er das Funkgerät rumreichen sollen, damit jeder mal in das Vergnügen kam. Vielleicht ließ er sie ja später noch ein kerniges »Roger« durchsagen.

Burns erhob sich und marschierte auf die Containertür zu. Sharpe starrte zu ihr herüber. »Wo wollen Sie denn hin?«

»Ich gehe vor die Tür, Sir, um mich mit der Einsatzzentrale abzusprechen. Es sei denn, Sie benötigen mich hier?«

Sharpe schüttelte den Kopf wie ein enttäuschter Vater. »Nein, schon in Ordnung.«

Burns setzte ihren Weg fort und spazierte zum Liffey-Ufer hinüber. Dublin sah herrlich aus im Sonnenschein, aber das traf wohl auf alle Städte zu. Die Temperaturen hatten beinahe dreißig Grad erreicht, und kein Mensch mit irischer Haut konnte sich länger als zehn Minuten ungeschützt im Freien aufhalten, ohne spontan in Flammen aufzugehen.

Sie setzte sich auf eine schattige Bank, die in der Nähe des Famine Monuments stand, das im hellen Sonnenschein an die große Hungersnot des 19. Jahrhunderts erinnerte und noch deplatzierter wirkte als sonst. Die Leute hatten ihre Sakkos ausgezogen, spazierten an ihr vorbei und nahmen so viel wie möglich von der sommerlichen Wärme in sich auf, bevor sie in ihre klimaregulierten Bürogefängnisse zurückkehrten. Die Welt war voller Menschen, die ihrem ganz gewöhnlichen alltäglichen Leben nachgingen. Von der Erstürmung, die in diesem Augenblick, gerade einmal hundert Meter entfernt, vor sich ging, würden sie erst erfahren, wenn eine der News-Seiten die Story aufgriff.

Auch DSI Burns nahm sich einen Moment, um den Kopf zu heben und die Sonne auf ihrem Gesicht zu spüren. Eine lange, ausgefranste Wolkenbank erstreckte sich als dicke Linie am Himmel, wie die Spur eines Flugzeugs, nur fünf Mal so breit. Ihr letzter richtiger Urlaub war Jahre her. Nun, da ihr kometenhafter Aufstieg auf so fatale Weise abgebremst worden war, würde sie mal wieder einen nehmen – sobald das hier beendet war. Sie würde Zeit zum Nachdenken brauchen.

»Karrieristin« war ein Wort, das man ihr im Laufe der Jahre immer wieder an den Kopf geworfen hatte. Es sollte eine Beleidigung sein, aber sie hatte es nie so aufgefasst. Sie wollte lediglich die bestmögliche Arbeit abliefern. Ehrgeiz war sinnvoll, wenn er Mittel zum Zweck war, um das Leben von gesetzestreuen Bürgerinnen und Bürgern effektiv zu verbessern. Von Menschen, die hart arbeiteten und sich einfach nur sicher fühlen wollten, wenn sie sich in ihrem eigenen Zuhause aufhielten oder auf der Straße unterwegs waren. Burns hatte jeden Funken Einfluss, den sie sich verschaffen konnte, dazu genutzt, die Gangs von Limerick auszuschalten, und das hatte funktioniert. Sie verband politische Instinkte mit vernünftiger Polizeiarbeit und erreichte ihr Ziel. Sie war nicht naiv. Längst trat junges Blut an die Leerstelle, die sie im organisierten Verbrechen hinterlassen hatte. Und doch: Sie hatte Waffen von der Straße entfernt und Nachschubwege für Drogen erheblich dezimiert – so etwas machte durchaus etwas aus. Ehrgeiz und Integrität hatten Hand in Hand gearbeitet und es ihr ermöglicht, gute Arbeit zu leisten.

Nun war sie erst wenige Tage Leiterin des NBCI, und schon wiesen Ehrgeiz und Integrität in verschiedene Richtungen. Eins konnte sie immerhin behaupten – sie hatte sich für die Integrität entschieden. Sie würde ihre Ermittlung nicht für politische Zwecke missbrauchen lassen, nicht, wenn es nicht zu rechtfertigen war.

Sie war fest davon überzeugt, dass die Theorie, es handele

sich bei McGarry um Franks' willigen Racheengel handelte, völliger Quatsch war, eine reine Wunschvorstellung. Sich zu weigern, bei der Sache mitzuspielen, hätte jedoch ihre Karriere beendet, kaum dass sie ihren Höhepunkt erreicht hatte. Vielleicht sollte sie jetzt aus freien Stücken abspringen? Womöglich fand im privaten Sektor jemand die Idee vielversprechend, die Frau zu engagieren, die den Gangs von Limerick Vernunft eingebläut hatte?

Sie zog das Handy aus ihrer Tasche und schaute sich um. Die Bronzestatuen des Famine Monuments zeigten fünf ausgemergelte Gestalten, mit einem spindeldürren Hund im Schlepptau, eingefroren in ihrem Marsch. Irgendein Idiot hatte einem von ihnen eine halbvolle Tüte Chips in die Armbeuge gelegt.

Sie überlegte, die Einsatzzentrale anzurufen und um ein Update zu bitten, aber es war jetzt wichtig, die Kollegen einfach ihren Job machen zu lassen. Ein Team war gerade dabei, McGarrys Haus auf den Kopf zu stellen, ein anderes vollzog seine letzten Schritte in Howth nach, und ein drittes ging seine Telefondaten durch. Man hatte ihr bereits mitgeteilt, dass die Nummern mehrerer Escorts gefunden worden waren. Zudem hatte sie im Lichte der neuesten Erkenntnisse mehrere Beamte losgeschickt, um noch einmal mit den anderen beiden Personen zu sprechen, die in den Rapunzel-Fall verwickelt gewesen waren. Sharpe hatte ihren Wunsch, Brigit Conroy und Paul Mulchrone vorzuladen, abgelehnt. Er ging davon aus, dass McGarrys Verbindungsleute ihn auch bei seinem derzeitigen mörderischen Amoklauf unterstützten. Er hatte auch den Antrag gestellt, McGarrys Telefon anzapfen zu dürfen, was man ihm bewilligen würde, ebenso wie die Telefone von Conroy und Mulchrone, was man ihm nicht bewilligen *sollte*. Angesichts der derzeitigen Hysterie würde sich jedoch ohne Zweifel der geeignete beinflussbare Richter finden.

Ihr kurzer Moment des Friedens wurde davon unterbrochen, dass in ihrer Tasche das Handy vibrierte. Sie holte es hervor.

»DSI Burns.«

»Wo zur Hölle stecken Sie?« Es war Sharpe.

»Ich bin hier draußen, Sir, ich wollte gerade …«

»Ist mir egal«, ging Sharpe dazwischen. »Kommen Sie sofort hierher.«

»Ja, Sir. Ist alles in Ordnung?«

»Nein«, sagte Sharpe, offenbar durch zusammengebissene Zähne. »Nichts ist in Ordnung. Franks ist tot.«

KAPITEL FÜNFUNDDREISSIG

Gerry: Ich sag euch was, Leute, ich sitze jetzt seit Wochen, Monaten, ja, seit Jahren hier und höre mir das alles an. Und nun kommt's mir zum ersten Mal wirklich so vor, als würde sich was ändern. Vielleicht haben die Leute jetzt genug. Hundert Jahre nach der letzten Revolution ist die irische Bevölkerung vielleicht mal wieder bereit für eine ganz andere Art von Revolution, eine, bei der es um soziale Gerechtigkeit geht. Das eine Extrem ist Pater Franks mit seiner Arche, das andere ist die Púca – deren Taten weder ich noch der Sender beschönigen wollen –, aber es fühlt sich an ... es fühlt sich an, als würden wir eine Art Wendepunkt erleben, oder?
Ich hätte Lust, jetzt ein bisschen Dylan zu spielen – The Times They are a Changing. Ja, es verändert sich was. Leider steht der Song nicht auf unserer Playlist, also gibt's hier jetzt (seufzt) Ronan Keating mit: When You Say Nothing at All.

»Okay«, sagte Brigit. »Ich weiß, es wird nicht leicht sein, aber versuch bitte, ruhig zu bleiben.«

Paul nickte würdevoll, oder so würdevoll, wie es ihm möglich war, während er an einem Eis am Stiel leckte, das wie ein grüner Frosch geformt war. Sie saßen auf einer Bank im Herbert Park und warteten. Sie hatten diese Bank gewählt, weil sie neben dem Fußweg im Schatten eines großen Baumes stand. Im Hintergrund spielten ein paar Teenager träge Fußball, wobei sie sich über die Zahl der erzielten Tore offenbar nicht so recht einigen konnten.

»Ich meine«, fuhr Brigit fort, »du hast natürlich jedes Recht der Welt, stinksauer zu sein, aber konzentrieren wir uns auf das, was wirklich wichtig ist: Bunny.«

Paul nickte erneut. Sie hatte vollkommen recht. Er hatte allen Grund, vor Wut zu schäumen. Duncan McLoughlin hatte schließlich alles dafür getan, sein Leben zu zerstören. Aber er verspürte auch ein überwältigendes Gefühl der Erleichterung. Die letzten neunundvierzig Tage hatte er das unerträgliche Gewicht seiner Schuldgefühle und seiner Selbstverachtung mit sich herumgeschleppt, und selbst heute noch hatte er sich immer wieder selbst daran erinnern müssen, dass er kein Arschloch war. Bislang war es ihm noch nicht gelungen, sich davon zu überzeugen.

Dann war da das Glücksgefühl. Brigit redete wieder mit ihm. Sie waren nicht wirklich wieder *die Alten*, aber immerhin befanden sie sich in einem Umkreis von drei Metern, und niemand brüllte. Brigit war ein wenig distanziert, als hätte sich ihre Phantomwut ebenso wenig abgebaut wie seine Schuldgefühle. Wenn jemand das Recht hatte, wütend zu sein, war er es, aber andererseits konnte er es ihr auch nicht wirklich übelnehmen, dass sie geglaubt hatte, was ihr präsentiert worden war. Auch ihm war ja nie der Gedanke gekommen, dass es eine Falle gewesen sein könnte. Darin lag die große Ironie. Der Einzige, der Paul für einen besseren Menschen gehalten hatte, war Bunny McGarry. Er spürte eine Welle der Zuneigung für den verrückten alten Bastard, die jedoch sofort von einer Welle der Traurigkeit abgelöst wurde. Bunny wurde seit zehn Tagen vermisst. Die Vorstellung, dass er bloß eine ausgedehnte Sauftour machte oder zu einem romantischen Stelldichein aufgebrochen war, ließ sich immer schwerer aufrechterhalten. Und das brachte Paul auf direktem Weg zu seiner Wut zurück. Bunny war verschwunden und Duncan McLoughlin vermutlich eine der letzten Personen, die ihn lebend gesehen hatten.

Maggie zerrte an ihrer Leine, als eine Frau in luftigem Sommerkleid mit einem hechelnden Yorkshireterrier an ihnen vorbeispazierte.

»War es wirklich nötig, sie mitzunehmen?«

»Vertrau mir.« Paul zog Maggie sanft zurück. »Du willst sie nicht allein in deinem Wagen lassen.«

Nachdem sie sich darauf geeinigt hatten, dass ein Gespräch mit Duncan nun oberste Priorität hatte, waren sie zu dem Architekturbüro gefahren, in dem er arbeitete.

»Und du bist dir wirklich sicher?«, fragte Paul nicht zum ersten Mal.

»Ja.« In Brigits Stimme schwang leichte Gereiztheit mit. »Die Frau am Empfang war sehr entschieden.«

»Als sie sagte, er wäre im Ausland?«

»Es war die Art, wie sie es gesagt hat. Sie wollte, dass ich mitbekomme, dass man ihr *aufgetragen* hatte, das zu behaupten.«

»Warum hat sie dir denn dann nicht einfach gesagt, dass er *nicht* im Ausland ist?«

»Weil das unprofessionell gewesen wäre.«

»Aber …«

»Ganz offenkundig kann sie Duncan nicht ausstehen, weil …« Brigit ließ das in der Luft hängen, und Paul konnte sich den Rest zusammenreimen. Wenn Duncan wirklich so ein unheilbarer Schürzenjäger war, hatte er die Empfangsdamen an seinem Arbeitsplatz zwangsläufig gegen sich aufgebracht. Sie waren schließlich die Kanarienvögel im Kohlenschacht moderner Büros; nichts Wissenswertes gab es, was sie nicht als Erste mitbekamen.

»Und dann hat sie gesagt, dass er da hingehen würde?« Paul deutete in die Richtung des Herrenfriseurs, dessen Schild großspurig verkündete, er sei »so viel mehr als nur ein Barber's Shop«. Der Zeitschriftenladen nebenan hatte daraufhin einen handgeschriebenen Zettel ins Fenster gehängt, auf dem stand: »*Nur* ein Zeitschriftenladen.«

»Nein.« Brigit seufzte. »Ich habe sie gefragt, ob er sich immer noch alle zwei Wochen eine Maniküre bei dem Herrenfriseur machen lässt ...«

»Und sie hat Ja gesagt?« Paul wusste, dass es nicht der Fall war, aber insgeheim genoss er es, Brigit auf die Palme zu bringen.

»Nein, sie hat gesagt: Nun, letzte Woche war er nicht dort.«

»Oh, na, das ergibt ja ...«

Paul unterbrach sich. Zwar hatte er ihn nur einmal getroffen, aber selbst er erkannte, dass der Mann, der gerade aus dem *Debonair-Grooming*-Herrenfriseur trat, Duncan McLoughlin war. Er trug eine teuer aussehende Sonnenbrille über einem teuer aussehenden Anzug und Schuhe, die, wie Paul vermutete, gut zum teuren Gesamtkonzept passten. Ganz oben thronten die frisch frisierten Haare, die sich zum größten Teil nicht mehr bei ihrem ursprünglichen Besitzer befanden.

Der Plan – soweit man davon sprechen konnte – war ziemlich einfach. Sie mussten ihn allein erwischen, um ihm ein paar Fragen zu stellen. Sie nahmen an, dass er entweder nach rechts abbiegen würde, um zur Arbeit zurückzukehren, oder nach links, um nach Hause zu gehen. Nicht erwartet hatten sie, dass er die Straße überqueren und in den Park spazieren würde – direkt auf sie zu.

»Scheiße, sollten wir ...«

Brigit legte Paul eine Hand aufs Knie, um zu verhindern, dass er aufsprang. Während Duncan auf sie zukam, schaute er nicht in ihre Richtung. Zwei Joggerinnen wärmten sich im Sonnenschein auf, und Duncan war ... *abgelenkt* war wohl das richtige Wort. Er starrte die Frauen mit laserartigem Fokus an. Man hätte schwören können, dass er gerade erst aus dem Gefängnis entlassen worden wäre oder ein Außerirdischer war – von einem

Planeten, auf dem man die weibliche Brust noch nie gesehen hatte. Auch seine Sonnenbrille verbarg das Starren nur unzureichend, so penetrant, wie er den Kopf verdrehte.

Brigit, Paul und Maggie traten auf den gepflasterten Weg und blieben dort stehen, sodass Duncan schließlich direkt in die Frau, den Mann und den Hund knallte.

»Passen Sie doch auf, wo Sie ...« Die Worte, mit denen er sofort die Schuld bei jemand anderem suchte, blieben Duncan augenblicklich in der Kehle stecken, als er erkannte, wer da vor ihm stand. Er schaute Paul an, dann Brigit. Er begriff ohne Zweifel, was die Tatsache zu bedeuten hatte, dass sie hier beieinanderstanden.

Nach einem kurzen Nachdenken schrie er auf und schoss zwischen ihnen hindurch. Er stürmte den Weg hinab – so schnell, wie es ihm sein italienisches Schuhwerk erlaubte. Doch bevor Brigit und Paul reagieren konnten, hatte sich Maggie mitsamt ihrer Leine losgerissen und die Verfolgung aufgenommen.

Die Schatten der hohen Bäume teilten den Weg in beinahe gleich große helle und dunkle Abschnitte. Paul war durchaus beeindruckt, dass Duncan es bis zur zweiten Sonnenschein-Stelle schaffte, bevor Maggie ihn eingeholt hatte.

Es war wie eine Szene aus einer Naturdokumentation, in der Wölfe Anzug tragende Arschlöcher jagten. Maggie sprang in die Höhe und warf Duncan mit voller Wucht zu Boden. Beim Sturz riss er die Arme auseinander, die Brille fiel ihm von der Nase, und auch die italienischen Lederschuhe bewiesen, dass ein fester Sitz nicht zu ihren hervorstechendsten Qualitäten gehörte. Er versuchte, sich herumzuwuchten, um seine Angreiferin abwehren zu können, aber schon im nächsten Augenblick hatte Maggie ihren Kiefer um seine Kehle gelegt.

Absolute Stille. Eine Sekunde lang rührte sich nichts und niemand.

»Herrgott«, sagte Paul.

»Heilige ...«, sagte Brigit. »Pfeif sie runter von ihm.«

»Ich ... ich werd's versuchen ...«, sagte Paul.

So umsichtig, als würde er sich durch ein Minenfeld bewegen, trat er vor. »Okay, Maggie, entspann dich. Guter Hund. Ich ... ich nehme jetzt einfach deine Leine und ...«

Paul beugte sich hinab und griff nach der Leine. Rund um Duncans Kehle ließ sich ein tiefes Knurren vernehmen. »Okay, also, Maggie, jetzt lass los.«

Niemand war überraschter als Paul, als sie genau dies tat und sich ruhig auf die Hinterpfoten setzte, wobei sie ihren Gegner keine Sekunde aus den Augen ließ. Sie leckte sich umständlich das Maul. Womöglich nur zur Einschüchterung – vielleicht versuchte sie aber auch nur, den Geschmack des teuren Aftershaves loszuwerden.

Duncan wollte sich bewegen, aber ein weiteres bedrohliches Knurren verriet ihm, dass dies nicht empfehlenswert war.

Brigit blickte auf ihn hinab.

»Hi, Duncan, wie geht's denn so?«

»Ich ... also ... ich merke, dass du aufgewühlt bist.«

Brigit schaute zu Paul hinüber. »Ich war für ihn immer wie ein offenes Buch.«

»Ich ... ich wollte nicht ... es tut mir wirklich leid ...«

»Was tut dir wirklich leid? Dass du versucht hast, mein Leben zu zerstören? Dass du Paul unter Drogen gesetzt hast und ... für den Rest finde ich gar keine Worte.«

»Ich bezahle das. Wie ich eurem Freund schon gesagt habe. Ich werde alles bezahlen.«

»Oh, du wirst in der Tat bezahlen, keine Sorge.«

»Brigit«, sagte Paul.

Sie schaute ihn an, und er nickte zurück Richtung Fußweg. Ein Mann, der von einem Schäferhund niedergestreckt wurde, erregte natürlich eine gewisse Aufmerksamkeit. Zwei Mütter mit Kinderwagen redeten über sie, und auch das Fußballspiel war zum Erliegen gekommen, abgesehen von dem korpulenten Jungen, der selbst nicht verstand, warum es ihm plötzlich gelang, an der zur Salzsäule erstarrten Verteidigung vorbei ein Tor zu schießen.

»Alles in Ordnung«, rief Paul und winkte. »Wir machen hier bloß Hundetraining. Alles unter Kontrolle.«

Das brachte er mit so viel Selbstvertrauen zustande wie möglich, aber eine der Mütter beäugte ihn noch immer misstrauisch und zog ein Telefon aus ihrer Handtasche.

Brigit blickte wieder auf Duncan hinab.

»Erzähl uns ganz genau, wie das Treffen mit unserem Freund abgelaufen ist.«

»Mit diesem Totalirren?«

Brigit nickte.

»Ich wache auf, und plötzlich steht dieser Typ vor mir. Ich meine, der beugt sich wirklich über mein Bett und stupst mich mit so einem verschissenen Hurling-Schläger an.«

Tja, dachte Paul, immerhin redeten sie von demselben Totalirren.

»Wann war das?«, fragte Brigit.

Duncan hielt inne und überlegte. Maggie beugte sich ein Stück vor, so nah, dass ihr Atem über sein Gesicht strich.

»Freitag. Freitag vor einer Woche.«

»Uhrzeit?«

»Etwa um zehn. Ich lag im Bett. Ich hatte am nächsten Morgen einen frühen Tisch im K Club reserviert, da kommt man ganz schwer ran.«

Es war fast rührend, dass Duncan sogar diese missliche Lage zum Angeben nutzte.

»Was hat er zu dir gesagt?«

»Ich …« Duncans Blick schoss vor und zurück wie bei einem Tier in der Falle. »Ist er hier?«

»Nein«, entgegnete Brigit. »Genau genommen wird er vermisst, und du scheinst die letzte Person zu sein, die ihn lebend gesehen hat. Was hast du getan?«

Paul hätte nicht geglaubt, dass Duncan noch beunruhigter aussehen könnte, aber es ging. »Ich habe gar nichts getan. Ich … ich bin aufgewacht, und da war er! Auf mir drauf. Sagte, er … er wisse von all meinen Sünden. Was ich getan hätte und … um ehrlich zu sein, ich dachte erst, das wäre bloß ein ziemlich realistischer Albtraum. Hört mal, könnt ihr nicht den Hund da wegnehmen?«

»Ich fürchte«, sagte Paul, »dieser Hund hat seinen eigenen Kopf, und wie es aussieht, mag dich unsere Maggie nicht besonders.«

Paul bemerkte, wie Brigit kurz zu den beiden Kinderwagen-Mamis hinüberschaute, von denen eine telefonierte.

»Wem hast du davon erzählt?«, fragte sie.

»Wovon erzählt?«

»Davon, dass er herausgefunden hatte, was du getan hast?«

»Niemandem. Wem soll ich das denn erzählen? Er sagte, er hätte mich getrackt. Er hat mir sein Dingsbums gezeigt.«

Paul und Brigit tauschten einen raschen Blick.

»Wie bitte?«, fragte Brigit.

»Sein Dingsbums«, wiederholte Duncan. »Es war eine kleine schwarze Box mit einem … einem grünen Männchen an der Seite. Er meinte, er hätte das Ding benutzt, um mich aufzuspüren. Mehr weiß ich nicht. Bitte ruft den Hund zurück. Es war ein Scherz, es war doch alles nur ein Scherz.«

»Ein Scherz?!«

Paul hatte diesen Blick bei Brigit schon einmal gesehen, und die Tatsache, dass er sich diesmal nicht auf ihn richtete, machte ihn nur minimal weniger beängstigend. Er schaute noch einmal zu den Kinderwagen-Müttern hinüber. Die Proaktive hatte ihren Anruf mittlerweile beendet, und die Frauen sahen sich um, als würden sie in Kürze damit rechnen, dass hier jemand auftauchte.

»Brigit?«

»Der Schuss geht nach hinten los, du erbärmlicher, narzisstischer, impotenter Dreckspisser. Ich hoffe, er fällt dir ab. Genau genommen ...«

Duncan legte reflexhaft die Hände um sein bestes Stück, als Brigit in bedrohlicher Weise mit dem Fuß ausholte.

»Brigit, nicht!«, sagte Paul. »Das ist doch unter deiner Würde, lass dich nicht auf sein Niveau herab.«

Sie schaute ihn mit einer Mischung aus Wut und Verwirrung an, dann setzte sie ihren Fuß wieder ab.

Unauffällig deutete Paul mit dem Kopf in Richtung der Mütter. »Ich vermute, dass unser Publikum die Cops alarmiert hat. Geh schon mal zur Straße, bin in einer Sekunde bei dir.«

Brigit nickte und spazierte mit einem letzten Blick auf Duncan davon.

Paul beugte sich hinab, als wollte er ihm aufhelfen, tat es aber nicht.

»Sie ist zehnmal so viel wert wie du, du jämmerlicher kleiner Scheißhaufen.«

Mit schmerzverzerrter Miene reagierte Duncan weniger auf die Beleidigung als auf das knackende Geräusch, mit dem Paul eine äußerst hochwertige Sonnenbrille zertrat.

»Schönen Tag noch.«

Paul setzte sich in Bewegung, wurde aber zurückgehalten, als sich Maggies Leine spannte. Er drehte sich um und sah, dass sie zu ihm aufschaute, während sie das Bein abspreizte und sich auf Duncans teurem Anzug erleichterte. Dieser jammerte nur angesichts dieser großen Ungerechtigkeit.

Als sie fertig war, trottete Maggie den Weg entlang auf Brigit zu.

Nach einigen Schritten schaute Paul auf sie hinab.

»Dein Ernst? Ich ziehe hier das volle Programm durch, mit Brille-Zertreten und *Schönen Tag noch* und allem Drum und Dran. Aber nein, du musstest natürlich noch einen draufsetzen, oder?«

Maggie antwortete nicht.

KAPITEL SECHSUNDDREISSIG

DSI Burns befand sich vor dem Raum im dritten Stock der Arche, den Pater Franks bewohnt hatte. Jemand hatte ihr und Assistant Commissioner Sharpe zwei Stühle gebracht, und auf denen hockten sie nun wie trauernde Hinterbliebene. Die Erstürmung war vier Stunden her, und Burns hielt es durchaus für möglich, dass dies die schlimmsten vier Stunden in Sharpes Leben gewesen waren.

»Wenn man genauer darüber nachdenkt«, sagte er, »war es eigentlich bloß schlechtes Timing. Unglückliche Umstände ...« Er war jetzt ein ganz anderer Mensch, der unentwegt nach Bestätigung suchte.

Burns nickte, denn natürlich hatte er recht. Franks war an einem Herzinfarkt gestorben, und das war nicht dasselbe, als wenn ihn ein Polizist erschossen hätte – natürlich nicht. Ohne Zweifel würde der Garda-Ombudsmann, der nun mit dem Pathologen und einem unabhängigen Arzt da drin war, nach langer und gründlicher Untersuchung die Gardaí von jeder Verantwortung freisprechen. All das war wahr, zugleich aber vollkommen irrelevant. Sie hatten schwer bewaffnete Männer auf einen friedlichen Protest losgelassen, und nun war eine der beliebtesten Persönlichkeiten des Landes tot. Das konnte man drehen und wenden, wie man wollte.

So viele Fortbildungen man ihnen auch verpasste, in der Realität hatte ihre Führungsriege nicht die geringste Ahnung, wie die sozialen Medien funktionierten, wenn es hart auf hart kam. Sie versuchten zwar immer, alles gründlich abzuwägen, bevor sie sich äußerten. Alles schön und gut, aber bei einem Statement war der richtige Zeitpunkt entscheidend. Auf Twitter kursierte bereits das Gerücht, dass Franks von einem Garda-Killerkommando erschossen worden war. Statt dies zu bestreiten und die Situation einzuordnen, hatte Sharpe verzweifelt um Hilfe von Seiten der Politiker gebeten – vergeblich. Das Büro des Taoiseach hatte bereits ein vernichtendes Statement herausgegeben: »Die Regierung äußert sich nicht zu fortlaufenden Polizeiermittlungen.«

Nun blieb Assistant Commissioner Sharpe nur noch, auf die Rückendeckung seiner Garda-Kollegen zu hoffen. Burns jedoch hatte ihre Einwände gegen den Einsatz in zahlreichen E-Mails äußerst klar gemacht, und er hatte auch in dieser Hinsicht wenig zu erwarten. Gewissermaßen baumelte er draußen über dem Abgrund, und sie saß drinnen mit einer gemütlichen Tasse Tee.

Nicht, dass dies ein Grund zum Feiern gewesen wäre. Ihre Ermittlung war in die Scheiße geritten worden, und eins war längst klar: Bei Gearoid Lanagan und seinen lustigen Kumpanen handelte es sich nicht um die Púca. Burns war gerade noch unten im Keller gewesen und hatte sich einen vorläufigen Bericht von den Kollegen der Kriminaltechnik geben lassen. Der Mann, den sie als Adam gekannt hatten, war anhand seiner Dokumente als israelischer Staatsbürger namens Benjamin Lewington identifiziert worden. Er hatte lediglich seinen Pflicht-Wehrdienst geleistet, wie die meisten israelischen Bürger. Seine Hauptaufgabe war die eines Hackers gewesen. Zusammen mit Lanagan hatte er versucht, an die Verkabelung unter dem Gebäude heranzukommen und sich in die Hardware der umliegenden Banken einzuhacken. Sie hatten behauptet, einen vernichtenden Schlag gegen den Kapitalismus durchführen zu wollen, Burns vermutete jedoch stark, dass es ihnen bloß um einen gewöhnlichen Bankraub gegangen war. Wahrscheinlich hatte Lanagan schlicht eine Chance gewittert, als Franks und seine Demonstranten ausgerechnet dieses Gebäude für ihren rechtschaffenen Protest besetzt hatten.

Dies waren gute Nachrichten für Sharpe; immerhin hatte seine Operation einen versuchten Raub verhindert. Allerdings wäre daraus sowieso nichts geworden. »Adam«, der letzte Woche das Gebäude wohl nur verlassen hatte, um sich weiteres Equipment zu besorgen, sang bereits wie der sprichwörtliche Kanarienvogel. Ihr gesamter Plan beruhte auf völlig veralteten Vorstellungen der technischen Gegebenheiten. Die Sicherheitsexperten der Bank hatten den Gardaí erklärt, dass sie mehr Erfolg gehabt hätten, wenn sie einen Geldautomaten mit einer Waffe bedroht und ihn aufgefordert hätten, zehn Millionen Euro auszuspucken.

Burns hatte bei ihren Leuten nachgefragt, die die Spur von Bunny McGarry verfolgten. Nichts bislang. Auch den Aufenthaltsort von Conroy und Mulchrone mussten sie noch herausfinden, aber Burns machte sich diesbezüglich keine großen Hoffnungen. Warum sollten sie sich die Mühe machen, McGarry als vermisst zu melden, wenn sie wussten, wo er war? Allen Berichten zufolge war McGarry instabil und gewaltbereit, aber bis zum psychopathischen Serienkiller fehlte noch ein großer Schritt. Herrgott, eins war ihr gerade erst klargeworden: Er wäre der erste bestätigte Serienmörder in der Geschichte der Republik Irland. Diese Woche wurde wirklich immer besser und besser.

Hinzu kam Sharpes Unfähigkeit, an einem Mikrofon vorbeizugehen. Dies konnte Burns nachempfinden. Wenn man mit aller Gewalt nicht so aussehen wollte, als hätte man etwas zu verbergen, sich aber weigerte, irgendeine Aussage zu machen, ging es oft übel aus. Sharpe hatte den unabhängigen medizinischen Experten durch die Absperrung begleitet, als James Marshall von RTÉ auf ihn zugestürmt war und ihm ein Mikrofon vors Gesicht gehalten hatte. Den Clip würden sie in ihren Fortbildungen über den Umgang mit Medien wahrscheinlich noch jahrelang als abschreckendes Beispiel heranziehen.

»Ist Pater Daniel Franks tot?«

»Die Gardaí können dies zu diesem Zeitpunkt weder bestätigen noch bestreiten.«

Autsch! So was hörte man normalerweise nur, wenn die Gardaí nicht verraten wollten, ob Inhaftierte in ihrem Gewahrsam noch lebten oder bereits gestorben waren.

Der Lärm von draußen wurde immer lauter, und sie konnte ihn nicht länger ignorieren. Sie ging zum Fenster hinüber, und selbst sie war verblüfft. Die Menschenmenge vor der Arche hatte sich verdoppelt, seit sie das letzte Mal einen Blick hinausgeworfen hatte. Und von hier oben erkannte sie auch, wie dünn dagegen die Reihe der Polizeibeamten war, die die Leute in Schach hielten.

Die Situation war äußerst explosiv. Nur ein Funken, und schon würde der Himmel brennen.

KAPITEL SIEBENUNDDREISSIG

SONNTAG, 6. FEBRUAR 2000 – IN DER NACHT

JC blies in seine Hände und verpasste sich selbst eine Umarmung. Es war eigentlich gar nicht so kalt, zumindest nicht für diese Jahreszeit, aber nachts gab es hier, am Hügel im Phoenix Park, nur wenig Schutz vor dem schneidenden Wind. Selbst in Sommernächten ging er einem durch und durch. Dann kam noch der Schüttelfrost hinzu, die Gänsehaut am ganzen Körper. Sein letzter Schuss war anderthalb Tage her, und längst taten ihm alle Knochen weh.

Die Scheinwerfer eines Wagens glitten den Hügel hinauf, und er zwang sich, die Arme herunterzunehmen und lässig auszusehen. Als er das letzte Mal nachgeschaut hatte, war er noch ein hübscher Junge gewesen, inzwischen vermied er jeden Blick in den Spiegel. Als wäre er ein Vampir. Aber er hatte immer noch dieses Junkie-Zittern, und die Freier wollten das nicht sehen. Machte es alles ein bisschen zu real. Hin und wieder gab es jemanden, den das nicht störte – oder besonders anmachte, aber das waren die Kerle, denen man aus dem Weg gehen musste. Nicht, dass er eine große Auswahl gehabt hätte. Er brauchte Geld und hatte nur eines anzubieten.

Die Scheinwerfer rauschten vorbei, weiter bergauf. Am Straßenrand standen mehrere Gestalten, die kurz zwischen den Bäumen sichtbar wurden. Vorhin hatte es ein bisschen Ärger gegeben; einer der Jungs meinte, einer der anderen stünde zu nahe bei ihm. So war es immer. In der Regel bloß Rumgezicke. In einer schlimmen Nacht, vor Weihnachten, war Jar allerdings mit dem Messer auf einen neuen Burschen losgegangen, der es nicht besser wusste und zu starrköpfig gewesen war. Das hatte sie alle angekotzt. Sie mussten abhauen, und in den folgenden Wochen waren hier ständig Polizeiwagen unterwegs gewesen. Zum Glück hatte jemand den Notarzt gerufen, und der Junge hatte es überlebt. War keine Florence-Nightingale-Aktion gewesen. Alle wussten: Wenn hier jemand starb, würde die Polizei im ganz großen Stil aufmarschieren. Dann mussten sie einen neuen Ort finden, und die Freier wären abgeschreckt.

Die Lichter verschwanden hinter dem Hügel, der Wagen hielt nicht an. Verdammte Spanner. *»Wir sind hier nur durchgefahren, Officer!«* Ja, genau! Ist mit deinem Wagen was nicht in Ordnung, dass du hier so langsam den Hügel raufschleichst? Feige Sau.

Im Laufe der Nacht erhöhte sich die Zahl der durchfahrenden Wagen. Dreiundzwanzig Uhr war die beste Zeit. Dann hatten die Freier ihre familiären Verpflichtungen hinter sich und suchten nach ein bisschen Freude, die ihnen durch den Arbeitsstress der kommenden Woche helfen würde. Lichter, die sich den Hügel rauf- und runterbewegten; zwei, drei, vier Wagen hielten. Niemand hatte Interesse an JC. Er versuchte, ruhig zu bleiben. Je mehr er nach verzweifeltem Junkie aussah, desto weniger bereit waren die Kunden. Einer fuhr drei Mal an ihm vorbei. Er versuchte, ihm aufmunternd zuzulächeln, aber dann ließ der Scheißkerl Bazzer einsteigen. *Fick dich.*

Bleib dran, kommen ja immer noch reichlich Wagen vorbei. Hände in die Hosentaschen – denk an James Dean. Endlich fuhr jemand rechts ran. Schwarzer Wagen, da arbeitete wer in hoher Position. JC schlenderte lässig auf das Fenster zu. Als er reinschaute, erkannte er den Mann – es war der Wal. Den Namen hatte JC ihm gegeben. Großer, fetter Kerl. Den hatte er schon mal gehabt. Hatte was Fieses an sich. Schaute dich an, als wärst du der letzte Dreck, und dabei schien ihm einer abzugehen. Viele Freier waren einfach Typen, die eine Lüge lebten und nach ein bisschen Wahrheit suchten. Manche bemühten sich, besonders nett zu sein, wollten glauben, dass beide Seiten etwas davon hatten. Alles immer schön happy. Da gab es zum Beispiel diesen Freier, der anschließend immer heulte, manchmal schon mittendrin. Echt abtörnend, um ehrlich zu sein.

Der Wal wiederum hatte eine ziemlich höhnische Art an sich. Setzte einen anschließend auch nie wieder ab, schien ihm Spaß zu machen, dich zu Fuß zurücklatschen zu lassen. Gehörte alles zu seinem Kick.

Aber egal – JC lächelte ihn durchs Fenster an. Der Wal winkte ihn hinein, also öffnete er die Beifahrertür und schlüpfte in den Wagen.

»Hey, wie geht's?«

Der Wal antwortete nicht, fuhr einfach weiter.

»Da oben gibt's 'ne gute Stelle.«

»Ich weiß, wohin ich will.«

JC versuchte nicht weiter, ihn in eine Unterhaltung zu verwickeln. Er war nicht der Typ fürs Plaudern, und zum Feilschen gab es keinen Grund. Der Wal kannte den Tarif. Also konzentrierte sich JC darauf, aus dem Fenster zu schauen. Der Ledersitz fühlte sich gut an, aber der Drang, sich die brennende Haut zu kratzen, ging ihm durch und durch. Sein Körper juckte wie verrückt, aber er versuchte, es sich nicht anmerken zu lassen. Als sie um eine Kurve bogen, glaubte JC, auf der Straße hinter ihnen einen Wagen zu sehen, aber als er den Kopf umwandte, waren keine Scheinwerfer mehr zu erkennen.

Der Wal hielt an einer Stelle, die sich einen knappen Kilometer tiefer im Park befand, als nötig gewesen wäre. Alles Teil seiner Machtspielchen. JC würde durch die Dunkelheit zurückmarschieren müssen. Er hasste die Dunkelheit.

»Okay«, sagte der Wal und löste seinen Gurt. »Du machst, was ich dir sage, *wenn* ich es dir sage.«

JC nickte.

Der Wal warf Geld auf das Armaturenbrett. JC griff danach.

»Nein. Erst danach.«

Der Wal warf ihm ein scheußliches Lächeln zu. Dann streckte er die Hand aus, griff nach JCs Hinterkopf und ...

Die hintere Tür öffnete sich, und ein schwergewichtiger Mann schob sich in den Wagen.

»’N Abend, Stadtrat.«

Das Lächeln verschwand vom Gesicht des Wales.

»Was hat das zu bedeu...«

Der schwere Typ auf dem Rücksitz sprach mit trägem Cork-Akzent und wirkte äußerst gut gelaunt. »Wie ich sehe, sind Sie ein echter Fan von Dachsen – genau wie ich.« Er fuchtelte mit einer Kamera herum. »Ist gar nicht einfach, aber wenn man sie nachts in ihrem natürlichen Lebensraum zu sehen bekommt – ach, das ist ein feiner Anblick, oder? Ich hab schon jede Menge Fotos gemacht, jede Menge Fotos.«

»Wer ... wer sind Sie? Was haben Sie in meinem Wagen zu suchen?«

Der korpulente Typ schlug sich in gespielter Bestürzung die Hand vor die Stirn. »Tut mir leid, Euer Ehren – wo bleiben meine Manieren? Detective Bunny McGarry, stets zu Ihren Diensten.« Er streckte die Hand aus, aber der Wal schüttelte sie nicht.

JC wollte weglaufen, aber es sah nicht so aus, als würde er weit kommen. Dies kam ihm auch nicht wie eine Verhaftung vor. Das hatte er schon einige Male erlebt, und so was lief normalerweise nicht derartig redselig ab.

»Ich ...«, sagte der Wal. »Hier liegt offenbar ein Missverständnis vor. Ich weiß nicht, wofür Sie das halten. Ich bringe lediglich meinen Neffen nach Hause und ...«

Die beiden anderen Insassen des Wagens schauten den Wal missbilligend an. Erst jetzt fiel ihm auf, dass seine Hand immer noch in JCs Nacken lag. Er zog sie weg. Der Mann auf dem Rücksitz lehnte sich vor und flüsterte: »Wollen Sie das vielleicht noch mal neu formulieren, Stadtrat?«

»Ich … ich meinte … ich wollte den jungen Mann bloß nach Hause fahren.«

Der Typ auf dem Rücksitz lehnte sich zurück und klatschte in die Hände. »Natürlich wollten Sie das. Ergibt gleich viel mehr Sinn, nicht wahr? Ist auch ein reiner Zufall, dass ich hier war und viele, viele Fotos von Dachsen gemacht habe.«

Erneut hielt er seine Kamera in die Höhe.

»Wie auch immer, wahrscheinlich laufe ich Ihnen eh am Montagabend wieder über den Weg, Stadtrat, da nehme ich nämlich an der St.-Jude-Abstimmung teil. Ich hoffe wirklich, dass wir bei dieser Gelegenheit unseren kleinen Hurling-Club retten können.«

Der Wal nickte nachdrücklich. »Ja … nein, absolut. Da … da bin ich mir ganz sicher.«

»Dass Sie unsere Jungs so unterstützen, ist eine große Freude. Ich kann Ihren Freund übrigens gern nach Hause fahren, wenn Sie möchten. Für heute Nacht habe ich genug vom Dachse-Beobachten.«

»Okay, ja, natürlich.«

Damit beugte sich der schwergewichtige Mann vor und schnappte sich das Geldbündel vom Armaturenbrett. »Für die Dachse.«

Er öffnete die Tür und trat nach draußen.

Der Wal schubste JC förmlich aus dem Wagen. Dann raste er um die nächste Kurve, wobei die immer noch offene Beifahrertür ungehemmt auf und zu schlug.

Die Lichtverschmutzung, die von den Wolken reflektiert

wurde, verhinderte, dass es in Dublin jemals wirklich dunkel wurde, selbst im Park. Nicht wie auf dem Land, wo JC aufgewachsen war. In einem anderen Leben. Er schaute zu dem großen, schweren Mann hinüber – Bunny? Hatte er sich so genannt?

»Bin ich verhaftet?«

Der große Mann schaute zu ihm herüber. »Nein, mein Sohn, bist du nicht.« Dann betrachtete er die Geldscheine in seiner Hand.

JC spürte, wie es ihm eiskalt den Rücken runterlief. »Ich nehme nicht an, dass Sie mir das geben?«

»Nein.«

»Wenn Sie wollen, kann ich …«

»Lass es«, sagte der Mann und schaute zu Boden. »Lass es einfach.« Er griff in die Seitentasche seines Sakkos und begann, darin herumzuwühlen. »Ich gebe es dir, wenn du es wirklich brauchst.«

»Ich brauche es, ich …«

Der Mann hob eine Hand. »Erspar mir die Junkie-Arien, Bosco.« Er zog eine Karte aus seiner Tasche und reichte sie ihm. »Wenn du jemals wirklich von der Scheiße runterkommen willst, dann ruf mich an – jederzeit, Tag und Nacht. Du rufst die Nummer an, und ich komme und hole dich ab. Ein Freund von mir leitet eine Einrichtung. Der hilft dir, clean zu werden.«

JC funkelte ihn an. »Oh, schönen Dank auch, Sie scheiß Heuchler. Stehlen mir mein verdammtes Geld.«

»Ich kann dich auch immer noch verhaften, wenn du willst.«

»Ja, und ich kann allen verraten, wie Sie den Typen da eben erpresst haben.«

»Klar könntest du das, aber wer würde einem Junkie glauben?« Noch einmal streckte er ihm die Karte entgegen.

»Fick dich«, sagte JC.

»Nimm sie nicht, dann lass ich dich hier stehen. Nimm sie, dann setz ich dich ab, wo du willst und stelle keine Fragen.«

JC kratzte sich an der rechten Schulter. Es war kalt, und er hasste die Dunkelheit so sehr. Also streckte er die Hand aus und nahm die Karte.

»Na schön. Mein Wagen steht hier gleich um die Ecke.«

Der schwere Mann begann, die Straße hinunterzutrotten. JC zögerte einen Moment, dann folgte er ihm.

»Übrigens«, sagte der Mann. »Wie heißt du eigentlich?«

»JC.«

»*Jesus Christus?* Freut mich, deine Bekanntschaft zu machen. Hab mich schon immer gefragt, wo du mal endest.«

»Ich lach mich tot«, sagte JC.

»Wie heißt du wirklich?«

»Spielt das eine Rolle?«

»Ja, das tut es. Wie nennt dich deine Ma?«

JC schaute dem Mann in die Augen. Erst jetzt stellte er fest, dass sein linkes schielte. »Glauben Sie, meine Ma würde immer noch mit mir sprechen?«

Der schwere Mann sagte nichts, schaute ihn nur weiter an.

JC zuckte mit den Schultern.

»Johnny«, sagte er. »Johnny Canning.«

KAPITEL ACHTUNDDREISSIG

Gerry: Wir bekommen hier die neuesten Nachrichten rein, Leute, und ... ich will ganz ehrlich sein, ich bin echt frustriert. Es gibt unbestätigte Meldungen überall in den sozialen Medien, aber unser Sendechef hat mir gesagt, wir könnten die hier nicht bringen, wegen polizeilicher Auflagen. Der nächste Song steht nicht auf unserer Playlist, aber ich hab mir letzte Woche die CD gekauft und ... warum nicht, zur Hölle. Hier kommt T. Rex mit: Children of the Revolution.

Inder O'Riordan war sich nur zu bewusst, dass ihm der Ruf eines Sonderlings vorauseilte. Genau genommen genoss er es sogar. Es war ja nicht so, als hätte er jemals in seinem Leben irgendwo dazugehört, aber nun kam es ihm wenigstens so vor, als gehöre er unter seinen *eigenen* Bedingungen nicht dazu. Als Sohn einer pakistanischen Mutter und eines irischen Vaters hatte er es geschafft, gleich in zwei Kontinenten nicht dazuzugehören. Bei den Familienbesuchen in Lahore hatte er sich sehr irisch gefühlt und in Belfast äußerst pakistanisch. Auch das Leben zu Hause war extrem anstrengend gewesen. Gut möglich, dass seine Eltern einander geliebt hatten, nur gemocht hatten sie einander offensichtlich nicht.

Naturwissenschaften und Mathematik waren seine Zuflucht gewesen. Von klein auf hatte er Zahlen geliebt. Aber selbst diese kleine Befreiung hatte ihren Preis gefordert. Mit vier Jahren war ihm bereits die Bezeichnung »Genie« angeheftet worden. Rasch hatte er ihn gehasst, diesen Druck von allen Seiten: etwas zu erreichen, immer sein Bestmögliches zu geben, seine Eltern stolz zu machen. Tief in seinem kindlichen Ich hatte er womöglich geglaubt, dass die Wunden in der Ehe seiner Eltern heilen könnten, wenn er nur gut genug war. Inzwischen wusste er es besser.

Als er dank eines Mathematik-Stipendiums mit sechzehn an die Queen's University gegangen war, hatte man Großes von ihm erwartet. Es war eine Art Kulturschock für ihn gewesen, wenn auch nicht auf die Weise, die viele vermutet hatten. Er hatte viel darüber gelesen, was bei einem Studium auf ihn zukommen würde. Er war auf exzessive Partys eingestellt gewesen, was er jedoch nicht vorhergesehen hatte, war das Gefühl, gewöhnlich zu sein. Zum ersten Mal spürte Inder, was es bedeutete, die dümmste Person in einem Raum zu sein. Das hatte ihn aus der Bahn geworfen, ihn bitter werden lassen und wütend auf die Welt. Im Laufe weniger Jahre war er still und leise zerbrochen.

Fionnuala Beckering hatte das Fass zum Überlaufen gebracht – zwei Tage vor seinem achtzehnten Geburtstag. Sie war fünfzehn gewesen. Der Altersunterschied von drei Jahren spielte heute keine große Rolle mehr, war unter Teenagern jedoch gewaltig. Sie erhob sich in dem kleinen, holzgetäfelten Seminarraum, in dem es nie genug Licht gab und der eigenartigerweise nach Zitronen roch, und löste in gerade mal fünf Minuten die Gleichung, an der er zwei Wochen herumgetüftelt hatte, ohne groß etwas zu essen, zu schlafen oder zu duschen. Daraufhin verließ er leise den Raum, nahm nicht einmal seine Jacke mit. Der Dozent glaubte, er wäre bloß aufs Klo gegangen.

Es folgten Inders »verirrte Jahre«. Unter anderem versuchte er, in einem Casino seine Rechenkünste einzusetzen, um beim Kartenspiel zu gewinnen. Dort erlebte er auch zum ersten Mal körperliche Gewalt. Er zog in Portugal mit einer älteren Frau namens Isabella zusammen, die ihm in sechs Monaten mehr beibrachte, als er in zehn Jahren an der Uni hätte lernen können.

Ihre letzte, besonders nachhaltige Lektion war ein gebrochenes Herz. Sie brannte mit einem rattengesichtigen Italiener namens Nero durch. Inder kroch zurück nach Irland und stellte auf der Fähre fest, dass er auch nicht dazu imstande war, sich in einer nutzlosen romantischen Geste über Bord zu werfen.

Seine Eltern waren mittlerweile nach Dublin gezogen, wo sein Vater als Buchhalter in der aufstrebenden Recycling-Firma seines Schwagers arbeitete. Sechs Monate lang verließ Inder kaum sein Zimmer, während sich seine Eltern abwechselnd über ihn ärgerten und in Panik gerieten. Eines Abends dann, beim Essen, erklärte sein Vater seiner Mutter lachend, wie die Abrechnungs-Software der Firma einen bestimmten Fehler entwickelt hatte, indem sie bestimmte Summen grundlos abrundete. Am nächsten Tag tauchte Inder unerwartet in seinem Büro auf. Bis zu diesem Zeitpunkt hatte er an Computern nie viel Interesse gezeigt. Trotzdem benötigte er nur zehn Minuten, um eine Theorie zu entwickeln. Der Assistent seines Vaters hatte die Software gehackt, um Geld zu unterschlagen. Als die Gardaí auf den Plan traten, stellte man ihm einen recht sympathischen Mann namens Mick Cusack vor, der sich bei der Polizei um Cyberkriminalität kümmerte. Dieser war beeindruckt von Inders Fähigkeiten, und sie blieben in Kontakt. Schließlich besorgte Mick Inder eine sechsmonatige Anstellung in seinem Team, und damit war alles geklärt. Heute, vier Jahre später, bestand das größte Rätsel darin, warum jemand mit Inders Qualitäten nach wie vor für die Gardaí arbeitete. Seine Fähigkeiten als Experte in Datensicherung hätten ihn zu einem reichen Mann machen können. Gelegentlich waren sie für andere Länder tätig. Er und Mick waren in Schweden, Ghana und Rumänien gewesen. Inder blieb, weil Mick ihn nie bat, einen Bericht zu schreiben, zu einer bestimmten Uhrzeit zur Arbeit zu kommen oder eine Fortbildung durchzustehen. Mick brauchte Inder, und Inder behagte die Idee nicht, für jemand anderen zu arbeiten. Außerdem gefiel ihm die Vorstellung, eines Tages womöglich mitzuerleben, wie die Polizei Nero Handschellen anlegte. Er mochte Menschen nicht, die anderen etwas wegnahmen.

Noch immer hatte Inder Freude an der Mathematik. Er las auch viel über Psychologie, betrachtete die Menschen nun als faszinierende Studienobjekte. Zu dem Gebäude, das man heute als die »Arche« bezeichnete, war er gerufen worden, nachdem man den Keller inspiziert hatte. Innerhalb von zwanzig Minuten fand Inder heraus, was die vier fraglichen Personen dort im Sinn gehabt hatten und warum es nicht funktioniert hätte. Ganz im Ernst, sich direkt in die Glasfaserverbindung einer Bank einzuhacken war so was von 2015. Zwanzig weitere Minuten verbrachte er damit, es Mick zu erklären, der es dann allen anderen verständlich machte.

Inder mochte Keller und enge Räume nicht, also begab er sich rasch in den fünften Stock, um Luft zum Atmen zu haben. Höhe gefiel ihm. Er schätze die ordentliche Übersicht, die sie ihm verschaffte.

Das Gesicht gegen das kühle Glas gepresst, genoss er den Blick auf die Menschenmenge tief unter ihm. Es war berauschend, zu sehen, wie sie immer weiter anwuchs. Er hatte rasch vorhergesagt, was passieren würde, aber der Ablauf der Ereignisse war dennoch faszinierend. Sieben Achtel des Gebäudes waren von miteinander verhakten Metallzäunen abgesperrt worden, und dahinter hatten sich im Abstand von jeweils zwei Metern Gardaí in Sicherheitswesten positioniert, um zu verhindern, dass jemand über die Barrikaden kletterte. Das Achtel des achteckigen Gebäudes, das nicht eingezäunt war, wurde von einer Reihe Polizisten in Kampfmontur gesichert. Die Lücke war offen gehalten worden, um es Polizeifahrzeugen zu ermöglichen, auf das Gelände zu kommen und es wieder zu verlassen. Hier

hatten sich der Großteil der Demonstranten und der Fernsehteams versammelt, was wiederum noch mehr Leute anzog.

Einzelne konnten einen Menschen in ihrer Unberechen-
barkeit wahnsinnig machen, aber im Kollektiv folgten sie bestimmten Regeln. Inder hatte sich intensiv damit beschäftigt.
Und während die Menge kontinuierlich anwuchs, wurden auch
die Gardaí am Eingang zunehmend nervös. Es war simple Mathematik: Die möglichen Folgen eines Regelbruchs nahmen ab,
schließlich war es logisch, dass die Polizei nicht jeden verhaften konnte. Damit nahm das Selbstbewusstsein der Menge zu.
Viele waren gekommen, um einem Gefühl der Ungerechtigkeit
Ausdruck zu verleihen; andere wollten ihrer Beunruhigung über
den noch unbestätigten Tod eines bedeutenden Mannes Luft
machen; noch mehr jedoch wollten schlicht zeigen, dass sie da
waren, und gleichzeitig ihrem Voyeurismus frönen. Und dann
gab es natürlich noch die vierte Gruppe. Diejenigen, denen es
kaum um die Sache ging und die von der Aussicht auf Randale
angezogen wurden. Die der Welt einen Tritt versetzen wollten,
von der sie sich schlecht behandelt fühlten.

Inder nahm an, dass die drei Männer Anfang zwanzig, die
sich von der Südseite aus genähert hatten, zur dritten Gruppe
gehörten. Während sie sich hinten hielten und die Menge betrachteten, wirkten sie gut gelaunt, geradezu aufgekratzt. Sie
schienen nach jemandem Ausschau zu halten. Es handelte sich
lediglich um eine Hypothese, aber womöglich hatte ihnen ein
Freund eine Nachricht geschickt, auf WhatsApp oder auf Twitter, und sie hatten den Pub verlassen, um sich dieser Person anzuschließen. Inder fiel auf, dass sie jemandem zuwinkten. Anschließend versuchten sie, sich durch die Menge nach vorn zu
drängeln, und man sah, wie sich mit ihnen der Druck auf die
vorderste Reihe verstärkte.

Anfangs traten die Polizisten in Kampfmontur einen Schritt

zurück, dann aber drängten sie, wie sie es gelernt hatten, geschlossen vor, um die Abgrenzung aufrechtzuerhalten.

Das Rempeln sorgte für weiteres Interesse – viele Leute wollten sehen, was da vorn vor sich ging. Auch diejenigen, die zur vierten Gruppe gehörten – und die darauf warteten, dass das Unvermeidliche endlich eintrat –, schoben sich voran, um die mögliche Bruchstelle zur *tatsächlichen* Bruchstelle zu machen.

Und während sich die Gardaí mit aller Gewalt dagegenstemmten, verlor eine Siebzehnjährige im Getümmel das Gleichgewicht und ging zu Boden.

Einer der Polizisten reagierte als Mensch und nicht als Beamter, der einen Aufstand in Schach halten sollte. Er löste sich aus der Kette, um nachzusehen, ob mit ihr alles in Ordnung war.

Die Menge drängte darauf von links heran, und auch der Polizist wurde mitgerissen und verschwand unter den Füßen der Demonstranten.

Einige versuchten, ihm aufzuhelfen, mindestens zwei aber traten mit Wucht auf ihn ein. Seine Kollegen lösten sich nun ebenfalls, um ihn zu schützen.

Und so begann, unter Inders Blicken, das, was man später als den »Arche-Aufstand« bezeichnen sollte.

KAPITEL NEUNUNDDREISSIG

»Gott, ich brauche was zu trinken.«

Dies waren Brigits erste Worte, nachdem sie sich eilig von der Konfrontation mit Duncan zurückgezogen hatten. Es hatte einige angstvolle Augenblicke gegeben, als ein Garda-Wagen mit eingeschalteter Sirene aufgetaucht war, aber er war am Park vorbei Richtung Innenstadt weitergerast.

»Die nächste Gelegenheit wäre im Meehan's«, sagte Paul und deutete ein Stück die Straße hinauf.

»Ist mir recht.« Brigit nickte, und nachdem Maggie damit fertig war, sich an einem Laternenpfahl zu erleichtern, marschierten sie Richtung Pub.

Brigit schaute auf sie hinab. »Ist sie ... ungefährlich?«

»Definiere ungefährlich. Sagen wir mal so«, entgegnete Paul. »Ich würde mal davon ausgehen, dass sie zum großen Teil auf unserer Seite steht.«

»Sehr beruhigend ... aber welche Hündin hebt denn bitte so das Bein beim Pinkeln?«

»Phil hat das gegoogelt. Offenbar zeigt dieses Verhalten eine starke Dominanz bei Hündinnen.«

»Ach ja? Muss ich auch mal probieren. Aber was genau hat Phil eigentlich mit der ganzen Sache zu tun?«

Paul war froh, dass zwei weitere Polizeiwagen mit heulenden Sirenen an ihnen vorbeifuhren, sich durch den abendlichen Verkehr schlängelten und so für eine Ablenkung sorgten. Er hatte noch keinen Weg gefunden, die ganze Hartigan-Situation ins Gespräch zu bringen. Er wusste, dass er es tun musste, aber da er gerade erst Brigits Zorn entkommen war, konnte er sich einfach nicht dazu aufraffen. Er hegte selbst den Verdacht, dass es idiotisch gewesen war, sich in diese Sache hineinziehen zu lassen, wollte aber noch nicht die Bestätigung hören. Er musste den richtigen Moment abwarten.

»Phil hat mir bei einigen Sachen geholfen«, sagte Paul. »Also, was hältst du von Duncans Geschichte?«

Brigit seufzte. »Ich weiß es nicht, aber ich kann mir einfach nicht vorstellen, dass dieser Wurm den Mumm hätte, sich direkt mit Bunny McGarry anzulegen. Du?«

»Ach was, er hätte viel zu große Angst, dass ihm dabei die Frisur abhandenkommt.«

»Stimmt«, sagte Brigit. »Gott, ich habe wirklich einen schrecklichen Männergeschmack.«

Man konnte förmlich hören, wie diese Worte zwischen ihnen zu Boden fielen. Sie hatte es gar nicht als Schlag gegen ihn gemeint, das wusste Paul. Dass sie sofort rot anlief, unterstrich dies noch. Zu einem anderen Zeitpunkt hätten sie vermutlich darüber gelacht, aber nicht jetzt. Sie brauchten unbedingt ein klärendes Gespräch, um die Atmosphäre zu reinigen, aber es schien nicht richtig, sich aktuell auf ihre eigenen Probleme zu konzentrieren. Schließlich wurde Bunny immer noch vermisst. Das war die oberste Priorität.

Glücklicherweise blieb für das peinliche Schweigen nicht allzu viel Zeit, da sie das Meehan's erreicht hatten.

Es war ein großer Pub, am eher seelenloseren Ende des Spektrums. Die Afterwork-Trinker saßen verstreut in Zweier- und Dreiergruppen an den Tischen, einige weitere standen an der Bar. Normalerweise wäre es hier voller gewesen, aber Paul nahm an, dass die Leute heute eher die Biergärten aufsuchten. Alle, die dennoch hier waren, starrten mit offenem Mund auf die Plasmafernseher, die an den gegenüberliegenden Wänden angebracht waren.

Sie zeigten, wie Polizisten in Kampfmontur ihre Schilde erhoben, während Jugendliche ihnen Glasflaschen und Ziegelsteine entgegenschleuderten.

»Herrgott«, sagte Paul. »Ist schon wieder ein Fußballspiel in der Stadt?«

Die Frau hinter der Bar drehte sich um und deutete hinter sich auf den Bildschirm. »Das ist auf der O'Connell Street. Was wollt ihr haben?«

Die Kameraperspektive änderte sich, und man sah den Turm vom Dublin Monument vor dem General Post Office, auch bekannt als »Die Nadel«, die hinter der polizeilichen Absperrung ins Nichts ragte. Ja, es war tatsächlich die O'Connell Street. Im Vordergrund stand ein Auto in Flammen, und jemand versuchte, ein Absperrgitter ins Schaufenster von einem der Geschäfte zu schleudern, die nur von Touristen aufgesucht wurden.

»Warum macht man so was?«, fragte die Barfrau. Ihr Akzent klang osteuropäisch, aber Paul hatte kein gutes Ohr für so etwas.

»Das ist einfach sinnlose Gewalt«, sagte Brigit.

»Das meine ich nicht«, sagte die Barfrau. »Drei Häuser weiter ist ein echt gutes Geschäft für Sportklamotten, da gibt's viel bessere Sachen. Wer braucht schon so ein beschissenes T-Shirt mit irischen Kobolden drauf?« Angewidert verzog sie das Gesicht. »Wollt ihr was trinken?«

»Wann hat das angefangen?«, fragte Paul.

»Vorhin«, sagte die Barfrau und wandte sich wieder dem Fernseher zu. Offenbar ging sie davon aus, dass Paul und Brigit nur die Nachrichten schauen und nichts bestellen wollten. »Dieser Priester ist tot.«

»Was?« Brigits Tonfall brachte Paul dazu, sie anzuschauen. Ihr Gesicht war blass geworden. »Welcher Priester?«

»Dieser berühmte.« Die Frau zuckte mit den Schultern. »Der dauernd im Fernsehen ist.«

»Meinen … meinen Sie Pater Franks?«

»Ja, tot. Die Polizei hat ihn erschossen.«

»Na ja …« Sie drehten sich um und sahen, dass eine große Frau an einem der Tische das Wort ergriffen hatte. »Genau genommen haben die Gardaí erklärt, dass er eines natürlichen Todes gestorben ist.«

Sie zuckte erschrocken zurück, als die Barfrau darauf mit einem abfälligen Furzgeräusch reagierte. »Klar, wenn Männer mit Maschinengewehren Türen eintreten, stirbt immer irgendwer eines natürlichen Todes.«

»Ich habe ihn noch vor zwei Tagen getroffen«, sagte Brigit.

Die Frau am Tisch warf ihr ein herablassendes Lächeln zu, das ihrem Gesicht keinen Gefallen tat. »Das glaube ich kaum. Er war seit Wochen in dieser Arche eingesperrt.«

Paul berührte Brigit am Arm und deutete auf die unbesetzte Nische in einer Ecke. »Dasselbe wie immer?«

Sie nickte und nahm Platz, während sich Paul der Barfrau zuwandte.

»Ein großes Glas Weißwein und ein Pint Guinness, bitte …«

Zu seinen Füßen war ein leises Knurren zu hören.

»*Zwei* Pint Guinness, bitte.«

Die Barfrau beugte sich über den Tresen und blickte auf Maggie hinab.

»Wir bilden sie zum Blindenhund aus.«

Die Barfrau zuckte mit den Schultern. »Mir egal. Will der Hund auch Speckchips?«

Auf dem Bildschirm hinter ihr sah Paul ein halbes Dutzend junger Typen mit freiem Oberkörper, die Gesichter halb mit Halstüchern verdeckt, die einen in Brand stehenden Müllcontainer auf die Reihe der Gardaí zuschoben.

Während der nächsten halben Stunde saßen sie in der Ecknische und hörten Maggie dabei zu, wie sie drei Tüten Speckchips verschlang. Währenddessen beobachteten sie auf dem stumm geschalteten Fernseher über der Bar, wie die Welt in Flammen aufging. Brigit berichtete Paul von ihrer Suche nach Bunny. Den letzten Teil kannte er bereits – den Grund dafür, warum Bunny bei den Prostituierten gewesen war. Aber sie schloss auch seine anderen Wissenslücken, berichtete von Bunnys Telefonrechnung, dem Treffen mit Johnny Canning, ihrem Ausflug zur Arche mit Dr. Sinha und den ganzen Rest. In jedem Fall bewies all das, dass Paul mindestens in einem Punkt richtiggelegen hatte: Er hätte Monate gebraucht, um das rauszufinden, was ihr in weniger als einer Woche gelungen war. Sie hatte wirklich ein Talent für diese Dinge.

»Das hast du sehr gut gemacht«, sagte Paul.

»Findest du?«, erwiderte Brigit. »Kommt mir nicht so vor. Von Bunny fehlt immer noch jede Spur, und ich habe nicht die geringste Ahnung, was ihm zugestoßen sein könnte. Und keinen Schimmer, wer diese Simone ist. Gesehen wurde Bunny das letzte Mal am Freitag vor einer Woche im O'Hagan's und …«

Brigit hielt inne und begann, geistesabwesend an dem Bierdeckel vor sich herumzuspielen.

»Sollten wir doch lieber zur Polizei gehen?«, fragte Paul.

»Womit denn? Wir haben keinerlei Beweise. Und davon mal ganz abgesehen …« Sie deutete auf den Bildschirm. »Ich weiß nicht, ob's dir aufgefallen ist, aber die sind gerade relativ beschäftigt.«

Paul atmete laut aus.

»Und da ist noch was anderes«, sagte Brigit. »Franks hat geschworen, er hätte seit Jahren nicht mehr mit Bunny gesprochen. Auf der Telefonrechnung tauchen aber mehrere Gespräche und Kurznachrichten zwischen den beiden auf.«

»Meinst du, die haben was ausgeheckt?«

»Keine Ahnung. Wir wissen eigentlich nur, dass Bunny irgendeiner Sache auf die Spur gekommen sein muss und …«

Brigit rieb sich mit den Knöcheln ihrer Hand über die Zähne und starrte auf die Tischplatte. Diesen Tick, den sie an den Tag legte, wenn sie tief in Gedanken war, erkannte Paul sofort wieder, und kurz drohten seine Gefühle, mit ihm durchzugehen.

»Ich hol uns noch was zu trinken.«

»Für mich 'ne Cola light«, sagte sie, ohne aufzuschauen. »Muss noch fahren.«

»Okay.«

Paul befestigte den Griff der Leine unter seinem Stuhlbein, stellte fest, dass Maggie friedlich schnarchte, und ging zur Bar hinüber.

Als er zurückkehrte, tippte Brigit aufgeregt auf ihrem iPhone herum.

»Sie haben nur Pepsi light, deshalb …«

»Egal.« Brigits Gesicht strahlte jetzt geradezu. »Erinnerst du dich, was Duncan gesagt hat? Dass an Bunnys Dingsbums, diesem Tracker, so eine kleine schwarze Box mit einem kleinen grünen Männchen zu sehen war?«

»Ja.«

»Na ja, ich habe bei einem dieser Spy-Shops nach Peilsendern gesucht. Hab mir gedacht, Bunny muss ihn sich ja auch irgendwo besorgt haben. Vielleicht gibt es in Dublin ein Geschäft, in das wir gehen können …«

»Gute Idee.«

»Aber dann hatte ich noch eine sehr viel bessere.«

Brigit hielt ihr Telefon hoch und zeigte ihm das Bild einer schwarzen Box. Sie hatte die Größe einer Zigarettenschachtel, und an der Seite war eine Comicfigur zu sehen, ein kleiner grüner Mann. »Der Sniffer 408 GPS Tracker – einfach zu nutzen, lässt sich magnetisch an jedem Fahrzeug anbringen. Ich wette mit dir, das war das Ding, das Bunny verwendet hat ...«

»Okay«, sagte Paul. »Aber was verrät uns das?«

»Nichts«, sagte Brigit und scrollte begeistert durch die Bilder auf ihrem Display. »Aber es könnte eine Spur sein.«

»Okay, also ...«

Brigit redete weiter, allerdings nicht wirklich mit ihm. Er war nur zufällig anwesend, während sie ihre Selbstgespräche führte. »Man nutzt dafür eine SIM-Karte ... also eine Mobilfunknummer und ... NEIN! Das kann nicht sein ...«

»Was?«

Brigit antwortete nicht, stattdessen scrollte sie die Seite hinunter. »Enthält ... anschlussfähig ... Batterielaufzeit ...«

Er sah, wie sich ihre Augen aufgeregt weiteten, während sie las. Paul musste seine gesamte Selbstbeherrschung aufbringen, um ihr nicht das Handy aus der Hand zu reißen und es sich selbst anzuschauen.

»Bist du ...«

»Halt die Klappe«, schnappte Brigit, dann schaute sie rasch auf. »Ich meine, gib mir eine Sekunde ...«

Sie las noch eine Minute weiter, dann hielt sie inne.

»Bist du ...«

Brigit hob einen Finger, um ihn zum Schweigen zu bringen. Dann tippte sie etwas in ihr Handy. Schließlich drückte sie mit ausladender Geste noch ein letztes Mal aufs Display, legte das Telefon vor ihm auf den Tisch und schaute Paul mit breitem Grinsen an.

»Was? Um Himmels willen, Frau!«

»Okay, schraub deine Hoffnungen nicht allzu hoch, aber ...«

Sie machte eine Pause.

»Du musst wirklich aufhören mit diesem Drama, sonst schwöre ich, bei Gott ...«

»Simone ist ein Passwort, man aktiviert den Peilsender, indem man das festgelegte Passwort an die Mobiltelefonnummer der SIM-Karte schickt.«

»Moment, du meinst ...?«

»Wir haben versucht, Simone anzurufen. Stattdessen hätten wir das Wort SIMONE an diese Nummer schicken müssen. Daumen drücken! Offenbar dauert es eine Weile, bis die Daten synchronisiert werden, aber dann müsste uns Simone, also der Tracker, eigentlich eine Nachricht zukommen lassen, wo genau er sich gerade befindet.«

»Du nimmst mich auf den Arm.«

»Wie gesagt, mach dir nicht zu viele Hoffnungen.« Während sie das sagte, strahlte sie ihm selbst voller Hoffnung entgegen. »Wenn wir das nur früher gewusst hätten. Hoffentlich ist das Ding noch geladen und ... Scheiße!« Brigit hob ihr Telefon wieder auf. »Ich muss die App runterladen. Da stand, es dauert etwa eine halbe Stunde, bis es die erste Reaktion gibt und ...«

»Was machen wir denn, wenn wir einen Aufenthaltsort geschickt bekommen?«, fragte Paul.

Brigit schaute nicht auf. »Keine Ahnung. Wir könnten versuchen, die Polizei dafür zu interessieren, aber die haben sich bislang einen feuchten Dreck darum geschert, wo er steckt.«

»Hey, ich wollte das sehen!«

Paul hob den Blick und stellte fest, dass der wütende Ausruf von einem Mann gekommen war, der sich in einem zerknitterten Anzug gegen die Bar lehnte.

Das Fernsehbild hatte sich geändert. Nun wurde ein Ort gezeigt, den Paul erkannte.

»Ich hab den Sender nicht gewechselt«, erwiderte die Barfrau. »Das sind die Nachrichten, Leute.«

»Was ist denn wichtiger als diese Krawalle?«, fragte der Zerknitterte in angetrunkener Empörung.

Paul stand auf und wandte sich der Bar zu. »Machen Sie mal den Ton an, bitte.«

»Gibt's bei uns nicht«, erwiderte die Barfrau. »Der Boss meint, das wäre schlecht für die Atmosphäre.«

»Bitte!«, sagte Paul.

Mit einem Schulterzucken richtete sie eine Fernbedienung auf den Bildschirm.

Der Ton machte den Tumult von Kamerablitzen und gebrüllten Fragen hörbar, als Jerome Hartigan und Paschal Maloney, die überlebenden Mitglieder der Skylark Three, aus Hartigans Haustür traten. Sie hielten eine Pressekonferenz ab. Der Anwalt, den Paul bei Hartigan gesehen hatte, folgte ihnen hinaus.

»Ah, diese beiden Arschlöcher«, sagte der Zerknitterte.

Der Anwalt trat vor und bat mit erhobenen Händen um Ruhe. »Bitte.« Endlich senkte sich das Getöse zu einem leisen Murmeln. »Vielen Dank. Meine Mandanten würden gern ein kurzes Statement abgeben.«

Damit trat er beiseite, und Jerome Hartigan nickte den Kameras mit seinem ernsthaftesten Politiker-Gesicht zu.

»Vielen Dank, dass Sie gekommen sind. Wie Sie wissen, haben wir den tragischen Verlust unseres Freundes und Kollegen Craig Blake zu beklagen, der kürzlich unter den brutalsten Umständen ermordet wurde. Darauf folgte der ebenso sinnlose Tod von Stadtrat John Baylor, der unermüdlich für die Bürgerinnen und Bürger von Dublin gearbeitet hat. Dabei wurde uns von Seiten der Gardaí permanent versichert, man würde die sogenannten Púca unverzüglich ihrer gerechten Strafe zuführen. Trotz dieser Versicherungen scheint jedoch keinerlei Fortschritt erzielt worden zu sein.«

Er machte eine Pause, und jemand versuchte, eine Frage dazwischenzuwerfen, die aber von Hartigans erhobener Hand und dem Zischen der versammelten Menge zum Schweigen gebracht wurde.

Brigit hatte sich inzwischen neben Paul gestellt. »Was ist da los?«

Paul antwortete nicht. Maloney war vorgetreten, um das Wort zu ergreifen, und kniff unter dem erneuten Sperrfeuer der Kamerablitze die Augen zusammen. Er erinnerte Paul an ein Kind, das sich verlaufen hatte und nun auf seine Mummy wartete. In seiner Stimme waren unterdrückte Tränen hörbar.

»Wie sich an den entsetzlichen Vorgängen erkennen lässt, die sich heute Abend in Dublin abspielen, scheinen Gesetz und Ordnung in dieser Stadt zusammenzubrechen. Es gibt Ausschreitungen auf den Straßen, Vigilanten laufen Amok, und die Gardaí und die Regierung scheinen alledem machtlos gegenüberzustehen. Ich und mein Kollege haben das Gefühl, dass wir uns äußern müssen, da wir kein Vertrauen mehr in die Garda Síochána setzen. Wir haben erfahren, dass sie seit über einem Tag einen Tatverdächtigen identifiziert haben, der für den Tod von Craig Blake und Stadtrat Taylor verantwortlich zu sein scheint. Und doch tun sie nichts, um diesen dingfest zu machen. Der Grund dafür besteht darin, dass es sich um einen ihrer ehemaligen Kollegen handelt.«

»Oh Gott«, sagte Brigit und griff nach Pauls Hand.

Hartigan schaute direkt in die Kamera und setzte die Rede fort. »Unsere Frage an die Gardaí ist ganz simpel: Wo ist dieser Mann? Wo ist Bunny McGarry, und warum ist er immer noch nicht festgenommen worden?«

»Tja«, sagte Paul. »Zumindest wird es nun kein Problem mehr sein, ihr Interesse zu wecken.«

KAPITEL VIERZIG

Gerry: Ich kann Ihnen jetzt immerhin verraten, dass die Berichte über den Aufstand im Internationalen Finanzzentrum bestätigt wurden und dass er sich auf die ganze Stadt ausgeweitet hat. Unser Studio befindet sich in unmittelbarer Nähe der O'Connell Bridge, und wenn ich hier aus dem Fenster schaue, sehe ich große Menschenmengen, die unentwegt weiter anwachsen. Es ist zu wiederholten Zusammenstößen mit den Gardaí gekommen und ... von hier aus macht es ganz den Eindruck, als würden die Polizeikräfte durch die schiere Überzahl der Protestanten zum Rückzug gezwungen.

Hinzu kommt ... nun ... mit großer Trauer kann ich bekanntgeben, dass unabhängige Quellen vor wenigen Minuten bestätigt haben, dass Pater Daniel Franks verstorben ist. Weitere Details sind uns nicht bekannt. Es gibt unbestätigte Berichte von einer polizeilichen Erstürmung der Arche. Wir bringen Sie auf den neuesten Stand, sobald uns weitere Informationen vorliegen.

Paul rannte.

Seine Unterhaltung mit Brigit war nicht gut verlaufen. Er hatte befürchtet, sie könne wütend werden, nun wünschte er sich, sie wäre es geworden. Stattdessen hatte sie nur frustrierte Resignation an den Tag gelegt. Es erinnerte ihn daran, wie seine Lehrer an der Schule mit den Außenseitern gesprochen hatten. Ein Tiefpunkt war ihre Frage gewesen: »Du hast einen Auftrag angenommen und weißt nicht mal den Namen der Auftraggeberin?« Bei ihr klang es viel schlimmer, als es eigentlich war. Dass er mit seinem Verdacht gegen Hartigan nicht zur Polizei gegangen war, hörte sich allerdings noch dümmer an. Am Ende des kurzen Wortwechsels, den sie auf ihrem eiligen Weg die Dawson Street hinab gehabt hatten, kam er sich in etwa so nützlich vor wie eine Teekanne aus Schokolade.

Aber bevor sich ihre Wege trennten, gab Brigit einen Schlachtplan aus.

Wer auch immer der Teufel im roten Kleid war – zum Glück hatte er die Frau Brigit gegenüber so nicht genannt –, sie wusste viel über das, was sich hier abspielte. Eigentlich hatte er lediglich vorgehabt, heute Abend im Büro zu sein, um ihr zu berichten, dass er Hartigan bei seinem Einbruch beobachtet hatte. Das hätte ihm vielleicht sein Honorar verschafft, auch wenn es nicht wirklich seinem Auftrag entsprach. Aber es schien noch mehr dahinterzustecken. Die Vorstellung, dass er ganz zufällig engagiert worden war, um einen Mann zu beschatten, der eine Woche später Bunny im landesweiten Fernsehen beschuldigte, ein gewalttätiger Psychopath zu sein, wirkte jedenfalls verdammt unwahrscheinlich. In jedem Fall benötigten sie Antworten, und Paul blieb nur ein Weg, seine Auftraggeberin zu erreichen. Ihr Treffen war für acht Uhr angesetzt, und diesen Termin musste er mehr denn je einhalten.

Das Problem bestand nur darin, dass zwischen dem Ort, an dem er sich befand, und dem Ort, an den er sich begeben musste, schwere Krawalle ausgebrochen waren. Laut der Nachrichten erstreckten sie sich vom Internationalen Finanzzentrum bis hinab zur O'Connell Street und weiteten sich immer mehr aus.

Brigit war in eine andere Richtung davongeeilt – zu ihrem Wagen. Wenn Bunnys Peilsender immer noch funktionierte, würde er ihr in Kürze die Ortsdaten übermitteln.

Pauls Lunge tat weh. Er war an sportliche Betätigung nicht gewöhnt, und das Rennen durchs Stadtzentrum stellte sich als komplizierter Hindernislauf heraus. Überall waren Gruppen von Menschen unterwegs, die die Presse vermutlich als Jugendliche bezeichnet hätte, um sich dem Aufruhr anzuschließen. Andere flüchteten in die entgegengesetzte Richtung, und ziemlich viele Leute standen einfach nur in der Gegend herum und gafften. Rund um den College-Green-Park hatte sich ein Stau gebildet, und die Luft war von einer Kakophonie von Autohupen und empörtem Gebrüll erfüllt. Hier war immer viel los, aber die zahlreichen Baustellen und die Leute, die versuchten, dem Chaos zu entkommen, sorgten dafür, dass niemand von der Stelle kam.

Nach seinen ersten Versuchen gab Paul die Hoffnung auf, noch ein Taxi zu bekommen. Die Dubliner Fahrer wussten in ihrem tiefsten Inneren, dass ihnen die größte Gefahr drohte. Mit angeschaltetem Licht waren sie allesamt an ihm vorbeigerauscht, während die potenziellen Fahrgäste sie vom Gehweg aus anbrüllten. Es war eine feste Regel jeglicher öffentlicher Unruhen, dass die Taxis als Erstes in Brand gesteckt wurden. Es war wirklich an der Zeit, aus Dodge zu verschwinden, wie es in Westernfilmen so schön hieß.

Also musste Paul rennen. Um schneller voranzukommen, hatte er den Bürgersteig verlassen und schlängelte sich durch den feststeckenden Verkehr. Nachdem sich ein verwirrter Tourist in Maggies Leine verfangen und sie beinahe einen Fahrradfahrer von seinem Gefährt gerissen hatten, machte er Maggie los. Sie wetzte neben ihm her, überholte ihn, blieb aber immer in seiner Nähe. Sie schien nicht die Absicht zu haben, sich selbstständig zu machen, und nichts brachte die Leute so rasch dazu, einem aus dem Weg zu gehen, wie ein großer Hund, der nicht angeleint war. Es löste einen menschlichen Urinstinkt aus: Wenn der Wolf kommt – nichts wie weg!

Während Paul die Westmoreland Street hinabspurtete, sah er, dass sich auf der O'Connell Bridge eine größere Gruppe zusammenrottete. Die Gardaí versuchten, die Brücke mit orangefarbenen Barrieren zu sperren. Es war nicht ersichtlich, ob sie die Krawalle auf das nördliche Ufer beschränken oder schlicht verhindern wollten, dass sich ihnen von Süden aus weitere Demonstranten anschlossen. Den Polizisten schien das selbst nicht klar zu sein. Bei genauerem Blick sah es so aus, als wären viele von ihnen kaum alt genug, um sich zu rasieren. Sehr wahrscheinlich waren sie noch in der Ausbildung, wurden an die vorderste Front gestellt und versuchten nun tapfer, so zu wirken, als hätten sie irgendeine Ahnung, was sie da eigentlich taten.

Schwer atmend musste Paul innehalten, als eine Gruppe junger Leute von rechts auf die Brücke zustürmte und die Absperrungen durchbrach. Einige von ihnen bekamen die Gardaí zu fassen, die meisten aber schafften es hindurch, jubelten und machten sich über die unfähige Polizei lustig. Paul peilte eine Stelle auf der linken Seite der Brücke an und rannte darauf zu. Er war langsamer als die Jugendlichen, und als er vorbeisprinten wollte, packte ihn einer der Polizisten am rechten Arm.

»Hey! Wo wollen Sie denn …«

Als Maggie ein warnendes Knurren ausstieß, senkte der Beamte den Blick und zeigte hervorragende Überlebensinstinkte, indem er Paul losließ. Er würde eben jemand anderen aufhalten. Es sah ja nicht so aus, als würde es demnächst einen Mangel an Gelegenheiten geben.

Einer der jungen Männer versuchte, Paul im Vorbeilaufen abzuklatschen, aber er ging nicht darauf ein. Seine Uhr verriet ihm, dass es 19:28 Uhr war. Er würde sich sehr beeilen müssen, um es pünktlich ins Büro zu schaffen. Immer vorausgesetzt, dass er überhaupt durch dieses Chaos kam – und was es für ein Chaos war!

Die Menschenmenge schien immer dichter zu werden, während Paul seinen Blick auf die Straße vor ihm richtete. Am nördlichen Ende der O'Connell Street war mittlerweile am meisten los. Vor der Eason-Buchhandlung lag ein umgeworfener Van auf der Straße, und Jugendliche sprangen darauf herum. Überall wurde Müll durch die Gegend getreten, während die Alarmanlagen der umliegenden Geschäfte wehleidig schrillten.

Die Bauarbeiten, mit denen die Straßenbahnlinien erweitert werden sollten, sorgten dafür, dass ein Großteil der breiten O'Connell Street unbefahrbar war – und die aufgehäuften Steine und der Schutt verschafften den Krawallmachern reichlich Material für ihre Zerstörungswut. Aus der Ferne sah Paul, dass ein beständiger Strom an Wurfgeschossen durch die Luft flog. Er vermutete, dass die Polizei am anderen Ende der Straße Stellung bezogen hatte, auf der O'Connell Street selbst sah er jedenfalls keine Gardaí. Es erinnerte ihn an die Fußballfans auf dem Weg zum Croke Park Stadion, an denen er manchmal vorbeimusste, wenn er sich zeitlich verschätzt hatte. Hier ging es jedoch weitaus drastischer zu. Links von ihm schleuderten drei Typen große Pflastersteine ins Eason-Schaufenster. Die spinnwebartigen Risse im dicken Glas traten immer deutlicher hervor. Von innen schaute ein Sicherheitsmann angewidert dabei zu. Jedes Mal, wenn ein weiterer Stein die Scheibe traf, jubelte die Menge.

Nur zu, dachte Paul, *klaut ein paar Bücher, ihr Vollidioten, vielleicht könnt ihr was lernen.*

Eine Frau in mittleren Jahren kam an ihm vorbei, mit einem Arm voller Kleidungsstücke, die immer noch an ihren Bügeln hingen. »Wir holen uns unser Land zurück!«, brüllte sie, was ebenfalls mit großem Jubel beantwortet wurde. *Klar*, dachte Paul, *aber erst mal holen wir uns was Schickes zum Anziehen.*

Der kürzeste Weg zum Büro hätte ihn über die Abbey Street

geführt, aber dort sah er eine noch undurchdringlichere Menschenmenge und eine weitere Absperrung, hinter der sich die Polizisten positioniert hatten. Vorläufig funkelten sich beide Parteien lediglich an, aber dabei würde es nicht lange bleiben.

Seine beste Möglichkeit bestand wohl darin, die O'Connell Street hinaufzulaufen und von dort aus einen Weg zu finden.

Er kam an der O'Connell-Statue vorbei, deren Kopf wie immer mit reichlich Vogelscheiße bedeckt war. Mehrere junge Leute halfen sich gegenseitig dabei, an ihr hochzuklettern, um eine bessere Aussicht zu erlangen. Auf den Sockel war in ausgefransten Buchstaben »Wir sind die Púca« gesprayt worden.

Und, dachte Paul, *dies ist der Tag, der niemals kommt.*

KAPITEL EINUNDVIERZIG

Wenn die Stimme von Assistant Commissioner Michael Sharpe noch eine weitere Oktave in die Höhe kletterte, würden ihn nur noch Hunde hören. Burns konnte diesen Moment kaum abwarten, denn er ging ihr schrecklich auf die Nerven. Man hätte meinen können, dass er noch nie zuvor in einem Gebäude eingesperrt gewesen war, vor dem ein wütender Mob sein Blut forderte. Er tigerte auf und ab und schrie über sein Handy jedes arme Schwein an, das so dumm gewesen war, im Hauptquartier an den Apparat zu gehen. Sharpe schien der starken Überzeugung zu sein, dass es die oberste Priorität der irischen Polizei sein sollte, ihn von hier zu retten. Es fiel ihm jedoch offenkundig schwer, auch andere davon zu überzeugen.

»Herrgott noch mal, Cormac, wir haben Frauen hier drin!«

Er warf einen Blick in ihre Richtung. DSI Burns bemühte sich gar nicht erst, ihren Ekel zu verbergen. *Oh, Michael,* dachte sie, *fick dich und stirb bitte einfach. Verkaufst deine Feigheit auch noch als Kavaliersdienst, du jämmerlicher kleiner Mann. Was auch immer noch passieren wird, eins solltest du wissen: Soeben habe ich beschlossen, deine Karriere zu zerstören – und wenn es das Letzte ist, was ich tue!*

Ihre Selbstzweifel von vorhin hatten sich in Luft aufgelöst. Jetzt hatte sie das Gefühl, wieder die Kontrolle zu haben. Nicht über die Situation, die schneller eskalierte als ein Meeting der Anonymen Alkoholiker in einer Brauerei. Nein, sie hatte die Kontrolle über sich selbst zurückgewonnen.

Burns wandte sich um und schaute aus dem Fenster. Der Aufstand war schnell ausgebrochen, und noch schneller wurde er ungemütlich. Die Gardaí hatten keine Erfahrung mit großen Ausschreitungen, und keine Übung der Welt konnte einen auf so etwas wirklich vorbereiten. Sie hatte von hier oben alles beobachtet. Die meisten ihrer Kollegen waren zurückhaltend vorgegangen, hatten nur versucht, ein Mindestmaß an Ordnung aufrechtzuerhalten. Einige schlugen in Panik um sich und heizten die ganze Sache nur weiter an. Polizisten und Demonstranten wurden gleichermaßen mit Kopfverletzungen aus dem Getümmel gezogen. Schließlich aber zwang die zahlenmäßige Überlegenheit der Gegenseite die Polizei zum Rückzug. Der gesamte Platz vor dem Gebäude war inzwischen mit Menschen gefüllt. Direkt unter ihnen an den Türen rief eine große Gruppe immer wieder im Chor: »Wir wollen Franks! Wir wollen Franks!«

Hauptsächlich waren es jüngere Leute, aber auch ältere mischten sich darunter. Und um sie herum hatten sich natürlich die Kameras positioniert, die alles filmten. Es war die Krankheit des einundzwanzigsten Jahrhunderts: Nur was aufgenommen wurde, war wirklich passiert. Burns zweifelte nicht daran, dass die Mehrheit der Demonstranten ehrlich wütend war. Sie hatten in Pater Franks einen Hoffnungsträger gesehen, und der war ihnen genommen worden. Vielleicht hatte die idiotische Erstürmung der Gardaí seinen Tod nur um ein paar Tage beschleunigt, das änderte aber nichts an der Tatsache, dass hier ein unfassbarer Mist gebaut worden war.

Es waren nicht diese Leute, die Burns Sorgen machten, es waren die anderen. Sie war lange genug bei der Polizei, um zu wissen, wo das eigentliche Problem lag: bei den Krawall-Junkies, die etwas suchten, auf das sie ihre Wut richten konnten, ganz gleich was. Es waren die Männer – zu neunundneunzig Prozent waren es Männer –, die immer irgendwo auftauchten, ob beim Fußball oder bei friedlichen Demonstrationen, und alles dafür taten, die Welt in Flammen aufgehen zu sehen.

Und das Feuer breitete sich aus. Was als politischer Protest begann, hatte sich rasch ausgeweitet. Es hatten sie Berichte erreicht, dass es in der O'Connell Street und in den Geschäften der Henry Street bereits zu Plünderungen gekommen war. Es war immer dasselbe. Nur eins hielt bestimmte Leute davon ab, sich einfach zu nehmen, was sie haben wollten – die Angst davor, erwischt zu werden. Die Gardaí saßen nun im perfekten Sturm fest. Ein Aufstand, der aus dem Nichts gekommen war, und das mitten in der Urlaubszeit, am heißesten Tag des Jahres. Wenn es doch nur geregnet hätte. Nichts beendete Krawalle schneller als ein Regenguss.

Ihr Handy klingelte.

»Burns.«

»Sir, ähm, sorry … Ma'am.«

»Worum geht's, Wilson?«

»Wie sieht es aus?«

»Super. Entzückender Blick auf die Krawalle. Wollten Sie nur ein bisschen mit mir plaudern?«

»Nein, Ma'am. Es geht um McGarry, Ma'am.«

»Haben wir ihn gefunden?«

»Nein. Ähm … Hartigan und Maloney haben ihn gerade im landesweiten Fernsehen als unseren Hauptverdächtigen bezeichnet …«

»Oh, Herrgott im Himmel.«

»Ja, Ma'am.«

»Fahren Sie zu ihnen – sofort. Finden Sie raus, wo zur Hölle sie das herhaben.«

»Und wenn sie …«

»Ist mir egal, machen Sie's einfach.«

»Okay.«

KAPITEL ZWEIUNDVIERZIG

Paul und Maggie überquerten die Straße, um einen großen Bogen um Clerys zu machen. Das alteingesessene Warenhaus war seit zwei Jahren geschlossen, die Läden darum herum zogen jedoch viel Aufmerksamkeit auf sich. Auf der einen Seite gab es einen Juwelier, dessen Sicherheitsglasscheiben nicht darauf ausgelegt waren, der direkten Konfrontation mit dem Kompaktbagger standzuhalten, der von der Baustelle entführt worden war. Auf der anderen Seite befand sich die Ann-Summers-Lingerie-Filiale. Es stellte ein interessantes Phänomen dar, dass Kerle, die sonst ums Verrecken nicht dort eingetreten wären, nun mehr als glücklich schienen, den Laden auszuräumen.

Paul spürte, dass das Handy in seiner Tasche vibrierte. Als er es hervorzog, wurde ihm bewusst, dass er zwölf Anrufe von Phil verpasst hatte. Er forderte das Unglück heraus und nahm ausgerechnet den dreizehnten an.

»Wie geht's denn so, Phil?«

»Wo zur Hölle steckst du eigentlich, verdammte Scheiße?«

»Tut mir leid«, sagte Paul. »War ziemlich beschäftigt.«

Beim Sprechen schlängelte sich Paul an den Gaffern vorbei, die das Schauspiel betrachteten, und den Plünderern, die ihre Beute in Augenschein nahmen. Zwei Frauen schienen sich um eine große rosafarbene Schachtel zu streiten. Paul konnte sich in etwa vorstellen, was sie enthielt.

»Na ja, dieser Vollpsycho Hartigan versucht, Bunny seine ganzen Morde anzuhängen.«

»Ich weiß, Phil, ich hab's auch im Fernsehen gesehen.«

»Fernsehen? Am Arsch. Ich bin hier vor Ort.«

»Moment, du bist jetzt vor Hartigans Haus?«

»Ja!« Phil klang mehr als genervt. »Sollten wir nicht herausfinden, wen das Arschloch flachlegt?«

Man konnte von Phil vieles behaupten, aber nicht, dass er schnell die Flinte ins Korn warf.

Zwei junge Burschen, kaum mehr als dreizehn Jahre alt, rannten mit einer nackten Schaufensterpuppe an Paul vorbei. Er wollte lieber nicht weiter darüber nachdenken.

»Um ehrlich zu sein, Phil, habe ich keine Ahnung, was zum Teufel hier vor sich geht, aber ich laufe gerade zurück zum Büro, um mich mit unserer Klientin zu treffen.«

»Aber du hast doch die Beweise gar nicht bekommen!«

»Ist mir egal. Brigit vermutet, dass die Klientin irgendwas über Bunny weiß. Es ist jedenfalls den Versuch wert.«

»Heißt das, dass Brigit jetzt wieder das Sagen hat?«

In gewisser Weise machte Paul die Frage wütend. Selbst zu begreifen, dass er keine Ahnung hatte, was er tat, störte ihn nicht, aber dass Phil es ebenfalls begriff, gefiel ihm gar nicht. Er dachte über eine angemessene Antwort nach, als Maggie hinter ihm ein kurzes Bellen ausstieß. Er schaute sich um und sah einen hageren Typen mit bemitleidenswerter Vokuhila-Frisur und einem Arm voller Pappkartons, die zum Teil auf die Straße gefallen waren. Er musste ihr auf den Schwanz getreten sein.

»Pass auf, wo du langläufst!«, sagte Paul.

»Ich? Frechheit! Dein Köter sollte gar nicht hier sein.«

Maggie fletschte die Zähne in seine Richtung.

»Sag ihr das gern selbst.«

Der Vokuhila-Typ murmelte etwas Unverständliches und beugte sich hinab, um seine Kartons aufzuheben. Maggie knurrte. Der Mann erstarrte, hob langsam den Kopf und schaute von Maggie zu Paul hinüber.

»Sie ist kein großer Fan von Dieben«, sagte Paul.

»Wer ist hier ein Dieb?«

Maggies Bellen ließ ihn zurückschrecken, wobei er über eine der umgeworfenen Absperrungen stürzte und auf seinem dürren Hintern landete.

»Ach, zum … mein Rücken! Das ist ein tätlicher Angriff, dafür krieg ich dich dran!«

»Ach ja?«, erwiderte Paul. »Dann such mal einen Polizisten! Viel Glück dabei.«

Sie eilten weiter, und diejenigen, die den Vorfall mit angesehen hatten, traten rasch beiseite, um Maggie ausreichend Platz zu lassen.

Paul hielt sich wieder das Handy ans Ohr. »Sorry, Phil.«

»Was zur Hölle war da denn los?«

»Kleine Diskussion über Krawall-Etikette.«

»Krawall? Was denn für ein Krawall?«

»Googel einfach mal, Phil, es hat sich einiges ereignet. Ich würde sagen, das Ende der Welt, wie wir sie kennen.«

Pauls Telefon klingelte in seinem Ohr. »Warte mal.« Er schaute aufs Display und stellte fest, dass Brigit versuchte, ihn zu erreichen. »Ich ruf dich zurück.«

Er nahm Brigits Anruf an.

»Brigit.«

Sofort musste er das Telefon von seinem Ohr ziehen, als ihm ihre laute Stimme entgegenschallte: »Tritt aufs Gas, du minderbemittelter Kackvogel! Zieh mal den Kopf aus dem Arsch!«

»Herrgott.«

Jetzt klang Brigits Stimme irritierend ruhig. »Tut mir leid, ich meinte nicht dich. Hier auf der Capel Street herrschen Zustände wie bei Mad Max.«

»Kann ich mir vorstellen«, sagte Paul, und das stimmte auch. Brigits Fahrstil war selbst unter den besten Umständen unberechenbar, und er nahm an, in einer Situation wie dieser lief sie erst so richtig zu Hochtouren auf.

»Dieser Hartigan-Typ, den du beschattet hast, wo wohnt der noch mal?«

»Draußen in Seapoint.«

»Okay. Zufällig auf einer Straße, die Sandy Way heißt?«

»Ja, woher ...«

»Bunnys Peilsender hat gerade eine Rückmeldung gegeben. Er zeigt an, dass er sich auf dieser Straße befindet.«

»Was? Aber ...«

Paul konnte nicht denken. Nichts davon ergab irgendeinen Sinn. Wenn er bei der Pressekonferenz gewesen wäre, bei der man ihn als Púca beschuldigt hatte, wäre er doch gewiss von jemandem erkannt worden.

»Ich fahre da jetzt hin«, sagte Brigit, »vorausgesetzt, dass ich es jemals aus diesem verdammten Stau rausschaffe.«

»Phil ist gerade da.«

»Warum ist er ...«

»Ich rufe ihn gleich an.«

Paul legte auf und drückte auf »letzte Anrufe«. Es klingelte drei Mal, bevor Phil antwortete.

»Hast du mich gerade weggedrückt?«

»Hör zu – ist Bunny da?«

»Was? Bist du irre?«

»Schau dich bitte einfach um. Parken da irgendwelche Wagen? Vielleicht hat er sich irgendwie getarnt oder ... keine Ahnung.«

»Aber warum sollte er ...«

»Mach's einfach, du verdammter Idiot.«

»Ist ja gut.« Phil klang verletzt. »Gibt überhaupt keinen Grund, so ...«

Den Rest bekam Paul nicht mit, weil am anderen Ende ein plötzlicher Tumult zu hören war.

»Phil?«

Phil brüllte, um ein unverständliches Stimmengewirr zu übertönen. »Sorry. Maloney, dieser kleine Typ, ist gerade rausgekommen, und jetzt wollen ihm alle Fragen stellen und …«

Paul riss das Handy von seinem Ohr, als etwas ertönte, das sich wie eine gewaltige Explosion anhörte.

»Phil?! Phil?!«

Paul hörte Schreie, eine weitere Explosion, und dann war die Leitung tot.

»Phil? PHIL!«

KAPITEL DREIUNDVIERZIG

»Explosion?«, fragte Burns. »Was für eine Explosion?«

Sie saß gegen das Fenster gelehnt, und die hinreißende Abendsonne warf lange Schatten über den Teppich.

»Ich weiß nicht«, erwiderte Wilson. »Ich bin gerade erst angekommen, und hier ist ... die Hölle los. Hartigans Haus ist ... es ist einfach in die Luft geflogen, es ...«

Wilsons Stimme versagte. Im Hintergrund waren Alarmanlagen und Geschrei zu hören.

»Wilson ... Wilson!«

»Tut mir leid, Sir ... es ist bloß ...« Wilsons Stimme ging in einen Hustenanfall über.

»Wilson, ist mit Ihnen alles in Ordnung?«

Assistant Commissioner Michael Sharpe hatte den Anruf mitbekommen, hörte kurzzeitig auf, jemandem im Hauptquartier zusammenzustauchen, und suchte Blickkontakt. Burns erhob sich, drehte sich weg und trat einige Schritte beiseite.

»Wilson. Reden Sie mit mir.«

»Es ist ... hier rennen überall Leute herum. Ich weiß nicht, wie viele verletzt sind oder ...«

Sie hörte ein Rascheln und dann, wie Wilson mit jemandem sprach, der einen ausländischen Akzent hatte. Nur Bruchstücke ihrer Unterhaltung kamen zu ihr durch.

»Sind Sie okay ... Ich weiß nicht ... Ich weiß nicht ... da drüben ... wickeln Sie etwas drum ... Ich weiß nicht.«

Burns spürte, wie ihre eigene Panik wuchs. »Wilson?«

Rascheln, und neuerlich Wilsons Stimme, diesmal näher,

wenn auch nicht besonders verständlich. »Tut mir leid, Chief, hier … steht alles in Flammen, so viel Rauch und …«

»Sind noch andere Kollegen vor Ort, Wilson?«

Burns hörte nur die Hintergrundgeräusche und Wilsons abgehacktes Atmen.

»Susan.«

Burns schaute sich um und stellte fest, dass Sharpe hinter ihr stand.

»Nicht jetzt«, zischte sie und wandte sich wieder dem Telefon zu. »Wilson, Sie müssen mit mir sprechen, okay?«

»Ich verlange, zu erfahren …«

»Halten Sie die Klappe, Michael.«

Sharpe schreckte zurück, als hätte man ihm ins Gesicht geschlagen. »Wie können Sie es wagen …«

»Wilson?« Burns zermarterte sich das Gehirn. *Sein Vorname.* Normalerweise hatte sie ein hervorragendes Gedächtnis, wenn es um kleinste Details ging. Aber Sharpes empörtes Nach-Luft-Schnappen lenkte sie ab. »Donnacha?« Sofort wusste sie, dass sie richtiglag. »Donnacha?«

»Ich bin Ihr Vorgesetzter und …«

Burns wirbelte herum. »Und wie lange glauben Sie, wird das noch der Fall sein?« Sie gestikulierte mit der freien Hand zum Fenster. »Ich weiß nicht, ob es Ihnen schon aufgefallen ist, aber Sie haben einen gottverdammten Aufstand ausgelöst, Michael, und ich habe hier zwei Stunden gesessen und mitangesehen, wie Ihre Freunde in der Politik Ihre Anrufe nicht angenommen haben. Einer meiner Beamten braucht Hilfe, also halten Sie Ihre Klappe und lassen Sie mich meine Arbeit machen, Sie aufgeblasenes Arschloch.«

Sharpes Mund klappte auf und zu wie bei einem gestrandeten Fisch, was Burns die Gelegenheit gab, an ihm vorbei zur anderen Seite des Büros zu eilen.

»Detective Wilson, antworten Sie mir!«

Kurze Pause. »Ja, Ma'am.«

»Gut, Wilson – das ist jetzt wichtig. Sie befinden sich an einem Tatort. Niemand darf ihn verlassen, es sei denn in einem Krankenwagen.«

»Okay, Ma'am.«

»Wenn Ihnen irgendwer dumm kommt – berufen Sie sich einfach auf das Anti-Terror-Gesetz von 2005.«

»Für den Fall ...«

»Für jeden Fall. Keiner weiß, was da eigentlich drinsteht. Tun Sie, was auch immer nötig ist, zur Hölle, ich stelle mich hinter Sie.«

Burns konnte in der Ferne Sirenen hören. »Und dann ... Wilson?«

»Ja, Ma'am?«

»Sagen Sie auch der Feuerwehr, dass es sich um einen Tatort handelt – da ist ein Verbrechen begangen worden. Möglichst alles unangetastet lassen, die wissen dann schon, was sie zu tun haben.«

»Ja, Ma'am.«

»Guter Mann.«

»Tut mir leid wegen ...«

»Alles in Ordnung, Wilson. Ich würde auch durchdrehen, aber jetzt heißt es: An die Arbeit, okay?«

»Okay.«

»Rufen Sie mich in fünfzehn Minuten wieder an und berichten Sie. Ich informiere das Team und schicke die Kollegen zu Ihnen.«

»Ja, Ma'am.«

»Und sehen Sie's einfach mal so: Diesmal haben Sie wenigstens nicht gekotzt.«

KAPITEL VIERUNDVIERZIG

»Komm schon, komm schon, komm schon …«

Paul drückte das Handy an sein Ohr und tigerte vor dem Savoy Kino auf und ab, während Maggie neben ihm saß und ihn gelassen musterte.

Klick. Eine Pause. »Dies ist die Mailbox von …«

»Scheiiiiße.«

Paul legte auf. Er musste seine gesamte Selbstbeherrschung aufbringen, um das Telefon nicht in hohem Bogen von sich zu schleudern.

Er hatte ihn einen verdammten Idioten genannt. Das waren seine letzten Worte an Phil gewesen. Paul schaute zu Maggie hinab.

»Ihm ist nichts passiert. Ihm passiert nie was. Er ist Phil Nellis, Herrgott noch mal. Wenn sie irgendwann die Atombomben zünden, werden nur die Küchenschaben und Phil Nellis überleben.«

Paul spürte, dass das Telefon in seiner Hand vibrierte. Brigit.

»Brigit, da ist irgendwas passiert …«

»Ich habe was im Radio gehört. Was ist …«

»Phil war … Phil war …«

Und dann war die Leitung tot.

Ungläubig schaute Paul auf das Display. Kein Signal. Vor einer Sekunde hatte er noch vier Balken gehabt.

Dann schaute er auf und sah, dass auch andere Leute in der Menschenmenge auf ihre Handys starrten und sie vor sich in die Höhe hielten.

KAPITEL FÜNFUNDVIERZIG

Gerry: Ach, zum ... Ich fasse es nicht! Ich schaue hier aus dem
Fenster, Leute, und mein Wagen steht in Flammen! Was
zur Hölle? Das ist doch einfach nur sinnlose Gewalt! Das
war ein neuer Audi! Ihr gottverdammten Scheiß-Ficker –
nein, Tina, ich halte nicht den Mund, ganz sicher nicht! Ich
habe diese Scheiße so satt! Irgendein Wichser hat meinen
wunderschönen Wagen in Brand gesteckt, ihr Schweine! Ihr ...

»Phillips, Mills und Naylor sind rausgefahren, um Wilson zu
helfen. Wir brauchen ...«

Burns schaute auf ihr Handy. Kein Empfang.

Sie stöhnte laut auf. »Verdammt.«

Burns steckte ihr Telefon weg und marschierte in das weit-
läufige Büro, wo sich der Großteil derjenigen versammelt hatte,
die sich noch im Gebäude befanden. Sie hatten schlicht das
Pech gehabt, noch hier gewesen zu sein, als das Chaos ausgebrochen war. Burns brauchte ein Glas Wasser. Sie spürte, wie sich
ihre Kopfschmerzen verschlimmerten, und zum Glück fand sie
auf dem Boden ihrer Handtasche noch zwei Paracetamol. Hier
schien man eine Art Familienbereich eingerichtet zu haben, als
dieses Gebäude noch die Arche gewesen war, zumindest deuteten die Buntstiftzeichnungen an den Wänden darauf hin. Das
war vor sechs Stunden gewesen. Es kam ihr vor wie in einem
anderen Leben.

Jemand hatte Tee gekocht. Es war die irische Lösung für jedes Problem.

Es waren noch insgesamt zwölf Menschen hier. Darunter einige freie Mitarbeiter der Spurensicherung, zwei Ärzte, die Notfallsanitäter, die sich um Franks gekümmert hatten, der Ombudsmann der Garda und zwei seiner Mitarbeiterinnen. Alle ehemaligen Bewohner der Arche waren zum Garda-Revier in der Cathal Brugha Street überführt worden, wo man sie derzeit befragte. Der Ombudsmann hieß Charles Delacourt, und etwas an ihm erinnerte Burns an die Schildkröte, die sie als Kind gehabt hatte. Nicht, dass er sich besonders langsam bewegt hätte, es lag eher an seinem Hals. In den kurzen Augenblicken innerhalb der vergangenen zwei Stunden, in denen sie nicht telefoniert hatte, war ihr aufgefallen, wie sehr sich seine Einstellung gegenüber exzessiver Gewaltanwendung durch die Gardaí verändert hatte. Was natürlich auch daran liegen konnte, dass er in einem abgeriegelten Gebäude festsaß, vor dem ein tobender Mob wütete.

Mehrere Anwesende wedelten mit ihren Telefonen in der Gegend herum und wirkten irritiert.

»Ich würde mir die Mühe nicht machen«, sagte Burns. Eine Frau schaute sie verwirrt an. »Die haben das Mobilfunknetz abgeschaltet. Standardvorgehen bei öffentlichen Ausschreitungen. Verhindert, dass Kommunikation stattfindet.«

»Bei uns aber auch«, sagte jemand am anderen Ende des Raumes.

»Tja«, stimmte Burns zu. »So ist das nun mal.«

»Können wir keine Festnetzleitung nutzen?«, fragte Delacourt.

Burns schüttelte den Kopf. »Hier im Gebäude gibt es keine. Wir haben sie lahmgelegt. Ich bin mir aber sicher, dass bald jemand kommen und uns hier rausholen wird.«

Burns sagte das, weil sie wusste, dass es von ihr erwartet wurde. In Wahrheit war sie weit weniger optimistisch. Ihre letzten Informationen besagten, dass es massive Ausschreitungen von hier bis hinunter zur O'Connell Street und zur Henry Street gab. Und nun hatte sich der Aufruhr bis über den Liffey ausgebreitet. Es schien nicht mal annähernd genug Gardaí zu geben, um den Mob aufzuhalten, und in der Grafton Street gab es die weitaus schöneren Geschäfte – offensichtlich war das nicht unbemerkt geblieben. Die Menge vor ihren Fenstern bestand aus denjenigen, die von diesen Schnäppchen entweder nichts wussten oder denen sie egal waren. Sie wollten wissen, was mit Franks passiert war. Aber niemand in diesem Gebäude konnte ihnen etwas sagen, das sie glücklich gemacht hätte.

»Wir sind also völlig von der Außenwelt abgeschnitten?«, fragte jemand.

»Nein«, sagte Burns. »Die Kollegen von der bewaffneten Einsatztruppe haben Funkgeräte. Einige von ihnen waren doch immer noch hier und haben darauf gewartet, Statements abzugeben, oder?«

Delacourt nickte.

In diesem Augenblick ertönte von draußen verzerrter Jubel.

»Herrgott«, sagte Burns. »Was denn jetzt?«

Sie trat ans Fenster. Einige Männer bahnten sich mit einem Telegrafenmast auf den Schultern den Weg durch die Menge.

»Oh, zum ...«

Sie hielt inne, als ihr bewusst wurde, dass Delacourt neben ihr stand und sich nervös mit der Zunge über die Lippen fuhr.

»Die haben ...«, begann er.

»Ja«, beendete sie den Satz. »Die haben einen Rammbock gefunden.«

Plötzlich traf sie ein Gedanke. Sie hoffte wirklich, dass sie sich täuschte.

»Wo sind die Kollegen von der bewaffneten Einheit?«

»Ich glaube, Assistant Commissioner Sharpe ist mit ihnen zum Eingang runter.«

»Scheiße.«

So langsam hasste sie es, recht zu haben.

»Alle kommen mit mir.«

KAPITEL SECHSUNDVIERZIG

Wieder rannte Paul.

Er steuerte immer noch ihre Büroräume an, aber es rechtzeitig zu seiner Verabredung zu schaffen war längst nicht mehr das Wichtigste für ihn.

»Du verdammter Idiot!« Das waren seine letzten Worte an Phil gewesen. An den Kerl, der sein bester Freund war, der versucht hatte, ihm zu helfen, und den er ins Fadenkreuz geschickt hatte. »Du verdammter Idiot.«

Paul befand sich jetzt auf der Cathal Brugha Street. Die Menge hatte sich ausgedünnt, da es hier offenkundig weniger attraktive Geschäfte gab. Maggie trottete noch immer neben ihm her.

Bisher hatte er erst einmal in seinem Leben nach einer Telefonzelle Ausschau halten müssen – vor einigen Monaten, als er mit Brigit im Kino verabredet gewesen war und vergessen hatte, sein Handy zu laden. Es war der reinste Albtraum gewesen, eine zu finden, die noch funktionierte, und es war natürlich keine Überraschung, dass der Aufstand diese Problematik nicht verbessert hatte.

Er musste Phil unbedingt anrufen, herausfinden, ob es ihm gutging. Natürlich würde es ihm gutgehen. Es musste ihm gutgehen!

In diesem Augenblick bemerkte er die drei Typen, die damit beschäftigt waren, die Türen des Wettbüros an der Straßenecke einzutreten. Paul nahm an, dass die Türen recht stabil waren, aber ob sie dem unnachgiebigen Angriff von Menschen standhalten würden, die keinerlei Konsequenzen fürchteten, war fraglich. Die Kerle hatten offenbar ganze Arbeit geleistet, denn die

Tür hing kaum noch in den Angeln. Sie vermuteten wohl, dass es in einem Wettbüro reichlich Bargeld gab. Aber nicht nur das. Sicher auch ein Telefon!

Paul huschte hinüber und stellte sich hinter die Gruppe. Ein muskulöser Typ in einem United-Trikot war der Ober-Türeintreter. Das Ganze wäre schneller ein Erfolg geworden, wenn er nicht darauf bestanden hätte, einen gelegentlichen Roundhouse-Kick einzustreuen, wohl, weil er seine Vielseitigkeit unter Beweis stellen wollte. Seine beiden Kumpel feuerten ihn mit nacktem Oberkörper an. Einer von ihnen war so gebaut, dass er das Schloss sicher mit bloßer Hand hätte herausreißen können, der andere offenkundig nicht. Eine Frau von Mitte vierzig stand daneben und rauchte. Als Paul auf sie zukam, drehte sie sich um und schaute ihn verächtlich an. »Verpiss dich, das gehört uns.«

»Ich muss bloß mal telefonieren.«

»Pech. Zieh Leine.«

Sie deutete in die Richtung, aus der Paul gekommen war. Er ließ sich jedoch nicht beirren.

»Ich werde da drin telefonieren.«

»Ach ja?« Sie wandte sich um und hob die Stimme. »Hey, Deano, der Wichser will da rein.«

Der Typ, der noch keine Strandfigur hatte, drehte sich um und schaute ihn an. Er hatte ein großes Bob-Marley-Tattoo auf seiner linken Brust. Paul vermutete jedoch stark, dass Marley lieber anders in Erinnerung geblieben wäre.

»Hau ab, du scheiß Aasgeier.«

»Ich will keinen Ärger«, sagte Paul. »Ich will bloß …«

»Will keinen Ärger, Deano«, warf die Frau ein. »Klingt, als hätte er einfach keinen Respekt vor dir.«

»Diese Straße gehört mir, hast du das kapiert, du scheiß Wichser? Die gehört mir.«

»Ja, na klar, wem sonst?«

Es überraschte Paul selbst, dass diese Worte aus seinem Mund kamen. Es ließ sich nur damit erklären, dass er gestresst, emotional aufgewühlt und völlig fertig war. Normalerweise war er nicht der Typ, der sich mit Überlegenen anlegte oder mit Sarkasmus auf Gewalt reagierte. Paul bemerkte zwei Dinge gleichzeitig: die Wut auf dem Gesicht des fetten Mannes, und die grinsende Freude der Frau, die hinter ihm stand.

»Oh Mann, der Typ fuckt dich krass ab, Deano. Zeigt mal so gar keinen Respekt, Bruder.«

Unter normalen Umständen hätte Paul diese Dubliner Verballhornung eines amerikanischen Straßen-Slangs ganz lustig gefunden. Schade nur, dass er sich im Mittelpunkt der kleinen Szene befand.

»Hört mal, ich …«

Der schwere Typ sprang unerwartet behände vor, packte Pauls Shirt mit der linken Hand und hieb ihm die rechte direkt ins Gesicht. Der Aufprall löste einen hellen Blitz vor seinen Augen aus. Dann taumelte Paul gegen eine Straßenlaterne, bevor er schließlich hart auf den Knien landete. Hinter sich hörte er Maggie bellen und jemanden fluchen, aber schon im nächsten Augenblick drückte ihn eine menschliche Lawine mit dem Gesicht voran zu Boden, sodass alle Luft aus seiner Lunge wich. Der Fette lag auf ihm und versuchte, einen wütenden Schäferhund abzuwehren, während sich Paul bemühte, irgendwie unter dem Koloss hervorzukriechen. Seine Sicht war verschwommen, und in seinem Mund nahm er den metallischen Geschmack von Blut wahr. Paul wandte den Kopf und sah, wie Maggie ihre Zähne in die Wade des Fettsacks rammte, der augenblicklich einen Schmerzensschrei ausstieß. Dann gab Maggie ein markerschütterndes Jaulen von sich, da der Typ im United-Trikot ausholte und sie aus Pauls Blickfeld trat.

Der Fette begann, Pauls Hinterkopf mit Schlägen zu bearbeiten. Sie hatten wenig Wucht, aber die ständige Wiederholung sorgte dafür, dass sich vor Pauls Augen alles drehte. Mit eingezogenen Armen versuchte er, sich so gut er konnte freizustrampeln, aber der Fette hielt mit seinem ganzen Körpergewicht dagegen. Pauls Panik wurde immer schlimmer. Er konnte nicht atmen. Mit wilder Verzweiflung versuchte er, sich aufzubäumen und freizukommen. Immerhin schaffte er es, sich halb auf die Seite zu drehen. Bob Marley tauchte vor ihm auf, also hieb er seine Zähne tief in die tätowierte Brust. Er schmeckte Sonnenmilch und Salz und dann andere Dinge, über die er lieber nicht nachdenken wollte. Der Fette schrie auf und wich zurück. Paul sog einen tiefen Atemzug ein und spuckte keuchend ein Stück Fleisch aus, das nicht seines war.

Als er sich auf die Knie zog, herrschte überall um ihn Chaos. Maggie knurrte. Mehrere Stimmen schrien durcheinander, er sah den Himmel, Beine, das Pflaster. Jemand trat ihm gegen den Kopf, rutschte aber ab, sodass er ihn nur seitlich erwischte. Der Fette brüllte jetzt aus vollem Hals.

Paul würgte, aber es kam nichts. Dann trat ihn erneut jemand, diesmal in den Bauch. Er spürte, wie etwas brach, aber er klammerte sich ans Bein seines Angreifers und riss diesen mit sich zu Boden.

Etwas traf ihn im Rücken.

Weiteres Knurren.

Jemand trat gegen seine Beine, doch schon im nächsten Augenblick blitzte Fell vor ihm auf, und dann hörte er weitere Schreie.

Der Fette rappelte sich auf, begann davonzuhumpeln.

»Ich hau ab.«

Paul schaffte es, sich noch einmal umzudrehen. Die drei Kerle und die Frau machten sich aus dem Staub. Zwei von ihnen schwankten, und alle drei bluteten.

Maggie humpelte knurrend hinter ihnen her.

»Maggie!«, rief Paul.

Sie kehrte nicht um.

»Maggie!«

Sie blieb stehen und schaute ihn an. Dann machte sie kehrt. Vom Kampf gezeichnet, humpelte sie langsam zu ihm zurück, wobei sie ihre linke Vorderpfote nicht aufsetzte.

Paul saß auf dem Gehweg und hielt sich die schmerzenden Rippen, während Maggie auf ihn zugehüpft kam. Sie leckte ihm das Gesicht.

Er streichelte ihren Hinterkopf.

»Du hast ziemlich fiesen Mundgeruch!«

Ihm war schwindelig, und kaum wurde das Adrenalin in seinem Körper abgebaut, setzte der Schmerz ein. Er schloss die Augen, wischte sich das Blut aus dem Gesicht und versuchte, nicht darüber nachzudenken. Er konnte kein Blut sehen; nicht sein eigenes und auch nicht das von anderen.

Schweigend und mit geschlossenen Augen saß er da, und nur Maggies hechelnder Atem leistete ihm Gesellschaft. Er spürte, wie sein Kopf nach vorn sackte.

Maggie bellte ihn an.

»Ja, okay, alles klar.«

Mühsam zog sich Paul an der Hauswand in die Höhe und humpelte zur Tür des Wettbüros hinüber. Sie war so gut wie eingetreten. Er schaffte es, sich hindurchzuschieben, ohne ihr weiteren Schaden zufügen zu müssen.

Beim Eintreten knirschten Glasscherben unter seinen Füßen. Die Wände waren gesäumt von Tischen mit angeketteten Stiften und von Spielautomaten, die in grellen Farben blinkten. Der verbliebene Platz war mit Breitbild-Fernsehern gefüllt worden. Am anderen Ende des Raumes wurden Einzahlschalter von einer dicken Glasscheibe geschützt. Dahinter stand eine Frau von

Mitte fünfzig. Mit beiden Händen hielt sie ein großes Küchenmesser vor sich ausgestreckt.

»Ich will Ihnen nichts tun«, sagte Paul.

»Ach nein? Tja ... ich werde *Ihnen* aber was tun. Verschwinden Sie, oder ich schneid Ihnen die Eier ab.«

Paul hob die Hände, wobei sein Oberkörper schmerzte. Er verzog das Gesicht. »Hören Sie, ich ...« Paul zeigte auf Maggie. »Wir haben gerade die Typen in die Flucht geschlagen, die hier einbrechen wollten.«

»Ich weiß.« Die Frau nickte dem kleinen Bildschirm neben sich zu. »Hab ich auf den Überwachungsaufnahmen gesehen. Heißt aber nicht, dass Sie jetzt den Laden ausrauben können.«

»Ich muss nur telefonieren. Rausfinden, ob mein Freund okay ist.«

Sie schüttelte nachdrücklich den Kopf. »Niemand darf hinter den Schalter kommen.«

»Hören Sie, ich will bloß ...«

»Nicht mal ich sollte hier sein. Der Boss wollte nur, dass ich noch bleibe und die Abrechnungen mache. Ich bekomme hier wirklich nicht genug Geld, um so eine verdammte Horde Chaoten und ihre tollwütigen Hunde abzuwehren.«

Paul schaute auf Maggie hinab. Sie saß seelenruhig auf ihren Hinterläufen und leckte ihre Pfote.

»Ganz ehrlich, ich muss einfach nur ...«

Paul verstummte. Sein Blick fiel auf einen der großen Bildschirme an der Wand, der Aufnahmen der Krawalle zeigte. Oder es bis eben getan hatte. Nun sah man die Straße, die Paul nur noch mit Mühe als Sandy Way erkannte. Im Hintergrund ragten die Überreste von Hartigans Haus auf. Die Feuerwehr hatte zwei Schläuche auf die brennenden Trümmer gerichtet.

Ein Reporter sprach mit aschfahlem Gesicht in die Kamera. Paul hatte keine Ahnung, was er sagte, da der Ton abgestellt war, aber das spielte auch keine Rolle. Während er redete, wanderte ein großer, dürrer, schlaksiger Idiot im Hintergrund vorbei und redete mit einer Sanitäterin. Er wirkte selbst für seine Verhältnisse verwirrt, aber seinen wild gestikulierenden Armen nach zu urteilen vermutete Paul, dass er erklärte, was gerade passiert war. Die Sanitäterin nickte immer wieder verständnisvoll, während sie sich bemühte, Phil zu einem der Rettungswagen zu führen.

Paul schaute zu Maggie hinab.

»Komm, wir gehen nach Hause.«

KAPITEL SIEBENUNDVIERZIG

Dass DSI Burns es die fünf Stockwerke bis zur Lobby hinunterschaffte, ohne sich wenigstens einen Knöchel zu verstauchen, stellte ein kleines Wunder dar. Die Beleuchtung war mehr als spärlich, und sie hatte immer zwei Stufen auf einmal genommen. Sie stürmte durch die Tür und wurde von einem der Kollegen von der bewaffneten Einsatztruppe in Empfang genommen. Er zielte mit seinem Maschinengewehr auf sie.

»Was zur Hölle soll das?«, rief sie.

Er senkte die Waffe mit einer entschuldigenden Geste und wandte seinen Blick neuerlich dem Haupteingang zu, auch wenn die eigentlichen Türen hinter der hastig wieder aufgebauten Möbel-Barrikade unsichtbar waren. Die Ironie blieb Burns nicht verborgen – Barrikaden, die eine Gruppe von Demonstranten errichtet hatte, um die Gardaí draußen zu halten, wurden nun von den Gardaí dazu genutzt, eine andere Gruppe von Demonstranten nicht hereinzulassen. Die Aktenschränke und Sofas erbebten jedes Mal, wenn der behelfsmäßige Rammbock gegen die Türen knallte. Auf jeden Stoß folgte draußen großer Jubel.

Neben DSI Burns befanden sich in der Lobby die beiden bewaffneten Beamten, Livingstone, der oberste Casper, Sergeant Paice, sowie Assistant Commissioner Sharpe. Es war seit ihrem Meeting im Container, bei dem das ganze Debakel begonnen hatte, das erste Mal, dass Burns sich mit ihnen im selben Raum aufhielt. Sharpe hatte ein Megafon in der Hand.

»DSI Burns, bitte begeben Sie sich wieder nach oben.«

Sie hörte, wie sich hinter ihr die Tür öffnete und die restlichen Kollegen eintraten.

»Niemand von Ihnen sollte hier unten sein.«

»Wie lautet der Plan, Sir?«, fragte Burns.

Bumm.

Sharpe wandte sich ab und legte das Megafon an seine Lippen.

»Hier spricht die Polizei. Ihr Vorgehen ist ungesetzlich. Hören Sie augenblicklich damit auf.«

Bumm.

Burns schleuderte die Hände in die Luft. »Ach, Herrgott noch mal!«

»Die Situation ist unter Kontrolle.«

Bumm.

»Von wegen.«

»Ich trage hier die Verantwortung.«

Bumm.

»Schön. Ich trete zurück.«

»Was schlagen Sie vor, Burns? Dass wir uns alle einen Schrank suchen, in dem wir uns verstecken?«

Bumm. Ein krachendes Geräusch ertönte, als das Metall anfing nachzugeben.

»Kann auch keine schlechtere Idee sein als das hier.«

Burns trat vor und begann, eines der Sofas wegzuschieben.

»Was zur Hölle tun Sie da?«

Bumm.

Sharpe legte seine Hand auf ihren Arm und versuchte, sie wegzuziehen. Sie schüttelte ihn ab.

»Fassen Sie mich noch einmal an, Michael, dann werden Sie sich glücklich schätzen, dass hier Ärzte anwesend sind.«

Bumm.

Sie schob das Sofa mit dem Hintern aus dem Weg, während sie gleichzeitig versuchte, den großen Aktenschrank zu fassen zu bekommen.

»Officers, halten Sie diese Frau auf!«

Bumm. Burns spürte, wie die Vibration durch ihren Körper fuhr.

Sie drehte sich zu den beiden Beamten der bewaffneten Einsatztruppe um, die zögerlich auf sie zutraten. »Worauf soll das hier hinauslaufen, Jungs?« Burns deutete zur Tür. »Bald haben die es hier reingeschafft, und was dann? Sie wollen doch nicht diejenigen sein, die das Feuer auf unbewaffnete Zivilisten eröffnen. Ich weiß, dass Sie das nicht wollen. Dafür sind Sie nicht zur Polizei gegangen, oder?«

Bumm.

Die beiden Männer schauten einander nervös an.

»Schauen wir einfach, ob wir mit ein bisschen gutem Zureden weiterkommen, was meinen Sie?«

Bei der Treppe rief jemand: »Lasst es sie ausprobieren!«

Bumm.

Hinter ihr erzitterte die Barrikade.

»Es ist Zeit, sich zu entscheiden, Leute: Kacken oder runter vom Klo!«

Der jüngere Mann sah den älteren an, der innehielt und schließlich nickte.

Bumm.

»Gut«, sagte Burns. »Und jetzt helfen Sie mir hier mal.«

»Das kommt alles in meinen Bericht!«, schnauzte Sharpe.

Sie rückten das Sofa und den Aktenschrank beiseite, worauf von draußen weiterer Jubel ertönte.

Das Licht des späten Abends ergoss sich über den Boden, und der rote Sonnenuntergang hinter den Köpfen der Menge raubte Burns für einen Moment die Sicht. Sie beschirmte ihre Augen und blickte in die Gesichter – in Dutzende und Aberdutzende Gesichter, die vom zersplitterten Glas in den großen Fensterscheiben verzerrt wurden. Sie musste daran denken, wie sie, zu Beginn ihrer Laufbahn, beim großen Monster-Hurling-Finale für die Stadionaufsicht zuständig gewesen war.

Burns hob die Hände.

»Wartet! Bitte!«

Bumm!

Der Schreibtisch vor ihr kam ins Wanken, als die Tür dahinter weiter eingedrückt wurde.

»Ach, zum …«

Auf unsicheren Beinen kletterte Burns auf den Tisch und stützte sich dabei an dem Aktenschrank ab.

»Wartet bitte mal einen Moment!«

Bumm!

Der Tisch erzitterte gefährlich.

Burns schaute hinab und sah, dass Delacourt ihr das Megafon in die Hand drückte.

Sie setzte es an die Lippen und drückte auf den Knopf.

»Wartet, Leute, bitte – wir werden euch reinlassen!«

Der Rammbock stieß nur noch mit halb so viel Gewalt gegen die Tür und wurde schließlich gesenkt. Ein Stimmengewirr erhob sich. Wieder streckte Burns die Hände aus.

»Bitte gebt mir bloß eine Minute!«

Von hier oben konnte sie sehen, wie sich die Menge vor ihr ausdehnte. Viele hoben ihre Köpfe, um zu erkennen, wer da sprach.

»Mein Name ist Susan Burns, und ich bin hier zuständig für …«

»Scheiß Bullen«, schrie jemand.

»Ja, ich bin ein scheiß Bulle! Meine Ma war Lehrerin, und mein Dad hatte einen Kaufmannsladen in Balmullet, Waterford, da komme ich nämlich her. Ich habe mir meine Sporen damit verdient, Drecksäcke zu fangen, die in Limerick mit Heroin gedealt haben.«

»Da unten gibt's eh nur Drecksäcke«, rief jemand anderes.

»Ach, halt die Schnauze, Arschloch!«, sagte Burns.

Dies brachte ihr einige Lacher und ein bisschen Jubel ein.

Burns beeilte sich, weiterzukommen. Sie deutete auf den älteren der beiden bewaffneten Beamten. »Das hier ist Pete; er ist verheiratet, großer Formel-1-Fan und Hobby-Handwerker. Seine Älteste hat dieses Jahr Kommunion gefeiert.«

Dann zeigte sie auf den jüngeren. »Das ist Keith, er ist gerade erst Vater geworden, und an Weihnachten heiratet er.«

»Falsche Reihenfolge, du Bastard!«, rief ein älterer Mann mit hartem Dubliner Akzent. Noch ein paar Lacher.

Burns lächelte. »Er ist auch ein großer Fan der *Spurs*.«

»Sag ich doch: Bastard!«, rief derselbe Mann, und diesmal war noch mehr Gelächter zu hören.

»Wir sind ganz normale Leute, so wie ihr und …«

»Wo ist Pater Franks?«, brüllte eine Frau ziemlich weit vorn.

Burns atmete tief ein. »Pater Franks ist verstorben.«

Ein Chor aus Buhrufen und Geschrei löste sich aus der Menge. Wieder wackelte der Tisch unter ihr, während sich die Menschen gegen die Türen drängten. Aus dem hinteren Bereich kam eine Flasche geflogen und knallte oben gegen die Scheibe. Bei denen, die ganz vorn standen, führte das zu wütendem Gebrüll, da die Splitter auf sie herabregneten.

»Bitte, bitte«, rief Burns, »seid doch …«

»Ihr habt ihn erschossen … verdammte Schweine … Faschisten!«

Hinter ihr traten die bewaffneten Beamten nervös von einem Fuß auf den anderen.

»Bitte!«, schrie Burns und hielt einen Finger in die Höhe. »Gebt mir eine Minute, nur eine, dann lassen wir euch rein – ich verspreche es!«

Gebrüll und Zischen wetteiferten miteinander, bis sich der Tumult halbwegs beruhigte.

»Diese Männer«, sagte Burns und deutete auf die beiden Kollegen hinter ihr, »hatten Anweisung, sich hier Zutritt zu verschaffen, haben aber keinen einzigen Schuss abgefeuert.«

Der ältere der beiden entfernte das Magazin aus seinem MP7-Maschinengewehr und hielt es in die Höhe, sein jüngerer Kollege tat es ihm gleich.

»Pater Franks war krank …« Wieder ertönten Buhrufe. »Er war krank, und der Schock über das, was hier passiert ist, hat zu seinem Tod geführt. Es ist eine beschissene Situation, aber genau so ist es passiert.«

Die Buhrufe wurden lauter, aber Burns entschied sich, die Sache weiter durchzuziehen. »Hört zu, ihr habt alles Recht, wütend zu sein. Das Gebäude hätte niemals gestürmt werden dürfen. Das war politische Scheiße. Jemand muss dafür zur Rechenschaft gezogen werden. Aber Keith und Pete haben diese Entscheidung nicht getroffen – es wurde ihnen befohlen. Sie machen bloß ihre Arbeit! Wenn ein Drogendealer durchdreht, weil er von seinem eigenen Scheiß zu viel genommen hat, und mit Waffen in der Gegend rumfuchtelt, werden sie gerufen. Wollt ihr diesen Job übernehmen? Ich nicht.«

Um sie herum erklangen einzelne Schreie und gedämpftes Murmeln.

»Ihr seid wütend, das verstehe ich. Ich bin auch wütend. Und nicht nur über das hier. Zehn Jahre lang wurde uns zu verstehen gegeben, dass wir den Gürtel enger schnallen sollen. Wir wissen alle, dass Franks die Wahrheit gesagt hat. Manche Leute haben mit unserer Zukunft gezockt und uns alle verarscht, ganze Generationen in den Ruin getrieben. Diese Leute müssen vor Gericht kommen. Das war es, was Franks wollte. Aber Mord ist keine Gerechtigkeit. Wer auch immer hinter diesem Púca-Wahnsinn steckt, ist einfach bloß ein Psychopath, das kann ich euch versichern. Der macht das nicht für euch, euch schiebt er bloß vor. Das ist keine Gerechtigkeit. Und das hier …« Sie machte eine ausladende Geste mit der Hand. »Das hier … ist auch keine Gerechtigkeit. Ich versichere euch, niemand, der sich jetzt in diesem Gebäude aufhält, ist das Problem. Und was ihr hier tut, ist nicht die Lösung. Wenn ihr das hier durchzieht, wird es leicht sein, euch nur als dumme Schläger zu bezeichnen. Diese Stadt zerreißt sich gerade selbst, und das tut uns allen weh. Also … wir öffnen jetzt die Türen, und ein halbes Dutzend von euch kann reinkommen und sich den Leichnam von Pater Franks anschauen, Gott hab ihn selig. Die Ärzte sind noch hier, und ihr werdet die Beweise selbst sehen, okay? Und der Rest von euch – bitte – geht nach Hause. Heute ist viel Schaden angerichtet worden. Sagen wir: Genug ist genug.«

Sie hielt inne und ließ ihren Blick über die Menge schweifen. Kleinere Diskussionen brachen aus. Einige Personen ganz hinten schienen bereits in die Nacht davonzuwandern.

Burns wandte sich um und nahm die Hand, die Delacourt ihr anbot, um ihr hinunterzuhelfen.

»Sehr gut gemacht, DSI Burns.«

»Wir werden sehen«, erwiderte sie. »Wenn Sie mich jetzt entschuldigen wollen, ich habe eine Mordermittlung zu leiten.«

Burns wandte sich zu den bewaffneten Beamten um und deutete auf die Barrikaden. »Können Sie das wegräumen?«

Sie nickten.

»Und vielleicht kann Ihnen jemand zur Hand gehen?«

Das Team aus dem Rettungswagen und die Assistentinnen des Ombudsmannes traten vor. Eine von ihnen griff nach der anderen Seite des Sofas, das der jüngere der beiden Gardas bereits angehoben hatte.

»Herrgott, Keith, das war knapp.«

»Wer zur Hölle ist Keith? Ich heiße Padraig, und ich hasse die verschissenen *Spurs*.«

KAPITEL ACHTUNDVIERZIG

MONTAG, 7. FEBRUAR 2000 – AM NACHMITTAG

»Zur Buße betest du sechs Vaterunser und drei Gegnet seist du Maria. Gott sei mit dir.«

»Und mit Ihnen. Gott segne Sie, Pater.«

»Auch dich, Mary. Sag James, dass ich nach ihm gefragt habe.«

»Das mache ich.«

Pater Daniel Franks zog das Fenster des Beichtstuhls zu und atmete tief ein. Er spürte, dass sich eine Migräne ankündigte, und sie würde es in sich haben. Er versuchte, seine Kiefermuskulatur zu entspannen. Das sollte ja angeblich helfen. Er ließ den Kopf auf den Schultern kreisen und lauschte dem Knacken in seinem Nacken. Er musste fast durch sein, in der Montagnachmittag-Beichtstunde herrschte meistens kein allzu großer Andrang. Bald konnte er sich hinlegen. Er trank einen Schluck aus der Wasserflasche, die er mitgenommen hatte, als er schlurfende Schritte hörte.

Er ließ seinen Rosenkranz von der rechten in die linke Hand wandern und wischte sich die verschwitzte Hand an seinem Ornat ab. Vielleicht sollte er doch noch einmal zu seinem Hausarzt gehen und nach diesen Tabletten fragen. Noch ein tiefer Atemzug, dann lehnte er sich zurück und schob das kleine Fenster zu seiner Linken wieder auf.

»Hallo, mein Kind, ich freue mich, dass du heute zur Beichte gekommen bist. Gott sei mit dir.«

Eine vertraute Stimme erklang, von der er nicht geglaubt hatte, dass er sie je wieder hören würde. »Segnen Sie mich, Pater, denn ich habe gesündigt wie eine irre Hure in einem Fass voller K.-o.-Tropfen.«

»Herrgott, Bunny.«

»Lieber Gott, Padre, woher wissen Sie denn, dass ich es bin?«

Franks rutschte nervös auf seinem Platz hin und her. »Deine Respektlosigkeit ist unverkennbar.«

»Klar, eine der Sünden, die ich heute beichten wollte.«

»Nun. Es ist gut, dass du … ich freue mich, dass du zurückgekommen bist. Ich habe dich nicht mehr bei der Messe gesehen seit …« Den Rest des Satzes ließ er in der Luft hängen, wusste nicht, was er noch sagen sollte.

»Ja«, entgegnete Bunny. »Ich habe diese ganze Messe-Sache so ziemlich abgeschrieben.«

»Tut mir leid, das zu hören. Möchtest du … möchtest du, dass ich dir jetzt die Beichte abnehme?«

Stille breitete sich zwischen ihnen aus.

»Ist Rumvögeln immer noch eine Sünde, Padre?«, fragte Bunny.

»Wenn du damit Geschlechtsverkehr außerhalb der heiligen Ehe meinst«, sagte Pater Franks, »dann ja.«

»Ich dachte, das wäre abgeschafft worden?«

»Nein.«

»Sicher? Ich meinte, ich hätte das irgendwo gelesen.«

»Ach, hör schon auf, rumzuspinnen, Bunny.« Franks kannte seine Tour nur allzu gut; das Ausweichen, den rüden Humor als Abwehrmechanismus. Klassisches Bunny-Verhalten.

»Ich mein's ernst. Hat der Papst nicht irgendwas dazu gesagt? Sollten Sie mal überprüfen. Vielleicht halten die Sie nicht auf dem neuesten Stand.«

»Die Zehn Gebote sind in Stein gemeißelt, Bunny, die lassen sich nicht einfach ausradieren. Also, kann ich dir sonst irgendwie behilflich sein?«

»Ich habe jede Menge zu beichten, Pater. Allein in den vergangenen Tagen habe ich Menschen bestohlen, bedroht und erpresst. Ich habe dazu beigetragen, einen bedeutenden Mann zu brechen, und einen schlechten Menschen habe ich mit seinen Sünden davonkommen lassen, weil ich einen persönlichen Vorteil daraus gezogen habe.«

»Ich verstehe.«

»Wie lang ist es jetzt her … drei Jahre?«

Franks rechnete im Stillen nach. War es tatsächlich schon so lange her? »Ja, ich denke, das kommt hin.«

»Nach dem, was passiert war … konnte ich Gott nirgends finden. Es war einfach nicht … Ich hatte wirklich Buße zu leisten, also habe ich das Hurling-Team gegründet. Etwas, womit man die jungen Burschen schon in ganz jungen Jahren zu fassen kriegt, um sie von der Straße zu holen. Wir haben schon genug böse Männer auf der Welt.«

»Das ist wahr«, gab Franks zu. »Ein nobles Unterfangen.«

Franks hatte davon gehört. Es hatte ihn so froh gemacht. Zu wissen, dass Bunny mit sich selbst etwas Positives anzufangen wusste, hatte sein eigenes Schuldgefühl ein wenig abgedämpft.

»Funktioniert auch ganz gut«, sagte Bunny. »Macht im Leben dieser Jungs einen echten Unterschied.«

»Dessen bin ich sicher.«

»Und jetzt wird das alles in Grund und Boden gestampft.«

»Das … das tut mir sehr leid.«

»Irgendwelche raffgierigen Wichser haben einen ganzen Stadtrat bestochen, und nun darf sich der kleine Mann wieder in den Arsch treten lassen.«

»Das ist wirklich eine Schande.«

»Ich habe jeden nur denkbaren Trick angewandt, Danny, jeden verschissenen Trick, aber es wird nicht reichen. In zwei Stunden ist alles vorbei. Dieser Hurling-Verein …«

Bunnys Stimme verlor sich in der Dunkelheit. Franks hörte ein leises Rascheln.

»Es ist das einzig wirklich Gute, was ich jemals zustande gebracht habe. Nach ... nach dem, was wir getan haben ...«

Wieder machte sich Stille breit. Franks ließ den Rosenkranz durch seine Finger gleiten und wickelte ihn so eng um sie herum, dass sie weiß wurden.

»Wissen Sie was?«, fragte Bunny.

»Was?«

»Ist nicht respektlos gemeint, aber Jesus hat es wirklich leicht gehabt.«

»Ich glaube, du hast schon lange keinen Blick mehr in die Bibel geworfen, Bunny.«

»Ich meine, war bei allen so damals. Er hat's auf dreiunddreißig Jahre gebracht, ziemlich guter Schnitt für die Zeit. Das Leben war hart, klar, aber eben auch kurz.«

»Das ist wahr.«

»Die hatten gar keine Zeit, alles so richtig vor die Wand zu fahren. Heute dagegen ist keiner von uns der Inbegriff von Gesundheit, und wir werden trotzdem achtzig. Die Leute sagen immer, das Leben wäre kurz, aber das stimmt nicht. Es ist lang, so verdammt lang – da kann man es eigentlich nur versauen. Ist wie beim Roulette. Sitzt man nur eine Stunde am Tisch, steht man vielleicht als Gewinner wieder auf. Bleibt man länger sitzen, gewinnt garantiert das Haus.«

»Das ist ein sehr düsterer Blick, den du da auf das Leben hast, Bunny.«

»Wenn Sie gesehen haben, was ich gesehen habe, Padre ...«

Im darauffolgenden Schweigen konnte Franks im Hintergrund einen Staubsauger hören. Mrs Byrne machte wohl im Altarraum sauber. Diese Frau ließ sich einfach nicht vom Saugen abhalten.

»Denken Sie noch manchmal daran?«, fragte Bunny mit leiser Stimme.

»Woran?« Die Stille breitete sich wie ein Blutfleck zwischen ihnen aus. Es war eine dumme Frage, die keine Antwort benötigte. Unerwünschte Bilder tauchten in seiner Erinnerung auf. Als er wieder zum Sprechen ansetzte, war seine Stimme nur noch ein Flüstern. »Jeden Tag.«

»Genau wie ich. Ich meine ...« Bunny brach ab. »Das ist eine dieser Sachen ... man denkt eigentlich gar nicht wirklich dran. Es ist eher ... Ich glaube, eigentlich will ich sagen, dass es nachts am schlimmsten ist. Ich habe Träume.«

Franks sagte nichts.

»Wir haben das Richtige getan«, fügte Bunny hinzu.

Diese Worte hingen in der Luft. Franks konnte weder zustimmen noch sie zurückweisen.

»Er hätte es wieder getan, das wissen Sie.«

Franks fand endlich seine Stimme wieder. »Nur unser Herr darf darüber richten.«

»Gott war gerade nicht verfügbar damals. Wir mussten mit mir vorliebnehmen.«

»Bist du deshalb hier, Bunny? Um über die Sünden unserer Vergangenheit zu sprechen?«

»Sünden sind eine lustige Sache, nicht wahr, Danny? Manche Leute sehen einen Mann – einen Stadtrat noch dazu –, der jeden Tag zur Messe geht und einmal pro Woche zur Beichte, und sie denken: Klar, das ist ein frommer Geselle, eine reine Seele. Ich sehe denselben Typen und denke: Wenn er so oft beichten geht, hat der Mann eine schwere, finstere Sünde auf dem Gewissen, die er einfach nicht loswerden kann.«

»Draußen stehen noch einige Leute Schlange, Bunny. Vielleicht kommst du heute Abend noch einmal vorbei.«

»Ich habe keine Zeit, Pater. In ganz genau ...« Ein schwaches Licht erhellte kurz die andere Seite des Beichtstuhls. »... einer Stunde und zweiundfünfzig Minuten wird unser frommer Geselle einen Saal im Rathaus betreten und meine einzige gute Tat zunichtemachen. Ich habe nicht vor, das zuzulassen. Falls das eine Rolle spielt: Es tut mir leid. Es tut mir leid, dass unser Mann letztes Jahr unter Beobachtung gestellt wurde. Es tut mir leid, dass bei uns in den Akten steht, dass er jede Woche hier auftaucht. Von allen Kirchen ausgerechnet diese ... Herrgott, wie wahrscheinlich ist das? Es tut mir leid. Es tut mir leid, dass ich das weiß, aber ich weiß es.«

Franks spürte, dass ihm kalter Schweiß den Rücken hinunterrann.

»Hör auf, Bunny. Ich kann und werde nicht mit dir darüber sprechen. Das verstößt gegen alle Regeln.«

»Wessen Regeln?«, fragte Bunny. »Gottes Regeln, nicht wahr? Klar, aber der hat alle möglichen Regeln aufgestellt, Danny.«

»Ich habe dich nie gebeten ...«

»Nein. Wagen Sie es nicht. Sie wissen, was Sie getan haben, und ich mache Ihnen keine Vorwürfe. Wirklich nicht. Etwas musste unternommen werden. Sie konnten es nicht einfach irgendwem sagen und haben mich ausgewählt. Das Monster hat sich entschlossen, es bei Ihnen abzuladen, und Sie haben sich entschlossen, es bei mir abzuladen. Ich ... ich bin kein guter Mensch, Pater. Klar, ich hab's versucht, und ich habe ... Ich würde gern glauben, dass ich schon auch Gutes getan habe, doch das macht mich nicht zu einem guten Menschen. Aber Sie ... Sie haben mich zu dem gemacht, der ich jetzt bin. Also reden Sie nicht mit mir über Sünden, Pater, denn diese Sünde haben Sie mir auferlegt.«

Franks spürte, dass heiße Tränen seine Wangen herabbrannten. »Was du da von mir verlangst, Bunny ... das Beichtgeheimnis ist absolut sakrosankt. Was ... was wir getan haben, war falsch, aber es war ... er hätte es wieder getan – oh lieber Gott im Himmel, vergib mir – das hätte er. Aber dieser Mann, der Mann, von dem du sprichst, ist ein ganz anderer Fall ...«

»Ich habe keine Wahl«, sagte Bunny.

»Du kannst mich nicht dazu bringen«, sagte Franks.

»Doch, das kann ich. Sie haben mir diese Sünde aufgebürdet, und jetzt fordere ich meine Gegenleistung.«

»Das ist keine ...«

»Es ist mir egal, Danny. Wirklich. All Ihre Regeln und all Ihre Vernunft bedeuten mir nichts. Ich bin verloren, aber darum geht es nicht. Es geht ums Hier und Jetzt, und es lohnt sich, darum zu kämpfen. Lassen Sie das Ihren Gott in einem nächsten Leben klären, wenn er will, aber nicht in diesem. Ich tue alles, was ich kann, um meine einzige gute Tat aufrechtzuerhalten.«

»Das kannst du nicht.«

»Doch.«

»Ich werde das nicht tun.«

»Oh doch.«

KAPITEL NEUNUNDVIERZIG

Gerry: Okay, ich möchte mich in aller Form für meinen Ausbruch von vorhin entschuldigen, in meinem Namen und im Namen des Senders. Es war ... na ja, wir stehen gerade alle etwas unter Druck und ... ich habe dieses Auto echt geliebt. Man hat mir gesagt, dass wir jetzt einen Sergeant O'Brien vom Clondalkin Polizeirevier in der Leitung haben.

Sergeant O'Brien: Ja, Gerry, hallo. Bin schon lange Ihr Hörer, rufe aber zum ersten Mal an. Ich und meine Kollegen, wir sind große Fans, Sie laufen bei uns rund um die Uhr.

Gerry: Oh, vielen Dank, Sergeant.

Sergeant O'Brien: Wir wissen, dass Sie da direkt am Hafen sitzen, also mittendrin in den Ausschreitungen, und da ist es verständlich, dass Sie beunruhigt sind.

Gerry: Tja, stimmt, so sieht's aus.

Sergeant O'Brien: Machen Sie sich keine Sorgen, auch über all das, was Sie im Laufe der Jahre über die Polizei gesagt haben.

Gerry: Ähm, vielen Dank, aber ...

Sergeant O'Brien: Wir haben schon die schweren Geschütze aufgefahren. Unser Einsatzwagen steht vor Ihrer Tür, und wir sind gekommen, um Sie zu retten.

Gerry: Wow, das ist ... ich bin sprachlos ...

Sergeant O'Brien: Kein Problem. Aber würde es Ihnen was ausmachen, uns vorher einen Gefallen zu tun? Spielen Sie die neue Single von Adele? (Gelächter, Gespräch bricht ab.)

Gerry: Ihr verschissenen ...

»Mr Maloney?«, sagte Detective Wilson.

Der Mann auf der anderen Seite des Tisches schaute ihn an, als wäre er gerade aus einem Traum erwacht. Er befragte Maloney jetzt seit über einer Stunde, und abgesehen von der Versicherung, dass Hartigan und sein Anwalt, Marcus Penrose, gesund und munter gewesen waren, als er sie verlassen hatte, und dass er auch keine verdächtigen Pakete in der Gegend hatte herumliegen sehen, war nichts Nützliches aus ihm herauszubekommen. Es war noch zu früh, um es abschließend zu bestätigen, aber Janice von der Spurensicherung ging davon aus, dass der Sprengsatz im Haus hochgegangen war. Sie hatten Trümmerteile mitgenommen, um die Ursache herauszufinden. Wilson wiederholte seine Frage. »Ich fragte, haben Sie jemals Bunny McGarry getroffen?«

»Na, offensichtlich nicht. Ich lebe ja schließlich noch, oder?«

»Welche Informationen haben Sie denn, die Sie zu der Annahme veranlassen, Mr McGarry sei einer der Verdächtigen in diesem Fall?«

»Wollen Sie behaupten, es wäre nicht so?«

»Nein, ich …«

»Das ist absolut typisch. Craig Blake ist tot. John Baylor ist tot. Marcus Penrose und mein guter Freund Jerome Hartigan sind gerade ums Leben gekommen, während die ganze Welt dabei zugesehen hat, und es ist das reinste Wunder, dass ich nicht auch tot bin … Aber das Einzige, was Sie interessiert, ist, woher ich den Namen des Mannes habe, der mich umzubringen versucht? Habe ich das richtig verstanden?«

Wilson schaute einen Moment auf seine Notizen hinab, um sich zu sammeln. Mr Maloney war nicht gerade der einfachste Zeuge. Sie hatten ihn beinahe in Gewahrsam nehmen müssen, damit er sich überhaupt äußerte. Und auch dann erklärte er sich nur dazu bereit, solange sein Chauffeur anwesend war, da er unterstellte, die gesamte Garda Síochána könne an einer Verschwörung gegen ihn beteiligt sein. Wilson wäre versucht gewesen, ihn schlicht als paranoiden Irren abzuschreiben, hätte nicht gerade tatsächlich jemand versucht, ihn umzubringen.

Wilson warf einen kurzen Blick auf den Fahrer, der hinter seinem Boss saß. Nicht zum ersten Mal stellte er verblüfft fest, dass dieser die ganze Angelegenheit ziemlich amüsant zu finden schien. Der Mann saß entspannt auf seinem Stuhl, als würde er sich bloß in einem Wartezimmer befinden und nicht in einem Befragungsraum der Garda. Maloney hatte sich geweigert, einen Rechtsbeistand anzurufen. Der einzige Anwalt, dem er vertraut habe, sei schließlich gerade in die Luft gesprengt worden.

»Wissen Sie, was das Problem ist mit diesem Land?«, fragte Maloney.

Wilson hätte ihn gern wieder zum Thema zurückgeführt, aber dann fiel ihm etwas ein, was DI Jimmy Stewart, sein alter Mentor, ihm einmal bei einem ihrer Gespräche gesagt hatte. *Lass sie einfach reden, dann sagen sie oft mehr, als sie sagen wollten.*

»Nein«, erwiderte Wilson also. »Was ist denn das Problem mit diesem Land?«

Maloney fuchtelte mit einem fleischigen Zeigefinger in seine Richtung. »Der Hass auf jeglichen Ehrgeiz! Das ist es. Kaum zeigt man ein wenig Initiative, wird man auch schon dafür verachtet. Nichts geht den Leuten mehr gegen den Strich als Ehrgeiz. Doch diese Welt wurde von denjenigen erbaut, die Risiken eingegangen sind.«

»War Skylark das – ein Risiko?«

Von einem Ermittlungsstandpunkt aus konnte Wilson diese Frage nicht rechtfertigen. Er musste sich eingestehen, dass er sie nur gestellt hatte, weil es trotz der Situation so schwierig war, Sympathien für Maloney aufzubringen. Heute war nach vielen schweren Tagen ein besonders schwerer Tag gewesen, und nachdem er hatte mitansehen müssen, wie seine Heimatstadt sich selbst in Stücke riss und ein Haus vor seinen Augen in die Luft geflogen war, gingen ihm Maloneys Tiraden gegen die Unfähigkeit der Polizei wirklich auf die Nerven.

Auf dem Gesicht des kleinen verschwitzten Mannes wechselten sich mehrere Ausdrücke in rascher Folge ab, als versuche er noch, den scheußlichsten zu finden. Er setzte an, etwas zu sagen, hielt dann aber inne. Er erhob sich trotzig, sodass sein Stuhl nach hinten auf den Boden knallte.

»Offenbar sind wir hier fertig. Seien Sie versichert, Detective Wilson, dass ich Ihren Vorgesetzten meine Unzufriedenheit bezüglich Ihrer Vorgehensweise melden werde.«

»Das tut mir sehr leid. Kann ich noch einmal zu Protokoll geben, dass ich Ihnen nachdrücklich empfehlen würde, unser Angebot anzunehmen, Ihnen Personenschutz zukommen zu lassen, da wir …«

»Oh, bitte! Nicht mal meinen Hamster würde ich dem Schutz der irischen Polizei anvertrauen! Ich habe vor, aus diesem gottverlassenen Land noch heute Abend zu verschwinden. Solange man es wild gewordenen Chaoten erlaubt, Selbstjustiz zu verüben, bin ich hier nirgends sicher.«

»Ich muss Ihnen raten …«

»Geben Sie sich keine Mühe.«

Maloney wandte sich zum Gehen. Wilson sah, wie sein Fahrer ein Handy aus der Brusttasche seiner Jacke zog und es fragend hochhielt.

»Ach ja«, sagte Maloney. »Etwas hat der arme Jerome noch zu mir gesagt. Er befürchtete, man hätte ihn in den letzten Tagen beschattet. Mein Chauffeur hat jemanden beobachtet, der sich verdächtig benommen hat, als ich Jerome Anfang der Woche besucht habe. Er hat ein Foto gemacht …«

Der Fahrer scrollte auf seinem Display herum, bis er sich schließlich erhob, über den Tisch beugte und das Foto vorzeigte.

Wilson versuchte angestrengt, sich nichts anmerken zu lassen, als er es sah. Er kannte das Gesicht – es gehörte Paul Mulchrone.

KAPITEL FÜNFZIG

»Gottverdammt, kack mir jetzt nicht ab.«

Brigit schaute auf ihr Handy. Der Akku stand bei vier Prozent.

Sie klingelte noch einmal an der Tür, als eine verschwommene Silhouette hinter der Milchglasscheibe auftauchte.

»Wer ist da?«, fragte eine ältere männliche Stimme. Brigit sackte in sich zusammen. Dies war die sechste Tür, an der sie es versuchte, und bis jetzt war sie an niemanden unter siebzig geraten – abgesehen von der unerklärlich wütenden Frau, die sie mit einem Sperrfeuer aus Obszönitäten verscheucht hatte. Offenbar unterstellte sie ihr, Sex mit jemandem namens Barry gehabt zu haben.

»Hi«, sagte Brigit mit ihrer harmlosesten Stimme. »Ich weiß, wie merkwürdig sich das anhören muss, und glauben Sie mir, ich würde Sie nicht bitten, wenn es nicht wirklich wichtig wäre – aber haben Sie zufällig ein iPhone-Ladegerät, das ich mir ganz kurz leihen könnte?«

Auf eine lange Stille folgte: »Was?«

»Mein Handy ist fast alle, und ganz ehrlich, es geht um Leben und Tod. Ich muss es aufladen, weil, na ja ... das ist eine lange Geschichte.«

Schweigen.

Mehr Schweigen.

»Was?«, wiederholte der Mann.

»Könnten Sie die Tür bloß für ein paar Sekunden öffnen? Ehrlich, ich versichere Ihnen, es ist wirklich wichtig.«

»Woher soll ich wissen, dass Sie nicht eine von diesen Plünderern sind?«

Brigit seufzte und schaute sich um. Sie stand auf der Sweetman's Avenue in Blackrock, wobei die Bewohner dem Namen ihrer Straße bislang wenig Ehre machten. Es schien eher unwahrscheinlich, dass sich eine einzelne Plünderin ausgerechnet diese Gegend aussuchen würde, um alles kurz und klein zu schlagen, nicht zuletzt, weil das Blackrock-Polizeirevier direkt gegenüberlag. Noch einmal warf sie einen Blick auf ihr Handy. Drei Prozent. *Ach, gottverdammte Scheiße.*

Anfangs war sie hocherfreut gewesen, als sich die heruntergeladene Sniffer-App auf ihrem Handy aktivieren ließ und der Peilsender, Bunnys »Dingsbums«, wie Duncan ihn genannt hatte, seinen Aufenthaltsort angab. Dann stellte sie verwirrt fest, dass es sich um Hartigans Haus handelte, um das Haus des Mannes, den Paul seit einer Woche beschattete, was ihr gerade erst mitgeteilt worden war. Doch bevor sie so recht darauf reagieren konnte, war Hartigan im wahrsten Sinne des Wortes in die Luft geflogen. Nur wenige Minuten später hatte sich der blinkende rote Punkt auf ihrem Bildschirm vom Fleck bewegt. Sie bemühte sich, es nicht als Flucht vom Tatort zu interpretieren.

Brigit wusste nicht, wem oder was sie eigentlich folgte. Bunnys Name ging inzwischen durch alle Nachrichten – wo er als der Mann bezeichnet wurde, der hinter den Púca steckte. Sie glaubte das nicht. Bunny kam ihr nicht wie jemand vor, der blindlings mordend durch die Gegend zog. Dabei waren es nicht die Morde an sich, die so unwahrscheinlich schienen, sondern eher ihre heimtückische Heimlichkeit. So oder so, Brigits einzige Chance, etwas herauszubekommen, war nun der Peilsender. Er schien sich an einem Fahrzeug zu befinden, und fragliches Fahrzeug stand nun offenbar auf einem Parkplatz hinter dem Revier. Ihre Versuche, genauer zu bestimmen, was für ein Wagen es sein könnte, waren von einer Polizistin vereitelt worden, die äußerst vielsagend mit einem Klemmbrett herumgewedelt hatte. Wie sich rausstellte, machten gewalttätige Straßenunruhen Polizeibeamte ziemlich schreckhaft.

Brigit hatte sich zurückgezogen, da sie lieber nicht ausführen wollte, warum es ihr so wichtig war, auf einen Garda-Parkplatz zu gelangen. Das war vor einer halben Stunde gewesen. Während sie darauf wartete, dass sich der Peilsender neuerlich bewegte, beschloss sie, sich um das Problem ihres nicht geladenen Handys zu kümmern, was sich als erstaunlich kompliziert erwies. Keines der Geschäfte auf der nahe gelegenen Hauptstraße hatte Ladekabel im Angebot. Und so hatte sie zu der verzweifelten Maßnahme gegriffen, von Tür zu Tür zu gehen.

»Ich versichere Ihnen, dass ich keine Plünderin bin.«

»Würde ich auch sagen, wenn ich ein Plünderer wäre.«

»Okay, klar, aber … Plünderer würden nicht erst an der Tür klingeln, oder?«

»Weiß ich nicht, bin noch nie geplündert worden.«

»Öffnen Sie einfach die Tür!«

»Nicht in diesem Ton, junge Dame!«

Brigit atmete tief ein. »Es tut mir sehr leid. Dieser Tag war der reinste Albtraum. Um ehrlich zu sein, hatte ich eine schreckliche Woche. Ich wurde von meinem Job suspendiert, weil … na ja, ist egal. Ich habe rausgefunden, dass mein Ex-Freund, der mich betrogen hatte, mich gar nicht betrogen hat, sondern in eine Falle gelockt worden ist – von meinem Ex-Verlobten, der mich wiederum andauernd betrogen hat … und …« Brigit bemerkte, dass sie nur noch vor sich hin brabbelte. »Das ist alles nicht wichtig. Wichtig ist nur, dass ein Freund von mir vermisst wird, und unserer einziger Hinweis ist ein Peilsender, der uns zu ihm führen könnte, oder zumindest … Ich versuche auch, Paul zu erreichen – er ist der Ex, also der, der mich *nicht* betrogen hat … aber er steckt irgendwo in diesen Krawallen fest, und ich komme nicht zu ihm durch. Im Radio haben sie gesagt, dass das Mobilfunknetz im Zentrum abgeschaltet wurde und … die Sache ist … ich muss unbedingt mein Handy aufladen. Tut mir leid, wenn ich unhöflich wirke. Ich weiß, das muss sich völlig geistesgestört anhören, aber ich schwöre, ich bin ein anständiger Mensch, der nur einen schlechten Tag hat. Bitte tun Sie mir diesen einen Gefallen, ich flehe Sie an. Haben Sie ein iPhone-Ladegerät?«

Brigit verstummte und ließ das Schweigen in der Luft hängen.

Erwartungsvoll betrachtete sie die Tür. Nichts rührte sich.

Nach langen dreißig Sekunden hörte sie irgendwo im Haus eine Klospülung.

Sie schaffte es gerade noch, die Tür nicht einzutreten.

Sie schaute die Straße auf und ab und dann zum Polizeirevier hinüber. Nicht zum ersten Mal fragte sie sich, ob es nicht doch am vernünftigsten wäre, da einfach reinzumarschieren und alles zu erzählen, was sie wusste. Aber konnte sie wirklich sichergehen, dass die Gardaí nichts mit der Sache zu tun hatten? Schließlich klebte Bunnys Peilsender derzeit wohl an einem Fahrzeug, das auf ihrem Parkplatz stand. Erst vor acht Monaten hatte Bunny einen Korruptionsfall in der höchsten Leitungsebene der Polizei aufgedeckt und einen der Hauptübeltäter von einem Balkon geworfen. Es war gut vorstellbar, dass ihm einer seiner Kollegen dies immer noch übelnahm. Und sie wollte nicht riskieren, sich an jemanden zu wenden, der es womöglich nicht gut mit Bunny meinte.

Auf eines lief alles immer wieder hinaus: Was auch immer Bunny McGarry getan hatte oder immer noch tat – bei seinem letzten Projekt, von dem sie definitiv wusste, war es darum gegangen, zu beweisen, dass Paul kein untreuer Drecksack war. Das passte so gar nicht zu dem Bild des psychopathischen Ungeheuers, das ihr aus dem Radio entgegenschallte.

Brigit setzte sich auf die Eingangsstufen des Reihenhauses und schaute auf ihr Handy. Neuerlich zeigte die Batterie ein warnendes Signal.

Dann begann sich der rote Punkt wieder zu bewegen.

Zwei Prozent …

KAPITEL EINUNDFÜNFZIG

War dies die Hölle?

Es gab kein Feuer, nur Dunkelheit. Aber die Dunkelheit brannte. Sie fraß ihn bei lebendigem Leib. Die Dunkelheit und die Stille.

Er wusste nicht, wie lange er sich schon hier befand, wie er hierhergekommen war oder worum es sich bei diesem »Hier« überhaupt handelte. Dieser Körper gehörte nicht ihm. Dieser Körper war zerschmettert. Er fühlte sich kein Stück vertraut an.

Er war in der Dunkelheit erwacht, an eine Wand gekettet, und unter ihm rann Wasser am kalten Stein hinab.

Nichts als Dunkelheit und Stille – bis das blendende Licht hereinbrach und der Schmerz begann. Die ersten Male hatte er noch durch seine vorgehaltenen Finger beobachtet, wie die Gestalt sich ihm näherte, während das Licht ihm in den Augen brannte. Die Dunkelheit hatte sich zu einem Mann verformt, dessen einzige Absicht darin bestand, ihn mit aller Gewalt zu bestrafen. Schlag um Schlag. Bei den ersten Malen hatte er die Schläge noch nicht kommen sehen, weil ihn das Licht blendete. Danach waren seine Augen so zugeschwollen, dass er links nur noch verschwommene Farbflecken sehen konnte und rechts gar nichts mehr. Gerade noch genug, um zu wissen, dass da ein Licht war, das Schmerz bedeutete. Die Finsternis verletzte ihn mit diesem Licht.

Anfangs hatte er sich aufgerichtet und versucht, sich zu verteidigen, wurde aber zurückgehalten von den schweren, unlösbaren Ketten, die ihn an der Wand fixierten. Er hatte sogar selbst den ein oder anderen Schlag austeilen können. Das waren süße Augenblicke gewesen. Aber es war kein Kampf. Er wurde verprügelt, immer wieder und wieder und wieder.

Anfangs hatte er der Dunkelheit Fragen gestellt.

Dann hatte er sie wüst beschimpft.

Die letzten paar Male hatte er sich nur noch stumm zusammengekrümmt und darauf gewartet, dass es aufhörte. Darauf, dass die Dunkelheit ihre Wut aufgebraucht hatte. Dann würde sie ihm Nahrung und Wasser hinterlassen. Der Dunkelheit lag er am Herzen.

Zwischen den Gewaltausbrüchen, in der erdrückenden Stille, waren die Geister zu ihm gekommen. Ein elegant gekleideter Mann, der auf einem Hocker stand. Eine grinsende Leiche. Eine bleiche Frau, deren schwacher Puls in seinen Armen erstarb, während er noch versuchte, sie zu schütteln und ins Leben zurückzuholen. Ein alter Freund. Und sie: Simone. Sein Engel. Auch sie war zu ihm gekommen, hatte ihn in ihren Armen gehalten und, in die Finsternis flüsternd, ihr Lied gesungen.

Deshalb wusste er es. Dies konnte nicht die Hölle sein. Dort hätte ihm die Finsternis nicht gestattet, dass sie zu ihm kam.

Das bedeutete, dass es noch Hoffnung gab.

Dies hier konnte zu Ende gehen.

Er konnte sterben.

KAPITEL ZWEIUNDFÜNFZIG

Paul machte eine Dose von dem unaussprechlichen und wenig empfehlenswerten osteuropäischen Bier auf und hielt sie in die Höhe, um einen Toast auszusprechen. Am anderen Ende der zusammengeschobenen Tische saß Maggie und schleckte ihr Bier aus der Schüssel, die er ihr bereits hingestellt hatte. Paul schaute sich im Büro um.

»Na, das hat sich doch mal gelohnt, oder? Haben uns den Weg durch den Aufruhr gekämpft – und wofür?«

Maggie antwortete nicht. Paul nahm einen Schluck und bedauerte es augenblicklich. Sie hatten sich vom Wettbüro aus auf den Weg gemacht, waren hierhergehumpelt und um 19:58 Uhr angekommen. Inzwischen war es fast neun. Der Teufel im roten Kleid war nicht aufgetaucht. Paul hatte versucht, Brigit anzurufen, aber wie es aussah, funktionierte das Mobilfunknetz noch immer nicht. Er hatte keine Ahnung, wie sie vorankam; hoffentlich besser als er.

Er hatte sich in der kleinen Toilette auf dem Flur so gut wie möglich sauber gemacht. Alles in allem war er noch in einem Stück, auch wenn seine Rippen äußerst berührungsempfindlich waren, sein Knöchel beim Gehen schmerzte und sich in seinem Ohr ein unangenehmes Summen hielt, das sich wie eine Rückkopplung anhörte. Davon abgesehen gab es ein paar Schrammen und Prellungen, und er würde ein ganz entzückendes Veilchen entwickeln. Maggie dagegen, nun ja, wer konnte das schon sagen? Er hatte versucht, sich ihre Verletzungen anzusehen, aber ein rasches Knurren machte deutlich, dass sich ihre Haltung gegenüber Berührungen nicht verändert hatte – trotz der verbindenden Gewalterfahrung. Paul würde einen bemitleidenswerten Tierarzt ausfindig machen, der sie am nächsten Morgen untersuchen musste, immer vorausgesetzt, dass die Welt bis dahin nicht komplett niedergebrannt war.

Er schaute aus dem Fenster. In der Ferne waren einige Rauchwolken zu sehen, die in den blutroten Sonnenuntergang stiegen. Die Krawalle dauerten immer noch an. Über sein Handy konnte er – dank des WLANs von nebenan – immer noch aufs Internet zugreifen. Das Letzte, was er mitbekommen hatte, war, dass das irische Militär am Hafen einmarschiert war, um die O'Connell Street zurückzuerobern. Wie sich herausstellte, verfügte es über das nötige Equipment für solche Eventualitäten.

Paul hatte das Fenster geöffnet, und neben dem Geruch von frisch gekochtem Essen, bei dem ihm das Wasser im Mund zusammenlief, nahm er das Gemurmel von einem der Fernseher im Oriental Palace wahr. Dem Geräusch der rein- und rausfahrenden Lieferroller nach zu urteilen lief das Geschäft gut für einen Montagabend. Er nahm an, dass viele Leute zu Hause blieben, um sich die Straßenschlachten im Fernsehen anzusehen.

Er schaute wieder auf sein Handy. Kein Signal.

Vor fünfzehn Minuten war er runtergegangen, um Brigit vom Festnetz des Restaurants anzurufen, aber es hatte sich sofort die Mailbox gemeldet. Genau wie bei Phil. Er hinterließ beiden die Nummer des Lokals, und Mickey hatte ihm versichert, dass er ihn rufen würde, wenn sich einer von ihnen doch noch meldete.

»Was meinst du, was sollen wir tun?«

Maggie schaute ihn ausdruckslos an.

»Wir könnten zur Polizei gehen. Aber was sollen wir denen erzählen? Der Typ, der in die Luft gesprengt wurde? Tja, wir glauben, dass er der wahre Killer war. Das wird bestimmt gut ankommen.«

Maggie schien wenig begeistert.

»Wir könnten zum Krankenhaus gehen und versuchen, Phil zu finden, bloß ...« Paul wollte es nicht sagen, aber garantiert würde sich Tante Lynn dort aufhalten und nur darauf warten, jemandem die Schuld dafür zu geben, dass ihr lieber Neffe beinahe Opfer einer Explosion geworden war. Dieser Jemand wollte Paul nun wirklich nicht sein. Wenn Lynn auf dem Kriegspfad war, kam man ihr lieber nicht zu nahe.

»Brigit können wir nicht helfen«, sagte Paul. »Wir haben ja nicht die geringste Ahnung, wo sie steckt.«

Maggie starrte ihn weiterhin an.

»Guck mich nicht so an. Dir ist schließlich auch nichts Besseres eingefallen, oder?«

Maggie wandte leicht den Kopf ab.

»Keiner von uns beiden ist besonders gut in diesen Dingen. Wir sollten uns fragen: Was würde Brigit tun? Sie ist die Clevere von uns. Hat das mit dem Peilsender rausgekriegt, die App runtergeladen, die SMS versch... ach, Scheiße!«

Paul riss seine Schreibtischschublade auf und zog Bunnys Autoschlüssel hervor.

»Hätte es dich umgebracht, mir das vorher mal zu sagen? Komm jetzt.«

KAPITEL DREIUNDFÜNFZIG

Ehrlich gesagt, wusste Brigit sofort, dass dies keine gute Idee war. Das Problem war nur, dass ihr keine andere einfiel. Das Handy hatte gerade lange genug durchgehalten, um ihr zu zeigen, dass der blinkende rote Punkt in der Tracker-App auf die Küstenstraße bog. Also hatte sie Gas gegeben und einen blauen BMW ausgemacht, der in der Ferne durch das Tor eines Geländes steuerte, das drei offenbar verfallene Gebäude umfasste. Der Wagen war längst nicht mehr zu sehen, als sie über die sich windende Straße bei dem Tor ankam. Brigit parkte davor.

Das mit Staub bedeckte Schild, das hinter dem Zaun auf dem Boden lag, verriet, dass dies früher eine Zementfabrik gewesen war. Ein weitläufiges Lagerhaus wurde von zwei gewöhnlicheren, zweistöckigen Bauwerken flankiert. Beide hatte man mit Brettern vernagelt und mit Graffitis beschmiert. Eigentlich konnten sie nur davon profitieren, bald von ihrem gemeinsamen Elend erlöst zu werden. Ein großes Bauschild versprach eine glücklichere Zukunft, offenbar hatten hier Luxusapartments mit Meerblick entstehen sollen. Brigit vermutete, dass sich das Interesse in Grenzen hielt. Das Einzige, was hier halbwegs neu und gepflegt aussah, war der Zaun. Er war knappe drei Meter hoch und wurde von Stacheldraht gekrönt. Offensichtlich waren mehrere Leute zu der Überzeugung gelangt, dass dieser Ort bis auf Weiteres eine hervorragende Müllkippe abgeben würde. Auf dem Grasstreifen vor dem Zaun fand sich Unrat aller Art – Müllsäcke, Haushaltsgeräte, Kleidungsstücke. Es sah aus, als hätte ein erfolgloser Flohmarkt seinen unverkäuflichen Schrott entsorgt.

Brigit wog ihre – begrenzten – Möglichkeiten ab. Sie konnte zurück nach Howth fahren, ein Telefon finden und die Polizei alarmieren. Sie hatte allerdings keine Ahnung, was sie den Beamten sagen sollte. Sie war sich ja nicht mal sicher, dass es sich bei dem BMW, dem sie gefolgt war, überhaupt um den Wagen mit dem Peilsender handelte.

Sie konnte warten, bis der Wagen wieder auftauchte, und versuchen, ihm ohne Hilfe des Trackers zu folgen. Sie war jedoch nicht sonderlich optimistisch, was die Erfolgsaussichten anbelangte. Zumal dieser Ort für zwielichtige Aktivitäten geradezu prädestiniert zu sein schien.

Im Zweifel einfach handeln, das war ihr inoffizielles Lebensmotto. Zugegeben, dieses Handeln war mit ziemlicher Sicherheit eine blöde Idee, aber sie war es schlicht leid, immer weiter zu suchen und nur auf neue Fragen zu stoßen. Etwas sagte ihr, dass die Lösung des Falls in diesen Gebäuden vor ihr zu finden war.

So rechtfertigte sie es vor sich selbst, dass sie über illegal abgestellten Hausmüll kletterte und zum Angriff überging. Eine alte Waschmaschine war gerade stabil genug, um auf ihr zu stehen, sodass Brigit einen verschimmelten, zusammengerollten Teppich auf den Stacheldraht wuchten konnte. Fünf Minuten, die sie gern für immer aus ihrer Erinnerung gestrichen hätte, verbrachte sie mit dem Versuch, hinüberzuklettern. Dabei verdrängte sie den scheußlichen Gestank des Teppichs ebenso wie alle Gedanken daran, was ihn verursachen könnte. Kaum hatte sie ihre Jeans zerfetzt, sich blaue Flecken am Hintern und unangenehm verschwitzte Haare zugezogen, befand sie sich auch schon auf der anderen Seite des Zaunes.

Dort bemerkte sie das Schild, das vor Wachhunden warnte. Ganz im Ernst, wie krank musste man sein, solche Warnungen auf der Innenseite eines Zaunes anzubringen? Sehr krank.

So rasch und leise wie möglich schlich Brigit über das Gelände. Beim ersten Anzeichen von Problemen würde sie die Flucht ergreifen und die Polizei rufen. Das klang doch nach einem vernünftigen Plan.

Sie umrundete eines der kleineren Gebäude, hörte und sah aber nichts Verdächtiges. Als sie die Einfahrt des Lagerhauses erreichte, entdeckte sie Reifenspuren, die bis zu den großen, geschlossenen Holztüren führten. Sie drückte ihr Ohr dagegen und hörte im Inneren das schwache, undeutliche Murmeln von Stimmen.

Dann räusperte sich jemand hinter ihr.

Sie schaute über ihre Schulter und erblickte einen Mann. Er war groß, muskulös und hatte kurz geschnittene Haare. Auf seinen Lippen war ein Lächeln zu sehen, in seinen Augen jedoch nicht. Allerdings benötigte Brigit einige Sekunden, um dies zu erfassen, da ihre Aufmerksamkeit zum großen Teil von der Waffe beansprucht wurde, die er, nur wenige Zentimeter entfernt, auf ihren Kopf richtete.

»Hi, ähm ... Ich weiß, das muss sich verrückt anhören, aber ... Sie haben nicht zufällig ein iPhone-Ladekabel?«

KAPITEL VIERUNDFÜNFZIG

MONTAG, 7. FEBRUAR 2000 – AM ABEND

»Bist du sicher, dass du das tun willst?«, fragte Mavis Chambers. Eingeschüchtert klammerte sie sich an ihre Handtasche und schaute sich um. Das Rathaus machte sie nervös. Hier sah sie überall Marmor und reiche Leute aus dem Dubliner Süden, und an beides war sie nicht gewöhnt.

Da sie keine Antwort erhielt, schaute sie zu Bunny McGarry auf, der neben ihr stand und zu Boden starrte.

»Hörst du mir zu?«

»Nein, Mavis, tue ich nicht.«

»Na, das solltest du aber, verdammte Scheiße. Bist du sicher, dass uns nichts passieren wird?«

Bunny deutete auf das komplizierte Muster des Bodens. »Weißt du, was das ist?«

Mavis senkte gereizt den Blick. »Ein Albtraum zum Saubermachen, nehme ich an. Was willst du mir sagen?«

»Das ist das offizielle Stadtwappen von Dublin. Siehst du die lateinischen Worte? *Obedientia Civium Urbis Felicitas.* Das heißt: Der Gehorsam der Bürger ist das Glück der Stadt. Was meinst du? Welche Arschgeige hat sich das wohl ausgedacht?«

»Jetzt kannst du auch noch Latein, oder was?«

»Kann ich tatsächlich. Bleibt einem nichts anderes übrig, wenn man von den katholischen Ordensbrüdern unterrichtet wird: Entweder du lernst es, oder du stirbst.«

»Tja, da dir jetzt kein Hurling-Team mehr zur Verfügung steht, kannst du ja Lateinstunden geben.«

387

»Entspann dich«, wiederholte Bunny. »Ich hab dir doch gesagt: Alles wird gut.«

Mavis hob den Blick und bemerkte, dass die vertraute Gestalt von Stadtrat Jarleth Court an ihnen vorbeimarschierte. Er sah aus, als wäre er mit dem Arsch durch die Gosse gezogen worden.

»Guten Abend, Stadtrat«, sagte Mavis.

»Jarleth«, sagte Bunny und nickte.

Court schaute nicht einmal auf, eilte einfach weiter und murmelte bloß: »Fick dich, Bunny.«

Mavis packte Bunny am Arm. »Hattest du nicht gesagt, er wäre wieder auf unserer Seite?«

»Ist er«, erwiderte Bunny.

»Herrgott, dann möchte ich nicht die Unentschlossenen treffen.«

Behutsam löste Bunny Mavis' Hand von seinem Arm. Erst jetzt bemerkte sie, dass sie etwas zu fest zugedrückt hatte.

Sie schaute sich im Saal um. Da noch fünf Minuten blieben, standen nach wie vor ziemlich viele Leute in der Gegend herum. Stadträte, interessierte Parteien und Gott weiß wer noch. Ihre achtjährige Enkelin Tamara saß auf einem Stuhl und schaukelte mit den Beinen. Gelangweilt, wie es nur ein Kind sein konnte, das man gezwungen hatte, zu ödem Erwachsenen-Kram mitzukommen, und dem man gesagt hatte, dass es nichts anfassen solle.

Mavis wandte ihre Aufmerksamkeit einer Gruppe von Männern zu, die in einer Ecke standen und in lautes Gelächter ausbrachen. Wütend schaute sie zu ihnen hinüber. Sie wusste nur zu gut, wer sie waren.

»Wenn alles gut wird«, sagte sie, »wie kommt es dann, dass der Feind in Feierlaune ist?«

»Keine Ahnung«, sagte Bunny. »Vielleicht tragen sie die schlechten Nachrichten mit Fassung.«

Wie aufs Stichwort schaute einer der Männer zu ihnen herüber und stellte Blickkontakt her. Kurz flüsterte er seinen Kollegen etwas zu und kam durch die Lobby zu Mavis und Bunny herüber. Die heimlichen Blicke und das schlecht verhohlene Feixen seiner Gruppe waren nicht schwer zu deuten: kleine Jungs, die einen der ihren dazu auserkoren hatten, den neuen Mitschüler fertigzumachen.

Der Mann selbst machte nicht viel her; klein, mit Brille und Haaren, die sich unaufhaltsam verdünnten, und einem bösartigen Grinsen, das immer breiter wurde. Als er sie erreicht hatte, streckte er Bunny die Hand entgegen.

»Paschal Maloney. Ich vermute, Sie sind Bunny McGarry.«

Bunny schüttelte ihm die Hand. »Detective Bunny McGarry, um genau zu sein.«

»Ja, natürlich. Wie dumm von mir.« Maloney grinste zu dem größeren Mann hinauf. »Darf ich Ihnen sagen, wie viel Freude mir Ihre Bedro... Ihre Bemühungen in den letzten paar Tagen gemacht haben? Es war äußerst unterhaltsam, das aus der Ferne zu verfolgen.«

»Nun, herzlichen Dank. Das bedeutet mir viel von so einem jämmerlichen kleinen Scheißkerl wie Ihnen.«

Maloney verzog enttäuscht das Gesicht. »Na, na, Detective, niemand mag einen schlechten Verlierer.«

»Ich habe nicht verloren.«

»Das ist die richtige Einstellung. Ich hoffe, auch Sie werden irgendwann einsehen, dass sich der Neuanfang lohnt. Die Aufwertung der Gegend ...«

Bunny lachte. »Das Wort lieben Sie, oder? Aufwertung. Erinnert mich an diese alte Fernsehserie, *Doctor Who*. Kennen sie die?«

Maloney nickte. »Ja, ja. War schon immer ein großer Fan.«

»Da gibt's auch immer einen Neuanfang. Der alte Doktor

wird ersetzt und vom Angesicht der Erde entfernt. Genauso wie Sie es mit den Menschen machen wollen, die dort jetzt leben.«

»Sie sind moralischer, als ich angesichts Ihrer letzten Aktionen angenommen hätte, Detective.«

Bunny lachte. »Oh, nein. Ehrlich gesagt, Sie miese kleine Ratte, bin ich schlimmer als Sie. Deshalb habe ich auch gesiegt.«

Maloney legte den Kopf schief und bemühte sich, seine beste ernste Miene aufzusetzen. »Ach je, ich fürchte, ich weiß einige Dinge, die Sie nicht wissen.«

Mavis drehte sich um, als sich die Türen öffneten. Stadtrat Baylor war eingetreten, mit seiner Entourage im Schlepptau. »Da kommt ja dieses Schneewittchen-Arschloch.« Sie schaute wieder Bunny an, der seine Hand in die Manteltasche steckte, während er auf Maloney hinabblickte. »Dann holen wir mal unsere Pimmel raus und schauen, wer hier tatsächlich als Sieger hervorgeht.«

Bunny zog etwas aus seiner Tasche und drehte sich um. Dabei holte er mit dem Arm aus, sodass Maloney reflexhaft zurückwich.

»Tamara«, sagte Bunny. »Komm mal her, Schätzchen.«

Tamara – wohlerzogen wie eh und je – schaute ihre Granny an, und auf deren bestätigendes Nicken kam sie herübergehuscht. Bunny beugte sich hinab und sprach leise mit ihr.

»Also, mein Spatz, du siehst den weißhaarigen Mann, der gerade reingekommen ist?« Sie nickte. »Gut. Geh zu ihm und gib ihm diesen Zettel. Sag ihm, dass er ihn sofort lesen muss. Und nicht schmulen.«

Sie nahm den Zettel und machte sich sofort an ihre Aufgabe. Mavis schaute Maloney an, der eher neugierig als beunruhigt wirkte. Tamara hüpfte zu Stadtrat Baylor hinüber und sagte mit konzentriertem Blick ihren Satz auf. Baylor hielt inne und beugte sich hinab, um mit ihr zu sprechen. Ganz gleich wie sehr er auch in Eile war, kein Politiker ging an einem kleinen Mädchen vorbei, das ihm etwas sagen wollte. Es war ja möglich, dass jemand mit einer Kamera in der Nähe stand. Sie gab ihm die Nachricht und huschte wieder davon. Baylor tauschte ein kurzes Lächeln mit dem Mann und der Frau, die ihn begleiteten, dann faltete er den Zettel auseinander.

Er las ihn.

Dann las er ihn noch einmal.

Dann wich die Farbe aus seinem Gesicht.

Für einen Augenblick sah es so aus, als würde er zusammenbrechen. Der jüngere Mann neben ihm streckte eine Hand aus, um seinen Boss zu stützen. Er schaute seine Kollegin verständnislos an. Die Frau machte Anstalten, den Zettel aus Baylors Hand zu nehmen. In letzter Sekunde begriff dieser, was sie vorhatte, und stopfte ihn rasch in die Innentasche seines Sakkos. In der großen Empfangshalle war es still geworden, da immer mehr Leute zur Tür hinüberstarrten.

Mavis richtete ihren Blick auf Maloneys Gesicht. Sein selbstgefälliges Grinsen war verschwunden und wurde von sichtbarer Verwirrung abgelöst.

Tamara kam wieder bei ihrer Großmutter an. »Hab ich das richtig gemacht, Granny?«

»Das war perfekt, mein Engel, perfekt.«

Maloney drängte sich an ihnen vorbei und tauschte Blicke mit seinen Mitarbeitern, die ebenso verblüfft zu sein schienen. Er marschierte auf Baylor zu. Der Stadtrat sah elend aus und fuhr sich mit der Hand über die Stirn. Mavis hatte ähnliche Reaktionen bei Leuten gesehen, die gerade erfuhren, dass ein Familienmitglied unerwartet gestorben war. Sie schaute zu Bunny auf. Seine Miene zeigte keinerlei Regung. Maloney tuschelte derweil mit Baylor und seinen beiden Vertrauten.

Bunny beugte sich hinab und flüsterte etwas in Tamaras Ohr.

Erst als Maloney ungläubig die Stimme erhob, schaute er auf. »Was?« Das Wort hallte laut durch die Lobby.

Leises Gemurmel folgte, während Baylors Assistenten versuchten, den äußerst aufgebrachten Maloney zu beschwichtigen. Baylor wiederum war einen Schritt zurückgetreten und schaute mit undurchschaubarer Miene starr vor sich hin. Dann sah Baylor Tamara an und bemerkte erst jetzt, dass Bunny neben ihr stand. Sie blickten einander lange in die Augen, bevor Baylor sich schließlich abwandte.

Maloney versuchte, mit Baylor zu reden, doch dessen Assistent legte eine Hand auf den Arm des kleineren Mannes und hielt ihn zurück. Maloney schüttelte sie wütend ab und zischte etwas in Baylors Richtung. Dieser gab eine kurze Antwort, dann eilte er an ihm vorbei in Richtung Sitzungssaal. Seine Mitarbeiter folgten ihm und ließen einen völlig schockierten Maloney zurück.

Mavis schaute Bunny an. »Was geht hier vor, Bunny?«

»Wir können mit der Vergangenheit abschließen, soviel wir wollen«, erwiderte er. »Das heißt aber nicht, dass die Vergangenheit mit uns abgeschlossen hat.«

Maloney kam auf sie zu, das Gesicht knallrot vor Wut, die Lippen zu einem verkrampften Schmollmund verzerrt. Verschwunden war die schmierige Freundlichkeit, nur noch Zorn war übrig.

»Sie können nicht …«, stammelte Maloney. »Was zur Hölle haben Sie getan?«

Bunny nahm seinen Schurwollmantel von dem Stuhl, der neben dem stand, auf dem Tamara gesessen hatte. »Was ich tun musste.«

»Sie können doch nicht einfach … die Leute erpressen.«

»Oh, bitte«, erwiderte Bunny. »Gehen Sie mir nicht auf die Eier.«

»Bunny!«, rief Mavis und deutete vielsagend auf Tamara.

»Entschuldigen Sie die Ausdrucksweise.«

Maloneys Gesicht schien noch röter zu werden.

»Das werden Sie bereuen, Sie Clown. Warten Sie nur ab. Mich demütigt niemand ungestraft.«

Bunny seufzte. »Ich habe das nicht getan, um Sie zu demütigen, Sie egoistischer kleiner Arschkriecher. Ich habe es getan, weil es richtig war. Weil es nötig war. Manchmal kann man Dreckskerle nur besiegen, indem man noch dreckiger ist als sie. Ich habe das nicht getan, um Sie zu demütigen«, wiederholte Bunny.

Dann schaute er wieder zu Tamara hinab, die ihn geduldig musterte.

»Jetzt, Schätzchen.«

Sie nickte. Dann boxte sie Maloney so hart sie konnte in die Weichteile.

Er sackte in sich zusammen wie ein Ballon, aus dem man die Luft gelassen hatte, und fiel zu Boden.

Bunny trat seelenruhig über ihn hinweg und marschierte Richtung Ausgang.

»*Das* habe ich getan, um Sie zu demütigen.«

KAPITEL FÜNFUNDFÜNFZIG

Die Hand in Brigits Rücken stieß sie grob auf die Tür zu, sodass sie gegen die Wand taumelte.

»Ist ja gut! Immer schön langsam. Das ist alles bloß ein Missverständnis.«

Wieder begegnete ihr dieses entnervende leere Grinsen.

Sie drehte sich um, ließ ihren Blick wandern. Dieser Raum hatte früher vermutlich als ein Büro gedient, aber die Graffiti, die Bierdosen und die vielen Glasscherben neben dem übrigen Müll auf dem Boden deuteten darauf hin, dass das schon eine Weile her war. Ein überwältigender Gestank von Verwesung und Urin lag in der Luft. Dieser Ort musste das reinste Paradies gewesen sein für die umtriebigeren Jugendlichen dieser Gegend, bis man den Zaun errichtet hatte. Brigit schaute auf und sah ein Gesicht, das sie kannte, wenn auch aus einem anderen Zusammenhang. Paschal Maloney, der kleine Typ von den Skylark Three mit dem Nagetiergesicht, stand in der Mitte des Raumes und musterte sie. Der Mann, der sie aufgegriffen hatte, schlug die Tür hinter sich zu und hielt weiter seine Waffe auf sie gerichtet. Mit seiner muskulösen Statur und seinem kurz geschnittenen, grau melierten Haar sah er aus wie ein unter Verstopfung leidender George Clooney. Auch wenn man beim guten George noch nie ein derartig widerwärtiges Grinsen gesehen hatte.

»Wer sind Sie?«, fragte Maloney. »Was haben Sie hier zu suchen?«

»Tut mir wirklich leid«, sagte Brigit. »Ich wollte mir nur mal das Gelände anschauen, das ist alles.«

»Lügen Sie mich nicht an.«

»Ehrlich, ich bin bloß ... ich bin ein großer Fan von alten Häusern.«

Maloney deutete auf den anderen Mann. »Dies ist Mr Coetzee. Er hat eine bemerkenswerte Begabung, anderen Schmerzen zuzufügen.«

Coetzee bewegte sich auf sie zu. Brigit versuchte, in die Ecke zurückzuweichen. Coetzee lächelte sie an, während er sich näherte. Die Scherben knirschten unter ihren Füßen.

»Okay, bitte bleiben Sie ganz ruhig ...«

»Ich frage Sie noch einmal: Was haben Sie hier zu suchen?«

»Ganz im Ernst, ich bin ein großer Fan von alten Gebäuden ...«

Der Schlag mit dem Handrücken traf sie wie eine unerwartete Welle im Meer, riss sie zu Boden und brachte ihre Sinne durcheinander. Die linke Seite ihres Gesichts brannte, und ihr Kiefer schmerzte. Sie prallte an der Wand ab und landete mit voller Wucht auf dem Boden. Scherben schnitten in ihre Hand, als sie versuchte, sich abzustützen und ihren Fall abzufedern. Sie stellte fest, dass jemand ihren linken Fuß packte, während ein schwerer Stiefel ihr rechtes Bein gegen die Wand presste. Sie schrie, halb vor Schmerz, halb aus Angst vor dem, was als Nächstes passieren würde.

»Aufhören!«

Es war eine weibliche Stimme. Brigit wandte sich um. Eine blonde Frau stand hinter Maloney im Türrahmen. Sie wirkte zwischen all dem Schmutz und den Schmierereien an den Wänden vollkommen fehl am Platz, als wäre sie gerade vom Cover eines Magazins herabgestiegen. Sie trat einige Schritte in den Raum.

»Sie heißt Brigit Conroy. Sie gehört ebenfalls zu dieser kleinen Detektivagentur.«

Maloney wandte sich zu ihr um. »Du hast mir doch gesagt, dass sie da ausgestiegen ist.«

Die blonde Frau zuckte mit den Schultern. »Hat Mulchrone behauptet.«

»Da hast du wieder was falsch verstanden, oder?«

»Gib mir nicht die Schuld daran. Du warst doch derjenige, der diese Leute mit reinziehen wollte. Ich habe gleich gesagt, wir sollten ...«

»Willst du mich kritisieren, Megan?« Maloneys Stimme kletterte eine Oktave in die Höhe, und er lief rot an. »Ich habe hier das Sagen! Du wirst mich nicht kritisieren!«

»Nein, Baby, nein.« Sie kam zu ihm und legte eine Hand auf Maloneys Brust. Sie war sicher fünfzehn Zentimeter größer als er und stand mindestens sechs Stufen über ihm auf der Attraktivitätsskala. »Es tut mir leid, aber wir sind jetzt so nah dran. Du hast gerade bekanntgegeben, dass McGarry hinter den Púca steckt.« Sie schaute zu dem Mann hinüber, den Maloney Coetzee genannt hatte, und wieder wurde ihr Blick hart. »Irgendwer muss zugelassen haben, dass dir eine solche Amateurin hierher folgen konnte.«

»Sie gottverdammter Idiot«, sagte Maloney zu Coetzee. Der größere Mann sagte nichts, stierte ihn nur aus seinen toten Augen an. Maloney trat unter seinem Blick nervös von einem Fuß auf den anderen. Als er wieder das Wort ergriff, klang seine Stimme deutlich weniger anklagend. »Diese Krawalle sind ein Gottesgeschenk! Etwas Besseres hätten wir uns gar nicht erhoffen können. Dass die Polizei Franks erledigt hat, ist einfach zu köstlich.«

»Dann bringen wir das jetzt hinter uns und fahren endlich zu unserem Boot«, schnurrte Megan.

Maloney warf einen Blick auf Brigit. »Schließt hier erst mal ab, und dann geht noch mal raus und überprüft das Gelände. Wir müssen sichergehen, dass sonst niemand hier ist.«

Coetzee löste seinen Fuß von Brigits Bein. Erst jetzt spürte sie, dass der Schmerz in ihrem Kiefer immer stärker wurde.

Megan kam zu ihr herüber, streckte die Hand aus und half ihr auf die Füße, was sie zögerlich akzeptierte.

»An die Wand«, sagte die Frau leise.

Brigit drehte sich um, und Megan klopfte sie ab. Sie fand das Handy in ihrer Gesäßtasche.

»Tot.«

Sie schleuderte es zu Boden.

»Ach Mann ... das ist brandneu.« Brigit spürte, dass ihr Kiefer beim Sprechen knackte.

Megan schaute Coetzee an. »Nehmen Sie sie mit.«

Er packte Brigit am Arm und zog sie aus dem Raum, wobei er in der anderen Hand noch immer die Waffe hielt.

»Sperren Sie sie erst mal ein«, sagte Megan. »Wir haben jetzt keine Zeit für Ihre anderen ... Interessen.«

Während sie aus dem Raum geschleift wurde, glaubte Brigit zu hören, wie die Frau leise »Bestie« vor sich hin murmelte.

Rasch bewegten sie sich einen vermüllten Korridor hinab. Brigit hatte weder eine Gelegenheit noch den Wunsch, einen Fluchtversuch zu starten. Coetzee schien nicht der Typ zu sein, der es ihr gestatten würde, ihm einen wohlplatzierten Tritt vors Schienbein zu versetzen. Sie bogen nach links, dann nach rechts, bevor sie vor einer schweren Eisentür stehen blieben. Coetzee schleuderte sie grob zu Boden, wobei ihr Kopf gegen die Wand knallte.

Er zielte mit seiner Waffe auf sie, während er einen großen Schlüssel aus der Tasche zog und ins Schloss steckte. Mit einem widerwilligen Stöhnen öffnete sich die Tür, und Coetzee drückte sie mit der Schulter weiter auf. Ein übler Gestank nach Exkrementen entwich dem Raum dahinter. Coetzee beugte sich hinab und packte Brigit an den Haaren. Als sie versuchte aufzustehen, schleuderte er sie in die Dunkelheit hinter der Tür. Sie stürzte. Orientierungslos wie sie war, konnte sie nicht verhindern, dass sie erneut mit dem Gesicht gegen die Wand knallte. Erst spürte sie den Schmerz, dann das Blut, das aus ihrer Nase rann.

Die Tür schloss sich mit einem schmerzlichen Aufkreischen des Metalls, und Brigit fand sich in pechschwarzer Finsternis wieder. Sie schrie auf, so laut sie konnte. »Fick dich doch, du schwanzloser Dreckswichser!«

Sie zuckte zusammen, als eine Stimme in der Dunkelheit ertönte.

»Herrgott, Conroy«, sagte Bunny. »Wo hat denn ein braves Mädchen aus Leitrim solche Ausdrücke gelernt?«

KAPITEL SECHSUNDFÜNFZIG

Als einziges Licht blieb Brigit nur die Erinnerung an die Helligkeit im Korridor, die vor ihren Augen langsam verblasste.

»Bunny?«

»Hier drüben.«

Er war es ... aber auch wieder nicht. Seine Stimme klang belegt, wie bei einem Schlaganfallpatienten mit halbseitig gelähmtem Gesicht.

Brigit streckte zögerlich die Hand aus und fand eine kühle Steinwand. Sie zog sich von ihren blutigen Knien in die Höhe und begann, langsam der Wand zu folgen. »Geht's dir gut?«, fragte sie.

»Fantastisch. Und dir?«

Brigit fand eine Ecke. Bunnys Stimme war nun näher.

»Um ehrlich zu sein, hatte ich schon bessere Tage.«

Sie hörte angestrengtes Atmen in der Nähe ihrer Füße, also streckte sie die Hand danach aus.

»Bunny?«

Ihre Finger strichen über Haut, und sie spürte, wie er scharf den Atem einsog und zurückzuckte.

»Alles okay, ich bin's, Brigit. Du ...« Seine Stimme war bloß ein kaum hörbares Flüstern. »Du bist hierhergekommen.«

Das Klirren von Ketten war zu hören. Finger berührten ihr Bein und fanden schließlich ihre Hand. Seine Haut war schwielig und verkrustet.

»Natürlich bin ich das«, sagte sie.

»Ich dachte, du wärst ... Da war ... Ich ... ich ... du bist es wirklich.«

»Ja.« Brigit legte ihre Hand auf seine. Sie spürte eine Schwellung an den Knöcheln. Einer der Finger schien in die falsche Richtung zu zeigen.

»Herrgott, bist du …«

Sie streckte die Hände aus und fand seinen Kopf. Er zog ihn kurz weg, aber sie ließ nicht locker und tastete mit den Fingern sein Gesicht ab.

»Großer Gott.«

Es fühlte sich schrecklich geschwollen an, und auch seine Nase schien völlig deformiert. Jeder Atemzug klang nach einem gurgelnden Kampf.

»Hab schon mal besser ausgesehen. Hab nicht mit Besuch gerechnet.«

Brigit legte eine Hand an die Wand und ließ sich vorsichtig neben Bunny auf dem Boden nieder. Sie rieb sich mit dem Ärmel über die Nase, um, wenigstens für den Moment, den Blutfluss zu stoppen.

»Warum hast du …« Sie wusste nicht, was sie ihn fragen sollte.

Kurz blieb es still.

»Dieser große Typ kommt hier rein, alle zwei Tage, würd ich sagen, und dann plaudern wir ein bisschen.«

»Was will er von dir wissen?«

»Hab das euphemistisch gemeint, Conroy. Es wird nicht geredet. Er prügelt mir bloß die Scheiße aus dem Leib.«

Brigit spürte, dass ihr Tränen in die Augen traten, aber sie tat ihr Bestes, um es sich nicht anhören zu lassen. »Wie schlimm ist es?«

»Lass es mich mal so sagen: Ich würde glücklich sterben, wenn ich ein paar Minuten bekäme, in denen *er* hier an die Wand gekettet wäre. Wenn er …« Bunny zögerte. »Das ist wichtig, Conroy … wenn er zurückkommt, überlass ihn mir. Ich werde reden. So bekomme ich das meiste ab. Ist besser so. Du hältst dich zurück, lass mich …«

Brigit wusste nicht, was sie sagen sollte, also beugte sie sich vor und küsste ihn behutsam auf die Stirn. »Du bist ein guter Mensch.«

»Mach mich hier bloß nicht an, Conroy, du spielst nicht in meiner Liga.«

Brigit lächelte und rieb sich die Augen.

»Wie hast du mich gefunden?«, fragte Bunny.

»Dein Dingsbums.«

»Ah, okay. Ich weiß nicht, was passiert ist, verdammt, die haben mich überrumpelt. Ich weiß nicht mal mehr, wo ich war.«

»Hast du zufällig gerade den O'Hagan's verlassen?«

»Oh ja.« Es schien ihm peinlich zu sein. »Ich bin in einem Kofferraum wieder zu mir gekommen. Kein Handy, aber ich hatte immer noch den Peilsender. Heißt das, dass du inzwischen Bescheid weißt wegen Paulie?«

Brigit lehnte sich zurück und stieß ihren Kopf sanft gegen die Wand. »Dass er kein betrügerischer Drecksack ist und dass ich völlig bescheuert war, weil ich das geglaubt habe?«

»Mach dich nicht fertig, du konntest es ja nicht wissen.«

»Du aber schon«, sagte Brigit.

»Ach, hab bloß richtig geraten. War für mich leichter, den Wald vor lauter Bäumen zu sehen, als für dich … oder für ihn.«

»Danke dir«, sagte sie leise.

»Ach, schon gut. Das Mindeste, was ich tun konnte. Er ist ein guter Junge.«

»Das ist er.«

Brigit streckte die Hand aus und fand seine. Sie streichelte sie sanft. Seine Finger fühlten sich verhärtet an, die Haut aufgerissen und abgeschürft.

»Es tut mir leid«, sagte sie.

»Was tut dir leid?«

»Es tut mir leid, dass ich nicht … dass ich so lange gebraucht habe, um dich zu finden. Ich hätte …«

»Ach, sei nicht blöd, Conroy. Übrigens, wie stehen denn die Chancen, dass demnächst die Kavallerie hier anrückt?«

»Nicht so gut. Ich glaube, niemand weiß, wo ich bin. Aber einen Vorteil haben wir: Das ganze Land ist auf der Suche nach dir.«

»Und du hast mich gefunden. Leitrim kann stolz auf dich sein. Und da es so ist, würde es dir was ausmachen, mir zu verraten, wieso ich verdammt noch mal hier gelandet bin?«

»Weißt du das nicht? Ich dachte … Maloney scheint für all das verantwortlich zu sein.«

Einen Augenblick lang war nur noch Bunnys angestrengtes Atmen zu hören.

»Der verschissene Paschal Maloney?!« Bunny stieß ein verstörendes Lachen aus. »Ich … Ich hab hier rumgesessen und versucht rauszufinden, was zur Hölle eigentlich los ist, und jetzt sagst du mir, dass es auf sein Konto geht? Ausgerechnet der! Der kleine Sack. An den habe ich keinen Augenblick gedacht in … wie lange ist das her … sechzehn Jahren? Auf den wäre ich niemals gekommen. Ich dachte …«

»Du kennst Maloney also?«

»Wir hatten einen kleinen Zusammenstoß … wann war das? 2000 muss es gewesen sein. Er hat den St. Jude's Club als gute Gelegenheit für ein neues Immobilienprojekt betrachtet. Ich war anderer Meinung.«

»Und jetzt … jetzt nimmt er diese ganzen Mühen auf sich, um sich an dir zu rächen? Lässt dich als Killer dastehen, als verdammten Terroristen – nur weil ihr euch wegen eines Bauprojekts gestritten habt? Willst du mich auf den Arm nehmen?«

Einen Augenblick lang herrschte Schweigen.

»Conroy, wovon zur Hölle redest du?«

»Oh, du ... du weißt das nicht?«

»Tja, ich krieg momentan nicht so viel mit, wegen unseres kleinen Geiselnehmer-Happenings hier.«

»Tut mir leid.«

Brigit brachte Bunny so gut sie konnte auf den neuesten Stand. Er hörte größtenteils schweigend zu, bis sie zu den Telefonaten mit Pater Franks kam.

»Ich habe mit dem Padre seit sechzehn Jahren nicht gesprochen. Er hatte damals auch mit diesem ... diesem Bauprojekt zu tun.«

»Er hat mir dasselbe gesagt. Dass er mit dir nicht mehr gesprochen hat, meine ich. Inwiefern war er denn in diese Sache verwickelt damals?«

»Lassen wir das jetzt. Ich nehme an, Maloney muss es irgendwie geschafft haben, unsere Telefonrechnungen zu manipulieren. Um die Gardaí in die Irre zu führen, zusammen mit seiner ganzen Púca-Scheiße. Er ist ... Ich vermute, er will ... all seine Feinde aus dem Weg räumen oder so was? Ich soll also Craig Blake und Jerome Hartigan umgebracht haben ...?«

»Und seinen Anwalt, glaube ich.«

»Scheiße, ein toter Anwalt«, sagte Bunny. »Das macht es natürlich zu einer echten Tragödie.«

»Und John Baylor.«

»Unser altes Schneewittchen? Der ist auch tot?«

»Ja.«

»Das würde erklären, warum Maloney Franks in die Sache mit reinziehen wollte. Der könnte den Gardaí allerdings jederzeit sagen, dass diese angeblichen Telefonate völliger Quatsch sind, also ...«

»Oh«, warf Brigit ein. »Ich ... ich bin noch gar nicht dazu gekommen, dir das zu sagen. Die Gardaí haben heute die Arche gestürmt. Franks ist ... Es tut mir leid. Er ist tot.«

»Sie haben ihn umgebracht?«

»Ich weiß nicht … im Radio habe ich gehört, dass es ein natürlicher Tod gewesen sein soll. Es herrscht ziemliches Chaos, wegen der ganzen Straßenschlachten und so weiter.«

»Es gibt Straßenschlachten, verdammte Scheiße?« Bunnys Stimme hallte von den Wänden wider.

»Ja, ähm … als die Nachricht von Franks rumging, sind die Leute wohl … na ja, du weißt schon.«

»Herrgott«, sagte Bunny. »Ich kann euch keine fünf Minuten allein lassen, ohne dass das ganze Land in die Scheiße geritten wird.«

Es entstand eine Pause. Dann sprach Bunny derartig leise, dass es kaum noch ein Flüstern war. »Danny und ich, wir … wir haben eine gemeinsame Vergangenheit. Ich dachte, dass wir, na ja, das irgendwann hätten begradigen können.«

»Tut mir leid«, sagte Brigit.

»Apropos, ist denn bei dir und Paulie jetzt alles wieder im Lot?«

»Na ja, es ist … Ich meine, ich habe es gestern erst rausgefunden, und wir haben dich die ganze Zeit gesucht …«

»Heiliger Herrgott, *ihr beiden.* Als würde man zwei Leprakranken beim Armdrücken zuschauen.«

»Dafür ist jetzt nicht der richtige Zeitpunkt, Bunny.«

»Glaub jemandem, der sich auskennt, Conroy. Jetzt sollte *immer* der richtige Zeitpunkt sein.«

»Darf ich …« Brigit hielt inne. Es kam ihr ziemlich übergriffig vor, doch wie immer siegte ihre Neugier. »Wer ist Simone?«

Ein weiteres Schweigen breitete sich aus, indem sogar Bunnys Atem zu verstummen schien.

»Sie ist das Letzte, was ich sehen werde. Sie ist …«
Neuerlich kehrte Stille ein.

»Warte mal«, sagte Brigit. »Wenn du nichts von Maloney wusstest, was dachtest du denn, worum es hier geht?«

Bevor Bunny die Frage beantworten konnte, schreckten sie auf, als sich ein Schlüssel im Schloss drehte. Er ließ Brigits Hand los, hob seinen angeketteten Arm und legte ihn ihr über die Schultern. Sein Atem war nur noch ein schweres Keuchen. »Sag nichts und halt dich im Hintergrund. Mach die Augen zu, versuch nicht ...«

Die Tür öffnete sich, und helles Licht flutete herein. Brigit beschirmte so gut es ging ihre Augen. Durch die Finger konnte sie einen kurzen Blick auf Bunny erhaschen. Ein zerzauster Bart wuchs auf einem Gesicht, das so schwarzblau aufgequollen war, dass man es kaum noch erkennen konnte. Angetrocknetes Blut bedeckte sein Kinn. Brigit spürte, wie sich ihr der Magen umdrehte, während ihr gleichzeitig das Herz brach. Seine geschwollenen Augen waren zugekniffen, dennoch hob er den Kopf zum Licht und brüllte seinen Trotz heraus. »Komm schon, du Wichser. Komm und hol mich, du schlappschwänziger Affenficker.«

Da sich ihre Augen an die Helligkeit gewöhnt hatten, zog Brigit ihre Hand langsam fort.

Vor ihnen standen die Blonde und Coetzee, beide mit Waffen in der Hand. Der Mann hatte wieder sein leeres, amüsiertes Lächeln aufgesetzt, und die Blonde – Megan? Sie sah tatsächlich entsetzt aus.

Coetzee warf Brigit ein Schlüsselbund zu.

»Machen Sie ihn los«, sagte die Blonde. »Es ist Zeit.«

KAPITEL SIEBENUNDFÜNFZIG

Der Korridor wirkte sehr viel länger, nun, da Brigit ihn zum zweiten Mal hinunterging.

Diesmal hatte sie sich Bunnys rechten Arm um die Schulter gelegt und tat ihr Bestes, um ihn aufrecht zu halten. Er hatte große Schwierigkeiten, einen Fuß vor den anderen zu setzen. Im vollen Licht sah sein Gesicht mit den Schwellungen rund um die Augen und Lippen noch schlimmer aus. Sein Pullover war nur noch eine zerfetzte Ansammlung von Blut- und anderen Flecken. Mit dem rechten Bein konnte er kaum noch auftreten, und so kamen sie nur sehr langsam voran. Den linken Arm hielt er behutsam vor sich; Brigit vermutete, dass er gebrochen war.

Kaum war er mithilfe der Wand und Brigit auf die Füße gekommen, hatte er sich ihr entgegengebeugt und geflüstert: »Conroy, ich sehe nicht besonders gut. Du wirst mir helfen müssen.«

Trotz all ihrer medizinischen Erfahrungen war es schockierend, einen so kräftigen Menschen in solch einem Zustand zu sehen. Sie stemmte sich unter seine rechte Achsel. »Na komm, alter Freund, wir bringen dich hier raus.«

Coetzee stieß sie noch einmal in den Rücken.

»Und du kannst dich verpissen, du Psycho-Hurensohn. Einen Mann zu verprügeln, der an die Wand gekettet ist. Warum gehst du nicht und …«

Sie hielt inne, als sie spürte, dass sich der Lauf der Pistole gegen ihren Hinterkopf presste.

»Coetzee«, sagte Megan hinter ihr. »Das ist genug.«

Sie wurden in den großen, offenen Hauptteil des Gebäudes geführt, der an einen Hangar erinnerte. Die großen Holztüren, bei denen Brigit vor einer Stunde angekommen war, erkannte sie am äußeren Ende. Davor standen Maloneys BMW und ihr eigener Wagen. Bei beiden hatte man die Scheinwerfer angestellt, um den weitläufigen Raum zu erhellen. Am anderen Ende beleuchteten Flutlichter einen Bereich, wo ein Tisch und einige Stühle positioniert worden waren. Davon abgesehen, standen überall im Raum verrostete Maschinen und jede Menge Schutt herum.

Als sie endlich im Lichtkegel ankamen, half Megan Brigit dabei, Bunny auf einem der Plastikstühle abzusetzen. Dann schubste Coetzee sie auf den Stuhl daneben.

»Hände hinter den Rücken«, sagte Megan.

Brigit gehorchte und sog scharf die Luft ein, als Megan sie mit einem Kabel fesselte, das ihr tief in die Haut schnitt. Dann stellte sich die Blonde vor Bunny auf. »Sie auch – Hände hinter den Rücken.«

Bunny schaute mit zusammengekniffenen Augen in die Richtung, aus der ihre Stimme kam. »Normalerweise wär ich ja ganz verrückt auf so ein bisschen Bondage mit einer entzückenden Lady, aber leider hat Ihr Gorilla mein Schlüsselbein gebrochen. Geht also nicht.«

Megan schaute kurz auf ihn hinab, dann sah sie Coetzee an, der nur lächelnd mit den Schultern zuckte. Megan murmelte etwas und trat ein Stück zurück.

Brigit hörte, dass sich ihnen von hinten Schritte näherten. »Ah, Mr McGarry, wie schön, dass Sie sich uns anschließen.« Maloney schlenderte in den Lichtkegel, blieb aber abrupt stehen, als er den Zustand von Bunnys Gesicht sah. Kurz warf er Megan einen Blick zu, die die Augen nicht von Coetzee abwandte.

Auch Maloney schaute kurz zu ihm herüber, senkte aber wieder den Blick und sagte leise zu ihm: »Ich habe nie gesagt, dass Sie … die Leiche sollte doch identifizierbar sein. Wie erklären wir …«

Maloney ließ den Rest des Satzes in der Luft hängen. Wie die meisten Menschen, die mit einer derartigen Brutalität konfrontiert werden, schien er nicht in der Lage zu sein, sie vollends zu begreifen. Erneut zuckte Coetzee lediglich mit den Schultern, wie ein Teenager, der von jemandem eine Standpauke erhielt, der ihm nichts zu sagen hatte.

»Wer ist das?«, unterbrach Bunny.

Das Lächeln kehrte auf Maloneys Gesicht zurück, als hätte er einen Schalter umgelegt. Er tippte mit der Waffe, die er in der Hand hielt, gegen Bunnys Bein. »Oh, ich weiß, es ist schon eine Weile her, aber sagen Sie bloß nicht, Sie hätten mich vergessen? So stark bin ich nun auch nicht gealtert. In jedem Fall besser als Sie.« Maloney grinste Megan an, die sich zu einem halbherzigen Lächeln zwang.

»Tut mir leid, Kumpel«, sagte Bunny. »Ich fürchte, ich kann absolut nichts sehen. Wer sind Sie?«

»Paschal Maloney.«

»Nie gehört.«

»Höchst amüsant.«

»Sind Sie der Typ, den ich eingebuchtet habe, weil er mit der Ziege gefickt hat?«

Trotz ihrer Angst musste Brigit lächeln. Bunny war immer noch Bunny.

»Mein Name ist Paschal Maloney.«

»Waren Sie früher eine Frau?«

»Nein, ich … nein! Sie sollten das ernst nehmen.«

»Tue ich. Ich unterstütze Ihre Entscheidung total. Ich war selbst schon mal im Körper einer Frau gefangen – allerdings auf andere Art.«

»Ja, *haha*«, sagte Maloney in einem humorlosen Jammerton. »Versuchen Sie ruhig, Ihre letzten Augenblicke zu genießen, Mr McGarry, es wird Ihnen nicht viel nutzen. Sie wissen sehr gut, wer ich bin. Vor sechzehn Jahren haben Sie mich gedemütigt und versucht, mein Leben zu ruinieren.«

»Herrgott, hatten wir mal was miteinander? Das hätten Sie gleich sagen sollen. Aber ganz im Ernst, ich habe Sie bestimmt mindestens zu einer Tüte Chips eingeladen, oder?«

»Ich sage Ihnen, wer ich bin.« Die Wut war tief in Maloneys teigigem, kleinem Gesicht eingeschrieben. »Ich bin der Mann, der Sie hat entführen lassen und Ihr Leben systematisch zerstört hat. Ich bin der Mann, der Sie zum Staatsfeind Nummer eins gemacht hat. Ich bin der Mann, der Sie zur Púca gemacht hat.« Maloney kicherte hysterisch, allerdings schien er der Einzige zu sein, der dies lustig fand.

Bunny neigte den Kopf in Megans Richtung. »Ganz im Ernst, wer ist dieser Typ, verdammte Scheiße?«

»Ignorier den Idioten, Paschal«, warf Megan ein. »Lass uns einfach …«

»Nein, nein«, sagte Maloney. »Soll er ruhig seinen Spaß haben, das ist gut. Lachen Sie nur, McGarry. Lachen Sie. Lassen Sie's raus.«

Megan trat vor und legte ihre Hand auf Maloneys Arm. »Pascha, vielleicht sollten wir …«

Er schüttelte sie grob ab. »Halt die Klappe, Megan.«

»Na, na«, sagte Bunny. »Immer schön Gentleman bleiben. Ich weiß tatsächlich, wer Sie sind. Sie sind der Stecher dieser jungen Dame. Sie redet ja andauernd von Ihnen. Und sie hat recht. Eigentlich ist es gar nicht so schlimm, so geht's vielen Männern.«

Maloney trat vor und drückte seine Waffe so fest gegen Bunnys Stirn, dass er ihm den Kopf in den Nacken presste. »Sie halten sich für sehr clever, nicht wahr? Ich sage Ihnen, was clever ist.

Ich denke, Sie haben es verdient, zu erfahren, wie Ihre Rolle im großen Gesamtbild aussieht.«

»Ist mir, um ehrlich zu sein, eigentlich scheißegal.«

Maloney ignorierte ihn. Er zog etwas aus seiner Tasche, das aussah wie ein silbernes Zigarettenetui, und klappte es auf. Darin fanden sich vier Datensticks. »Sehen Sie die hier?«

»Das mit dem Blindsein kapieren Sie einfach nicht, oder?«

»Sie würden es sowieso nicht verstehen. Sie müssen nur eines wissen: Dies hier sind die vier Schlüssel zu einem vergrabenen Schatz. Achtundsiebzig Millionen unaufspürbare Dollar, um genau zu sein.«

»Ist das zufällig das Geld, das den armen Schweinen gehört, die ihre Ersparnisse bei Skylark investiert haben?«, fragte Brigit.

»Halten Sie die Klappe, Miss Conroy, oder ich erlaube es Mr Coetzee, seinen Spaß mit Ihnen zu haben.«

Megan trat vor und deutete auf das silberne Etui. »Darf ich?«

Maloney reichte es ihr. Sie ging zu dem Laptop hinüber, der auf dem Tisch stand, und machte sich daran zu schaffen.

»Mr Coetzee zu finden war ein ziemliches Glück«, fuhr Maloney fort. »Seine Fähigkeiten und seine ... sagen wir ... moralische Flexibilität sind wirklich selten.«

»Er küsst auch ganz fantastisch«, sagte Bunny.

Wieder drückte Maloney den Lauf seiner Waffe gegen Bunnys Stirn.

»Ruhe«, sagte er. »Verraten Sie mir jetzt, was Sie für ein großes, böses Geheimnis über Baylor herausgefunden hatten?«

Bunny lehnte sich gegen die Waffe. »Er hat Rotwein zum Fisch getrunken, die ekelhafte Arschgeige.«

Wieder zuckte Wut über Maloneys Gesicht. Er stopfte den Lauf der Waffe in Bunnys Mund. »Sie sind wirklich ziemlich langweilig. Übrigens habe ich mich entschlossen, Ihren kleinen Schützling Mulchrone ebenfalls in die Sache mit hineinzuziehen.

Ich möchte, dass Sie mit absoluter Sicherheit wissen, dass sein Leben zerstört wurde, nur weil er mit Ihnen Kontakt hatte. Megan, sind wir so weit?«

Megan schaute nicht auf. »Fast.«

Bunny versuchte, etwas zu sagen, aber rund um die Waffe drang nur ein unverständliches Gurgeln aus seiner Kehle.

Maloney zog den Revolver heraus. Bunny spuckte aus und versuchte, seinen Nacken zu strecken. »Jetzt erinnere ich mich an Sie«, flüsterte Bunny heiser.

»Dachte ich mir doch.«

»Ja.« Bunny atmete tief ein. »Sie waren der Typ, der immer am Kinderspielplatz vom Funderland-Freizeitpark an sich rumgespielt hat.«

»Halten Sie die Klappe!«

»Aber man muss fair bleiben«, fuhr Bunny fort. »Angefasst haben Sie sich nur selbst. Ich habe damals zu den Kollegen gesagt: Den machen die Schaukeln und die Rutschen an, Leute, nicht die Kinder, aber ...«

»HÖREN SIE AUF, SICH ÜBER MICH LUSTIG ZU MACHEN!« Maloneys Gesicht war nur noch eine Fratze wütender Raserei, während er Bunny anschrie.

»Paschal.« Megan sah vom Laptop auf. »Hör doch auf ...«

Maloney trat einen Schritt zurück, zielte und schoss Bunny in den Fuß. Dieser schrie wie am Spieß.

Maloney ließ die Waffe fallen, als würde ihn die Realität seiner eigenen Tat schockieren.

»Sie ...«, begann Brigit, konnte aber keine Worte finden, während Bunny neben ihr heulte.

»Um Gottes willen, Paschal ...«

Er wandte sich zu Megan um und zeigte mit dem Finger auf sie. »Mach du einfach deinen Job! Warum nimmt mich eigentlich niemand ernst?«

Brigit schaute Bunny an, der vor und zurück schaukelte und fast vom Stuhl fiel. Sein rechter Schuh war vollständig mit Blut durchtränkt. Aus seinem Heulen war ein schrilles, keuchendes Nach-Luft-Schnappen geworden.

Maloney trat einen Schritt zurück und knallte dabei in Coetzee, der direkt hinter ihm stand. Er sah ihn an, und nachdem ihn seine Anwesenheit offenbar beruhigte, beugte er sich hinab, um die Waffe vom Boden aufzuheben.

»Sie sind nur deshalb noch am Leben, McGarry, weil ich wollte, dass Sie diesem besonderen Augenblick beiwohnen. Meinen Sieg erleben. Wissen, dass Sie mich nicht besiegt haben. Sie haben mich nicht besiegt. Sie haben mich NICHT BESIEGT!«

Maloney begann, vor ihnen auf und ab zu tigern.

Bunnys Schmerzenslaute wurden intensiver, verwandelten sich aber plötzlich in ein hohes, atemloses Gelächter. »Ach Paschal, Paschal, Paschal, Paschal.« Seine Stimme wurde zu einem spöttischen Singsang. »Ich weiß etwas, das Sie nicht wissen.«

Maloney drehte sich zu ihm um. Langsam fand er seine Selbstbeherrschung wieder. »Das bezweifle ich.«

Zwischen keuchenden Atemzügen schaute Bunny blind in Brigits Richtung. Sein Kopf sackte leicht hinab, aber zugleich umspielte ein seltsames Lächeln seine Lippen. »Jeder, Paschal, ist der Held seiner eigenen Geschichte.«

»Oh, wie tiefgründig.« Maloney winkte herablassend ab.

Bunny nickte in Megans Richtung. »Wenn Ihre Freundin mit dem fertig ist, was sie da gerade macht, gehören Ihnen achtundsiebzig Millionen, deren Herkunft niemand nachvollziehen kann, ist das richtig?«

»Ja.«

Wieder begann Bunny zu lachen.

»Freut mich, dass Sie das so erheitert«, sagte Maloney.

»Oh, das tut es«, erwiderte Bunny. »Das ist echt zum Totlachen. Soll ich Ihnen ein Geheimnis verraten, Paschal?«

»Mich langweilen Ihre sinnlosen Spielchen, McGarry.«

»Aber das ist ein Brüller, versprochen. Wissen Sie, über Leute, die für Geld morden, sollte man eines wissen …«

Maloney verschränkte die Arme. »Und das wäre?«

»Sie werden für Geld morden.«

Brigit beobachtete Maloneys Gesicht. Sie erkannte den Augenblick, an dem er begriff, was Bunny meinte. »Mr Coe…«

Dann explodierte sein Kopf. Brigit kniff die Augen zusammen und spürte, wie Blut und Gewebe auf ihr Gesicht spritzten. Als sie die Augen wieder öffnete, sah sie, dass Maloneys Körper verkrümmt vor ihr lag. Seine unerklärlicherweise unversehrte Brille war auf ihrem Schoß gelandet.

Über der Leiche seines so gar nicht mehr lebendigen Arbeitgebers stand Coetzee mit erhobener Waffe und wirkte äußerst gelassen.

Megan blieb der Schrei in der Kehle stecken, als Coetzee auf sie zielte.

»Ihr redet einfach zu viel, Leute.«

KAPITEL ACHTUNDFÜNFZIG

Als der erste Schuss ertönte, rief Paul die Polizei. Zusammen mit Maggie stand er draußen vor den Metalltoren des Geländes und starrte den blinkenden roten Punkt auf seinem Handy an.

»Mein Name ist Paul Mulchrone. Bunny McGarry befindet sich in der alten Zementfabrik auf der Küstenstraße bei Howth. Hier wurde gerade geschossen. Schicken Sie so viele Leute wie Sie können.«

Er legte auf, bevor sie weitere Fragen stellen konnten.

Kaum waren sie in Glasnevin angekommen, hatten sie den Bereich rund ums Zentrum hinter sich gebracht, in dem das Mobilfunknetz abgeschaltet worden war. Sofort hatte Paul wieder Empfang auf seinem Handy. Er lud die Sniffer-App herunter, schickte das Wort »Simone« an die Nummer und wartete. Innerhalb von fünfzehn Minuten wurde ihm der Aufenthaltsort in Howth angezeigt. Also trat er aufs Gas und raste wie ein Wahnsinniger mit Bunnys Wagen davon. Begleitet von wütendem Hupen schlängelte er sich durch den Verkehr, schoss über rote Ampeln und raste sogar über einen Bürgersteig, um einen Stau zu umfahren. Es war ihm egal. Brigit ging immer noch nicht ans Telefon, und er befürchtete das Schlimmste. Davon abgesehen, war ziemlich klar, dass sich jeder zur Verfügung stehende Garda innerhalb von fünfzig Meilen im Zentrum um die Ausschreitungen kümmerte.

Nun, vor den Toren zur Zementfabrik, schaute Paul auf Maggie hinab.

»Die Polizei wird gleich hier sein. Die haben bewaffnete Einsatzkräfte und alles. Wir warten auf sie. Das klingt doch am sinnvollsten, oder? Da jetzt reinzustürmen … das wäre sicher lebensgefährlich.«

Maggie blickte schweigend zu ihm auf.

Dann hörten sie den zweiten Schuss.

KAPITEL NEUNUNDFÜNFZIG

Megan arbeitete am Laptop, während Coetzee hinter ihr stand und den Lauf seiner Waffe durch ihre Haare gleiten ließ. Ihre Pistole steckte inzwischen im Gürtel seiner Hose.

»Ich kann nicht arbeiten, wenn Sie mich ablenken.«

»Doch, kannst du«, erwiderte er. Er zog einen Zettel aus seiner Hosentasche und legte ihn auf den Tisch.

»Teil den Betrag auf diese sechs Konten auf.«

»Sie ... haben das geplant?«

Er beugte sich näher und roch an ihrem Haar. »Ja, der dumme Gorilla hatte seinen eigenen Plan.«

»Okay, ich mache das und ... dann lassen Sie mich gehen?«

Er trat noch näher und flüsterte ihr ins Ohr: »Werden wir sehen.«

Tränen rannen über ihr Gesicht. »Ich bin ... hören Sie, ich ... ich werde das nicht tun, wenn Sie mich umbringen wollen.«

Er fuhr mit der Hand über Megans Körper. »Es könnten dir noch weitaus schlimmere Dinge passieren.«

»Sie sind Abschaum«, sagte Brigit.

Coetzee schaute sie an, während er Megans Haar streichelte. »Du kannst gern die Nächste sein, wenn du magst.«

»Erwarten Sie nicht, dass Sie irgendein Körperteil wiederbekommen, das Sie in meine Nähe bringen.«

Coetzee lächelte sie nur an. Brigit schaute weg und versuchte, nicht auf Maloneys Blut zu achten, das sich unter ihren Füßen ausbreitete.

»Du rührst niemanden an«, sagte Bunny, der den Kopf in Coetzees Richtung hob. »Vorher musst du an mir vorbei!«

Er versuchte aufzustehen, sackte aber sofort wieder zusammen und verpasste dabei beinahe seinen Stuhl.

Coetzee grinste. »Ich nehme an, sehen wirst du's nicht, aber ich lass dich zuhören.«

»Verdammtes Arschloch. Warum …«

Brigit verstummte, als Bunny die Hand ausstreckte. »Hast du das gehört?«, fragte er.

Sie lauschte. Erst nahm sie nichts wahr, aber dann … ein Motor. Der angelassen wurde.

Ein Lächeln breitete sich auf Bunnys verunstaltetem Gesicht aus. »Schnurrt wie ein Kätzchen.«

Draußen ertönte das Scheppern von Metall, dann wurde das Motorengeräusch lauter und lauter, bis …

Die großen Türen explodierten, und zersplittertes Holz flog durch den ganzen Raum, als Bunnys Porsche mit Höchstgeschwindigkeit hereingerast kam. Bremsen kreischten schmerzerfüllt auf, und dann krachte er mit einem lauten, markerschütternden Knall hinten in Brigits Wagen.

»Herrgott!«, rief Brigit.

»Was ist los?«, fragte Bunny.

Megan nutzte die Gelegenheit für einen Fluchtversuch. Sie kam keine zwei Meter weit, bis Coetzee sie mit einer Hand an den Haaren packte und mit der anderen den Griff seiner Waffe auf ihren Hinterkopf fahren ließ. Dumpf stürzte sie zu Boden.

Begleitet vom empörten Quietschen von Metall öffnete sich die Fahrertür von Bunnys Wagen, und Paul stolperte heraus. Blut schoss pulsierend aus einer Wunde an seiner Stirn.

»Keiner … keiner bewegt sich«, rief Paul, und Brigit sah die Waffe in seiner Hand. Er zielte nicht in die richtige Richtung, wedelte nur unsicher mit ihr in der Gegend herum. »Kein Airbag. Dämlicher Wagen.«

Coetzee schoss, und Paul duckte sich, bevor er ebenfalls abfeuerte. Oder es wenigstens versuchte. Die Waffe klickte nur wieder und wieder nutzlos in seiner Hand.

Coetzee stieß ein kurzes Kichern aus, das lauter und lauter wurde. Schließlich brüllte er vor Lachen. Er musste sich vorbeugen und die Hände auf seine Knie stützen. Mit Tränen in den Augen ließ er seinen Blick zwischen Paul und Brigit hin und her wandern. »Ganz im Ernst, Leute, ihr seid zum Totlachen!« Er bewegte sich in einem spöttischen Tänzelschritt auf Paul zu, während dessen Waffe in sinnlosem Stakkato ihre hilflosen Klickgeräusche von sich gab. Mit seiner freien Hand äffte Coetzee eine Waffe nach, die auf Paul schoss. »Du hast die scheiß Kugeln vergessen? Du Flachpfeife. Was für ein verschissener Idiot überprüft denn nicht, ob seine Waffe geladen ist?«

»Genau genommen«, sagte Paul, »wusste ich, dass da keine Munition drin ist. Ich wollte ihr nur ein bisschen Zeit verschaffen.«

Coetzee schaute sich zu Brigit um. »Zeit«, sagte er, »ist ein Luxus, den keiner von euch hat.«

»Sie schon«, sagte Paul.

Als Coetzee seine Waffe hob, sprang Maggie in die Höhe und versenkte ihre Zähne tief in seinem Arm. Er schrie wütend auf.

Paul stürmte auf ihn zu und kam genau in dem Augenblick bei ihm an, als Coetzee es schaffte, Maggie einen gewaltigen Tritt zu versetzen. Sie stieß ein erbarmungswürdiges Jaulen aus, während sie durch die Luft flog und neben einem Haufen alter Maschinenteile aufschlug. Sie blieb regungslos auf dem Boden liegen.

»Hey! Das ist mein Hund!«, brüllte Paul.

Er knallte gegen Coetzee, und gemeinsam stürzten sie zu Boden. Sie waren nur noch eine Masse um sich schlagender Glieder – wobei sich Paul der überlegenen Kraft und Größe seines Gegners nur mit wilder Verzweiflung entgegensetzen konnte. Er packte den Arm, mit dem Coetzee die Waffe hielt, und ließ ihn nicht los, obwohl dieser unablässig mit der anderen Hand auf ihn einschlug.

Brigit bemerkte, dass Bunny sich neben ihr auf den Boden sinken ließ.

Sie drehte sich um und sah, wie er sich mit seiner unverletzten Hand an Maloneys Leiche zu schaffen machte.

Wieder schaute Brigit zu Paul und Coetzee hinüber, der es schaffte, sein Knie mit einem entsetzlichen Krachen gegen Pauls Kiefer zu stoßen.

»Wo?«, fragte Bunny.

Er hatte Maloneys Revolver ergriffen und gestikulierte damit hin und her, deutete aber nicht mal ansatzweise in die Richtung der beiden Männer, die sich ineinander verhakt hatten. Immer wieder rammte Coetzee seinen Ellbogen gegen Pauls Arm.

»Rechts, rechts, rechts«, schrie Brigit.

Bunny wandte sich nach links.

»Nein, die andere Richtung.«

Paul hatte es wieder auf die Füße geschafft. Sein Gesicht war mit Blut bedeckt, und er teilte völlig sinnlose rechte Haken in die Luft aus.

»Komm schon … schlag zu!«

Coetzee tanzte um ihn herum, wie eine Katze, die mit einer Maus spielt.

Brigit sah wieder Bunny an, der mit der Waffe nun direkt auf sie zielte.

»Links, fünfundvierzig Grad von meiner Stimme weg.«

Die Waffe wirbelte in die angegebene Richtung, aber …

»Stopp! Du triffst Paul!«

»MULCHRONE!«, brüllte Bunny. »GIB MIR ZWANZIG!«

Dies hing einen Augenblick lang in der Luft, während die ganze Welt stehen zu bleiben schien.

Bunny, grün und blau geschlagen, nur noch eine Masse gebrochener Knochen, kniete in seinem Blut und in dem von Maloney, und seine zugeschwollenen Augen versuchten, sich hinter dem Lauf der Waffe zu orientieren.

Coetzees abfälliges Grinsen war verschwunden, aber er wirkte eher neugierig als beunruhigt.

Paul, das Gesicht blutverschmiert, stand der Mund offen, der Inbegriff gehirnerschütterter Verwirrung.

Doch dann – bis ans Ende ihrer Tage würde sie ihrer Erinnerung daran nicht trauen – hätte Brigit schwören können, dass sich ein winziges Lächeln auf seinen Lippen ausbreitete, als die längst vergessene Erinnerung an ein viele Jahre zurückliegendes Hurling-Training zu ihm zurückkehrte.

Er warf sich sofort auf den Boden.

Bunny feuerte in hohem Bogen sechs Schüsse ab, bevor er auf dem Boden zusammenbrach.

»Hab ich ihn? Hab ich ihn erwischt?«

EPILOG 1

DSI Susan Burns legte die Füße auf ihren Schreibtisch und griff zum dritten Mal zur Abschrift des Megan-Wilde-Verhörs. Der Bericht war nicht nur lang, sondern auch äußerst detailliert. Nervös machte sie nur, dass vieles davon offenkundiger Blödsinn war. Bei Miss Wilde, der imposanten blonden Geliebten von Paschal Maloney, handelte es sich in vielerlei Hinsicht um eine hervorragende Zeugin. Sie hatte in allen Einzelheiten Maloneys hochkomplexen Plan dargelegt. Er hatte eine Kettenreaktion von zahlreichen Todesfällen und öffentlichen Unruhen ausgelöst – zugegeben, auch dank der Mithilfe übereifriger Polizeiarbeit.

Miss Wilde war nicht dumm. Sobald jemand bereit gewesen war, ihr zuzuhören, hatte sie ihre Patty-Hearst-Verteidigungsstrategie anlaufen lassen. Natürlich war sie bloß ein armes, unschuldiges Mädchen, stand völlig im Bann des charismatischen Maloney und war in das Netz seiner bösartigen Machenschaften hineingezogen worden. Irgendwann hatte sie sich nicht mehr daraus befreien können, da sie selbst um ihr Leben fürchtete, Euer Ehren. Das war natürlich der letzte Mist, aber das hieß noch lange nicht, dass sie nicht damit durchkommen würde. Die Presse würde Wilde den roten Teppich ausrollen. Sie sah gut aus, konnte hervorragend lügen und – da war sich Burns sicher – garantiert auch auf Kommando weinen. Zudem half es, dass Maloney tot war und der Mann, den sie Coetzee nannten, nicht. Ein Geschenk für jeden Anwalt, der beweisen wollte, dass Wilde tatsächlich in Lebensgefahr geschwebt hatte.

Coetzee hatte drei Kugeln abbekommen, offenbar abgefeuert von dem vorübergehend erblindeten Bunny McGarry, aber die Ärzte meinten, er würde durchkommen. Sie hatten ihn bereits als einen gewissen Marcus Barkley identifiziert, der wegen Kriegsverbrechen in der Demokratischen Republik Kongo gesucht wurde. Darüber hinaus zeigten die ukrainischen Behörden großes Interesse an ihm – sie kannten ihn als Draco Mistaran. Schon zwei Mal hatten sie die Zahl der bewaffneten Beamten verdoppeln müssen, die vor seinem Krankenhauszimmer Wache standen. Zuerst, als ihnen klarwurde, mit was für einem international agierenden Schlächter sie es zu tun hatten, und dann noch einmal, als sie von Interpol einen Tipp bekamen. Offenbar zeigte ein russischer Oligarch, dem ein Bruder und zwei Finger fehlten, großes Interesse daran, die Bekanntschaft mit dem Mann zu erneuern, der für diese Verluste verantwortlich war.

Zwar hatte Wilde wirklich meisterhaft ein Fundament für ihre Verteidigung vor Gericht gelegt, aber es gab durchaus Aspekte in ihren Aussagen, die Burns für glaubwürdig hielt.

Zusammen mit seinen beiden Skylark-Three-Partnern Jerome Hartigan und Craig Blake hatte Paschal Maloney achtundsiebzig Millionen Dollar unterschlagen, die eigentlich für das Immobilienprojekt genutzt werden sollten. Stadtrat John Baylor war dabei ihr stiller Teilhaber gewesen und hatte, wann immer nötig, die Räder der Regierung geschmiert. Zurzeit war noch unklar, wann sie ihre Betrugspläne gefasst hatten. Hatten sie von Anfang an vorgehabt, eine große Summe für sich abzuzapfen, oder waren sie erst auf die Idee gekommen, als die ersten Probleme bei der Umsetzung des Bauvorhabens auftraten? So oder so war ihre Methode ziemlich originell gewesen. Ein etwas merkwürdiger Typ, der für die Kriminaltechnik tätig war, hatte es Burns erklärt. Vier digitale Schlüssel waren nötig, um an die Beträge heranzukommen. Solange jeder der vier Männer einen davon besaß, konnte keiner den anderen übers Ohr hauen. Es sei denn, man war Paschal Maloney.

Burns hielt inne und notierte sich etwas auf dem Block, der vor ihr lag. Nach allem, was sie jetzt wussten, würde sie wohl eine neue Untersuchung im Fall des Skylark-Hauptbuchhalters eröffnen müssen, der angeblich Selbstmord begangen hatte. Es schien einiges dafür zu sprechen, dass Coetzee bei diesem Todesfall seinen ersten Auftritt hingelegt hatte.

Wildes Aussage bestätigte, dass der Mord an Craig Blake von Coetzee verübt worden war. Dieser hatte ihn so lange gefoltert, bis er den Code zu seinem persönlichen Safe verriet, womit Maloney sich bereits im Besitz von zwei der vier benötigten Datenstick-Schlüssel befand. Bei Baylor war es offenbar einfacher gewesen. Er hatte sich mit Maloneys Henkersknecht getroffen und ihm den Schlüssel freiwillig ausgehändigt – im Gegenzug für 8,6 Millionen Euro in Cash und Wertpapieren. Es war seine Gier gewesen, die den Tod des ehrenwerten Stadtrates besiegelt und den dritten Schlüssel in Maloneys Besitz gebracht hatte. Damit blieb nur noch Hartigan übrig, der inzwischen achtundsiebzig Millionen Gründe hatte, seinem noch lebenden Partner zu misstrauen.

Offenbar überzeugte Maloney Hartigan davon, dass er einen Weg gefunden hatte, mit nur zwei Schlüsseln an das veruntreute Geld heranzukommen, indem er behauptete, dass die Schlüssel von Baylor und Blake verloren waren. Burns hatte keine Ahnung, ob Hartigan zu diesem Zeitpunkt bereits den Verdacht hegte, dass die Púca nicht diejenigen waren, die sie zu sein schienen. Auf jeden Fall war er klug genug, sich eine Absicherung zu verschaffen, bevor er seinen Schlüssel herausrückte. Er hatte darauf bestanden, dies nur zu tun, wenn Maloney ein Geständnis unterzeichnete, dass er die alleinige Verantwortung für die Skylark-Unterschlagung trug. Falls Maloney also versuchte, ihn hinters Licht zu führen, konnte er ihn jederzeit auffliegen lassen. Maloney hatte das Dokument in Anwesenheit von Hartigan und seinem Anwalt unterzeichnet. Anschließend war das Trio vors Haus getreten, um die Welt darüber in Kenntnis zu setzen, dass Bunny McGarry der große böse Wolf war, der hinter den Púca steckte. Doch kaum hatte Maloney Hartigans Haus mit dem vierten und letzten Schlüssel verlassen, aktivierte Coetzee die Bombe, die er einige Tage zuvor dort deponiert hatte. *Kawumm.* Vier Schlüssel, keine Zeugen.

Burns musste zugeben, dass dies eine Art kranke Genialität bewies: eine Terror-Organisation zu erfinden, die die Wut teilte, die ein ganzes Land auf dich empfand, um damit deine eigenen Taten zu vertuschen. Es erinnerte sie an die beiden lateinischen Worte, die bei einem ihrer Dozenten in Kriminologie, graviert auf einer Plakette, an der Wand gehangen hatten: *Cui bono?* Wer profitiert davon? Wenn man alles abzog, ging es immer nur ums Geld. Um einen großen Haufen schmutziger Asche.

Das letzte Stadium des Plans hatte folgendermaßen ablaufen sollen: Maloney wollte »aus Angst um sein Leben außer Landes fliehen«, und zwar an Bord seines Bootes *The Little General*. Dieses sollte höchst dramatisch auf halbem Weg über die Irische See in die Luft gesprengt werden – die letzte Wahnsinnstat von Bunny McGarrys mörderischem Púca-Amoklauf. McGarrys Leiche hätte man in den Wrackteilen gefunden, die von Maloney und Wilde jedoch nicht. Weil sie von einem anderen Boot rechtzeitig abgeholt worden wären und sich mit neuer Identität und ihrem großen Batzen Geld längst in ein südamerikanisches Land abgesetzt hätten.

Allerdings war es anders gekommen. Die *Little General* lag noch immer fest vertäut vor Anker. Der Hafen von Howth musste einen ganzen Tag lang gesperrt werden, während das Sprengstoffkommando nach der versteckten Bombe suchte.

Die ganze Unternehmung war letztlich wohl daran gescheitert, dass Maloney seinen raffinierten Plan unbedingt auch noch dazu nutzen wollte, Rache an Bunny McGarry zu üben. Offenbar hatte dieser ihm früher einmal übel mitgespielt. Burns konnte sich das sehr gut vorstellen. Nach allem, was sie hörte, war McGarry einzigartig gut darin, einen bleibenden Eindruck zu hinterlassen.

Burns wusste immer noch nicht, wie Conroy und Mulchrone es geschafft hatten, ihren Freund McGarry aufzuspüren, aber sie waren morgen für eine Befragung vorgeladen. Zum zweiten Mal innerhalb eines Jahres hatte dieses unwahrscheinliche Trio einen gewaltigen Fall gelöst und die Garda Síochána blöd dastehen lassen. Nicht, dass die Gardaí dabei große Hilfe benötigt hätten; die Untersuchung zum Tod von Pater Daniel Franks war bereits eingeleitet worden. Assistant Commissioner Michael Sharpe hatte angekündigt, wegen einer nicht näher benannten gesundheitlichen Beeinträchtigung aus dem Dienst auszuscheiden – vermutlich hatte er sich einfach zu oft den Kopf in den eigenen Arsch gerammt.

Es klopfte an ihrer Bürotür.

»Herein.«

Die Tür öffnete sich, und Sergeant Clarke schaute herein. »Ich bräuchte Sie mal, Chief, wir haben hier ein verdächtiges Paket.«

»Was zum … Warum soll ich …«

Burns bemerkte, dass ihr niemand zuhörte, da Clarkes Kopf bereits wieder außer Sichtweite verschwunden war.

Murmelnd erhob sie sich. »Offenbar muss ich hier wirklich alles selber machen. Niemand kann einfach mal …«

Sie trat aus ihrem Büro und verstummte schlagartig, als sie die Flut von strahlenden Gesichtern vor sich sah. Über die Tafeln, auf denen normalerweise die Fakten eines Falls zusam mengetragen wurden, hatte man ein Willkommens-Banner gespannt. Clarke stand in der Mitte des Raumes.

»Wir hatten noch gar keine Gelegenheit, Sie ordentlich bei uns zu begrüßen, wegen der ...«

»Monumentalen Scheiße von biblischem Ausmaß?«, beendete Burns den Satz.

»Genau!« Clarke grinste breit. »Wir haben Ihnen sogar eine Torte besorgt.«

Clarke trat beiseite, sodass Wilson hinter ihr zum Vorschein kam. In den Händen hielt er eine eigens angefertigte Torte. Obenauf prangte eine äußerst realistische, dreidimensionale Nachahmung eines Louboutin-Schuhs, der schon bessere Tage gesehen hatte. Wilson selbst zeigte ein nervöses Lächeln. Offenbar war er von der Angemessenheit dieser Anspielung etwas weniger überzeugt als der Rest der Kollegen.

Die Menge brach in Applaus aus, und Burns beantwortete dies mit einer anmutigen Handbewegung.

»Ja, sehr schön. Haben Sie alle herzlichen Dank.«

Sie sah, wie sich die Erleichterung auf Wilsons Gesicht ausbreitete.

»Übrigens, Wilson, Ihr Hosenstall ist schon wieder offen.«

»Ach, zum ...«

»Kleiner Scherz.«

EPILOG 2

Paul stand vor dem Altar und fingerte an seiner Fliege herum. Offen gestanden, kam er sich völlig lächerlich vor mit diesem Ding, aber er hatte sie sich auch nicht ausgesucht. Er richtete den Blick auf die Seite der Kirche, wo die Angehörigen des Bräutigams saßen. Auch Bunny hätte eine Fliege tragen sollen, aber in typischem McGarry-Stil tat er es nicht. Tatsächlich war er in einem seiner eigenen Anzüge aufgetaucht, der sich nicht wirklich von den anderen Anzügen unterschied, in denen Paul ihn kannte. Es waren noch immer Spuren der Tortur zu erkennen, die er in der Zementfabrik durchlitten hatte, aber man musste schon sehr genau hinschauen, um sie zu bemerken. Sein Gesicht war bemerkenswert schnell abgeheilt. Er humpelte immer noch leicht, aber die Ärzte hatten seinen Fuß retten können.

Neben ihm saß Maggie. Bei ihr hatte es auf der Kippe gestanden. Zum Glück kannte Bunny eine sehr gute Tierärztin, die ihre gebrochenen Rippen und den Vorderlauf erfolgreich operieren konnte. Sie war sogar ziemlich verständnisvoll gewesen, als Maggie auf eine eher ungewöhnliche Weise auf die Schmerzmittel reagierte.

Paul fuhr noch einmal mit dem Finger um den Rand seines Kragens. Hinter ihm war ein Raunen zu hören, und dann öffnete sich das große Eingangsportal.

Helle Sonnenstrahlen fluteten herein, wurden vom Marmorboden reflektiert und warfen ihren warmen Schein in das feierliche Zwielicht der Kirche.

Paul hielt den Atem an, als Brigit eintrat. Gekleidet ganz in Weiß, tanzte das Sonnenlicht in ihrem Haar, und ein breites Lächeln umspielte ihre Lippen. Sie war wahrlich eine Erscheinung.

Das Herz hämmerte ihm in der Brust.

Er sah zu, wie sie an seine Seite trat.

»Paul ... Paul!«

Er schreckte aus seiner Bewunderung, als Tante Lynn in seinem Blickfeld auftauchte.

»Was?«

»Was soll das heißen: *Was?*«

Paul schaute kurz über seine Schulter. »Ach, Mist!« Kurz stellte er Blickkontakt mit dem Priester her. »Tut mir leid, Pater.« Dann schoss er zur Tür der Sakristei hinüber und klopfte an. »Phil! Phil!«

Die Tür öffnete sich, und Phil stand vor ihm. »Tut mir leid, Paulie. War so nervös, musste noch mal pinkeln. Wie sehe ich aus?«

»Fantastisch. Ich meine, ich an deiner Stelle würde vielleicht die Hose zuknöpfen, aber davon abgesehen ...«

»Oh, stimmt.« Phil wandte sich kurz ab, dann drehte er sich – ordentlich verpackt – wieder um.

»Also schön«, sagte Paul. »Dann wollen wir dich mal verheiraten.«

Es hatte alle überrascht, nur Phil nicht. Nachdem er das Geld wie angefordert versendet hatte – an einen Mann, der einen anderen Mann kannte, der wusste, wen man bestechen musste, und einen anderen Helfer mit einem LKW auftreiben konnte ... Lange Rede, kurzer Sinn: Die sehr reale Da Xin und ihre Familie – ihre Eltern, zwei Schwestern und ihre Grandma –, hatten es aus China herausgeschafft und waren nach Irland gezogen. Sie standen kurz davor, politisches Asyl gewährt zu bekommen, schließlich war Da Xins Vater ein Prominenter. Paul verblüffte es, dass Dichter Prominente sein konnten, aber wenn sie sich öffentlich gegen korrupte Regierungsmitglieder positionierten und ihre ganze Familie in einem Steckrübenlaster außer Landes schmuggelten, konnten sie das durchaus. Die Hochzeit war ziemlich hastig auf die Beine gestellt worden, damit die Familie ihren öffentlichen Verpflichtungen nachgehen konnte. Letzte Woche hatten sie sich in Paris mit dem Dalai Lama getroffen. Phil hatte offenbar eine ganze Weile gebraucht, um ihm zu erklären, was ein gut frittierter irischer Chicken Ball war.

HUNDSTAGE

Trigger-Warnung: In der folgenden Geschichte kommt ein gewaltbereiter Hund vor, daher könnte sie auf Hodenbesitzer verstörend wirken.

18. Juni, 12:12 Uhr

»Ich brauche einen toten Hund.«

Menschen, dachte Noreen. Die Menschen waren wirklich das Problem. Wäre es ein klein wenig leichter, mit ihnen zurechtzukommen, hätte sie wohl den Beruf des Allgemeinmediziners ergriffen, wie ihr Vater und dessen Vater vor ihm, anstatt, als schwarzes Schaf der Familie, Tierärztin zu werden. Sie hatte sich wirklich bemüht, die Menschen zu mögen, aber es gab so vieles auf dieser Welt, was dies unmöglich machte: Kriege, Hunger, Adam-Sandler-Filme.

Tiere waren so viel liebenswerter. Ihr einziger Nachteil bestand darin, dass sie, wenn sie bei ihr auftauchten, beinahe zwangsläufig menschliche Besitzer mit sich führten. Das Peter-Prinzip galt auch für die Evolution: Die Menschheit war zur überlegenen Spezies aufgestiegen und glänzte in dieser Rolle nun mit bemerkenswerter Inkompetenz.

Man musste sich nur das Exemplar anschauen, das in diesem Augenblick auf der anderen Seite des Empfangstresens stand – in einem schwarzen Schurwollmantel, der roch, als wäre die Wolle das letzte Mal gereinigt worden, als sie noch von einem Schaf getragen worden war. Sein großes, rundliches Gesicht zeigte einen Farbton, der eigentlich nur Roter Bete und Herzinfarkten vorbehalten war, und sein schielendes linkes Auge verstärkte noch den Eindruck, dass sie es hier mit einem ziemlich gestörten Mann zu tun hatte. Vermutlich hätte er unter normaleren Umständen nur sehr angespannt gewirkt, aber unter normaleren Umständen wäre er wohl auch nicht in ihre Praxis gestürmt und hätte um einen toten Hund gebeten.

»Wir haben hier keine toten Hunde.«

»Haben Sie vielleicht welche, die es sowieso nicht mehr lange machen?«

Er schien etwa fünfzig Jahre alt zu sein und war mit jenem Cork-Akzent gesegnet, der gleichzeitig melodisch klang und in den Ohren wehtat – als würde jemand versuchen, einen Song auf einem Sandstrahler zu spielen.

»Darf ich nach dem Grund Ihres Anliegens fragen?«

»Ich brauche einen toten Hund, und Sie sind Tierärztin. Also, können Sie mir weiterhelfen oder nicht?«

»Ganz sicher nicht. Ich möchte, dass Sie jetzt gehen, sonst muss ich die Gardaí verständigen.«

Der Mann zog eine vollgestopfte Brieftasche aus der Innentasche seines Mantels, klappte sie auf und zeigte seinen Garda-Ausweis vor. »DS Bunny McGarry, stets zu Ihren Diensten. Also, was den toten Hund betrifft; idealerweise bräuchte ich einen Schäferhund, aber zur Not nehme ich, was Sie dahaben.«

»Na klar. Ich schaue nur kurz meine umfangreiche Sammlung von Tierkadavern durch. Mal sehen, was ich auftreiben kann.«

»Wirklich?«

»Nein.«

Bunny seufzte tief und beugte sich über den Empfangstresen. »Ich habe keine Zeit für Sarkasmus, Doc. Das Leben einer Polizei-Kollegin steht auf dem Spiel.«

Noreens Mund öffnete und schloss sich, ohne irgendwelche Worte hervorzubringen. DS Bunny McGarry stierte sie missmutig an und schaute schließlich über ihre Schulter, vermutlich um jemand anderen zu finden, den er missmutig anstieren konnte. Er würde kein Glück haben. Darren hatte sich schon wieder krankgemeldet. *Menschen.*

»Hören Sie«, sagte Bunny und warf einen Blick auf seine Uhr. Seine Wut schien nun Erschöpfung Platz zu machen. »Ich habe siebenundvierzig Minuten, um einen toten Hund aufzutreiben, der vor einem Erschießungskommando den Platz einer hochdekorierten Kollegin einnehmen kann.«

»Aber ...«

»Vielleicht sollte ich erwähnen, dass besagte Kollegin ebenfalls ein Hund ist.«

»Ah«, sagte Noreen, die nun immerhin in Sichtweite eines Verständnisses kam. »Sie brauchen ... Moment ... was für ein Monster stellt denn bitte einen Hund vor ein Erschießungskommando?«

»Na ja, keine Ahnung – man könnte es wohl im weitesten Sinne als Einschläfern bezeichnen.«

»Normalerweise wird dies durch eine schmerzlose Injektion erledigt.«

»Tja, dies wird ohne Zweifel schmerzlos, da wir ja einen *toten* Hund einschläfern. Zumindest, wenn Sie mir langsam mal helfen. Ich habe schon die M50 abgesucht, aber es ist ja immer dasselbe: Wenn man überfahrene Tiere braucht, findet man keine. Meine einzige Ausbeute war ein halbes Kaninchen, und das wird nicht besonders überzeugend wirken.«

»Warum soll diese Hündin denn eingeschläfert werden?«, fragte Noreen.

»Das ist nicht wichtig.«

»Das ist es durchaus, wenn ich Ihnen helfen soll.«

432

»Es wird sich für Sie nicht gut anhören.«

»Versuchen Sie's.«

»Sie hat gewissermaßen ein paar Kinder angegriffen.«

»Oh.«

»Sehen Sie. Ich hab doch gesagt, es wird sich nicht gut anhören. Es gibt aber entlastende Umstände.«

»Und die wären?«

»Na ja, zu dem Zeitpunkt war sie voll auf Drogen.«

»Kommt man damit vor Gericht durch?«

»Sie ist ein guter Hund. Die beste Polizeihündin in ganz Dublin. Aber dann hat so ein drogendealender Drecksack leider rausgefunden, wo ihr Zwinger ist, und ihr LSD unters Futter gemischt.«

»Das ist ja schrecklich. Geht's ihr gut?«

»Oh, sie ist in Tip-Top-Form, abgesehen davon, dass ihr jetzt die Todesstrafe blüht. Ich meine, man hat mir gesagt, dass sie ziemlich viel Zeit damit verbringt, in irgendwelche Lampen zu starren, aber ... also, helfen Sie mir jetzt, oder nicht?«

»Kann man in solchen Fällen nicht um eine Begnadigung ersuchen?«

Er schüttelte den Kopf. »Sie ist beim Sommer-Grillfest der Garda durchgedreht, hat ein paar Kinder angeknurrt und in die Hüpfburg gekackt, die Commissioner Horsham aus eigener Tasche bezahlt hat.« Wieder schaute er auf seine Uhr. »Wir haben noch sechsundvierzig Minuten, dann ist unser armes Hündchen toter als Disco.«

»Was machen Sie denn mit dem Hund, wenn er frei ist?«

»So weit habe ich noch nicht vorausgedacht.«

»Ich helfe Ihnen nur, wenn Sie ihr ein langes, glückliches Leben garantieren.«

»Schätzchen, schauen Sie mich an.« Er breitete seine Arme aus. »Glauben Sie, ich würde mit einem halb aufgegessenen

Döner in der Tasche bei Ihnen rumstehen und um einen toten Hund betteln, wenn ich einem weiblichen Wesen sowas garantieren könnte? Kommen wir jetzt ins Geschäft oder nicht?«

Noreen schaute sich um und beugte sich näher. »Normalerweise haben wir ein oder zwei im Kühlraum, aber gerade gestern ist der Krematoriumswagen hier gewesen.«

Bunny fuhr sich mit der Hand durch die Haare und blies seine Wangen auf.

»Wo ist dieses Krematorium?«

»Das nächste ist auf der Naas Road.«

»Verdammt, zu weit. Gibt's hier in der Nähe noch andere Tierärzte?«

»Bei denen war auch gerade ...«

»... der Krematoriumswagen zu Besuch«, beendete Bunny den Satz. »Scheißdreck!« Er stieß sich mit den Händen vom Tresen ab und starrte zu Boden. »Kommen Sie, Doc, helfen Sie mir mal ein bisschen. Wo kann ich in den nächsten gut vierzig Minuten im Stadtzentrum von Dublin ein totes Tier finden, das die Größe eines Schäferhunds hat?«

»Na ja ...«, sagte Noreen.

»Was?«

»Vergessen Sie's. War eine alberne Idee.«

»Die nehme ich.«

»Aber ...«

18. Juni, 12:45 Uhr, Garda-Revier Kilmainham

Garda Patrick Lennox sorgte dafür, dass sich Noreen äußerst unbehaglich fühlte. Es war nicht seine Absicht, ganz im Gegenteil. Seine braunen Augen waren voll von Tränen und Dankbarkeit, und er hatte bereits mehrmals versucht, sie zu umarmen. Noreen mochte es nicht, wenn sie angefasst wurde – von niemandem, aber schon gar nicht von weinenden Männern.

»Ich bin Ihnen so dankbar für das, was Sie hier tun, und ich weiß, was für eine große Sache das ist. Ich meine, Sie könnten ja jede Menge Ärger kriegen.«

»Paddy«, warf Bunny ein. »Das kannst du jetzt wirklich für dich behalten. Sei ein braver Junge.«

Noreen hatte die Dokumente auf dem Klemmbrett ausgefüllt und reichte sie Lennox zurück. Dabei warf sie noch einen letzten langen Blick darauf. Er hatte nicht unrecht, diese Aktion konnte sie ihre Zulassung kosten. Noch einmal schaute sie auf das weiße Laken, unter dem sich der tote Körper abzeichnete. Sie hatte Bunny McGarry vor zweiundvierzig Minuten kennengelernt, hatte ihn sofort nicht leiden können, und doch beging sie jetzt für ihn eine Straftat. Ihr Männergeschmack war seit jeher mehr als fragwürdig.

»Und Sie sind sich sicher, dass der Tierarzt, mit dem Sie normalerweise zusammenarbeiten …«

»Entspannen Sie sich«, warf Bunny ein. »Er ist wegen eines familiären Notfalls nach Hause gerufen worden.«

»Will ich wissen, warum?«

»Lieber nicht.«

Die Tür öffnete sich, und eine jung aussehende Polizistin steckte den Kopf ins Zimmer. »Paddy, Sharpe ist gerade vorgefahren.«

»Ach du lieber Gott.«

»Ist das der Tierarzt?«, fragte Noreen, die ihre Karriere vorm inneren Auge noch einmal ablaufen sah.

»Nein«, entgegnete Bunny. »Schlimmer. Herrgott, man sollte wirklich meinen, dass der Assistant Commissioner mit seiner Zeit was Besseres anzufangen wüsste.«

»Aber Sie meinten, es würde jemand vorbeikommen, der bestätigen sollte ...«

»Ja«, sagte Lennox. »Dieser Jemand sollte Sergeant McCullough sein. Der hätte einfach das Laken angeschaut, genickt und das Formular unterschrieben. Bei Sharpe sieht die Sache anders aus.«

Noreen schaute Bunny an.

»Er hat recht. Der wichtigtuerische kleine Wichser kann's wahrscheinlich gar nicht abwarten, ein Selfie mit der Leiche zu machen.«

»Herrgott«, sagte Noreen. »Wenn der das Laken hochhebt, sind wir alle erledigt.«

Bunny begann, im Raum auf und ab zu tigern. »Okay, wir haben nichts zu befürchten. Doc, Sie folgen einfach meinen Vorgaben.«

Noreen nickte – was hatte sie schließlich für eine Wahl?

Bunny blieb stehen und schaute Lennox an. »Paddy, du siehst völlig verängstigt aus. Wir brauchen was anderes: Trauer!«

Paddy bemühte sich, seinem Gesicht einen angemessen elenden Ausdruck zu verleihen. Er sah jetzt aus wie Robert De Niro, der versuchte, eine Wassermelone im Ganzen zu verdauen.

»Herrgott«, sagte Bunny. »Ein großer Schauspieler wäre aus dir aber auch nicht geworden.«

»Tut mir leid, Bunny. Ich versuch's. Ich bin bloß ...«

»Ist okay, entspann dich. Atme mal tief ein ...«

Lennox nickte und gehorchte. Eine Sekunde später brach der Atemzug explosionsartig aus ihm hervor, als Bunny ihm in den Magen boxte. Dann hielt er ihn einen Augenblick sanft im Arm und setzte ihn schließlich zurück auf den Stuhl in der Ecke, wo sich Lennox, unfähig zu sprechen, zusammenkrümmte. Bunny klopfte ihm mitfühlend auf die Schulter.

»Alles für die gute Sache, Paddy, alles für die gute Sache.«

Bunny schaute Noreen an. »Halten Sie sich einfach an meinen ...«

Und dann öffnete sich die Tür.

Bunny verschränkte die Hände, als ein großer, schnurrbärtiger Mann in Paradeuniform den Raum betrat. »Wie auch wir vergeben unseren Schuldigern, und führe uns nicht in Versuchung, sondern erlöse uns von dem Bösen. Amen.«

»Amen«, erwiderte Noreen. Der Mann, der dieser Sharpe-Typ sein musste, nahm verlegen seine Polizeimütze ab, folgte reflexhaft ihrem Beispiel und bekreuzigte sich.

»DS McGarry, was tun Sie denn hier?«

»Ich bin gekommen, um Sergeant Lennox zu trösten. Das Ganze nimmt ihn ziemlich mit.«

Bunny nickte Paddy zu. Tatsächlich sah dieser nun aus wie ein Mann, der in einem Meer tiefer Trauer zu ertrinken drohte.

Sharpe richtete den Blick hinab auf das Laken. »Dies sollte genau um ein Uhr stattfinden.«

»Unser Tierarzt, Damian Hickey, ist wegen eines familiären Notfalls unabkömmlich, Sir. Doktor Richards hier hat sich freundlicherweise bereiterklärt, für ihn einzuspringen.«

Noreen fügte nervös hinzu: »Ja, ich hatte den Eindruck, dass wir das lieber rasch hinter uns bringen.«

»Nun, das ist ja schön und gut, aber ich hatte Commissioner Horsham versprochen, dass ich die Vorgänge ordnungsgemäß bestätige. Woher soll ich wissen, dass das Tier tatsächlich tot ist?«

Noreen klopfte das Herz bis zum Hals, als Sharpe sich zum Laken hinabbeugte.

»Ach, verdammt noch mal, Sharpe«, sagte Bunny und nickte in Lennox' Richtung. »Haben Sie doch ein Herz!« Grob stieß Bunny mit dem Fuß gegen die Leiche. »Sehen Sie? ... Tot!«

»Niemand hat um Ihren Input gebeten, McGarry«, zischte

Sharpe. »Und jetzt gehen Sie mir gefälligst aus dem Weg, zur Hölle.«

Bunny stellte sich zwischen Sharpe und das Laken, beugte sich hinab und stupste den Leichnam mit dem Finger an. »Da rührt sich nichts! Dieser Hund war einmal! Ist von uns gegangen! Hat den letzten Atemzug getan und sich zu seinem Schöpfer begeben! Hat seine irdischen Fesseln abgeworfen und sich den himmlischen Heerscharen angeschlossen! Tot wie der Papagei von Monty Python!«

Sharpe versuchte, Bunny aus dem Weg zu schieben.

»Sind Sie betrunken, Bunny? Betrachten Sie sich offiziell als verwarnt. Und jetzt gehen Sie mir aus dem Weg, ich …«

Bunny tippelte hin und her, um weiterhin zwischen Sharpe und der Leiche zu bleiben, wie ein Basketballspieler, der fest entschlossen war, seinen Gegner vom Korb abzuhalten.

Noreen atmete tief ein und trat vor. Wenn sie schon untergehen sollte, dann wenigstens mit Pauken und Trompeten.

»Was zur Hölle soll das hier eigentlich?« Ihr harscher Ton brachte Bunny und Sharpe dazu, mit ihrem Hin- und Hergehusche aufzuhören. Sie schauten sie groß an. »Dieses arme Tier musste eingeschläfert werden, weil man ihm in der Erfüllung seines Dienstes eine schlimme Ungerechtigkeit erwiesen hat. Behandelt die Garda Síochána so eine gefallene Heldin? Kein Respekt. Kein Mindestmaß an menschlichem Anstand. Stattdessen …«, sie deutete auf Bunny, »… missbrauchen Sie das Tier für Ihre geschmacklose Comedy-Nummer. Und Sie …« Noreen richtete ihren Finger auf Sharpe. »Sie wollen den Leichnam des armen Hundes durch die Straßen schleifen wie irgendeinen abgeknallten Bananenrepublik-Diktator. Schämen Sie sich! Schämen Sie sich beide! Ich glaube, die Presse wird großes Interesse an diesen Vorgängen haben.«

Sharpe wich zurück, als hätte man ihm einen Schlag gegen

die Brust versetzt. »Es tut mir leid … ich muss … ich muss nur bestätigen …«

Noreen trat vor. »Ich versichere Ihnen, dass dieses Tier mehr als tot ist.« Genau genommen war dies keine Lüge. »Oder wollen Sie jetzt auch noch meine berufliche Befähigung infrage stellen?«

»Nein, nein …«

»Gut. Wenn wir dann hier fertig sind … Entschuldigen Sie mich, ich werde dieses Tier jetzt zum Krematorium bringen, wo man es in angemessen würdevoller Weise beisetzen kann.«

»Na schön, ich … Natürlich. Es tut mir leid. Aber es gibt wirklich keinen Grund, die Presse in die Sache mit hinein…«

»Guten Tag, Sir!«

»Okay, ich …«

»Ich sagte: Guten Tag!«

18. Juni, 17:24 Uhr, Garda-Hauptquartier, Phoenix Park

Sharpe legte seinen Cajun-Hähnchen-Wrap und seine Ausgabe des *Evening Heralds* vor sich auf den Schreibtisch. Ein langer Tag lag hinter ihm. Er hatte bei dem Strategie-Meeting heute Morgen ein paar Kekse gegessen, seitdem nichts mehr, und heute Abend musste er noch zu einer Sitzung der Handelskammer, um die Chefin zu vertreten. Das ganze Drama mit dem Hund war äußerst peinlich gewesen. McGarry hatte natürlich wieder seine übliche Clownsnummer abgezogen. Nun, bald würde man ihn in den vorzeitigen Ruhestand schicken. Dann waren die Garda endlich von dem Makel befreit, einen solchen wandelnden Anachronismus in ihren Reihen zu haben.

Er holte den Wrap aus der Verpackung und blätterte die ersten Seiten der Zeitung durch.

18. Juni, 17:27 Uhr, Garda-Hauptquartier, Phoenix Park

Interner Gesundheits- und Sicherheitsbericht: Garda Maureen O'Sullivan ist lobend zu erwähnen, da sie große Reaktionsschnelligkeit bewies, als sie bei Assistant Commissioner Michael Sharpe das Heimlich-Manöver anwandte, da dieser drohte, an einem Cajun-Hähnchen-Wrap zu ersticken.

Evening Herald, 18. Juni, Seite 4

Cat-Napping stellt Museum vor Rätsel

Im Irish History Museum am Merrion Square hat sich eines der bizarrsten Verbrechen der irischen Geschichte abgespielt: Das ausgestopfte Modell eines Säbelzahntigers wurde aus seinem Schaukasten entwendet. Der Diebstahl trug sich um 12:30 Uhr zu, als ein Mann, der, wie Besucher angeben, eine Tesco-Einkaufstüte als Sturmmaske benutzte, hereinmarschiert kam und mit einem Hurling-Schläger den gläsernen Ausstellungskasten zerschmetterte. Das ausgestopfte Tier wurde von ihm entnommen, und der Entführer konnte vom Tatort entkommen.

Besonders erstaunlich ist die Tatsache, dass der Tiger zwei Stunden später in unversehrtem Zustand zurückgebracht wurde.

Die Gardaí können sich keinen Reim auf den Vorfall machen, allerdings wies eine ungenannte Quelle darauf hin, dass es sich natürlich um einen Streich der Studenten aus dem nahe gelegenen Trinity College handeln könnte.

18. Juni, 15:27 Uhr, O'Hagan's Pub, Baggot Street

Tara Flynn ließ den Blick über ihre Domäne wandern. Der Mittagsansturm lag hinter ihr, und nun herrschte die Nachmittagsflaute, bevor die Angestellten nach Dienstschluss hereinstürmen und für neuen Stress sorgen würden. Sie wusste, dass es besser war, wenn großer Andrang herrschte, aber insgeheim genoss sie diese stilleren Momente. Sie gaben ihr Gelegenheit, mal durchzuatmen und mit den Gästen zu plaudern. Sie sah, dass die vertraute Gestalt von Bunny McGarry durch die Tür trat, und schenkte ihm sein übliches Stout ein. Er war ein Gewohnheitstier, aber man hatte ihm gewiss schon üblere Bezeichnungen an den Kopf geworfen. Er war kein schlechter Kerl, wenn man sich erst mal an seine Aufplusterei gewöhnt hatte. Außerdem: Bei der Polizei konnte man niemals genug Freunde haben.

Bunny knöpfte seinen unvermeidlichen Schurwollmantel auf und ließ sich auf einem der hohen Hocker an der Bar nieder. »Wie immer, Tara.«

»Schon unterwegs.«

Überraschenderweise bellte Bunnys Hintern.

Tara beugte sich über die Bar und sah, dass neben ihm ein Schäferhund auf dem Boden saß.

»Hast du einen neuen Freund gefunden, Bunny?«

»So was in der Art. Ist 'ne lange Geschichte.«

»Eigentlich sind Hunde hier drin nicht erlaubt.«

»Ein Glück, dass ich blind bin.«

»Ach, bist du das?«

»Muss ich ja, sonst hätte ich garantiert bemerkt, dass den Zigarettenpäckchen, die da hinter der Bar liegen, der Zollstempel fehlt.«

Tara spürte, wie sie rot anlief – wofür sie nicht gerade bekannt war.

»Ich habe noch ein paar Würstchen vom Lunch übrig, wenn er Hunger hat.«

»Er ist eine Sie, und du bist ein Engel.«

Tara lachte, füllte das Pint und stellte es vor ihm ab. »Hast also endlich eine Frau gefunden. Wie heißt sie denn?«

»Maggie. Gut möglich, dass man ihr den Namen in Erinnerung an die verrückte Bitch aus der Downing Street gegeben hat.«

Aus dem Augenwinkel bemerkte Tara den jungen Typen mit der Wollmütze und dem Käpt'n-Iglo-Bart, der schon den ganzen Nachmittag mit zwei Freunden in einer der Nischen kampierte. Er winkte ihr vom anderen Ende der Bar aus mit einem Zwanzig-Euro-Schein zu. Tara setzte ihren besten Du-kannst-mich-mal-Blick auf. »Die Lap-Dance-Show beginnt erst um sechs, Herzchen.«

»Drei Heineken für uns, falls du mal irgendwann fertig bist, mit deinem Daddy da zu flirten.«

Dann drehte er sich um, lehnte sich gegen die Bar und sonnte sich in seiner geistreichen Cleverness. Tara bemerkte das leichte Zucken auf Bunnys Gesicht. Das war gar nicht gut. Das letzte Mal hatte sie dies gesehen, als eine ihrer Bedienungen bei einer Weihnachtsfeier von einem Typen begrapscht worden war. Am Ende hatte er einen Deko-Weihnachtsbaum in einer Körperregion wiedergefunden, wo dieser eigentlich nichts zu suchen hatte.

»Was hast du da gerade gesagt, mein Freund?« Bunny lächelte, während er die Frage stellte. Es lief keine Musik in der Bar, wenn doch, wäre sie in diesem Augenblick vermutlich automatisch verstummt. Natürlich herrschte Totenstille, wenn eine Schäferhündin ihr aufgerissenes Gebiss im Schritt eines Mannes platzierte und dazu ein bedrohliches Knurren von sich gab. Nicht laut. Das war gar nicht nötig.

Der Typ flüsterte: »Heilige Scheiße, Opa, ruf deinen Hund zurück.«

Bunny nahm langsam einen Schluck von seinem Pint, bevor er zu einer Antwort ansetzte. War ja nicht so, als wäre der jüngere Mann gerade im Aufbruch gewesen. »Ein paar Punkte. Erst mal ...« Bunny holte seine Brieftasche hervor. »*Detective Sergeant Opa* für dich. Und zweitens ist dies nicht meine Hündin. Sie ist gerade unter keineswegs idealen Umständen aus dem Polizeidienst entlassen worden. Ich nehme an, du willst nicht, dass ich ihr jetzt einen Befehl gebe. Sie hat nämlich ein leichtes Autoritätsproblem.« Maggie knurrte leise, als wolle sie dies noch mal eigens unterstreichen. »Du hast nicht zufällig irgendwelche illegalen Rauschmittel bei dir? Darauf reagiert sie nämlich.«

Käpt'n Iglo tauschte einen beunruhigten Blick mit seinen Kumpels.

»Nein. Aber Sie dürfen mich nicht durchsuchen. Ich kenne meine Rechte.«

»Wie schön. Dann mal viel Glück, wenn du das dem Hund erklären willst.«

»Ich habe nichts bei mir.«

»Okay, dann muss es was anderes sein. Sind deine Genitalien in letzter Zeit mit einem Leichnam in Berührung gekommen?«

»Nein.«

»Tja, wenn deine Eier nicht zufällig aus Plastiksprengstoff bestehen, fällt mir auch nichts mehr ein.«

»Hören Sie ...«

Die Worte blieben ihm in der Kehle stecken, als der Hund seinen Zugriff verstärkte.

Die Stimme des Mannes kletterte in die Höhe. »Vielleicht habe ich eine ganz kleine Menge ...«

»Die würde ich an deiner Stelle lieber schnell loswerden.«

Langsam, ganz langsam griff Käpt'n Iglo in seine Hosentasche, holte etwas hervor und ließ es auf den Tresen fallen. Tara schob es zu Bunny hinüber. Sie schätzte, dass die Menge vielleicht für drei Joints reichen würde.

»Tststs, diese jungen Leute heutzutage. Dabei sah er wie so ein netter Junge aus. Aber da ich so gute Laune habe, lass ich euch mit einer Verwarnung davonkommen.«

Niemand schien überraschter zu sein als Bunny, als Maggie ihren Griff aus dem Schritt des Typen löste, seelenruhig zurücktrottete und sich wieder an ihrem alten Platz niederließ. Iglo kollabierte beinahe, während er, gefolgt von seinen beiden Freunden, zur Tür schwankte.

Tara bemerkte seinen Zwanzig-Euro-Schein auf dem Tresen und steckte ihn in die Spenden-Box. »Und ein herzliches Dankeschön von den Waisenkindern.« Dann wandte sie sich um. »Herrgott, Bunny!«

»*Ich* hab doch gar nichts gemacht.«

Wie aufs Stichwort sprang Maggie auf den Barhocker neben ihm.

Tara schaute in das glückliche Gesicht der Hündin, die aussah, als könne sie keiner Fliege etwas zuleide tun. »Ich hole mal die Würstchen.«

Maggie beugte sich vor und schluckte in einer einzigen Bewegung den Hasch-Klumpen herunter, inklusive Tütchen.

»Heilige Scheiße! Mach mal langsam, Janis Joplin«, rief Bunny. Er drehte sich um und schaute Maggie groß an, die auf dem Hocker neben ihm glückselig vor sich hin hechelte. Ruhig erwiderte sie seinen Blick. In Dublins krimineller Szene gab es eine Tatsache, die unumstößlich war: Niemand, nicht mal die härteste Nuss auf Gottes schöner Erde, konnte dem entnervenden, auf einem Auge schielenden Starren von Bunny McGarry die Stirn bieten. Bis jetzt.

Nach einer gefühlten Ewigkeit wandte sich Bunny wieder

seinem Pint zu und nahm einen langen Schluck. Dann ließ er die Lippen knallen und betrachtete das halb leere Glas, als habe er es gerade zum ersten Mal bemerkt.

»Weißt du, einer von uns beiden muss der gute Cop sein.«

Maggie leckte sich die Schnauze und rülpste.

»Na ja. Daran arbeiten wir noch.«

»Dieses Buch ist eine zum Schreien komische Mischung aus Krimi und Horror. Äußerst unterhaltsam!« SIMON BECKETT

C. K. McDonnell
RELIGHT MY FIRE
Manche Comebacks sind
einfach mörderisch. The
Stranger Times ermittelt
Roman
Aus dem Englischen
von André Mumot
560 Seiten
ISBN 978-3-8479-0176-1

Stella genießt ihr Leben als Fast-Studentin; zumindest bis ein Mann direkt vor ihr vom Himmel fällt und ein großes Loch im Bürgersteig hinterlässt. Auf die offensichtliche Frage, wie er überhaupt in den Himmel gekommen ist, gibt es keine offensichtliche Antwort. Als der Verdacht auf Stella fällt, muss die Redaktion der *Stranger Times* ihre Unschuld beweisen – und herausfinden, was wirklich vor sich geht. Leider werden die Ermittlungen von dem üblichen Wahnsinn in Manchester gestört: sturen Ghulen, widerspenstigen Gnomen und einer rauschenden Party voller Stars, die eine königliche Hochzeit in den Schatten stellen würde. Band 4 der *STRANGER-TIMES*-Reihe und der furiose Auftakt für einen neuen Handlungsbogen.

Eichborn

*Wenn der Mythos des Serienmörders die
Wahrheit überschattet*

Jessica Knoll
BRIGHT YOUNG WOMEN
Roman
Aus dem amerikanischen
Englisch von
Jasmin Humburg
464 Seiten
ISBN 978-3-8479-0189-1

Ein Samstagabend, 1978: Ein Mann bricht in ein Verbindungshaus
auf dem Campus der Florida State University ein und tötet mehrere junge Frauen. Das Leben der Davongekommenen, darunter Hauptzeugin Pamela Schumacher, ändert sich schlagartig.
Schon bald wird der Mann als der erste Serienmörder Amerikas
in die Geschichte eingehen. Fortan kämpft Pamela darum, ihrer
Perspektive Geltung zu verschaffen und findet dabei in Tina
Cannon eine Verbündete, die ihr Ziel teilt: Gerechtigkeit für die
getöteten jungen Frauen. Gemeinsam jagen sie den Täter auf
eigene Faust – gegen Widerstände aus Justiz und Polizei; gegen
die öffentliche Meinung, die den Serienmörder idolisiert.

Eichborn